BASTEI
LÜBBE
TASCHENBUCH

Weitere Titel der Autorin:

Als mein Herz zerbrach

Über die Autorin:

Als Nicole Jacquelyn mit acht Jahren gefragt wurde, was sie mal werden wolle, antwortete sie mit: Mutter. Mit zwölf änderte sich ihre Antwort zu: Autorin. Diese Ziele hat sie konstant verfolgt. Zuerst wurde sie Mutter, und während ihres Abschlussjahrs am College – mit einem Kind in der ersten Klasse und dem zweiten in der Vorschule – schrieb sie ihren ersten Roman. Ihm folgten weitere, und mit der emotionalen Serie »Unbreak My Heart« erscheint sie nun erstmals bei Bastei Lübbe.

Nicole Jacquelyn

Als dein Blick mich traf

Roman

Aus dem amerikanischen Englisch
von André Taggeselle

BASTEI LÜBBE
TASCHENBUCH

BASTEI LÜBBE TASCHENBUCH
Band 17651

Dieser Titel ist auch als E-Book erschienen

MIX
Papier aus verantwortungsvollen Quellen
FSC
www.fsc.org
FSC® C083411

Vollständige Taschenbuchausgabe

Deutsche Erstausgabe

Titel der englischen Originalausgabe: »Change of Heart«
Originalverlag: Forever, Hachette Book Group
Dieses Werk wurde vermittelt durch die Literarische Agentur
Thomas Schlück GmbH, 30827 Garbsen

Textredaktion: Anita Hirtreiter, München
Titelillustration: © FinePic/shutterstock
Umschlaggestaltung: ZERO Werbeagentur, München
Satz: Urban SatzKonzept, Düsseldorf
Gesetzt aus der Garamond
Druck und Verarbeitung: CPI books GmbH, Leck – Germany
Printed in Germany
ISBN 978-3-404-17651-9

5 4 3 2 1

Sie finden uns im Internet unter www.luebbe.de
Bitte beachten Sie auch: www.lesejury.de

Für meine Schwester und meinen Schwager,
die der Grund dafür sind, dass ich
diese Geschichte geschrieben habe.
Ihr stellt jeden Tag neu unter Beweis,
dass Eltern-Sein nichts mit den Genen zu tun hat,
sondern allein mit Liebe.

Stammbaum

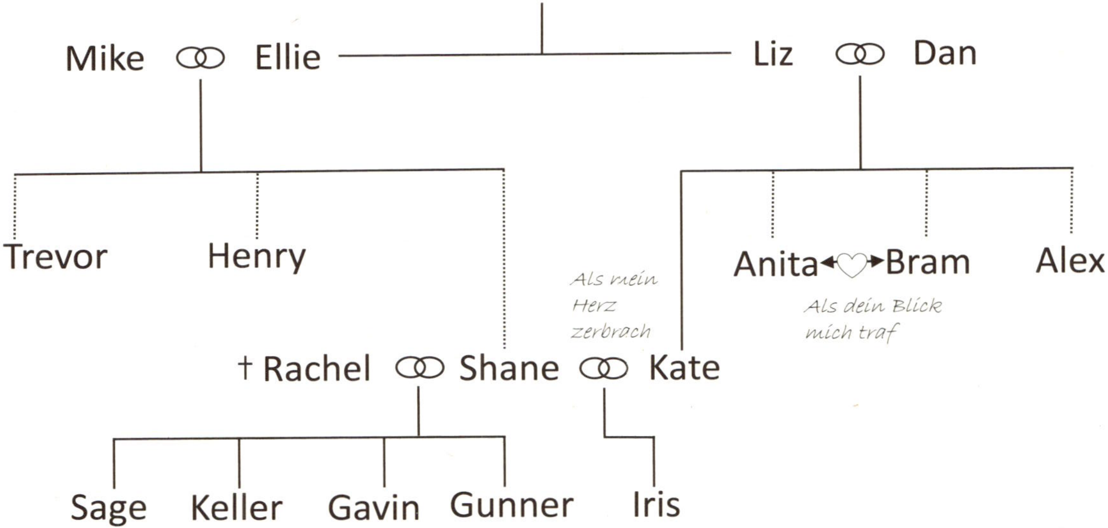

Verheiratet
Verstorben
Leibliche Kinder
Pflegekinder
Mike
Ellie
Liz
Dan
Trevor
Henry
Anita
Bram
Alex
Als mein Herz zerbrach
Als dein Blick mich traf
† Rachel
Shane
Kate
Sage
Keller
Gavin
Gunner
Iris

Prolog

Anita

Im Alter von sechzehn Jahren

Das, was keiner sehen soll, versteckten die Leute immer in ihren Schlafzimmern.

Als wären sie felsenfest davon überzeugt, dass irgendeine geheime Kraft andere daran hindern könnte, ihren Riesendildo oder den Minivorrat Marihuana in der obersten Schublade ihres Kleiderschrankes zu finden. Ha! Das Einzige, was mich davon abhalten konnte herumzuschnüffeln, waren Vorhängeschlösser und ausgewachsene Dobermänner – und selbst die ließen sich meist umgehen.

Für Wertsachen interessierte ich mich nicht. In den meisten Pflegefamilien, bei denen ich gelebt hatte, gab es überhaupt keine, und selbst wenn, hätte ich keine Verwendung dafür gehabt. Was hätte ich mit gestohlenem Schmuck auch tun sollen? Ihn verpfänden? Nicht einmal ich konnte so dumm sein.

Ein vierzehnjähriges Mädchen, das nicht einmal eins sechzig groß war und nur fünfundvierzig Kilo wog, hatte kaum eine Chance, auf der Straße zu leben, ohne von anderen Obdachlosen verprügelt zu werden, die nicht nur größer und stärker waren als es, sondern jenes Leben auch schon ein paar Jährchen länger führten. An die anderen, die etwas netter waren, als es einem lieb war, wollte ich da gar nicht denken.

Nein, eine Pflegefamilie war eindeutig die bessere Alternative. Zum größten Teil waren die Familien, bei denen ich gewohnt hatte, auch gar nicht so schlimm gewesen. Klar, vielen ging es dabei natürlich um das Geld, das der Staat ihnen für meine Unterbringung überwies, und das ein oder andere Problem mit Alkohol oder Pornosucht war nicht ausgeblieben. Aber unter den sieben Familien, bei denen ich im Laufe der Jahre gelebt hatte, war nur eine gewesen, aus der ich schleunigst wieder wegwollte. Mein Anruf bei der Polizei, nachdem ich den Heroinvorrat des übermäßig kontaktwilligen Pflegevaters entdeckt hatte, hatte mir nicht unbedingt schlaflose Nächte bereitet. Wumm – und ab! Wieder gab es ein neues Zuhause für mich.

Und dreimal darf man raten, wo ich auf diesen kleinen Klumpen gestoßen war, der mir die Flucht ermöglicht hatte. Natürlich im Schlafzimmer.

Ich lachte in mich hinein, als ich die Schublade des Nachttisches neben dem Kingsize-Bett meiner aktuellen Pflegeeltern aufzog. Eine Brille, ein zusammengefalteter Streifen Kondome, eine zerrissene Halskette, ein paar Knöpfe, ein Liebesroman und eine Tube Gleitgel fielen mir sofort ins Auge. Schaudernd rammte ich die Schublade wieder zu. Eklig, aber nichts Außergewöhnliches.

Den Kleiderschrank und den Nachttisch auf der anderen Seite hatte ich bereits durchsucht und nicht das Geringste gefunden. Wo hatten sie nur die anstößigen Dinge versteckt? Ich brauchte ein Druckmittel, zur Hölle.

»Was zum Teufel hast du hier zu suchen?«, fragte eine tiefe Stimme hinter mir, gerade als ich einen Schritt auf den Wandschrank zu tat.

Verdammt.

»Ich wollte ins Badezimmer«, erwiderte ich in übertrieben unschuldigem Ton.

Ich drehte mich langsam um und begegnete dem Blick des Kerls, der in der Tür zum Schlafzimmer stand. Oh Gott, es war Bram. Was hatte ich aber auch ein Pech, dass ausgerechnet er mich erwischen musste und nicht sein Zwillingsbruder Alex, denn der hätte sich totgelacht, mich in den Schwitzkasten genommen, für den ich schon viel zu alt war, und mich aus dem Raum geschleppt.

Bram dagegen machte Probleme. Die beiden waren so verschieden, dass es einen nur wundern konnte, wie sie Brüder sein konnten, geschweige denn eineiige Zwillinge. Meine aktuellen Pflegeeltern hatten die beiden adoptiert, die äußerlich wie ein Ei dem anderen glichen. Aber nicht, dass irgendwer die beiden je hätte verwechseln können. Wo Alex lustig, fröhlich und aufgeweckt war, führte sich Bram wie der letzte Arsch auf. Und das war schon so nett wie möglich ausgedrückt.

Er rannte eigentlich die ganze Zeit nur garstig und mit sauertöpfischem Blick umher. Er vermittelte einem das Gefühl, dass die ganze Welt ihn im Stich gelassen hatte und er keine weitere Sekunde darauf verschwenden wollte, so zu tun, als machte ihm irgendetwas Spaß. Tja, willkommen im Club, Schätzchen.

Ich starrte ihm ein paar Sekunden ins Gesicht. Ob es mir gelingen würde, mich noch mal aus dem Schlamassel herauszureden, in das ich mich gebracht hatte? Kaum hatte ich das gedacht, sprang Bram einen Schritt vor, packte mich am Handgelenk und zerrte mich aus dem Schlafzimmer.

Fehlanzeige. Ich würde mich also nicht rauslavieren können.

»Was hast du geklaut?«, zischte er, seinen zornigen Blick auf mich gerichtet, während er mich einige Schritte den Flur hinunterschob.

»Nichts«, sagte ich und rieb mir das Handgelenk.

Ich schätzte mich selbst als ziemlich tough ein und bezweifelte, dass Bram mir wirklich wehtun würde. Aber der Kerl konnte einem schon Angst einjagen. Schließlich war er fast zwei Köpfe größer als ich, hatte breite Schultern und einen Bartschatten, der hervorhob, dass er bereits erwachsen war. Mit ihren neunzehn Jahren wohnten die beiden natürlich nicht mehr bei uns im Haus, doch sie teilten sich die Wohnung über der frei stehenden Garage, was bedeutete, dass ich sie ziemlich oft sah.

Zu oft.

»Was machst du überhaupt hier?«, wollte ich wissen und drehte mich von ihm weg, um ins Wohnzimmer zu gehen. Wenn ich jetzt nervös wurde, ließ das nur auf meine Schuld schließen, und da ich mir verdammt noch mal nichts hatte zuschulden kommen lassen – abgesehen davon, dass ich mich ein wenig umgesehen hatte –, wollte ich mir meine Einschüchterung vor ihm auf keinen Fall anmerken lassen. »Musst du nicht eigentlich auf der Arbeit sein oder so?«

Ich wusste, dass er dort hätte sein müssen. Ich kannte die Zeitpläne der gesamten Familie; deshalb war ich ja auch davon ausgegangen, mir in Ruhe ein Bild von der Lage oben machen zu können. Ich wohnte erst seit etwas über zwei Wochen bei den Evans, und bisher sah alles etwas zu rosig aus, um wahr zu sein. Und so hatte ich, als meine Pflegemutter Liz mit ihrer leiblichen Tochter Katie in die Stadt gefahren war, um ein paar Weihnachtseinkäufe zu erledigen, die Gelegenheit genutzt und mich sicher gefühlt. Die Männer waren tagsüber ohnehin auf der Arbeit im Holzbetrieb.

Ich hatte es kaum bis zur Tür des Wohnzimmers geschafft, als ich erneut gepackt und beharrlich festgehalten wurde.

»Was hast du geklaut? Verflucht, sag schon!«, verlangte Bram, von dem ich mich loszureißen versuchte.

Er schüttelte mich durch und brachte mich mit einem Ruck zu sich heran, sodass ich ihm ins Gesicht schauen musste.

Mein prahlerisches Draufgängertum von eben verschwand auf der Stelle.

»Ich habe gar nichts geklaut«, zischte ich heiser. Ich hob das Kinn und schlug gleichzeitig nach seinen Händen.

»Glaubst du, du bist die Erste, die hier so was abzieht?«, fuhr er mich durch seine zusammengebissenen Zähne an. »Meine Eltern, sie nehmen dich auf, kaufen dir Sachen, geben dir zu essen – und du beklaust sie?«

»Zum allerletzten Mal, ich habe nichts geklaut!« Ich schluckte mühsam.

Eine von Brams Händen glitt von meiner Schulter und schlüpfte vorn über meinen Bauch, um meine Hüfte herum und über meinen Rücken. Ich rückte nicht von ihm ab, als er sich hinhockte und meine Hosenbeine hochschob, um von oben in meine löchrigen Socken zu spähen, die ich aus dem Ein-Dollar-Laden hatte. Ich wagte kaum zu atmen, als er mit seinen Händen erst meine vorderen Taschen durchforschte, dann meine Gesäßtaschen.

Als seine Hände wieder heraufwanderten, wurde mir bereits schwarz vor Augen, weil ich keine Luft mehr in den Lungen hatte, und als er seine Hand zwischen meine Brüste gleiten ließ, rang ich endlich nach Atem. Aus meiner Kehle kam ein tiefer, lauter Schluchzer.

»Anita?« Bram klang verwirrt. Er nahm die Hände weg und trat eilig einen Schritt zurück, die Hände immer noch erhoben.

»Ich hab dir doch gesagt, dass ich nichts geklaut habe«, sagte ich und sah ihn mit tränenverschleierten Augen an. »Ich hab es dir gesagt.«

»Tut mir leid. Ich ... du warst im Elternschlafzimmer«, stammelte er. Der Ausdruck in seinem Gesicht wirkte sanfter, als ich es bei ihm je zuvor gesehen hatte.

Ich wischte mir mein Gesicht mit den langen Ärmeln meines T-Shirts ab und wich zurück. Dabei ließ ich ihn keine Sekunde aus den Augen, für den Fall, dass er noch einmal versuchen würde, mich zurückzuhalten. Nachdem ich meine Atmung endlich wieder unter Kontrolle bekommen hatte, öffnete ich den Mund. »Wenn du mich noch mal anrührst, bring ich dich um.«

Ich drehte mich um und rannte auf mein Zimmer, ohne noch einmal innezuhalten, auch wenn ich hörte, dass er mir nicht folgte.

Danach taten wir so, als wäre nichts passiert. Er verpetzte mich nicht, und ich erwähnte seinen Eltern gegenüber nichts davon, wie er mich begrapscht hatte. Doch unser Schweigen war kein Waffenstillstand. Es bedeutete lediglich, dass von nun an klare Fronten gezogen waren.

Kapitel 1

Abraham

Vierzehn Jahre später

»Du hast fünf kleine Enkelkinder, Mom. Tu einfach so, als wären ein paar davon von mir«, sagte ich und gab meiner Mom einen Kuss auf die Schläfe.

»So funktioniert das nicht«, druckste sie enttäuscht. Auf ihrem Weg in die Küche kniff sie mir im Vorbeigehen leicht in die Seite.

Dieselbe Unterhaltung führten wir nun schon fünf Jahre lang, und an meiner Antwort hatte sich nichts geändert. Ich wollte keine Kinder. Es war nicht so, dass ich meine Neffen und Nichten nicht geliebt hätte – das tat ich sehr. Nur lag mir nichts daran, selbst die Verantwortung für ein Kind zu übernehmen. Ich fühlte mich rundum wohl in der Rolle des Onkels, der immer die coolsten Weihnachtsgeschenke kaufte und die Kids auf einen Angelausflug mitnahm, wann immer mir danach war – bevor ich sie wieder heim zu ihren Eltern schickte.

»Wieso fragst du überhaupt noch?«, erkundigte sich eine Stimme, die von der Hintertür kam und mich die Kiefer zusammenpressen ließ, als ich sie hörte. »Du weißt doch, dass Bram nie jemanden so lieben können wird wie sich selbst.«

»Anita«, schimpfte Mom mit saurer Miene.

»Lustig, dass gerade du das sagst«, versetzte ich und machte mich auf die Reaktion der schlanken Frau gefasst, die in die Küche kam.

»Was soll das bitte heißen?«, schnappte Anita und donnerte die schwere Tüte mit Einkäufen auf den Tisch.

»Na, ich sehe nicht gerade viele Blagen, die an deinen Rockzipfeln hängen.«

Anitas Augen flackerten für einen kurzen Moment lang vor Verletzung auf, dann fauchte sie dümmlich »Ich trage überhaupt keinen Rock« zurück, machte auf dem Absatz kehrt und stürmte wieder nach draußen.

Ich sah ihr nach, warf einen erstaunten Blick zu meiner Mom. Was zum Teufel?

»Wirklich, Abraham.« Kopfschüttelnd lief sie an mir vorbei. »Ich verstehe nicht, wieso ihr zwei euch nicht einfach ignorieren könnt.«

Eine geschlagene Minute stand ich da wie ein Idiot, bevor ich ihnen ins Wohnzimmer folgte. Aber knapp vor dem Türrahmen blieb ich stehen und lauschte, als ich die Stimme von Mom hörte, die fragte: »Alles okay?«

Als Antwort kam ein verheultes Kichern.

»Du weißt doch, dass er nur …«

»Ich hab ja gar nichts anderes erwartet, Mom«, brachte Anita hervor. »Es geht schon.« Ich ließ mich gegen die Wand sacken und schloss die Augen. Mann. Mir war nicht ganz klar, was los war, aber ich wusste, dass sie geweint hatte. Ihre Stimme war normalerweise ziemlich rau – ich hatte mehr als einmal kundgetan, dass sie als Telefonistin bei einer Telefonsex-Hotline sicher einen Bombenerfolg gehabt hätte –, doch der Effekt war noch tausendmal stärker, jetzt, da sie Mom beschwichtigte.

»Wenn du nur …«, begann Mom eben, als Anita sie unterbrach.

»Es geht mir gut. Wirklich.«

Ehe ich mich vom Fleck bewegen konnte, kam Anita aus dem Wohnzimmer. Die Haustür schwang auf, und mein Cousin Trevor kam herein.

»Trev!«, rief Anita hell und rannte auf ihn zu.

»Hey.« Er fing sie auf, als sie in seine Arme sprang, die Arme um seinen Hals geschlungen, die Beine um sein Becken.

Mein Magen zog sich zusammen.

»Was ist los? Hast du geweint?«, fragte er, und seine Stimme klang sanft, als er ihre Umarmung erwiderte.

Sie sprach in seinen Nacken geschmiegt, und so konnte ich nicht verstehen, was sie zu ihm sagte. Aber ich hatte bereits genug, kaum dass Trevors Hand anfing, besänftigend über ihren Rücken zu streichen. Wir standen hier im Flur meiner Eltern, verdammt noch mal, und die beiden sahen aus, als wollte Trevor sie gleich an Ort und Stelle gegen die Wand lehnen und es ihr so richtig besorgen.

Mit einem kraftvollen Schnauben lenkte ich Trevs Aufmerksamkeit auf mich. Den durchdringenden Blick, den er mir über Anis Schulter hinweg hinterherschickte, ignorierte ich, wandte mich um und schritt davon.

»Wie geht es mit der neuen Einschlagstelle voran?«, fragte Mom beim Abendessen, um das lang anhaltende Schweigen am Tisch endlich zu brechen.

Freitagabends zusammen zu essen war im Elternhaus meiner Familie so etwas wie ein festes Ritual geworden, schon als wir noch klein gewesen waren. Während bei unseren Freunden immer alle sonntagabends am Tisch sitzen mussten – meist verkatert und entsprechend mies gelaunt –, hatten unsere Eltern entschieden, dass es besser wäre, wenn sich alle treffen, bevor das Wochenende seinen Tribut forderte. Und sie hatten recht. Mit den Eltern zu Beginn des Wochenendes am Tisch zu sitzen diente als nette kleine Erinnerung daran, dass man es an den folgenden beiden Tagen lieber nicht zu wild trieb.

Eine gewisse Zeit lang, ehe wir alle endgültig flügge geworden und fortgezogen waren, hatten wir uns zu zehnt und später zu elft an den Esszimmertisch meiner Eltern gequetscht. Mom, Dad, dann ich, mein Zwillingsbruder Alex, meine jüngere Schwester Katie und vom Haus nebenan Onkel Mike und Tante Ellie mit deren Pflegesöhnen Trevor, Henry und Shane. Anita war erst nach meinem Auszug hinzugekommen, aber noch bevor mein Bruder Alex in die Armee eingetreten war.

Ich wusste nicht genau, warum wir stets im Haus meiner Eltern aßen, doch so war es, seit ich denken konnte. Tante Ellie kam für gewöhnlich herüber, um meiner Mom zu helfen. Manchmal, wenn sie kochte, übernahm sie dabei die ganze Küche, aber drüben bei Onkel Mike und ihr aßen wir so gut wie nie. Vielleicht lag es daran, dass die versammelte Mannschaft, sofern alle zu Hause waren, gar nicht an Tante Ellies Esstisch passte. Andererseits kam es auch immer seltener vor, dass wir alle zeitgleich da waren.

Wir alle lebten mittlerweile quer über das Land verteilt. Meine jüngere Schwester Katie war vor Jahren nach San Diego gezogen, wo sie letztendlich Shane geheiratet hatte, der dort bei den Marines stationiert war. Henry hatte es mit seiner eigenen Marine-Einheit wiederum auch dorthin verschlagen. Mein

Bruder Alex hatte sich mit knapp zwanzig bei der Armee verpflichtet und war nach Missouri abkommandiert worden. Trevor, Ani und ich waren die Einzigen, die in Oregon bei unseren Eltern geblieben waren.

Wir waren außerdem die Einzigen, die sich für den Holzfällereibetrieb der Familie interessierten.

»Läuft gut mit der neuen Holzschlagstelle«, sagte Dad und schaufelte sich eine neue Ladung Essen in den Mund. »Alles nach Plan.«

»Na, das ist doch prima«, sagte Mom. »Vielleicht schafft ihr es, euch freizunehmen, während Katie da ist.«

Mein Kopf schnellte hoch, Ani tat dasselbe. »Kate? Wann kommt Kate?«

»Sie wollte Flugtickets für nächsten Monat buchen. Ich nehme an, eine der Fluggesellschaften bietet Rabatte an.« Sie lächelte.

»Die wird sie auch brauchen, bei den ganzen Zwergen«, sagte Trevor mit einem Glucksen.

»Was glaubst du, wieso wir mit euch nie irgendwohin gefahren sind, als ihr noch klein wart?«, fragte Dad an Trevor gewandt und griff sich eine Servierplatte.

»Euer Vater und ich haben früh einsehen müssen, dass es besser war, einen Bus zu mieten und zu fahren, wenn wir mit euch Kindern in den Urlaub wollten. Fliegen wäre viel zu teuer gewesen.«

»Weißt du noch, als wir den Ausflug zum Mount Rushmore gemacht haben?«, fragte ich Trevor grinsend.

»Das war eine tolle Fahrt«, nickte Trevor. »Hätte mir noch besser gefallen, wenn Henry mir nicht alle zweihundert Meilen in den Schoß gekotzt hätte.«

Anita schnaubte, und ich konnte nicht anders und musste

lachen. Wir hatten den gesamten Rückweg mit offenen Fenstern fahren müssen, so übel hatte es gestunken.

»Unser Henry«, befand Mom schmunzelnd. »Der arme Junge ist im Auto immer sofort reisekrank geworden.«

»Und ich armer Junge musste immer neben ihm sitzen«, erinnerte uns Trevor.

»Na, ich bestimmt nicht«, versetzte ich ernsthaft und spähte von meinem Teller hoch, um Ani anzusehen. »Schließlich ist er dein Bruder.«

Ani lächelte, es war allerdings ein fast unmerkliches Lächeln. Eines von der Sorte, wie es jemand aufsetzt, der für den Scherz eigentlich nicht zu haben ist, sich aber bemüht, nicht unhöflich zu sein.

Mein Mund klappte zu, und ich schwieg.

»Wenigstens«, hob Mom an, »wird von Katies und Shanes Kindern keinem beim Autofahren schlecht.« Sie lehnte sich in ihrem Stuhl zurück.

Mit einem Lächeln in Moms Richtung meldete sich Ani zu Wort. »Nie im Leben wird Katie diese Fahrt noch mal auf sich nehmen. Als sie das letzte Mal wieder runtergefahren sind, meinte sie, sie hätten doppelt so lange gebraucht, weil sie ungefähr tausendmal anhalten mussten.«

»Konfirmandenblasen«, urteilte Dad und brachte uns zum Schmunzeln.

Ich sah schließlich auf meine Uhr und schob den Teller weg. »Danke fürs Abendessen, Mom.«

Sie hob die Augenbrauen. »Gehst du schon?«

»Ich hab heute Abend noch was vor. Da konnte ich schlecht absagen.« Ich stand auf und nahm meinen Teller und mein Glas. »Ich räume noch ab, dann bin ich weg.«

Meine Mom grummelte etwas Unverständliches, blieb

jedoch zurückgelehnt sitzen und ließ Trevor und mich den Tisch um Dad herum abräumen, der immer noch aß. Ich versuchte, meiner Mutter nach dem Essen wann immer es ging, mit dem Haushalt zu helfen, zumindest solange sonst kaum jemand da war. Kamen aber Katie oder Alex zu Besuch, tat ich so, als hätte ich zwei linke Hände und wüsste nicht, wie man überhaupt einen Teller abwusch, sodass sie sich kurzerhand ums Geschirr kümmerten. Wer es so oft schaffte, dem gemeinsamen Abendessen mit der Familie zu entkommen, hatte das mehr als verdient.

Während wir gemeinsam an der Spüle umeinander herumwuselten, sagte Trevor zu mir: »Mensch, hör mal, du solltest einen Gang runterschalten, was Ani angeht. Sie ist empfindlich in letzter Zeit.«

»Willst du mich auf den Arm nehmen?« Ich sah ihn verblüfft an. »Sie ist diejenige, die immer anfängt mit dem Scheiß.«

»Halt einfach ein bisschen Abstand, okay?«

»Da bist du bei mir an der falschen Adresse, Trev«, antwortete ich und trocknete mir die Hände an einem Geschirrhandtuch ab. »Sie darf austeilen, kann aber nicht einstecken? Nun mach mal halblang.«

»Ich wollte es nur gesagt haben – halt dich zurück. In letzter Zeit gehst du mir ziemlich auf die Nerven damit.«

»Spielst du jetzt ihren Beschützer, oder was? Läuft da was zwischen Ani und dir?« Ich drehte mich um und sah ihm ins Gesicht. Die Frage war dumm, und ich bereute sie, sobald ich sie ausgesprochen hatte.

»Hättest du damit ein Problem?«

»Nein«, presste ich durch meine zusammengebissenen Zähne. »Mach, was du willst.«

»Manchmal bist du echt ein Arschgesicht, Abraham.« Trev seufzte und schüttelte den Kopf. »Ich hab nichts mit Ani laufen, du Hohlkopf. Aber ich prügel dich trotzdem windelweich, wenn du nicht bald ein bisschen runterkommst, Mann.«

Ich verließ die Küche, ehe er noch etwas sagen konnte. Ich war stinksauer. Dieser Mist mit Ani – ich fing nie damit an, das war immer sie mit ihrem losen Mundwerk. Junge, die Frau hielt es keine fünf Minuten aus, wenn sie mich nicht irgendwie blöd anmachen konnte, und so war es schon in unserer Jugend gewesen. War sie mir wichtig? Natürlich. Es war ziemlich schwer, gleichgültig zu sein, wenn jemand seit gut fünfzehn Jahren zum eigenen Leben dazugehörte, aber das hieß nicht, dass ich auf mir rumtrampeln lassen würde.

Warum sich mir der Magen umdrehte, wenn ich sie mir zusammen mit Trevor vorstellte, diese Frage versuchte ich, so gut es ging, zu ignorieren.

»So, ich bin weg«, sagte ich zu Mom und nahm sie flüchtig in den Arm.

»Na, das ging aber schnell mit der Küchenarbeit«, bekannte sie und tätschelte mir den Rücken.

»Hab ja gesagt, ich hab noch was vor. Wir sehen uns in ein paar Tagen wieder.«

Ich nickte Ani, Onkel Mike und Tante Ellie zu, klopfte meinem Dad zum Abschied auf die Schulter und machte mich schnell auf den Weg durchs Haus. Wenn ich pünktlich sein wollte, musste ich mich beeilen.

Kapitel 2

Anita

Ich lenkte mich eben ab. Auch wenn es dumm war. Ich wusste, dass ich Bram eigentlich nicht durch die Straßen der Innenstadt von Portland hätte hinterherfahren dürfen, aber als er so eilig aus dem Haus unserer Eltern geflohen war, hatte letztlich die Neugier gesiegt.

Okay, ich brannte darauf, zu erfahren, wohin er wollte.

Bram war nicht gerade das, was man als gesellig bezeichnen konnte. Die Anzahl Freunde, die er hatte, konnte ich an einer Hand abzählen, und er hatte auch noch nie eine Frau mit nach Hause gebracht. Selbstverständlich hatte ich ihn schon zusammen mit welchen eine der Bars in unserer Gegend verlassen sehen – aber keine der Damen war uns jemals vorgestellt worden. Wo wollte er also hin, um acht Uhr abends, an einem Freitag?

Ich ließ mir die Frage immer wieder durch den Kopf gehen – dabei musste ich wenigstens nicht über das nachdenken, worüber ich mir eigentlich hätte Gedanken machen sollen –, als ich Bram mit seinem Wagen unvermittelt parallel vor einer Kellerbar anhalten sah. Wie bitte? In dieser Straße gab es sonst nicht viel, mir war also gleich klar, dass die Bar sein Ziel sein musste, aber was wollte er dort?

Auf einer Kreuzung bog ich ab und parkte in der kleinsten Parklücke der Welt, ehe ich im Laufschritt auf den Eingang der Bar zustrebte. Bram war bereits nach drinnen verschwunden, und als ich einen Blick auf die Stammkundschaft warf, die nahe der Türen stand und rauchte, entfuhr mir ein leises Stöhnen. Ein Blick an mir hinunter genügte, um zu wissen, dass ich in Jeans und Flanellhemd für den Freitagabend am Esstisch der Evans zwar perfekt gekleidet sein mochte, in dem Schuppen hier allerdings auffallen musste wie ein bunter Hund.

Ich verdrückte mich schnell hinter die Ecke und knöpfte mein Top auf. Ein Obdachloser ein paar Meter weiter die Straße runter ließ einen aufreizenden Pfiff hören. Meine Fresse. Ich behielt den Mann, der da auf dem Bürgersteig hockte, sorgsam im Auge, während ich mir das Hemd über die Schultern nach unten zog und um die Taille band. Jetzt trug ich obenrum nur noch mein schwarzes Top. Das würde gehen. Ich beugte mich runter und fuhr mir mit den Fingern durch mein kurzes schwarzes Haar. Dann richtete ich mich wieder auf, berührte mein Nasenscheidewand-Piercing und klappte es herab, damit es sichtbar war. Der Ring, den ich gewählt hatte, ließ sich vor Dan und Liz mühelos verstecken. Ich glaubte, die beiden wussten nicht mal, dass ich mir ein Piercing hatte machen lassen. Ich selbst liebte es – ich fand, dass es absolut krass aussah. Meine in die Jahre gekommenen Pflegeeltern waren da anderer Meinung, und ihre wohlmeinenden, aber kritteligen Bemerkungen über mein »hübsches Gesicht«, das ich damit verunstaltete, wollte ich mir ersparen. Davon hatte ich schon genug zu hören gekriegt, als ich mir in meinem zweiten Studienjahr am College die Haare blau gefärbt hatte.

Nach kurzem Herumkramen in meiner Handtasche fand ich den dunkelvioletten Lippenstift und sah mich im Seitenspiegel eines geparkten Autos an, um mir die Lippen nachzumalen und die widerspenstigen Haare etwas in Ordnung zu bringen. Perfekt. Auf meinem Weg zurück zu dem Gebäude, schnurgerade auf Kurs zum Eingang der Bar, schob ich mir mein Zungenpiercing wieder rein und drehte die Metallkugel, die am Ende saß, fest.

Die Hipster an der Tür achteten kaum auf mich, als ich an ihnen vorbeiging, sondern taten so, als hielten sie mit ihren bescheuerten Nelkenzigaretten die Antworten auf alle Fragen des Universums in ihren Händen. Es gelang mir nicht, ein leises Schnauben zurückzuhalten, als ich die Bar betrat. Gleichgültig zu tun ließ einen nicht cool aussehen, es wirkte einfach nur bemüht. Dabei konnte ich förmlich spüren, wie sie mir durch ihre Brillen hindurch auf meinen Flanell-verhüllten Arsch starrten. Schaut ihn euch gut an, Jungs!

»Hallo und willkommen zu unserem Liederabend«, sagte jemand in das Mikrofon auf der Bühne, als ich gerade an die Bar kam und meinen Hintern elegant auf einen der Barhocker pflanzte. »Für diejenigen hier, die das erste Mal dabei sind: Die Regeln sind einfach. Wir wollen keine Songs über die schmelzenden Gletscher von Alaska hören oder davon, wie ihr mal mit dem VW-Bus zum Grand Canyon gefahren seid. Es sind nur Cover gefragt, Leute. Wenn ihr euer eigenes Zeug singt, pfeifen wir euren Hintern von der Bühne.«

Die Menge lachte, und meine Mundwinkel zuckten, als ich mir den Typen auf der kleinen Bühne am anderen Ende der Bar ansah. Er war groß und schlaksig, trug einen kurz geschnittenen Bart und ein T-Shirt mit dem Aufdruck *Beer Me.* Gut aussehend, sofern man auf so dünne Typen stand.

»Und während ihr Angsthasen noch damit beschäftigt seid, den Mut aufzubringen, euch in die Liste zu schreiben, habe ich hier einen guten Freund, der den Anfang macht. Abraham?« Und damit blickte der Ansager zur Seite, auf den abgedunkelten Bereich neben der Bühne.

Mir fiel die Kinnlade runter, als Bram auf die Bühne kam, eine abgegriffene Gitarre in der Hand. Was zum Teufel, das durfte doch nicht …?

Mit einem Blick zu der hübschen, tätowierten Barkeeperin, die über die Theke gelehnt in meiner Nähe stand, rief ich: »Hefeweizen. Und einen Tequila, bitte.«

Sie nickte und riss sich von Bram auf der Bühne los, um mir meine Getränke zu bringen.

»Hallo, Portland«, grüßte Bram mit einem Lächeln, worauf mein Magen einen kuriosen Purzelbaum schlug. »Ist schon eine ganze Weile her, seit ich das letzte Mal auf der Bühne gestanden habe, also habt bitte Nachsicht mit mir.«

»Ja, du treuloser Arsch«, rief der große, schlaksige Kerl.

»Ja, ja. Jetzt bin ich ja hier«, beschwichtigte Bram ihn zum Vergnügen des Publikums. »Darf ich jetzt singen, oder willst du noch weiter rumheulen?«

»Aber bitte, bitte doch«, versetzte der große Schlaksige und riss die Arme hoch.

»Mein erstes Lied kennt ihr vielleicht nicht …«

»Nichts Eigenes!«, fuhr ihm der Schlaksige dazwischen.

Die Barkeeperin schob meine Drinks über die Theke.

Bram stand nun still und bewegte ganz langsam den Kopf zur Seite, während das Publikum leise lachte.

»Okay. Ich hör ja schon auf«, rief der Schlaksige über das Lachen der Menge hinweg. »Leg los.«

»Meine Güte.« Bram gab ein Kopfschütteln zum Besten. »Und ich hab mir noch Sorgen gemacht, dass ich vielleicht zu spät komme.«

Ich konnte nicht umhin, darüber zu grinsen, wie das Publikum Bram kritiklos an den Lippen hing. Er sackte sie richtiggehend ein – Bram, der sonst mit kaum jemandem zurechtkam und ständig mit einer ziemlichen Fresse herumrannte. Ausgerechnet er wickelte eine voll besetzte Bar um den Finger.

»Wie ich gesagt hab, das hier kennt ihr vielleicht nicht – aber es ist nicht von mir, Jay kann also beruhigt den Mund halten und mich machen lassen.« Bram neigte sich mit einem feinen Lächeln zum Mikro vor und rutschte etwas auf dem Barhocker herum, um eine bequemere Position zu finden. »Das Lied heißt *Thief and a Liar* und ist von Jeffrey Martin.«

Dem Jubel des Publikums nach zu urteilen, wussten die meisten, wovon er sprach. Ich selbst hatte den Interpreten und den Titel noch nie gehört.

In der Sekunde, als Bram zu spielen begann, begann mein Herz in meiner Brust zu pochen. Ich konnte nicht mal sagen, ob es Aufregung war oder Erregung. Und als seine Stimme schließlich durch das Mikro ertönte, vergaß ich zu atmen.

Er sang mit heiserer Stimme, aber wirklich gut, und ich riss mich davon los, kippte den Tequila-Shot herunter und nahm einen Schluck Bier hinterher. Ich wollte mich eben wieder herumdrehen und weiter zuschauen, doch zum ersten Mal, seit ich die Bar betreten hatte, gab mir die Art und Weise, wie ich ihm hierhergefolgt war, ein seltsames Gefühl.

Es war verrückt. Ich sah Bram dabei zu, wie er etwas tat, was er vor uns allen geheim halten wollte, und trotzdem war ich es, die sich dabei ganz und gar nackt fühlte.

Ich wartete kurz und drehte mich dann wieder um, das Bier vor mir, damit ich etwas hatte, woran ich mich festhalten konnte … und da sahen Bram und ich uns direkt in die Augen.

Oh nein. Ich war davon ausgegangen, dass der schwache Scheinwerfer, der auf ihn gerichtet war, mich außerhalb davon unsichtbar sein lassen würde, aber an der Bar, an die ich mich gesetzt hatte, wurde ich von den Lichtern hinter der Theke angestrahlt.

»*I am a thief and a liar of the very worst kind. Oh, I sell to the broken and I rob them blind. I will build you a house with my own two hands, and then burn it to the ground as quick as I can.*« Brams Stimme kam nicht einmal ins Straucheln, nicht mal, als er die Augenbrauen hochzog, als wollte er sagen: erwischt.

Schwer schluckend sah ich woandershin und nahm das Bierglas an den Mund, als sei nichts geschehen. Doch unmerklich ließ ich mich von meinem Hocker rutschen. Mal sehen, vielleicht schaffte ich es ja bis zur Tür, ohne dass er mich noch einmal bemerkte. Ein Teil von mir glaubte daran, dass er mich einfach davonspazieren lassen und weitersingen würde. Der andere Teil allerdings wusste, wenn ich mich auch nur einen Schritt von meinem Barhocker wegbewegte, würde er mir über die verdammten Lautsprecher zurufen.

Während Bram den letzten Akkord des Songs verklingen ließ, brach die Menge in wilden Applaus aus. Er lächelte breit und blickte vor der Bühne umher.

»Mann, ihr habt eine ganz schöne Power. Hört mal, ich bin schon seit vier Uhr auf den Beinen; eigentlich ist für mich längst Schlafenszeit.« Er rieb sich den Bart, während er flachste. »Noch einen gefällig?«

Begeistertes Pfeifen und Rufen wurde laut, und ich fragte mich allmählich, wie oft er in diese Bar kam, sich da oben hinstellte und sang. Die Leute im Publikum schienen ihn zu kennen oder zumindest doch wiederzuerkennen.

»Also gut. Ein letzter Song.« Er verlagerte seine Sitzposition. »Den kennt ihr ganz sicher. Er heißt *First* und ist von den Cold War Kids.«

Brams Blick wanderte wieder zu mir, und ich fummelte an meinem leeren Bierglas herum. Ich stellte es hinter mich auf die Theke.

Er raunte den Chorus ins Mikro; er hatte das Tempo aus dem bekannten Stück genommen. Ach du Scheiße.

Er wollte mich fertigmachen.

Das gesamte Lied hindurch war ich wie erstarrt, und Bram ließ mich keine Sekunde aus den Augen. Sobald er seinen Auftritt beendet hatte, stand er von seinem Hocker auf. Ich schätzte, wie lange ich brauchen würde, um zum Ausgang zu gelangen, zog einen Zwanzig-Dollar-Schein aus meinem Portemonnaie und warf ihn auf die Theke.

Mit einem Schritt in Richtung Freiheit sah ich zu Bram, der langsam den Kopf schüttelte und mir bedeutete, stehen zu bleiben.

»Jetzt ist jemand anders an der Reihe, mich zu unterhalten«, sagte er zum Mikrofon gebeugt. Die Menge jubelte, aber seine Worte waren allein an mich gerichtet gewesen.

»Wir unterhalten dich gern«, rief ein hochgewachsenes Mädchen, den Arm um seine sehr viel kleinere Freundin geschlungen. Die beiden wiegten sich hin und her, und die gesamte Bar brach in Gelächter aus. Dem Mädchen entgleisten in diesem Moment die Gesichtszüge, und sie riss die Augen auf. Sie war betrunken, aber offenbar nicht so sehr, dass sie nicht begriff, wie sehr sie sich gerade zur Närrin gemacht hatte.

Brams Blick wurde sanft, als er zu ihr hinübersah, und er lehnte sich noch einmal nah an das Mikrofon. »Sorry, Süße, aber mein Mädchen wartet an der Bar auf mich.«

Mir blieb der Mund offen stehen, und mein Magen begann zu schweben, als ich ihn auf mich zukommen sah. Aber noch ehe er die Hälfte der Strecke durch die Menge zurückgelegt hatte, klappte ich den Mund wieder zu und verschränkte die Arme vor meiner Brust. Ich hoffte für ihn, dass er eine andere Frau an der Bar meinte als mich. Wenn er glaubte, dass ich nach dieser schwachsinnigen Durchsage sein Spiel mitspielte, hatte er sich geschnitten.

»Du verdammter Ar…« Ich konnte nicht einmal ausreden, da berührte seine Hand schon sachte von vorne meinen Hals, die Finger und der Daumen lagen knapp unterhalb meines Kiefers.

»Hey, Baby«, begrüßte er mich. Und ohne Vorwarnung beugte er sich zu mir und küsste mich zärtlich.

Ich hatte etwas völlig anderes erwartet. Prügel, um es mal so zu sagen. Irgendeine Strafe. Vielleicht, dass er mich biss. Möglicherweise folgte ich ihm deshalb mit dem Mund, als er begann, sich wieder von mir zu lösen.

Es geschah instinktiv. Das war alles. Und die sanfte Berührung unserer Lippen reichte mir nicht.

Bram gab einen überraschten Laut von sich, als meine Arme nachgaben und sich um ihn legten. Für den Bruchteil einer Sekunde trafen sich unsere Blicke. Dann stöhnte er leise und schob mich rückwärts gegen den Bartresen.

Sein Mund drängte abermals auf meinen, diesmal ohne eine Spur Sanftheit. Er neckte mit den Zähnen meine Unterlippe – feucht –, und ich öffnete den Mund. Ich holte zitternd Atem, als er seine Zunge hereingleiten ließ. Du lieber Himmel, konnte Bram gut küssen!

Ich vergaß, wo wir waren. Vergaß, wer er war. Letztendlich vergaß ich wohl sogar, wer ich war.

Nichts spielte mehr eine Rolle, außer den Stellen, an denen wir uns berührten. Sein Becken, das sich gegen meines schob, sein Rücken, der sich unter meinen Handflächen fest anfühlte, seine Hand an meinem Hals und die andere, die die Gitarre auf die Theke hinter mir legte, damit er mit ihr durch mein kurzes Nackenhaar streicheln konnte.

»Ich bringe die besser mal ins Hinterzimmer«, hörte ich die Stimme des schlaksigen Großen sagen, wohlweislich mit neckendem Unterton. Er meinte die Gitarre, nahm ich an.

Bram nickte und küsste mich dabei weiter. Dann lag eine seiner Hände auf meinem Hintern, fasste mich unter und hob mich hoch. Ich sprang und schlang die Beine um seine Hüften.

Oh, das war so viel besser. Ich schmiegte mich eng an ihn, als er von der Bar zurücktrat und seinen Mund von meinem nahm. Seine Hand umfasste mich am Hinterkopf und hielt mich so, dass mein Gesicht in seinen Nacken gebettet lag. So machte er sich auf den Weg durch die Bar.

Scheiße. Was machten wir hier? Ich hielt mich ganz fest, mein Gesicht brannte vor Scham, auch wenn niemand es sah, und meine Muschi strich hart gegen seinen Schwanz, mit jedem Schritt, den er tat.

Atemlos traten wir beide hinaus an die kühle Nachtluft. Als er mich fragte, wo ich geparkt hätte, bebte ich.

»Gleich um die Ecke.« Meine Stimme kam rau, und meine Lippen an seiner Haut ließen ihn wohlig erschauern.

Er schritt den Gehsteig entlang und setzte mich nicht eher ab, bis wir um die Ecke waren und im Schatten eines hohen Gebäudes standen.

»Was machst du hier, verdammt noch mal?«, forderte er, als er mich herunterließ.

»Was zur Hölle war das denn?«, schnappte ich zurück. Ich musste mein Gleichgewicht wiederfinden und stolperte leicht.

»Wenn ich dich hätte dabeihaben wollen, hätte ich dich eingeladen, verflucht.« Meine Frage ignorierte er. Er fasste mich lediglich am Arm, um sicherzugehen, dass ich nicht hinfiel.

»Ich hatte keine Ahnung, dass du so singen kannst.«

»Was denkst du denn, wer es Katie beigebracht hat?«

Meine Pflegeschwester spielte unglaublich gut Gitarre und hatte, seit ich sie kannte, immer schon eine Wahnsinnsstimme gehabt. Wie sie dazu gekommen war, hatte ich mir nie wirklich überlegt; es war einfach schon immer so gewesen.

»Oh«, erwiderte ich, um seiner anfänglichen Frage meinerseits auszuweichen.

»Du bist mir gefolgt?«, fragte er ungläubig und rückte einen Schritt von mir ab. »Was zum Teufel stimmt denn mit dir nicht?«

»Mit mir? Jetzt bin ich also diejenige, die heute Abend Mist gebaut hat?«, entgegnete ich sarkastisch. »Du hast mich eben geküsst!«

»Willst du dieses Spiel wirklich spielen?«, fragte er kopfschüttelnd, die Hand an seinem Bart. »Okay. Ich musste die Theken-Flittchen da drin loswerden, und ich habe dich dazu benutzt. Den Rest hast du ja wohl allein angeleiert.«

»Ich?« Ich kreischte und brachte den Obdachlosen dazu, sich lauthals darüber zu beschweren, dass ich ihn geweckt hatte.

»Halt bloß die Klappe«, fuhr Bram den Mann die Straße hinab an, der augenblicklich schwieg.

»Gar nichts habe ich angeleiert«, zischte ich, die Hände auf beiden Seiten zu Fäusten geballt.

»Ach, es warst also nicht du, die mich gepackt, an sich

gerissen und mich mit diesem Fick-mich-Blick angesehen hat?«

»Fick-mich-Blick?«, kreischte ich auf.

»Sogar jetzt noch!«, ereiferte sich Bram weit vorgebeugt.

Ich weiß nicht sicher, wer von uns den ersten Schritt machte, aber urplötzlich waren Brams Lippen wieder auf meinen, und er schob mich rückwärts gegen die Ziegelsteinmauer des Hauses hinter mir.

»Seit wann hast du denn ein Zungenpiercing?«, sagte er atemlos in meinen Mund, während er seinen Oberschenkel zwischen meine schob. Er hob mich leicht in die Höhe und drängte weiter gegen mich.

»Seit ein paar Jahren.« Ich stöhnte und wogte mit den Hüften gegen ihn.

»Ist mir nie aufgefallen.« Seine Hände bewegten sich über meinen Oberkörper, griffen hoch und umfassten meine Brüste unter dem Top.

»Ich weiß.« Ich schob die Hände unter sein T-Shirt und grub meine Finger in die warme Haut seiner Taille.

Ein Pfiff schrillte die Straße herab. Wir hielten inne.

»Die Schlüssel«, zischte er zwischen zwei Küssen. »Die Autoschlüssel. Sofort.«

Ich nestelte an meiner Handtasche herum, die ich über der Schulter trug, und zog die Schlüssel meines SUV heraus.

In der Sekunde, als Bram ihr leises Klimpern hörte, trat er zurück und nahm sie mir aus den Fingern. Wortlos griff er nach meiner Hand und führte mich zu meinem Wagen. Als wir davorstanden, zögerte er und drehte den Kopf, um mich anzusehen.

Ich hielt die Luft an, während er den Knopf auf dem Schlüssel drückte und damit die Tür auf der Fahrerseite entriegelte.

Er betätigte ihn noch einmal, und auch die restlichen Türschlösser entriegelten sich. Dann öffnete er die Tür des Fonds und stand einfach nur da, regungslos. Meine Entscheidung. Ich hätte ihm den Schlüssel wegschnappen und vorn um meinen SUV herumlaufen können. Das wäre klüger gewesen.

Stattdessen schob ich mich an ihm vorbei und stieg hinten ein.

Ich traf gerade eine ziemlich schlechte Entscheidung. Und ich wusste es. Wir beide waren uns, glaube ich, darüber im Klaren. Wenn wir jetzt miteinander rummachten, würde dabei nichts Gutes herauskommen. Bestenfalls würden wir uns hinterher in Gegenwart des anderen noch seltsamer verhalten als ohnehin schon. Schlimmstenfalls würden wir uns gegenseitig hassen, statt uns nur halbherzig zu zanken, wie wir es sonst immer taten.

Es war mir trotzdem egal.

Das hier gehörte nicht zum realen Leben. Was immer hier passierte, würde vorbei sein, sobald Bram wieder aus meinem Toyota stieg, das wusste ich. In drei Tagen, von jetzt an gezählt, würde ich eine geballte Ladung reales Leben bekommen – mehr, als mir lieb sein konnte. Und mit diesem Gedanken schob ich alle Zweifel an meiner momentanen Situation beiseite.

Die hinteren Sitze waren bis zum Anschlag zurückgesetzt. Ich hatte diese Woche eine Menge Sachen für den Umzug in mein neues Haus transportiert. Deshalb hatten wir eine Menge Platz, als wir in den dunklen Innenraum des Wagens stiegen. Was noch lange nicht hieß, dass sich das Ganze als einfach entpuppte. Bram stieß sich den Kopf, als er hinter mir einstieg. Er fluchte verhalten. Begleitet von dem hohen Signalton verriegelte er die Türen. Ich holte mir eine wunde Stelle am

Ellbogen, als ich mich auf den Rücken drehte und dabei über den rauen Teppich scheuerte.

Dann, endlich, hatten wir es geschafft.

Ich auf dem Rücken, die Knie zu beiden Seiten von Brams Becken weit gespreizt, er auf die Ellbogen gestützt über mir.

»Ich kann nicht das Geringste sehen«, zischte er. Unsere Augen gewöhnten sich gerade erst an die Dunkelheit.

»Du weißt, wie ich aussehe«, gab ich im Flüsterton zurück. Meine Aufregung sorgte dafür, dass mir die Stimme zitterte.

»Aber nicht, wie die hier aussehen.« Er legte mir eine Hand auf die Brust, und seine Fingerspitzen erfühlten meinen Nippel durch den Stoff des Oberteils.

Die eingeschränkte Sicht schien ihn nicht im Mindesten von irgendwas abzuhalten.

Seine Lippen senkten sich auf meine, und ich stöhnte in seinen Mund, als seine Zunge über mein Zungenpiercing glitt. Sie spielte daran, ehe er den Kopf etwas zurücknahm und meine Unterlippe in seinen Mund saugte.

»Du hattest ein Hefeweizen«, stellte er fest, während er seine Lippen an meinem Kinn entlangwandern ließ.

Ich konnte nicht verhindern, dass das Kichern, das mir in der Kehle saß, sich lautstark befreite.

»Was denn? Ich liebe Hefeweizen.« Er forschte mit dem Mund weiter, bis er meinen Nacken erreichte, und ich bäumte mich nach hinten, als er an meiner Haut dort saugte. Von da näherte er sich meiner Schulter, eine Hand fasste nach dem Träger meines Tops und zog ihn mir von der Schulter.

Als seine Lippen sich an meiner Brust hinabbewegten, dann meine Brustwarze umschlossen und sie einsaugten, stieß ich keuchend hervor: »Shit.«

»Du bist so winzig«, befand Bram.

Ich erstarrte. Weder war ich besonders schüchtern noch unzufrieden mit meinem Körper. Ja, ich war klein, und zwar in jeglicher Hinsicht: schmale Hüften, kleine Brüste, ein kleiner Hintern und kurze Beine. Aber kein Mann hatte je die Eier in der Hose gehabt, mir so etwas ins Gesicht zu sagen, geschweige denn, während er gerade den Mund auf meine kleinen Brüste presste.

»Sei nicht dumm«, versetzte Bram. Er neckte meine Brustwarze, und wir beide bemerkten, wie sie sich aufstellte. »Schau dir nur diesen süßen kleinen Nippel an. Der ist perfekt für meinen Mund.«

»Bram.« Ich stöhnte, als Hitze durch meinen gesamten Körper flutete. Ich langte hinunter zur Rückseite seines T-Shirts, zog es rauf und über seinen Kopf. Als es sich auf Höhe seiner Arme befand, blieb es zwischen uns stecken, und meine ohnehin schon beeinträchtigte Sicht wurde völlig verdeckt, als mir das T-Shirt über die Augen fiel.

»Diesmal ohne verbundene Augen«, gab Bram zum Besten. Er stützte sich erst auf den einen Arm, dann auf den anderen, um das T-Shirt ganz auszuziehen.

Diesmal?

Sobald er obenherum frei war, machte ich mich an seinen nackten Körper, leckte an seiner Brustwarze, biss in die Stelle oberhalb seines Schlüsselbeins. Er schmeckte so verdammt gut. So sauber, verbunden mit einem feinen Hauch von Salz. Unter dem Scheinwerfer dort auf der Bühne musste es ziemlich heiß gewesen sein.

»Halt«, verlangte er, erst sanft, dann lauter. »Stopp.«

»Was ist?«, schreckte ich zurück und stieß mir den Kopf am Boden des Fußraums.

»Nicht beißen«, sagte er. Er sah mir nicht in die Augen, während er das Top auch auf der anderen Seite herabzog und so beide Brüste entblößte. »Du kannst mich kratzen, so viel du willst, aber keine Zähne, alles klar?«

»Okay«, stammelte ich.

»Gefällt dir das?« Sein Kopf senkte sich auf meine Brust, und seine Hand ertastete den Knopf meiner Jeans.

»Was?« Ich hatte die Arme zu beiden Seiten sinken lassen, sobald er von mir verlangt hatte aufzuhören, und ich wusste nicht recht, wohin mit ihnen. Mir war komisch zumute. Die Unbefangenheit, die jede meiner Bewegungen gelenkt hatte, war verschwunden, und ich fürchtete, etwas Falsches zu tun.

Normalerweise war ich beim Sex nie gehemmt. Wenn ein Kerl sich so sehr ins Zeug legte, dass ich mich vor ihm auszog, und auch danach nicht lockerließ, gab es wohl nicht mehr viel, das ihn in diesem Moment noch umstimmen konnte. Da konnte ich im Grunde jaulen wie eine Hündin oder mich von Kopf bis Fuß schütteln, als hätte ich einen Krampfanfall. Wenn der Typ drauf und dran war, mit mir ins Bett zu gehen, dann würde ihn selbst das nicht dazu bringen, aufzuhören.

»Gefällt es dir, wenn ich dich beiße?«, fragte Bram.

Ich wusste nicht so recht, was er von mir hören wollte, konnte aber nicht das Geringste dagegen tun, dass sich dieser zarte Laut aus meiner Kehle löste, sobald er erneut meine Brustwarze mit seinen Zähnen neckte.

»Also ja.« Zärtlich glitt er mit der Zunge über die Haut, in die er gezwickt hatte, und lehnte sich im nächsten Moment nach hinten, um mir meine Schuhe auszuziehen. Meine Jeans war bereits offen, und er zog sie ruckartig herunter, über meine Hüften und über das eine Bein. Mein Slip machte sich gleich anschließend auf die Reise.

»Bist du noch dabei?«, erkundigte sich Bram sachte und

beugte sich wieder zu mir herunter. Seine Hand glitt auf meinem Bauch nach unten.

»I-ich ...« Ich lachte gezwungen und zog die Schultern ein wenig empor. »Darf ich dich berühren, oder ...«

»Machst du Witze?«, wollte Bram wissen, und sein Kopf fuhr hoch.

»Du hast gesagt, ich soll aufhören, deshalb dachte ich ...« Mein Tonfall klang scharf, um meine Verlegenheit zu überspielen.

Bram stockte über mir plötzlich. Dann schnaubte er und griff nach seinem Shirt.

»Was machst du?« Ich schnappte ihm das T-Shirt weg, bevor er es aufheben konnte.

»Das hier war ein Fehler.«

»Nein.« Ich schüttelte den Kopf. »Was?«

Ich war noch nicht bereit, wieder ins reale Leben zurückzukehren. Dafür war es noch zu früh. Ich lag hier mit nichts an als einem auf Hüfthöhe gezerrten Top. Herrgott. Ich musste einen anderen Ton finden. Ich musste ihn wieder zu mir zurückholen.

»Kann ich bitte mein T-Shirt haben?«, fragte Bram tonlos. Er lag immer noch über meinen Körper gebeugt.

»Nein«, platzte ich heraus. Er zuckte erstaunt zusammen.

Ohne zu überlegen, zog ich meine Knie an, sodass sie an seinen Seiten emporglitten, und er saugte scharf die Luft ein, als meine Scham ihn berührte.

»Whoa, du bist feucht.« Sein Kopf sank hinab, als wäre er zu schwer für seinen Nacken. Er schmiegte seinen Körper enger an meinen, ich konnte seinen Bauch auf mir spüren.

»Oh Gott«, brachte ich murmelnd hervor, als seine Schamhaarlinie meine Klitoris streichelte. Meine Hände glitten auf seinen Rücken, und ich zog ihn entschlossen zu mir, um die Berührung von eben zu wiederholen.

»Du gehst mir so was von auf den Sack«, stieß Bram keuchend hervor. Er schmiegte sich eng an mich. »Vielleicht muss ich ja bloß deinen Mund weiter beschäftigt halten ...«

»Klappe«, pflaumte ich ihn an und nahm eine Hand von seinem Rücken, um durch seine Haare zu streicheln. »Bitte, tu es einfach ...« Meine Worte gingen in gedämpftem Stöhnen unter, als er sein Gewicht verlagerte und mit einem Finger in mich glitt. Ohne Vorwarnung. Ohne Zögern.

»Oh«, Bram keuchte vor Überraschung, »du bist aber überall winzig.« Er brachte mich erst zum Kichern, dann zum Stöhnen.

»Deine Hose.« Meine Stimme klang fiebrig, mein Becken wogte unter seiner Hand, als mein Denkvermögen aussetzte. »Ausziehen. Los.«

Meine Hände ertasteten seine Jeans, und er seufzte nah an meinem Gesicht, als ich mit einer Hand über seine Länge strich.

»Ich weiß nicht mal, ob ich sie runterkriege, so hart wie ich bin«, sagte er, nur halb im Spaß. Er glitt mit seinem Finger behutsam aus mir hinaus.

»Ich hab ein Teppichmesser im Handschuhfach«, gab ich flüsternd zurück. Unsere Hände kamen einander in die Quere bei dem Versuch, seine Hose runterzuziehen.

»Mit einem Messer in der Hand lass ich dich nicht mal in die Nähe von meinem Sack«, erwiderte er. Als sich seine Hose endlich lockerte, stöhnte er und schob sie sich über die Hüften.

»Du trägst keine Unterhose«, begriff ich, als meine Hände warme Haut erfühlten.

»Muss mal wieder Waschtag machen.« Mit sanftem Lachen setzte er sich zurück auf die Fersen, nahm sein Portemonnaie aus der Tasche und zog ein Kondom heraus.

»Beeil dich.« Ich schloss die Hand um seinen Penis. Ach du Scheiße. Bram hatte ein Riesending. Meine Mundwinkel verzogen sich zu einem Lächeln. »Ich will dich endlich in mir spüren.«

Bram hob ruckartig den Kopf, während er sich das Kondom überstreifte. Er sah aus dem Fenster, um sicherzugehen, dass niemand uns beobachtete. »Shit.«

Er blickte mich an, dann wieder aus dem Fenster, dann erneut auf mich, ehe er mich an den Hüften nahm und meinen Unterkörper so weit hochhob, dass fast mein ganzes Körpergewicht auf meinen Schultern lastete.

»Was zum ...«

Ich gab einen hohen Laut von mir, den ich ganz bestimmt noch nie in meinem Leben gemacht hatte, als sein Kopf sich zwischen meine Schenkel herabsenkte und er über meiner Muschi den Mund öffnete. Sein Bart streichelte über die Innenseiten meiner Schenkel und die Unterseiten meiner Pobacken. Ich erschauerte.

»Oh mein Gott.« Ich rang nach Atem, schloss fest die Augen, während er mit seiner Zunge von unten nach oben über meine Vagina leckte und mit der Zungenspitze meine Klitoris umkreiste. Die feuchten Geräusche seines sich öffnenden und schließenden Mundes, sein Lecken und Saugen erfüllten den Innenraum des SUV, begleitet von seinem Stöhnen und meinen kraftvollen Atemzügen.

Zuerst fühlte es sich einfach nur richtig gut an. Dann ging er gezielter vor. Immer wieder glitt er mit der Zunge über meine Klitoris, brachte mich dem Orgasmus näher und näher. Mein

Körper versteifte sich. Ich biss die Zähne zusammen, um nicht zu schreien.

Dann hörte er auf. Er umfasste meine Hüften und legte mich wieder hinunter.

»Nein, nein!« Mein Becken tobte unter seinen Händen. »Nicht aufhören!« Ich schlug ihm auf die Schulter.

»Schhh.« Er senkte sich von oben auf mich herab. »Hör schon auf, Ani.«

Als ich den raunenden Klang meines Namens auf seinen Lippen hörte, ließ ich ab.

»Du bist eng.« Er hob mein eines Knie an, bis es zwischen seinem Arm und meinem Brustkorb anlag.

Vorsichtig drängte er sich in mich, und mein gesamter Körper entspannte sich, um ihn aufzunehmen. Mit leichtem Hüftrollen begrüßte ich seine Bewegung, und er zog sich ein kleines Stück zurück, ehe er erneut hereinglitt. Immer wieder tat er es, bis unsere Körper in völligem Einklang waren.

Er erschauerte wohlig, strich sich mit einer Hand über den Bart und beugte sich zu mir herunter, um mich zärtlich zu küssen. »Wenn ich weitergemacht hätte, bis du kommst, wärst du danach zu eng für mich gewesen.« Er lachte verhalten. »So geht's besser.«

Jetzt begann er sich schneller zu bewegen, seine Hüften glitten jedes Mal nur ein kleines bisschen vor und zurück, und sein Schambein streichelte meine Klitoris.

Meine Nägel gruben sich in seinen Rücken, als er sich ganz hochstemmte, bis seine Arme gestreckt waren. Er blickte mich an, wollte unbedingt mein Gesicht sehen. Ich wusste nicht, was ich für ein Gesicht machte. Für den Bruchteil einer Sekunde störte es mich, dass er mich so aufmerksam betrachtete. Doch dann begann sich mein Orgasmus anzukündigen, schneller und intensiver als zuvor.

Meine Muskeln begannen, sich wahllos anzuspannen und zusammenzuziehen, ich konnte es nicht kontrollieren. Ich streckte das Bein, das er hochgelegt hatte, unwillkürlich wieder nach unten und umschloss mit meinen Schenkeln seine Hüften, während ich kam.

»Ach du Scheiße.« Er bäumte die Hüften empor, und ich bebte um ihn herum. Er zog sich rasch zurück und glitt heftig wieder vor, immer wieder, bis meine Muskeln den Dienst versagten.

»Nimm die Knie hoch«, bat er. Er lehnte sich nach hinten und nahm meine puddingweichen Beine unterhalb der Knie. Er schmiegte meine Kniekehlen an seine Brust, und dann begann er erst richtig. Er glitt fast ganz aus mir heraus und anschließend tief und fest wieder herein, vier oder fünf Mal. Dann wurden seine Bewegungsabläufe unbeholfener, und er zuckte in mir. Ein Stöhnen kam tief aus seiner Kehle.

Er sank auf seinen Ellbogen und auf mich, berührte mit seinen Lippen meine Schulter, und gemeinsam kamen wir wieder zu Atem.

Doch in dem Maß, wie sich meine Atemzüge beruhigten, fing mein Herz wilder zu schlagen an.

Was zur Hölle hatten wir da gerade getan?

Kapitel 3

Abraham

Ich hatte es mit Ani gemacht.

Ani.

Die Worte schossen mir immer wieder durch den Kopf, als ich dort auf ihr lag, ihren Körper immer noch eng an mich geschmiegt.

Ich musste erst einmal aus ihr heraus. Aber dringend.

Ich wollte unbedingt verhindern, dass das Kondom abrutschte oder etwas danebenlief – nicht, dass es sich anfühlte, als könnte wirklich etwas Derartiges geschehen. Ich war immer noch so hart wie ein verdammter Felsbrocken.

Vor einer Sekunde war ich so intensiv gekommen, dass mir praktisch meine Sinne abhandengekommen waren. Und ich war immer noch so steif.

Allmächtiger.

Mir war nicht so ganz klar, ob ich außer mir vor Freude oder völlig fertig sein sollte angesichts der Tatsache, dass ich soeben den besten Sex meines Lebens auf dem Rücksitz eines Toyota 4Runner zusammen mit meiner Pflegeschwester erlebt hatte.

Aber war sie überhaupt meine Pflegeschwester? Ich meine, zu einer bestimmten Zeit war sie das natürlich gewesen, doch das lag Jahre zurück. Wenn man es rein sachlich betrachtete, hatte ich mit ihr nie auch nur unter einem Dach gelebt.

Als ich spürte, wie ihre Hände zaghaft meinen Rücken emportasteten und in mein langes Nackenhaar glitten, stöhnte ich. Und ich konnte nicht anders, als meine Hüfte zu ihr zu neigen, woraufhin sie meinen Schwanz drückte.

Aus den Augenwinkeln fing ich die Bewegung eines Schattens auf und erblickte beim Aufsehen den Obdachlosen, der uns zuvor belästigt hatte. Er stand nur wenige Schritte von der Heckscheibe entfernt.

»Dieser Hurensohn«, zischte ich, glitt aus Ani heraus und streifte mir das Kondom vom Penis. »Zieh dich an. Wir haben Gesellschaft.«

Ich knöpfte meine Hose zu und schloss den Reißverschluss. Ani quiekte und zerrte hektisch an ihrem Tanktop. Meine Güte, ich hatte es ihr nicht mal ganz ausgezogen. Ihre Hände zitterten, als sie versuchte, sich die Hose hochzuziehen.

»Hey, ist schon okay«, beruhigte ich sie. »Du hast getönte Scheiben.« Trotzdem half ich ihr natürlich. Sie war völlig von der Rolle, und ich kam mir vor wie ein Arschloch, weil ich quasi auf offener Straße mit ihr gevögelt hatte, wo jeder sie sehen konnte.

»Ich hab's«, rief sie und schlug nach meiner Hand, nachdem sie die Hose bis über die Hüfte hochgezogen hatte. »Und jetzt mach, dass du rauskommst.«

Erschrocken wich ich zurück. Ich starrte sie an, sah zu, wie sie das Flanellhemd aufhob, das sie in der Bar um die Taille getragen hatte, und mit den Armen hineinschlüpfte.

»Geh schon.« Sie drückte mir mein T-Shirt in die Hände.

Mir war nicht mal eine geschlagene Stunde vergönnt, um zu vergessen, was für ein Miststück sie war. Aber nur Minuten, nachdem ich es ihr besorgt hatte, stand mir wieder deutlich vor Augen, weshalb ich sie nicht ausstehen konnte. Wenigstens musste es mir nicht so vorkommen, als wäre ich das Arschloch.

Ich hob das Kondom auf, das ich auf die Matte im Fußraum hatte fallen lassen, und band es zu. Mit der anderen Hand tastete ich nach dem Schlüssel, den ich in das Ablagefach der Tür gelegt hatte. Als ich ihn gefunden hatte, entriegelte ich den Schließmechanismus. Zufrieden sah ich mit an, wie Peeping Tom auf das Aufleuchten der Blinker hin wie ein Wahnsinniger die Straße hinab zu seinem Schlafplatz wetzte.

»Am besten, du bleibst im Wagen«, sagte ich zu Ani und stieg durch die Hintertür aus. »Klettere einfach über die Sitze nach vorn.« Ich hielt immer noch ihren Autoschlüssel. Ich wollte nicht, dass dieser Kerl sie zu Gesicht bekam, wenn sie ausstieg. Normalerweise hatte ich mein Temperament ganz gut im Griff. Aber ich wusste: Wenn der Scheißkerl auch nur einen Ton von sich gab, würde ich ihm einen Besuch abstatten und ihm einen Arschtritt verpassen.

Eine Frau nach dem Sex hatte etwas Verletzliches an sich. Eine Zartheit, von der ich nicht wollte, dass jemand anderer als ich sie an diesem Abend bei Ani sah.

Ich warf die Tür zu und ging zur Fahrerseite herum, öffnete die Tür und gab ihr die Schlüssel.

»Ani …«, sagte ich, als sie keine Anstalten machte, mich anzusehen.

»Es hatte nichts zu bedeuten«, drang es aus ihr hervor, gepaart mit einem kurzen Blick, dann sah sie wieder weg. »Und keine Sorge. Ich verrate niemandem etwas von deinem rätselhaften kleinen Aussetzer mit dem Beißen.«

Ich hatte nett sein wollen. Hatte versucht, ein anständiger Kerl zu sein. Aber in der Sekunde, als sie diese Worte fallen ließ, waren jegliche zarten Gefühle, die ich ihr oder unserem Abenteuer gegenüber gehegt hatte, futsch. Es war nichts Verkehrtes daran, jemanden zu bitten, beim Sex die Zähne wegzulassen – hatte ich's doch gewusst, dass sie bemerkt hatte, wie wenig es mir dabei um persönliche Vorlieben ging. Es verursachte mir eine verdammte Gänsehaut.

»Danke für den Fick«, blaffte ich zurück. Mit Genugtuung bemerkte ich, dass sie unter meinen Worten zusammenzuckte. Ich schmiss ihr den Autoschlüssel in den Schoß und knallte die Tür zu. Scheiß auf sie.

Beim Weggehen unterließ ich es, mich noch einmal umzusehen, lauschte jedoch auf das Motorengeräusch ihres abfahrenden SUV. Ich würde jetzt auch nicht derjenige sein, der sie allein mitten in Portland sitzen ließ, wenn soeben ein Wildfremder neben ihrem Auto gestanden und zugehört hatte, wie wir es miteinander trieben.

Ich bog um die Ecke und wäre um ein Haar in meinen Kumpel Jay hineingerannt.

»Wie bitte, was machst du denn noch hier?« Er hatte eine glühende Zigarette im Mund, die er erst nach dem Sprechen herausnahm und tief durch die Nase inhalierte. »Ach, schon gut. Ich weiß genau, was du gemacht hast. Vielleicht solltest du dir die Kleine noch vom Bart wischen, bevor du wieder nach drinnen gehst.«

»Geh ich aber nicht.« Ich hatte Anis Duft ganz deutlich in meiner Nase. Ich würde sie die gesamte verdammte einstündige Rückfahrt quasi mit zu mir nach Hause nehmen.

»Mit wem hast du …«

»Ani.«

»Oh, Shit.«

»Eben.«

»War es …«

»Das beste Mal, das ich je gehabt habe.«

»In ihrem Wagen?«

»Ja.«

»Verdammt.«

»Ich ruf dich an.«

»Okay.«

Mit einem Nicken ließ Jay mich vorbei. Er zog tief an seiner Zigarette. Meinen Zwillingsbruder Alex und meine Cousins außen vor gelassen, war Jay wahrscheinlich mein bester Freund, und nur ein paar Worte hatten gereicht, ihm zu verraten, dass ich mich komplett in die Scheiße geritten hatte.

Ani und ich, wir waren einfach noch nie miteinander ausgekommen. Ich wusste nicht, ob das alles ursprünglich auf den Streit zurückging, bei dem ich geglaubt hatte, sie habe etwas aus dem Schlafzimmer meiner Eltern gestohlen, oder ob wir uns einfach nicht ausstehen konnten. Jedenfalls wusste ich von keinem Moment, an dem wir je gleicher Meinung gewesen wären.

Nein, so ganz stimmte das nicht. Etwas über ein Jahr lag die schlimme Zeit zurück, in der meine Schwester Kate am Boden zerstört gewesen war. Damals war sie mit meiner jüngsten Nichte schwanger gewesen, und Ani und ich hatten zum ersten Mal denselben Standpunkt vertreten – es wäre das Beste gewesen, Shane den Schwanz abzuschneiden.

Was die restlichen vierzehn Jahre anging, die wir gemeinsam erlebt hatten, nein, da konnte ich mich nicht erinnern, je mit ihr einer Meinung gewesen zu sein.

Ani war selbstgefällig, unhöflich und steckte ihre Nase in alle Angelegenheiten, die sie nichts angingen, als besäße sie das gottgegebene Recht dazu. Der heutige Abend bot das perfekte Beispiel. Sie war neugierig gewesen, wohin ich wollte. Aber statt mich zu fragen oder es meine eigene verfluchte Sache sein zu lassen, war sie mir den ganzen Weg durch Portland bis in diese Bar gefolgt. Das Ganze war auch kein spontaner Einfall ihrerseits. Vom Haus unserer Eltern bis zu Jay's Bar dauerte es fast eine Stunde. In dieser Zeit hatte sie mehr als einmal Gelegenheit gehabt umzukehren, es aber nicht getan.

Meine Finger krampften sich um das Lenkrad, als ich auf den Highway auffuhr.

Wenn sie doch nur umgekehrt wäre. Dann hätte ich jetzt nicht immer noch einen Steifen gehabt bei dem Gedanken daran, wie ihre Muschi meinen Schwanz umspannt hatte, als sie gekommen war.

Ich trommelte mit den Fingern aufs Lenkrad und schaltete das Radio im Truck ein.

Es hatte nichts zu bedeuten – so hatte sie es ausgedrückt. Als würde ich klammern wollen. Dabei konnten die Dinge für mich nicht klarer liegen. Den Scheiß würde ich mit ihr so schnell nicht wiederholen.

Wenn ich daran dachte, wie ich ihre Zähne auf meiner Haut gespürt hatte, schauderte ich vor Abscheu. Bei der Erinnerung an dieses Gefühl ließ meine Erektion nach.

Niemals wieder.

Montagmorgen war nie gut. Ich hatte eine Tonne Papierkram zu erledigen. Danach wartete gleich ein Gespräch mit unserem Vorarbeiter – dem Typen, der an mehreren Einschlagstellen die Entscheidungen traf und Verantwortung trug. Ich selbst war müde, schlecht drauf und schaffte nie so viel, wie ich mir vornahm.

Meine Laune war also sowieso an einem Tiefpunkt angelangt, als ich in die Büros unseres kleinen Firmensitzes kam. Dort stellte ich fest, dass die Kaffeekanne leer und alles andere wie ausgestorben war.

»Hallo?« Ich bewegte mich langsam auf die Büros zu und packte meine Thermoskanne fester. Die Eingangstür war nicht zugeschlossen. Es musste also zumindest jemand hier gewesen sein.

»Hier«, rief Onkel Mike und fluchte jäh unter lautem Papierrascheln los.

»Hey«, begrüßte ich ihn. »Wo sind denn alle?«

Er hob ungeöffnete Briefe auf, die quer über den Boden verteilt lagen. »Dein Dad ist bei deiner Mom. Trev hat seine Besprechung mit Mark vom Sägewerk, und Ani hat sich krankgemeldet. Weshalb ich mich gerade darin versuche, die ganze Post zu öffnen.« Er nahm die Briefe und Päckchen händeweise und schaufelte sie zurück auf seinen Schreibtisch.

»Ani ist krank?«, fragte ich. Sie ging mir also aus dem Weg. Wie erwachsen von ihr, meine Güte.

»Ja. Sieht so aus, als wären wir beide heute allein.«

»Eigentlich muss ich ein paar Schlagstellen abklappern und besprechen …«

»Lass nur, das kann Trevor machen, wenn du einverstanden bist. Er ist bereits draußen.«

»Klar, geht auch«, stutzte ich. Ich stand da und klopfte mit den Fingern gegen den Türrahmen von Mikes Büro. »Brauchst du irgendwas?«

»Nein. Ich werd mich um die Briefe hier kümmern, und dann ab nach Hause. Ellie kocht heute für mich.«

»Es ist sieben Uhr morgens.«

»Na und?«, fragte er mit hochgezogenen Augenbrauen.

»Ach, nichts.« Ich hob die beladenen Hände und ging rückwärts aus seinem Büro.

Mein Dad und mein Onkel hatten den Holzbetrieb vor über dreißig Jahren eröffnet und sich aus den Geschäften größtenteils zurückgezogen. Als Trev und ich die Firma allmählich übernommen hatten, hatten sie sich zuerst etwas quergestellt. Mittlerweile aber waren sie froh um die freie Zeit, die sie mit ihren Frauen verbringen konnten – oder damit, vor dem Fernseher zu sitzen.

Sie waren nicht gerade die Art Männer, die Golf spielten.

In Oregon ist die Holzfällerbranche sehr eng vernetzt. Jeder kennt jeden, und vom Ruf des Betriebes und dem Ruf der Holzfäller, die man einstellt, hängt es ab, wie viele Aufträge man bekommt. Die alten Hasen hatten am Anfang nicht viel mit Trevor und mir zu schaffen haben wollen, auch wenn wir zu der Zeit bereits jahrelang als Holzfäller mit den Trupps draußen gewesen waren und sie uns kannten. Zum Glück waren unsere Dads ein Weilchen länger aktiv geblieben. Im Laufe der Zeit hatten wir uns genug Ansehen verschafft, um für die Aufträge, für die wir uns bewarben, häufig auch den Zuschlag zu bekommen.

Es war natürlich eine große Hilfe, dass Ani unser Empfangsbüro leitete und die Hälfte der Männer, die es betraten, sich ziemlich in sie verschossen hatten, sobald sie wieder herauskamen.

Wo war sie, verdammt?

Ich pflanzte mich in meinen alten Bürostuhl und fuhr mir mit den Fingern durch den Bart. Das hier war lächerlich. Wenn sie nicht mal damit umgehen konnte, mich auf der Arbeit zu sehen, wie zum Teufel sollte sie mir dann freitagabends am Esstisch begegnen, im Kreis der ganzen Familie?

Ich holte das Handy aus meiner Tasche und rief sie an. Als sie nicht abhob und stattdessen die Mailbox ranging, knirschte ich mit den Zähnen.

Scheiß drauf. Ich hatte genug zu tun und ganz sicher nicht die Zeit, sie zu verhätscheln wie ein kleines Kind. Ich legte auf, ohne eine Nachricht zu hinterlassen, und begann, die Unterlagen auf meinem Schreibtisch abzuarbeiten. Wenn ich keine Akquise für neue Aufträge betrieb, würden meine Jungs kein Holz haben, das sie schlagen konnten.

Die Woche zog sich hin. Der Laden brummte, und es gab eine Menge zu tun, aber Ani hatte sich auch die restliche Woche über nicht wieder zur Arbeit gemeldet. Allmählich brachte mich das um den Verstand. Jedes Mal, wenn die Tür zum Empfangsbüro aufging, fuhr es mir heftig in den Magen, so nervös wurde ich, bis es sich wieder nur als einer der Männer entpuppte, die an meinem Büro vorbeiliefen. Ich kam früh, ging spät – Ani ließ sich allerdings kein einziges Mal blicken.

Kurz gesagt: Es machte mich wahnsinnig. Ich konnte kaum noch schlafen, und wenn doch, dann nur unruhig. Ein Teil von mir war erleichtert, dass sie sich die Woche über freigenommen hatte; so kriegten wir erst die Köpfe frei, ehe wir uns wieder über den Weg laufen müssten. Aber der andere Teil von mir wollte am liebsten sterben, nur um sie baldmöglichst wiederzusehen. Ich musste wissen, wie die Dinge um uns standen. Herrschte neuerdings Waffenstillstand, oder lagen die Dinge noch schlimmer als zuvor?

Sie musste endlich erwachsen werden und sich mir stellen.

Am Freitagabend schlurfte ich verspätet bei Mom und Dad zur Tür hinein. Ich hatte mich gesträubt, zum Familienessen zu gehen. Am liebsten hätte ich mir zu Hause ein Bier genommen und wäre im Unterhemd vor dem Fernseher versackt – doch derjenige zu sein, der nicht auftauchte, das konnte ich nicht auf mir sitzen lassen.

Schließlich war ich die Woche über dort gewesen, wo man mich gebraucht und erwartet hatte. Ich würde vor dem gemeinsamen Familienessen nicht kneifen.

»Hey, Mom«, rief ich, als meine Mom eben aus der Küche kam.

»Das Essen steht auf dem Tisch«, sagte sie mit einem Lächeln und nahm mich in Augenschein. »Du bist spät dran und siehst müde aus.«

»Ich bin auch müde.« Ich ging zu ihr und küsste sie auf die Stirn. »War eine anstrengende Woche.«

»Dann wollen wir dich mal satt kriegen und danach gleich wieder heimschicken.«

Ich folgte ihr ins Esszimmer und ließ meinen Blick über den Tisch schweifen. Dad, Trevor, Tante Ellie und Onkel Mike. Als ich sah, dass Ani fehlte, versuchte ich, mir nichts anmerken zu lassen. Dabei schäumte ich innerlich. Ließ sie sich nicht einmal mehr beim Abendessen mit der Familie blicken?

Während die hausgemachten Makkaroni mit Käse aufgetischt wurden, dachte ich nach. Meine Tante musste an diesem Abend gekocht haben, denn Mac and Cheese war ihre Spezialität, nicht die von Mom.

»Wo ist Ani?«, fragte ich, als ich es schließlich nicht länger aushielt. Sofort wünschte ich, dass ich die Worte hinuntergeschluckt hätte, anstatt sie auszusprechen.

»Sie hatte etwas anderes vor«, tat meine Mom die Frage achselzuckend ab – als gälten die vielen Male nichts, an denen sie mich moralisch verpflichtet hatte, sämtliche meiner Pläne zu ändern, die je auf einen Freitagabend gefallen waren.

»Sie ist die ganze Woche nicht im Büro aufgetaucht.« Ich starrte auf meinen Teller, als wäre das Essen darauf das Bedeutendste, das mir je untergekommen war. »Macht sie Urlaub?«

Ich blickte zu meiner plötzlich verstummten Familie auf und sah ihnen reihum in die Gesichter. »Was?«

»Sie musste die Woche über etwas erledigen und hat sich ein paar Tage freigenommen«, erklärte Trevor beiläufig. Er schaute mich nicht einmal an, während er mit mir sprach.

»Aber klar doch«, presste ich hervor und schob mir eine Gabel voll Essen in den Mund.

Meine Mom drehte sich zu mir. »Was?«

»Nichts«, sagte ich kopfschüttelnd und wandte mich schnell an meine Tante. »Die Makkaroni sind großartig, Tante.«

»Danke, mein Lieber.« Tante Ellie schenkte mir ein Lächeln und führte ihr Gespräch mit Dad fort, worüber auch immer sie gesprochen hatten.

Es gelang mir kaum, mich darauf zu konzentrieren, was um mich herum geschah. Ich fühlte mich unwohl, und mein Kopf begann hinter den Schläfen schmerzhaft zu pochen, so hart presste ich meine Kiefer zusammen.

»Ich mach mich auf den Weg, Mom«, eröffnete ich, als ich schließlich keine Sekunde länger dasitzen konnte. Ich schlug sie damit sicher vor den Kopf; eigentlich half ich ja immer beim Abräumen und Geschirrspülen. Doch meine Nerven lagen so blank, dass ich unmöglich eine weitere Stunde bei meiner Mom aushalten würde, um abzuwaschen.

»Geh nach Hause und erhol dich ein bisschen.« Sie hob den Arm und strich mir über den Rücken, und ich kam mir schlecht dabei vor, dass ich diesen Grund vorschützte, um mich aus dem Staub zu machen.

Ich verabschiedete mich und eilte zur Tür hinaus, bevor irgendjemand sonst vom Tisch aufgestanden war.

Dann machte ich mich schnurstracks auf den Weg zu dem kleinen Haus, das Ani vor sechs Monaten gekauft hatte. Es stammte aus den 1930ern und musste dringend renoviert werden, aber was ihm an Aussehen und Funktion fehlte, machte es mit seinem einzigartigen Charme wett. Für Ani war es im Grunde genommen perfekt. In ihrer Verwandtschaft befanden sich vier Männer, die allesamt handwerklich begabt waren und bereit anzupacken. Als Allererstes hatte sie es von außen gestrichen, was nicht den geringsten Sinn ergab. Sie meinte allerdings, sie wolle in ein schönes Haus heimkommen, egal, ob drinnen auf dem Boden noch der olivgrüne Flauschteppich lag und die Armaturen in der Küche fehlten.

Ich schlug gegen die Tür, und als sie geöffnet wurde, wetterte ich los.

»Erst kommst du eine Woche lang nicht zur Arbeit, und dann lässt du uns beim Familienessen sitzen? Was soll das bedeuten? Gehst du mir aus dem Weg? Verhalten wir uns doch mal bitte wie Erwachsene ...« Allmählich verstummte ich, als der Anblick, der sich mir bot, in mein Bewusstsein vordrang. »Was ist los, um alles in der Welt?«, fragte ich. Es kam schärfer heraus als beabsichtigt, und ich holte tief Luft.

Ihre Haare sahen pitschnass aus, als käme sie gerade aus der Dusche, aber im Gesicht war sie kreidebleich, abgesehen von den dunklen Ringen unter ihren verquollenen Augen. Den Rücken hielt sie gebeugt wie eine alte Frau. Kurz gesagt: Sie sah beschissen aus, und sie trug einen Flanellpyjama, obwohl es gerade einmal sieben Uhr abends war.

»Hey, mir geht's nicht so gut.« Sie lächelte mich müde an. »Können wir vielleicht ein andermal reden?«

»Nein«, entgegnete ich stur. Ich machte einen Schritt und zwang sie, ins Haus zurückzuweichen. »Was hast du denn?«

Sie seufzte und krümmte sich gleich darauf. Dann winkte sie mir, dass ich die Tür schließen sollte, und humpelte ins Schlafzimmer zurück.

»Hey.« Noch im Flur fasste ich sie am Arm. »Was zum Teufel geht hier ab?«

Sie blieb stehen. »Nur eine kleine Operation. Keine große Sache, okay?« Sie entwand sich meinem Griff. »Nächste Woche arbeite ich wieder. Im Moment fühle ich mich allerdings wie ein Haufen Scheiße, also könntest du bitte gehen?« Sie schlurfte ins Schlafzimmer. Ich folgte ihr und sah zu, wie sie sich vorsichtig aufs Bett setzte.

Als ich die Tür hinter mir schloss, blickte sie überrascht auf, und ihr Mund verzog sich zu einem schalkhaften Grinsen. »Wenn du hergekommen bist, weil du es noch einmal tun willst, vergiss es«, sagte sie. »Ich bin gerade eigentlich nicht in der Verfassung.« Sie strich sich ihre feinen schwarzen Haare glatt, die zu trocknen begannen.

»Was für eine Operation?«, hakte ich nach.

Wieso hatte mir niemand erzählt, dass sie im Krankenhaus gewesen war? War sie nach unserem Sex wirklich so angepisst gewesen, dass sie die anderen gebeten hatte, mir nichts zu sagen? Wir waren eine Familie, unsere Leben dicht verflochten. Zur Hölle, wir arbeiteten sogar zusammen. Und da hatte es niemand für nötig befunden, mich wissen zu lassen, was los war?

»Es geht dich nichts an, Abraham«, versetzte Ani.

»Blödsinn.« Ich musterte sie von Kopf bis Fuß, um zu sehen, wo zum Teufel sie sie aufgeschnitten hatten. Allein der

Gedanke daran bereitete mir Übelkeit. Ich konnte nichts entdecken als den Stoff ihres Pyjamas, der so durchnässt war, dass sie praktisch darin ertrank. »Du wurdest operiert, und mir hat keiner was gesagt?«

»Weil es dich verdammt noch mal nichts angeht.«

»Also gut«, rief ich und zog mein Handy aus der Tasche.

»Was tust du?«

»Ich rufe Katie an. Vielleicht kann sie mir sagen, was hier los ist.« Ich hatte gerade die Kontaktliste aufgerufen, als mir das Telefon aus der Hand geschlagen wurde.

»Sie weiß nichts, und sie muss auch nichts wissen«, fauchte Ani. Sie beugte sich vor und sah mich zornerfüllt an, eine Hand behutsam auf ihren Bauch gelegt. »Verzieh dich einfach, Bram!«

Daraufhin knallten meine Sicherungen durch. Bevor sie mir ausweichen konnte, knöpfte ich den obersten Knopf ihres Pyjamas auf und machte mich schon an den nächsten. »Muss ich selbst nachsehen? Na schön.« Dabei zitterten mir die Hände so sehr, dass ich am zweiten Knopf beinahe scheiterte.

Als ich beim vierten Knopf ankam, hob Ani schließlich leise an: »Bram. Bram, hör auf.«

Ich hielt inne, die beiden Seiten ihres Oberteils je am Kragen gefasst, und sah zu ihr auf. Mein Herz raste. Was nur? Was zum Teufel hatte sie? Ging es um Krebs? Hatten sie ihr etwas entfernen müssen? Den Blinddarm? Es ließe sich verschmerzen. Oder handelte es sich um etwas Schlimmeres?

»Sag es mir«, forderte ich und hatte Mühe, meine Stimme zu beherrschen.

Sie starrte mich eine Zeit lang an, dann rückte sie endlich mit der Wahrheit heraus.

»Ach, weißt du. Routinemäßige Entfernung meiner Gebärmutter.« Sie versuchte es wie einen Scherz klingen zu lassen, doch ihre Stimme brach beim letzten Wort, und sie begann zu weinen.

Mein Magen rumorte. »Oh, Baby. Nicht«, murmelte ich gedankenlos. Ich neigte mich zu ihr hinunter und nahm sie behutsam in den Arm, während sie schniefte und verzweifelt versuchte, sich zusammenzureißen.

»Tut mir leid«, hob sie leise an. »Es ist keine große Sache. Nicht im Geringsten. Ich weiß nicht, wieso ich weine.« Sanft legte ich sie auf ihr Bett. Noch im Reden wurde ihre Stimme verzweifelter, und mehr Tränen rannen ihr das Gesicht hinab. »Ich habe eine Schmerztablette genommen, Vicodin. Es macht mich weinerlich.«

»Schhh.« Ich ließ vom Bett ab und schaltete das Schlafzimmerlicht aus. Bis auf das Mondlicht, das durch die Fenster fiel, lag das Zimmer im Dunkeln.

»Danke fürs Lichtausmachen.« Sie schniefte. »Wir sehen uns Montag, ja?«

Ich nickte, während ich mir die Stiefel abstrampelte.

»Ich werde sogar Kaffee mitbringen, weil du ganz sicher zu faul warst, dir welchen zu machen, und deshalb die ganze Woche keinen getrunken hast.«

»Das ist toll«, antwortete ich, zog mein Hemd aus und streifte mir die Jeans von den Beinen.

Ein Schniefen von ihr, als ich das Bett umrundete, ein Schluchzer, als ich hinter ihr in die Laken kroch und mich in ihre geschwungene Körperhaltung einschmiegte. Ich legte ihr den Arm um die Brust, da ich ihre Wunde nicht antasten wollte.

Bei ihr brach endgültig der Damm.

Sie stöhnte, indem die Schluchzer aus ihr hervorbrachen, und ich zog ihr ein Kissen hin, damit sie es sich vor den Bauch pressen und sich zusammenrollen konnte. Ich wusste nicht, wie ihr zu helfen war. Erst kam mir die Idee, Mom anzurufen, aber es war logisch, dass Ani sie bereits wieder heimgeschickt hatte, sonst wäre sie hier gewesen und hätte mit Argusaugen über sie gewacht.

»Tut mir echt leid«, flüsterte sie, als ihre Schluchzer endlich nachzulassen schienen. Sie hickste und ächzte schmerzvoll. Ich wölbte meine Hand über ihre, die auf dem Kissen lag, und hielt sie eng an mich geschmiegt.

»Dir muss nichts leidtun«, versicherte ich sanft und küsste sie auf den Hinterkopf.

Sie wurde still. Sie schwieg so lange, dass ich glaubte, sie wäre eingeschlafen, bis sie erneut anhob: »Ich werde keine Kinder bekommen können.« Sie presste ihre Hände gegen das Kissen zu Fäusten zusammen.

Ich wollte ihr versichern, dass das keine schlimme Sache war. Wollte sie weiß Gott fragen, warum zur Hölle ihr das so wichtig war. Warum es sie so mitnahm. Überhaupt, wieso wollte sie Kinder in diese beschissene Welt setzen?

Aber ich sagte nichts davon.

Stattdessen glitt ich mit meinen Fingern über ihre Hände, bis sie sie löste und meine Hände ergriff. Und sagte einfach nur: »Es tut mir leid.«

Ani weinte selten. Ihre Gefühle zeigte sie nicht gern und überspielte Anzeichen von Unbehagen oder Traurigkeit normalerweise mit ihrer scharfen Zunge und sarkastischen Bemerkungen. Ich verstand das bei ihr, weil sie und ich uns darin ähnlich waren.

Ich glitt mit dem Kinn über die Haare an ihrem Hinterkopf, um sie mir aus dem Gesicht zu streichen, und schloss die Augen. Warum ich nicht auf der Stelle wieder aus dem Bett sprang und mich davonmachte, darüber vermied ich jeden Gedanken.

Kapitel 4

Anita

Gegen drei Uhr nachts erwachte ich, und mir fielen zwei Dinge gleichzeitig ein.

Ich brauchte unbedingt eine Schmerztablette. Bram war geblieben.

Sein Arm umschlang mich noch, wenn auch höher als zuvor, die Handfläche ruhte auf meinem Schlüsselbein, und sein Unterarm schmiegte sich eng zwischen meine Brüste. Es fühlte sich gut an. Ich erinnerte mich kaum daran, wann ich zuletzt die Nacht mit jemandem verbracht hatte. Sex – ja. Zusammen einschlafen – nein.

Aber so schön sich Brams Arm um mich auch anfühlte, ich musste ihn wegrücken, um aufzustehen und mir die Tabletten zu holen, die auf der Kommode auf der anderen Seite meines Schlafzimmers lagen.

»Hey«, schnarrte Bram, als ich versuchte, seinen Arm von mir zu heben. »Alles okay?«

»Ja«, flüsterte ich. »Ich brauche bloß eine Schmerztablette.«

»Oh!« Er setzte sich hinter mir auf. Augenblicklich vermisste ich seine Wärme an meinem Rücken. »Wo liegen die? Ich hol sie.«

Er kletterte aus dem Bett, und ich wollte protestieren, als sein belustigtes Schnauben mir das Wort abschnitt. Er taumelte im Dunkeln bei dem Versuch, sein Gleichgewicht zu erlangen. Seine Tapsigkeit nach dem Aufwachen kannte ich gerüchteweise, selbst erlebt hatte ich sie nie. »Bist du betrunken?« Ich sah, wie er sich an der Wand abstützte.

»Nee«, wies er zurück. »Ich brauche nur immer eine Minute, um wach zu werden.«

»Das ist ja das Armseligste, was ich je gesehen habe«, bekannte ich und setzte mich vorsichtig auf.

»Ruhe.«

»Nein, wirklich. Du erinnerst mich an eine kleine Giraffe nach der Geburt. Das ist ja *so* süß!«

»Ich kann mich gerade nicht wehren, aber ich habe ein verflucht gutes Gedächtnis, das weißt du, oder?«

»Da, noch mehr Beweise«, zog ich ihn auf. »Total wacklig auf den Beinen und ein völlig verwirrter Gesichtsausdruck.« Ich grinste, als er seine verdrießliche Miene noch mehr verzog.

»Es ist stockdunkel, und ich kenne mich hier nicht aus.« Er tastete sich schrittweise vor.

»So dunkel ist es gar nicht.«

»Du hast verdammte Fledermaus-Augen«, sagte er. »Wo liegen die Tabletten?«

»Oben auf der Kommode. Da steht auch ein Wasserbecher.«

Er taumelte zur Kommode, nahm das orange Fläschchen mit den Schmerztabletten und den Becher, den ich aus dem Krankenhaus mitgenommen hatte. Auf dem Weg zurück ans Bett gerieten seine Schritte schon sicherer.

»Du hast die Tabletten verblüffend schnell gefunden, dafür dass es stockdunkel ist«, stichelte ich.

»Halt bloß den Mund.« Er gab mir das Fläschchen und das Wasser und kroch über das Fußende des Bettes wieder herein zu mir.

Während er es sich hinter mir gemütlich machte, kicherte ich. Ich schluckte die Tablette und legte mich wieder hin. Ich überlegte, welche Position ich am besten einnehmen sollte. Bram lag auf dem Rücken, die Hände hinter dem Kopf, doch ich bezweifelte, dass er davon ausging, dass ich mich an ihn kuscheln würde. Aber mich auf die Seite zu legen und ihm den Rücken zuzuwenden erschien mir unhöflich. Verstieß das gegen die Benimmregeln, wenn man zusammen im Bett lag? In den Filmen, die ich kannte, lagen die Paare immer nur so, wenn sie stritten – nicht, dass ich uns jetzt für ein Paar hielt.

Am Ende entschied ich mich dafür, mich neben ihm in Rückenlage auszustrecken, auch wenn es sich eher unbequem für mich anfühlte. Die Hände legte ich auf meinen Bauch. So. Das würde gehen. Ganz locker.

Als ich meine Position schließlich gefunden hatte, fragte Bram: »Warum musstest du operiert werden?«

»Da sind ... ich hatte diese Dinger namens Uterusmyome. Sie verursachen Schmerzen. Ich litt daran seit Jahren, bis irgendwann der Punkt kam, an dem ich es nicht mehr aushielt«, erklärte ich so rundheraus wie möglich. Die langen Phasen von Erschöpfung und Depression, die ich erlebt hatte, ließ ich weg, genau wie die paar Male, als ich auch beim Sex Schmerzen gespürt hatte. Ich weigerte mich innerlich, lang und breit zu erzählen, wie ich über ein Jahr lang immer wieder hin und her überlegt hatte, bevor meine Entscheidung für die OP schließlich gefallen war. Wie der Gedanke, nie ein Baby auf die Welt zu bringen, mir für lange Zeit unerträglich erschienen war. An meinem neunundzwanzigsten Geburtstag hatte ich mich endgültig entschlossen, die Schmerzen nicht länger ertragen zu wollen, nur für den unwahrscheinlichen Fall, irgendwann vielleicht mal einen Mann zu haben und Kinder mit ihm zu wollen. Und ich ließ aus, dass ich in den zwei Wochen vor der Operation permanent geweint hatte und selbst auf dem OP-Tisch noch unschlüssig gewesen war, ob ich das Richtige tat.

»Ist das …« Er verstummte für einen Moment. »Hat es etwas mit Krebs zu tun?«

»Nein. Es ist kein Krebs.« Ich wandte den Kopf und sah ihn an. Ich erkannte, dass er an die Decke starrte.

»Aber du hattest Schmerzen?«

»Ja.«

»Das wusste ich nicht.«

»Woher solltest du es auch wissen?«, fragte ich perplex.

»Wenigstens musst du die von jetzt an nie mehr ertragen, oder?« Er neigte den Kopf und sah mich an, die Kiefermuskeln angespannt.

»Nein, muss ich nie mehr«, flüsterte ich und nickte.

Wie konnte ich ihm klarmachen, dass ein Teil von mir die Schmerzen in Kauf nehmen wollte, nur um die Entscheidung rückgängig zu machen? Für ihn ergäbe das keinen Sinn. Scheiße noch mal, ich wusste nicht mal, ob es für irgendjemanden Sinn ergab.

»Komm her.« Bram streckte die Hand aus und griff nach meiner, um mich an seine Seite zu ziehen. Ich rollte herum und legte ihm den Arm um die Hüfte. »Geht es so? Oder tut es weh?«

»Nein.« Ich schüttelte den Kopf und bettete ihn auf seine Schulter. »Sie haben den Eingriff durch die Vagina vorgenommen. Ich habe ein paar kleine Schnitte am Bauch von der Laparoskopie, aber ansonsten …« Ich verstummte, als ich begriff, wie stocksteif Bram dalag.

»Bram?«

»Sie haben ...« Ihn schauderte es. »Sie haben ... dich aufgeschnitten ...«

»Es geht mir gut«, versuchte ich ihn zu beruhigen, aber sein angespannter Körper wollte sich nicht entkrampfen. »Wirklich, Bram. Die machen so etwas jeden Tag.«

»Sie machen es aber nicht jeden Tag bei dir.«

»Na, Gott sei Dank nicht. Der Scheiß tut verdammt weh.«

Bram durchfuhr der nächste Schauder. Seine Hand glitt an meinem Rücken nach unten, und er zog mich enger an sich.

»Lass uns einfach nur schlafen«, blaffte er. Damit zog er die Decke hoch und breitete sie über uns.

Meine Haut kribbelte. »Was ist, bist du jetzt angewidert?« Ich fragte in scharfem Ton; seine Reaktion beschämte mich. »Ich hab dich nicht gebeten, zu bleiben. Du kannst gehen, wann du willst. Schließlich will ich dir ja nicht zur Last fallen mit der Operation, die ich gerade hatte. Von der ich nicht mal sicher weiß, ob ich sie wollte, und ...«

Er unterbrach meinen Redeschwall, indem er mich fordernd küsste. Auf eine Weise, die relativ unverschämt war, wenn man bedachte, dass ich bis zu meiner vollständigen Genesung sehr lange keinen Sex haben durfte.

»Mich stört einfach der Gedanke, dass sich jemand mit einem verfluchten Skalpell da unten an dir zu schaffen macht, okay?«, raunte er mir in den Mund. Er nahm den Arm hoch und verfing sich mit der Hand in meinen Haaren, während er darauf achtgab, sich nicht auf mich zu stützen. »Können wir bitte einfach aufhören, darüber zu sprechen?«

Sein Atem ruckte, und unter meiner Wange, die ich gegen seine Brust schmiegte, spürte ich sein Herz rasen. Es wühlte ihn wirklich auf. Ich spürte es, ohne den Grund dafür zu begreifen. Seinem Gesichtsausdruck nach zu urteilen, verstand er selbst nicht, weshalb er so reagierte.

Daraufhin flüsterte ich mit einem Nicken: »Gut, lassen wir es.« Ich küsste ihn sanft aufs Kinn.

Er erwiderte mein Nicken, saugte kraftvoll den Atem ein, als er die Finger durch meine Haare gleiten ließ. Anschließend strich er sie mir aus dem Gesicht.

Seine Anspannung lockerte sich, als er zurücksank und den Kopf auf mein Kissen bettete. Aber er löste kein einziges Mal den Griff seines Arms, den er um meinen Rücken geschlungen hatte.

Als ich das nächste Mal erwachte, war Bram verschwunden. Und ich nicht im Mindesten überrascht. Ich hatte nie vermutet, dass er der Typ Mann war, der am nächsten Morgen aufstand und einem das Frühstück ans Bett brachte. Nein, was mich erstaunte, war, dass er überhaupt die ganze Nacht bei mir geblieben war.

Als ich mich über den Bettrand beugte und meine Tabletten und den Wasserbecher vom Nachttisch nahm, stöhnte ich. Es war einer von zwei Bechern, die ich aus dem Krankenhaus mitgebracht hatte. Obenauf saß ein Deckel mit Strohhalm, was verhinderte, dass ich ihn umschmiss und den Inhalt verschüttete, wenn ich in den ersten Nächten nach der OP im Dunkeln danach tastete. Ich reckte mich ein wenig vor und hielt inne, als ich den Strohhalm endlich zwischen die Lippen bekam.

Der Becher war kalt und das Wasser ebenso. Ich schüttelte ihn und hörte die Eiswürfel gegen das Plastik klickern.

Ich lächelte. Bram hatte für frisches Wasser gesorgt, bevor er gefahren war.

Nach einem weiteren Zug am Strohhalm stellte ich den Becher ab und fiel zurück auf mein Kissen. Die Schmerzen hatten im Vergleich zu den ersten paar Stunden nach meiner Heimkehr aus dem Krankenhaus erheblich nachgelassen. Trotzdem war ich immer noch ziemlich lädiert. Ich würde mir erst ein paar Minuten Ruhe gönnen, ehe ich mich aufraffen und versuchen würde, herumzulaufen.

Meine Lider wurden eben wieder schwer, als ich die Stimme meines Pflegebruders Alex hörte. Sie kam aus dem Handy irgendwo neben dem Kissen.

Geh an dein verdammtes Telefon, Ani. Geh an dein verdammtes Telefon, Ani. Geh an dein verdammtes Telefon, Ani. Mann, ich musste diese App löschen, mit der die Anrufer ihre eigenen Klingeltöne aufnehmen konnten.

»Was willst du?«, meldete ich mich, als ich das Telefon schließlich in einer Falte des Kissenbezuges fand.

»Eine Stripperin. Blond, mit blauen Augen und riesigen …«

»Dann hast du dich verwählt … mal wieder«, reagierte ich trocken.

»Warte, bist du sicher?«

»Warum genau rufst du mich an einem Samstagmorgen um neun Uhr an?«

»Wie geht's dir?«, fragte Alex.

»So als hätte ich meine Weiblichkeit verloren.« Seufzend ließ ich mich in die Decke sinken.

»Oh, Scheiße. Du hast die Umwandlung gleich mitgemacht? Dein Ding ist hoffentlich nicht größer als meins, sonst können wir leider keine Freunde mehr sein.«

»Machen die heutzutage überhaupt noch welche, die so

klein sind wie deiner?« Als ich Alex lachen hörte, musste ich grinsen.

»Ein Ding von meinen Maßen hättest du wohl gerne!«, feixte er.

»Lass mal, meine beiden Dinger sind größer.«

»Auch wieder wahr«, lenkte Alex ein. Er klang nun hundertprozentig ernst. »Nein, wie geht's dir, jetzt mal ohne Witz? Ist alles in Ordnung?«

»Ja, alles okay«, versicherte ich. »Weniger Schmerzen als gestern.«

»Wie geht es dir sonst so, du weißt schon? Gefühlsmäßig.« Ihm war hörbar unwohl.

»Willst du mich auf den Arm nehmen?«

»Ach, halt doch den Mund«, schnappte er.

Wir redeten ungefähr zwanzig Minuten über Gott und die Welt, dann legten wir auf. Ich liebte den Jungen.

Als ich mich für die OP entschieden hatte, hatte ich als Erstes Alex' Nummer gewählt. Sicher, manchen Leuten mochte das seltsam erscheinen, aber mir kam es absolut richtig vor. Ich hatte einen Freund gebraucht, der die Sache nüchtern betrachtete, und ich wusste, dass Kate und Liz dafür nicht die Richtigen waren. Sie hätten es aus weiblicher Sicht betrachtet. Sie hätten verstanden, wie schwer es mir fallen musste, jegliche Chance auf ein eigenes Kind für immer aufzugeben. Diesen Teil meiner selbst.

Ich hatte einen Freund gebraucht, der mich in meiner Entscheidung bestätigte, ohne in Tränen auszubrechen oder mich mit Fragen zu überhäufen. Alex war dieser Freund gewesen.

Ich rollte mich aus dem Bett und schlurfte in die Küche, um mir einen Kaffee zu machen. Als ich die vertraut aussehende

Pappschachtel auf der Anrichte entdeckte, blieb ich stehen. Schließlich ging ich hin und sah, dass jemand den Deckel beschriftet hatte. Es sah aus wie schwarzer Markierstift.

Ich wusste nicht, welche du am liebsten magst.

Ich hob den Deckel von der Schachtel und blickte auf die zahllosen verschiedenen Donuts, die hineingequetscht worden waren: Ahornriegel, Schokoriegel, Bärentatzen, Donuts mit Glasur und alle anderen Sorten, die es beim Donut-Shop am Ende der Straße zu kaufen gab.

Ich war neunundzwanzig, und diese Schachtel mit Donuts war vielleicht das Liebste, was je irgendwer für mich getan hatte.

Ich sah mich in der Küche nach weiteren Anzeichen für etwas Ungewöhnliches um. Dabei griff ich nach einem Ahornriegel und biss geistesabwesend hinein. Herrgott, war das gut. Ich stöhnte, biss ein weiteres Stück ab und bereitete mir eine Tasse Kaffee zu.

Es war Samstag, also gab es für mich nicht allzu viel zu tun, doch ich spürte die fiebrige Energie, die mich durchströmte. Nach fast einer Woche im Bett mutete die Vorstellung, dorthin zurückzukehren und sich den x-ten Film anzusehen, wie Folter an. Ich war Beschäftigung gewohnt. Entweder arbeitete ich im Büro oder ich kümmerte mich um das Haus. Freizeit blieb kaum – ich mochte es so –, und die erzwungene Untätigkeit nagte an meiner Geduld.

Ich aß den Donut auf, schnappte mir meinen Kaffee und ging aus meiner halb fertigen Küche schnurstracks in mein halb fertiges Wohnzimmer. Trotz sechs Monaten Arbeit, die ich in mein neues Zuhause gesteckt hatte, sah es nirgends danach aus, als wäre ich der Fertigstellung einen Schritt näher gekommen. Zugegeben, der hässliche Flauschteppich war entsorgt, und in der Küche standen mittlerweile ein Kühlschrank und ein Herd. Doch die uralten Hartholzböden mussten immer noch abgeschliffen werden. Und meine Arbeitsflächen passten in einen Siebzigerjahre-Sexfilm mit Pornogedudel.

Ich liebte mein Haus. Es passte zu mir, und mir gefiel der Gedanke, dass es vor so langer Zeit gebaut worden war. Es atmete Geschichte. Als Pflegekind besaß ich nicht viel, was aus meiner eigenen Kindheit noch intakt geblieben war. Wenn man so oft umzog, mit so vielen verschiedenen Kindern zusammenlebte, die alle ihre eigenen Probleme hatten, ging vieles verloren, wurde gestohlen, kaputt gemacht. Und vergessen.

Mir gelang es, zwei Dinge zu bewahren. Einen Rucksack, den ich von einer Pflegefamilie in die andere getragen hatte, und einen Kissenbezug, den ich als kleines Kind zum Einschlafen gebraucht hatte. Das war alles. Die Gesamtheit meiner Familienerbstücke. Durch ein Haus zu wandern, das eine Familie nach der anderen überdauert hatte, über eine Spanne von fast hundert Jahren hinweg, tröstete mich. Es unterschied sich von einem typischen Durchschnittsreihenhaus in einer Neubausiedlung. Es war einzigartig, für die Ewigkeit gebaut.

Ich nippte an meinem Kaffee und sah mich im Wohnzimmer um. Die Wände trugen einen frischen Anstrich in Hellgrau – das hatte ich in der Woche vor der Operation erledigt. Der Kamin gehörte zu den wenigen Dingen, die keine Renovierung nötig hatten, doch ich hatte die Umrandung und den Sims weiß gestrichen. Die zerkratzten Dielen bedeckte nichts außer einer Abdeckplane und dem Farbeimer, den ich für den Kamin benötigt hatte. Er enthielt noch genug Farbe, um damit die Fensterrahmen und Fußleisten zu weißen.

Ich legte den Kopf schief und betrachtete die nagelneuen Fenster. Zwar waren sie sündteuer gewesen, da die alten Fenster kuriose Maße aufwiesen, aber ich freute mich trotzdem über das Resultat. Jetzt brauchten sie nur noch schöne weiße Rahmen.

Ich blickte zurück zu dem Eimer Farbe am Boden.

Auf einem Stuhl sitzend die Rahmen streichen, das ginge mit Leichtigkeit. Es wäre keine zu große Belastung. Wenn überhaupt, beruhigte es mich bestimmt.

Nachdem ich entschieden hatte, wie ich vorgehen wollte, schnappte ich mir in der Küche ein Rührholz und einen kleinen Pinsel aus der winzigen Vorratskammer. Ich würde eine Weile streichen und dann ein Nickerchen machen.

»Scheiße noch mal, was tust du denn?«, donnerte Bram hinter mir los. Ich erschreckte mich so, dass ich fast vom Stuhl fiel.

Der Farbpinsel schlingerte in meiner Hand, aber ich bekam ihn rechtzeitig zu fassen und drehte mich zu Bram um, während ich ihn auf den Stapel Zeitungspapier vor meinen Füßen warf. Verdammt, mir tat alles weh. Ich wusste nicht, wann ich die letzte Schmerztablette genommen hatte.

Ohne auf seine Frage einzugehen, fragte ich: »Wie spät ist es?« Ich setzte den Deckel auf den Eimer und begann ihn mit einem Hammer festzuschlagen.

»Gib schon her!« Bram nahm mir den Hammer aus der Hand und versiegelte den Eimer mit drei festen Hieben. »Gleich drei Uhr.«

Kein Wunder, dass ich mich so beschissen fühlte – den ganzen Tag über keine Schmerztablette … und außerdem kein Mittagessen, fiel mir ein. Einmal mit Streichen angefangen, war ich in eine Art Trance verfallen. Ich liebte es, am Haus zu werkeln. Es entspannte mich zu wissen, dass ich an etwas Einzigartigem arbeitete. Etwas, das mir gehörte.

»Sieht doch prima aus, was?«, verkündete ich mit Blick auf die untere Hälfte der Fenster. An die oberen Hälften hatte ich mich nicht gewagt. Ich wusste, dass ich gut daran tat, sitzen zu bleiben. Nicht, dass es einen Unterschied machte. Einmal aufgehört, fühlte ich mich nämlich trotzdem völlig fertig.

»Du hast die halben Fenster gestrichen«, bekundete Bram, die Arme vor der Brust verschränkt.

»Wieso bist du eigentlich kein Detektiv geworden? Das hast du nämlich verflucht gut beobachtet.« Ich rappelte mich auf die Füße und versuchte, meine Schmerzzuckungen zu verbergen. Ja, ich brauchte definitiv eine von diesen Tabletten.

»Warum zum Teufel hast du die halben Fenster gestrichen?«, fragte Bram. »Solltest du es nicht ruhig angehen lassen?« Er trat auf mich zu, wie um mir zu helfen.

»Mir war todlangweilig.« Ich schlurfte um ihn herum und holte ächzend Luft. Erst die Tablette, dann essen.

»Dir war langweilig«, grollte Bram und folgte mir ins Schlafzimmer.

»Ja. Langweilig.« Ich öffnete das Fläschchen und musste mich zurückhalten, nur eine Tablette zu nehmen. Zwei wirkten besser, aber ich wollte nicht einschlafen und wusste, dass die Dinger mich umhauten.

»Und siehst du, was du jetzt davon hast?«, fragte Bram an meinen Türrahmen gelehnt.

»Viel«, beharrte ich und hob das Kinn. »Ich hab die halben Fenster geschafft.«

»Die sehen kacke aus.«

»Überhaupt nicht. Sie sehen halb fertig aus.« Ich drängelte mich an ihm vorbei und bahnte mir meinen Weg in die Küche, wo ich die Donuts in der Schachtel beäugte, die immer noch auf der Anrichte stand. Ob ich es mir wohl erlauben konnte, noch einen zu essen? Ach was, scheiß drauf. Ich nahm sowieso nie zu. Selbst wenn ich es darauf anlegte, ein paar Pfund zuzulegen, misslang es. Ich beschwerte mich nicht offen darüber – es gab Leute, die dafür getötet hätten, alles essen zu können, was sie wollten, und dabei kein Gramm schwerer zu werden – aber es regte mich doch auf. Vielleicht wollte ich Brüste haben! Vielleicht wollte ich einen richtigen Arsch! Und mir nicht andauernd die Kommentare ältlicher Damen im Supermarkt darüber anhören müssen, dass ich mich zu Tode hungerte.

»Danke für die Donuts«, rief ich und schob mir einen mit Zuckerguss drauf in den Mund.

»Gern geschehen.« Bram blieb in der Küchentür stehen.

Ich hätte gern gewusst, was er hier wollte. Sein plötzlicher Drang, in mein Haus zu kommen und mich durchzufüttern, irritierte mich. Fand ich es nett? Natürlich. Aber wir hatten ein einziges Mal miteinander geschlafen, da konnte man uns nicht gerade ein Paar nennen. Unsere Beziehung war unverändert so, wie sie immer gewesen war.

Ich fühlte mich zusehends davon genervt, dass er stumm dastand und mir zusah, wie ich den Donut verschlang. Ich hasste es, nicht zu wissen, was ich sagen oder wohin ich schauen sollte. Wir standen in meiner Küche, verdammt. Meiner Komfortzone. Meinem Heiligtum.

Als die Stille sich bis zur Unerträglichkeit steigerte, wischte ich mir die Hand an der Pyjamahose ab und trat einen Schritt vor. »Hör mal, ich bin ziemlich erledigt, also …«

»Aber klar«, fiel mir Bram ins Wort. Er nickte und kratzte sich am Bart. Da erst spürte ich, dass ihm genauso wenig wohl war wie mir. Er zappelte herum. Verhielt sich ungeschickt.

»Dann also bis Montag, oder?«

»Ja, richtig. Montag.« Ohne ein weiteres Wort drehte er sich herum und marschierte davon. Beim Rausgehen zog er leise die Haustür hinter sich zu. Kurz darauf hörte ich das Klicken des Riegels im Bolzenschloss und erinnerte mich daran, dass er einen der Ersatzschlüssel zu meiner Haustür für mich verwahrte.

Ich hütete wiederum einen Schlüssel für sein Reihenhaus in der Stadt. Gebraucht hatte ich ihn noch nie, aber ich hatte ihn.

Die Tragweite unserer beiden miteinander verflochtenen Leben traf mich mit der Wucht eines Vorschlaghammers, während ich mich auf dem Weg zurück ins Bett befand.

Wir gehörten nicht nur zur selben Familie, wir arbeiteten auch zusammen. Ich sah ihn täglich. Gut, wir sprachen fast nie miteinander, es sei denn über Geschäftliches – aber trotzdem liefen wir uns über den Weg. Wenn meine besten Freunde mich besuchten, gehörte er dazu. Wenn ich Liz und Dan besuchte, besuchte ich auch ihn. Wenn ich Hilfe beim Heimwerken brauchte, stand er auf der Matte, zusammen mit Dan, Mike, Trevor, einem Werkzeuggürtel und einem Truck voller Elektrowerkzeuge.

Zum ersten Mal, seit wir uns kannten, brachte mich Brams Gegenwart durcheinander. Die ganzen fiesen Sprüche, die ich so gern machte, schienen aus meinem Hirn wie weggeblasen zu sein, sobald er mich ansah, dabei legte ich für gewöhnlich erst richtig los, wenn er auftauchte. Nach vierzehn achtlos nebeneinanderher gelebten Jahren waren wir uns zum ersten

Mal wirklich nahegekommen. Und ich wusste nicht, wie ich mich wieder von ihm distanzieren konnte.

Und das Mieseste an der ganzen Sache: Es gab keine Möglichkeit, ihm aus dem Weg zu gehen. Genauso wenig, wie sich wohl die Tatsache umgehen ließ, dass ich seinen Schwanz in der Hand gehalten hatte.

Ich hatte allerdings gelogen.

Anscheinend ließ sich Bram mühelos aus dem Weg gehen.

Fairerweise muss ich hinzufügen, dass ich nicht wusste, ob ich ihm aus dem Weg ging, er mir – oder wir uns gegenseitig. Jedenfalls begegneten wir uns nach dem Tag in meiner Küche, aus der ich ihn praktisch rausgeschmissen hatte, kaum noch.

Fast vier Wochen vergingen. Bei den Familienmahlzeiten schwieg er. Nicht, dass Bram sonst redete wie ein Wasserfall, aber aus naheliegenden Gründen fiel es mir nun deutlicher auf. Er sprach mich nie direkt an, und alle Anzeichen unserer andauernden verbalen Kriegsführung lösten sich in Luft auf.

Trevor ahnte etwas, das spürte ich. Liz und Ellie vielleicht auch. Doch niemand ließ es sich anmerken. Sie behielten uns genau im Blick, wie wir einander umkreisten, ohne jemals wirklich Kontakt aufzunehmen. Es machte mich wahnsinnig. Wenn wir mit dieser Nacht jemals abschließen wollten, ohne dabei die ganze Familie darüber zu alarmieren, dass wir auf der Rückbank meines Toyotas gebumst hatten, musste er sich endlich normal verhalten.

Ich log wirklich.

Ich war diejenige, die ihren Scheiß geregelt kriegen musste.

Die Dynamik, die zwischen uns herrschte, stand seit eh und je fest. Ich machte schließlich immer den ersten Kommentar. Wirklich immer. Ich sagte etwas, und Bram erwiderte es. Danach ging es die restliche Zeit, die wir zusammen waren, hin und her.

Doch jetzt kam mir nicht die leiseste Bemerkung über die Lippen, nicht um alles in der Welt. Ich brachte es nicht fertig. Ich öffnete den Mund, um einen Hieb anzubringen, und klappte ihn gleich wieder zu, als mir einfiel, wie er sich im Bett von hinten an mich schmiegte. Den fantastischen Sex glaubte ich hinter mir lassen zu können. Aber es war diese Zärtlichkeit, die mir schneller das Maul stopfte als einem republikanischen Politiker ein Schwulensex-Skandal. Ich sah ihn an, erinnerte mich daran, wie er mir sanfte Worte ins Ohr geflüstert hatte, und schaffte es nicht, ihn zu meinem Feind zu machen.

»Du bist still heute«, sagte Tante Ellie, als wir uns wieder freitags zusammen an den Tisch setzten. »Alles okay?«

»Ja«, piepste ich und versuchte, nicht zusammenzuzucken oder in Brams Richtung zu sehen. Sonst wüssten sie Bescheid. Ich hatte drei Wochen mit anschließenden Familienabenden durchgestanden und fühlte mich, als müsste die Anspannung in meinen Gliedern jeden Moment explodieren und ich vom Tisch aufstehen, um ihnen zu beichten, dass ich Mr. Mürrisch Bram in einer Seitenstraße der Portlander Innenstadt gevögelt hatte.

»Geht es dir besser?«, fragte sie und reichte mir die Schüssel mit Brötchen.

»Ja. Ich war gestern bei der Ärztin, und es ist alles gut verheilt. Sie meint, ich soll es noch eine Weile ruhig angehen lassen, doch im Großen und Ganzen bin ich wieder in Ordnung.« Ich reichte die Schüssel an Trevor links von mir weiter.

»Wirklich? Das scheint mir aber sehr schnell zu gehen«, erwiderte Ellie und lächelte verhalten, als ich mit den Schultern zuckte. »Na, jedenfalls bin ich froh, dass es dir besser geht.«

Sie lehnte sich zu mir und tätschelte mein Bein, ehe sie sich wieder ihrem Essen zuwandte, und ich erinnerte mich daran, dass auch Ellie nie hatte Kinder bekommen können. Über die Hintergründe wusste ich nicht viel und fand, dass es mir auch nicht zustand, sie danach zu fragen. Onkel Mike und sie waren Pflegeeltern geworden und hatten Trevor und Henry adoptiert, aber ich fragte mich, ob sie etwas daran bedauerte.

Ich riss mich aus meinen Gedanken. Im Unterschied zu mir war Tante Ellie keine Wahl geblieben, so viel wusste ich. Unsere Situation unterschied sich.

»Noch zwei Wochen«, trällerte Liz quer über den Tisch und ließ mich aufhorchen. Sie rieb sich erwartungsvoll die Hände. »Ich kann es kaum erwarten, meine Enkel im Arm zu halten.«

»Kommt Shane mit?«, fragte Trev und lehnte sich vor, um auf seinen Teller mit heißem Chili zu pusten. »Für ihn steht ein neuer Auslandseinsatz an, oder?«

»Ganz genau«, vermeldete Onkel Mike und lehnte sich zurück. »Er hat sich freigenommen, damit sie zusammen herkommen können. Die Woche danach hat er Zeit, sich zu Hause um alles zu kümmern, bevor er sich für den Abmarsch bereitmachen muss.«

»Ich kapier nicht, wie Kate das schafft«, sagte ich und schüttelte den Kopf, als sich alle Augen am Tisch mir zuwandten. »›Hey, wieso spielst du nicht ein paar Monate im Sand, während ich hier zu Hause alles Wichtige regele, und wenn du wiederkommst, empfange ich dich mit offenen Armen und vergesse, dass ich mich die letzten sechs Monate lang fast abgerackert hab.‹«

»Willst du mich verarschen?«, polterte Bram. Er starrte mich über den Tisch hinweg wütend an.

»Nein. Ich meine, ich verstehe ja ...«

»Tust du offenbar nicht.« Mit einem Platsch ließ er den Löffel auf seinen Teller fallen. »Er leistet da drüben Dienst an der Waffe. Da sind Leute, die auf ihn schießen. Die seine Freunde in die Luft sprengen. Glaubst du, er ist scharf drauf, seine Familie sechs Monate am Stück nicht sehen zu können?«

»Bram.« Liz blickte zwischen uns hin und her. »Lass gut sein.«

Ich knirschte mit den Zähnen, während ich meinen Ärger zurückzuhalten versuchte. Wenn ich hätte ausreden dürfen, hätte ich gesagt, dass ich sehr wohl wüsste, wie schwer es auch für Shane sein musste. Gefährlich und Furcht einflößend. Ich verstand es. Wirklich. Ich an ihrer Stelle hätte es eben nicht gekonnt.

»Bitte, Bram«, zischte ich. »Erzähl du uns doch, wie viel du über das Leben als Soldat gelernt hast, während du in unseren heimischen amerikanischen Wäldern Bäume umgehauen hast.«

»Nimmst du eigentlich nichts ernst?« Er wurde immer ungehaltener. »Erzähl doch Alex mal, was für einen Respekt du dem entgegenbringst, was er opfert. Oder Henry. Er würde deine Meinung darüber bestimmt auch gern hören.«

»Ach, du kannst mich mal.« Ich stand auf.

»Setz dich hin, Anita«, verlangte Liz.

»Ich hau ab – es wäre ja noch schöner, dass unser lieber Bram wegen mir eine Magenverstimmung kriegt.« Ich starrte Bram verächtlich an.

»Jetzt setz dich auf deinen Hintern, verdammt noch mal!«, donnerte Dan. Mein Arsch landete auf meinem Stuhl, ohne dass ich lange darüber nachdenken konnte. »Wir reden am Essenstisch nicht über Politik.«

»Es geht nicht um Politik, sondern um ...«

»Bram, ich schwöre, wenn du nicht sofort die Klappe hältst, vergesse ich mich«, warnte ihn Dan. Er atmete schwer, und Liz legte ihm sanft die Hand auf den Arm und streichelte ihn.

Mit klopfendem Herzen blickte ich in mein Chili. Ich spürte, wie sich hinter meinen Augen die Tränen zusammenbrauten. Die Momente, in denen Dan in meiner Gegenwart die Beherrschung verloren hatte, ließen sich an einer Hand abzählen – und ich war nie zuvor der Grund für einen solchen Ausbruch gewesen. Dan besaß ein sanftes Gemüt. Er liebte seine Frau, seine Kinder, seine Firma. Und er liebte Essen – genau in der Reihenfolge. Es gab nicht viel, das ihm unter die Haut ging. Aber das Gesprächsthema Militär – beziehungsweise die Art, wie Bram und ich uns darüber zankten – genügte, ihm augenblicklich den Ausdruck immerwährender Zufriedenheit aus dem Gesicht zu wischen.

Ich mochte es nicht, wenn man mich anschrie. Ich hasste es sogar.

Ich saß da, kämpfte mit schweren Schlucken gegen die Schluchzer an, die aus meiner Kehle herauswollten, und hielt die zitternden Hände im Schoß. Am Tisch ringsum schwiegen alle.

Nach einer Weile brummte Dan in normaler Lautstärke: »Es sitzt niemand hier an unserem Tisch, der keinen Respekt für die Opfer hat, die unsere Jungs ihrem Land gegenüber gebracht haben. So jemanden würde ich gar nicht erst in dieses Haus lassen, verflucht.«

Ich biss mir auf die Wange und vermied es, die anderen anzublicken. Als ich sah, wie Ellie die Hand zu mir ausstreckte, zuckte ich zurück, und sie nahm sie wieder herunter.

»Ani ist zu klug, um sich über das, was Shane tut, lustig zu machen«, schloss Dan. Ich rätselte, ob es eine Mahnung an mich war, meinen Mund zu halten, oder seine Art, die Gewissheit darüber zum Ausdruck zu bringen, dass ich kein respektloser Mensch war.

»Entschuldige, Dad«, meldete sich Bram leise zu Wort.

Das Abendessen nahm seinen Lauf, und die Gespräche begannen wieder, doch ich konnte meine Augen nicht von meinem Teller nehmen. Ich zitterte immer noch. Es gelang mir kaum, mich unter Kontrolle zu kriegen.

Sehr lange schon machte ich mir meine Schlagfertigkeit zunutze, um andere Leute auf Distanz zu halten. So tat ich es eigentlich schon mein ganzes Leben, angefangen noch ehe man mich von meiner Mutter fortgeholt hatte. Ich wirkte so, als nähme ich nichts ernst, und das gefiel mir. So konnte ich lustig sein.

Die Lustige, nicht das traurige kleine Pflegekind.

Bei meiner Ankunft in der Familie von Dan und Liz besaß ich bereits eine ausgereifte Persönlichkeit. Ich schützte Respektlosigkeit vor. Riss auf Beerdigungen blöde Witze und lachte den Leuten ins Gesicht. Aber die Evans schienen mich trotzdem zu mögen. Dies wiederum bestärkte das Ganze, fühlte ich mich doch wohl damit, ich selbst sein zu können. Es störte sie nicht groß, wenn ich Trevor unseren Quotenschwarzen nannte. Es störte sie nicht, wenn ich verkündete, der hübsche Henry sei eigentlich als Mädchen zur Welt gekommen, oder aller Welt weismachte, Alex und Abraham sprächen in Wahrheit von Kindesbeinen an Spanisch, nur um daraufhin zuzusehen, wie jedermann versuchte, sich auf Spanisch mit ihnen zu verständigen, während die beiden verwirrt blinzelten. Es störte sie nicht, wenn ich sie fett nannte – auch wenn das nicht zutraf –, und behauptete, in der falschen Familie gelandet zu sein, weil ich so viel schmächtiger war als sie alle. Es störte sie nicht, wenn ich den Holzbetrieb Dans und Mikes kleines Hobby nannte.

Weil sie wussten, dass ich keinen einzigen dieser Sprüche und verächtlichen Späße böswillig meinte. Ich liebte die Familie, die mich bei sich aufgenommen hatte, abgöttisch. Ich wäre bereit gewesen, für sie zu töten. Und jedes Mal, wenn jemand uns ansah, mich Schmächtige, die kurvige Kate, den blonden Henry, die Zwillingshispanos Alex und Abraham und den dunkelhäutigen Trevor, riss ich meine Witze über uns.

Weil es für mich keine Rolle spielte. Ich machte mich nicht lustig über sie – ich machte mich lustig über die Welt. Über die Gesellschaft, in der wir lebten. Über die Leute, die uns anglotzten. Die sich dafür interessierten, wie viel wir wogen und wie viel Geld die Firma wohl abwarf. Über die Leute, die die Nasen rümpften, wenn sie ihre Fragen stellten.

Hätte ich einen Dollar für jedes Mal bekommen, wenn man mich fragte, wo ich herstammte, hätte ich mir einen verdammten Kaffee-Trailer von Dutch Bros. kaufen können, um karamellisierten Eiskaffee zu trinken, wann immer ich wollte, ohne in der Schlange zu stehen. *Um ehrlich zu sein, du blöder Wichtigtuer, habe ich keine Ahnung, woher ich stamme, weil ich nun mal nicht weiß, wer mein Vater ist.* Nicht den blassesten Schimmer, nein. Meine Mutter hatte so viele Männer gevögelt, dass auch sie nichts wusste. Gut möglich, dass ich mein ganzes Leben lang alle Formulare falsch ausgefüllt hatte, die mich fragten, ob ich gebürtige Amerikanerin war.

Ich atmete tief durch die Nase ein.

Man ertrug mich nur schwer. Ich wusste das. Aber zu Hause bei diesen Leuten kam ich mir nie so vor, als verurteilte mich jemand. Sie nahmen nicht alles für bare Münze, was ich sagte – sie lasen zwischen den Zeilen. Hörten auf das, was ich meinte, nicht auf das, was ich von mir gab.

Und mit einem Mal, nach vierzehn Jahren, fühlte ich mich im Haus der Evans nicht länger sicher. Ich fühlte mich wie vor den Kopf geschlagen. Als hassten sie mich. Als verstünden sie mich nicht. Als gehörte ich nicht hierher.

Ich hob meine zitternde Hand an den Löffel und rührte im Chili, versuchte, meine Atmung zu kontrollieren, während um mich her die Gespräche geführt wurden.

Ich musste hier weg. Weg von ihnen. Doch ich fürchtete mich davor, Aufmerksamkeit auf mich zu lenken, indem ich vom Tisch aufstand.

Was, wenn Dan mich wieder anschrie?

Mit neunundzwanzig Jahren ängstigte ich mich davor, ausgeschimpft zu werden wie ein kleines Kind. Ich ballte die Hand in meinem Schoß zur Faust und erschauderte.

»Wir müssen los, Mom«, verkündete Bram, während ich weiter in meinem Essen rührte.

»Wir?«

»Ja, ich hab Ani versprochen, sie mit in Jay's Bar zu nehmen.

Als ich hörte, wie Bram meinen Namen sagte, fuhr ich unmerklich zusammen, schaute allerdings nicht auf.

»Aber, ihr habt doch eben noch …«

»Wir sehen uns später.« Eine Sekunde schwieg er. Ich stellte mir vor, wie er seiner Mom je einen Kuss auf beide Wangen gab, wie er es immer tat. »Danke fürs Essen.«

Er umrundete den Tisch und kam auf mich zu. Ich saß da

wie erstarrt. Als er mir die Hand hinstreckte, erhob ich mich. Ich griff nach ihr, und er zog mich aus dem Esszimmer, wobei ich erfolgreich sämtlichen Blicken auswich.

»Scheißdreck!«, röhrte Dan in der Küche, als wir das Haus durch die Vordertür verließen.

Der Versuch, das Schluchzen zu unterdrücken, das aus meiner Kehle hervorsprudelte, misslang. Ich schlug mir die Hand auf den Mund.

»Hey«, redete Bram mir ruhig zu.

»Ist schon gut«, sagte ich. »Lustiges Abendessen, was?« Ich ging ein paar Schritte auf meinen Wagen zu, ohne Bram anzublicken. »Schätze, ich kann es als Erfolg verbuchen, wenn ich ausgerechnet diejenige Person da drin auf die Palme bringe, die mit Lobotomie geschlagen ist. Ich meine, mal ehrlich. Das muss man erst mal können.«

»Ani«, fiel Bram mir warnend ins Wort.

»Ein weiterer Tag, an dem ich meine typischen Fähigkeiten unter Beweis stellen konnte. Beleidigung von Kriegsveteranen und ihren Kindern. Muss ein gottgegebenes Talent sein.«

»Anita«, brauste er auf.

»Was?«, giftete ich und hob den Blick.

»Wo willst du hin?«

Ich sah zu meinem Wagen und dann zu Bram. »Äh, nach Hause?«

»Also willst du nicht mit zu Jay's?«, grollte er.

»Warte, hast du das ernst gemeint? Ich dachte, du wolltest mich bloß da rausholen – danke übrigens ...«

»Willst du jetzt oder nicht?«, rätselte er.

Ein neuerlicher Blick zu meinem Wagen, dann zu Bram.

»Na schön, okay.«

»Dann steig endlich in die verdammte Kiste.«

Mein Blick verfinsterte sich, und ich stapfte an ihm vorbei.

»Aber du musst mich morgen wieder hierher zurückbringen, damit ich meinen Wagen holen kann«, verlangte ich. »Heute werd ich mich hier ganz bestimmt nicht noch mal blicken lassen.« Ich umrundete die Motorhaube seines Trucks.

»Gut.«

»Gut.« Ich machte auf dem Absatz kehrt und rannte zu meinem Toyota, um mein Portemonnaie zu holen. Bram murrte hinter mir. Er stieg in seinen Truck, ließ den Motor an und hupte.

Ganz der verdammte Gentleman.

Kapitel 5

Abraham

Ich war in meinem Leben noch nie so wütend auf Dad gewesen.

Wir kamen früh zu Dan und Liz, im Kindesalter. Ich war erschöpft gewesen, dieses Wort passte vermutlich am besten. Man hatte Alex und mich von Familie zu Familie geschickt, und seit unserer Aufnahme in das Vermittlungsprogramm im Alter von sieben waren wir nie lange unter demselben Dach geblieben. Selbst damals wusste ich, dass die Umzüge meine Schuld waren.

Alex war süß. Alex war lustig. Er kam mit jedem zurecht, immer happy, immer froh.

Das Problem war ich. Derjenige, der sich querstellte und bei niemandem Anschluss zu finden schien. Ich brütete vor mich hin und hockte an Weihnachten oder an Geburtstagen still in der Ecke.

Hätte es mich nicht gegeben, wäre Alex vermutlich gleich nach dem Tod unserer Mom adoptiert worden. Ich konnte von Glück reden, dass ein Staat sich schwer damit tat, eineiige Geschwisterpaare zu trennen. Wäre es anders gewesen, hätte ich meinen Bruder nie wiedergesehen.

Und so, nun ja, hegte ich meinen Groll, und zwar so gut wie

ständig. Groll gegen unsere Mom, gegen das Vermittlungsprogramm für Pflegekinder, gegen die Welt im Allgemeinen. Aber seit unserem Einzug bei Dan und Liz hatte ich gegen sie beide niemals einen derartigen Groll gehegt wie jetzt.

Ich rieb mich als Teenager an den Grenzen, die sie mir setzten, natürlich. Doch die Liebe, die hinter diesen Prinzipien steckte, wischte meinen Zorn jedes Mal beiseite. Dans Weigerung, die Geschäfte der Firma mir zu übergeben, hatte mich bis aufs Blut gereizt – trotz seiner vorherigen jahrelangen Ankündigungen –, verstanden hatte ich es jedoch schon.

Aber zu sehen, wie er heute Abend Ani angeschrien hatte, hatte mich fuchsteufelswild gemacht. Am liebsten hätte ich über den Tisch gelangt und ihn aus seinem verfluchten Stuhl gepfeffert.

Genau dieser Scheiß jagte mir Angst ein. Binnen zwei Jahren nach meiner Ankunft im Haus der Evans lernte ich, meine Wut im Zaum zu halten – keine dreißig Sekunden, und diese Selbstbeherrschung war restlos verpufft. Ich hatte ihm wehtun wollen.

Ich spähte zu Ani. Sie saß mit zurückgestrecktem Kopf da und hielt die Augen auf die Straße gerichtet. Seit wir aus der Einfahrt meiner Eltern gebogen waren, hatte sie kein Wort von sich gegeben.

Das Abgefuckteste war, dass ich die ganze Sache vorhin am Esstisch überhaupt erst angeleiert hatte. Zwischen Ani und mir schien die Kacke sowieso schon am Dampfen gewesen zu sein. Wir zankten nicht. Wir sahen einander nicht an.

Und dann dieser Spruch von ihr über Shane, der im Sand spielen ging. Ich war sofort darauf angesprungen – meine Gelegenheit, sie auf die Art anzuschnauzen, wie ich es sonst immer tat. Bingo!

Was sie da gesagt hatte, mochte einen zur Weißglut bringen, doch ich wusste, dass Ani damit eigentlich nicht Shanes Job hatte runterreden wollen. Wir alle wussten das. Für mich war es aber nun mal der willkommene Vorwand gewesen, sie zu reizen.

Ich hatte weder geahnt, dass sie versuchen würde, vom Tisch aufzustehen, noch, dass Dad der Kragen platzen würde. Dabei hätte ich es besser wissen müssen. Ich kannte Dads persönliche Einstellung zum Militär – insbesondere seine Empfindlichkeit, wenn es um Auslandseinsätze ging. Er hatte als Marine in Vietnam gedient. Doch nachdem ich Ani einmal dahin gebracht hatte, sich wieder mit mir zu zanken, und dabei auch noch im Vorteil gewesen war, hatte mich das so hämisch gefreut, dass ich kein Ende gefunden hatte.

Als sie mit wie wahnsinnig pumpender Brust da drin erneut auf ihren Stuhl geplumpst war, hatte ich nur eines gewollt, nämlich, sie hochzuheben und davonzutragen. Es war nicht so gelaufen, wie ich mir das gedacht hatte.

Ich sah ein, dass ich sie vermutlich verletzt hatte – oder sie zumindest dafür geöffnet hatte, verletzt zu werden. Und das war nie meine Absicht gewesen.

Fuck.

»Willst du irgendwo noch was essen?«, fragte ich, als wir durch die Stadt fuhren. »Du hast kaum was gegessen.«

»Ich hab keinen Hunger«, antwortete sie. »Aber danke.«

»Hör mal, ich wollte nicht, dass …«

»Vergiss es, okay?« Sie drehte sich zu mir. »Es war keine große Sache. Ich mag es bloß nicht, angeschrien zu werden.«

»Ich schreie dich ständig an«, gab ich zu bedenken. Ich verfolgte keinen Zweck mit meiner Aussage, es sei denn, sie am Reden zu halten, wenn auch nur, indem sie mir widersprach.

»Klar – aber bei dir ist das was anderes.«

»Oh ja? Wieso?« Ich lenkte den Wagen auf die andere Fahrspur, um die Brücke zu befahren, die uns nach Downtown bringen würde.

Sie schnaubte. »Weil ich dann normalerweise zurückschreie.«

»Das ist wahr.«

»Können wir es nicht einfach vergessen?«, fragte sie müde. »Ich will einfach nur ausgehen, ein Bier trinken und dir bei deinem Auftritt zuhören. Du singst doch heute Abend, oder?«

»Ja.« Ich fluchte, als ein Fahrradfahrer vor mir die Straße überquerte, offenbar ohne den geringsten Selbsterhaltungstrieb.

»Junge, will der Typ etwa sterben?«, wollte Ani wissen. Sie kurbelte das Fenster herunter und schrie den Fahrradfahrer an, der an der Ampel vor uns hielt: »Hey, du Arsch! Pass mal besser auf, wo du langfährst!«

Der Typ auf dem Fahrrad zeigte ihr den Mittelfinger, und ich lachte. Als sie nach dem Türhebel griff, um auszusteigen, verriegelte ich schnell das Schloss.

»Bleib sitzen, Psycho.«

»Dieser Mistkerl hat mir den Stinkefinger gezeigt!«

»Ja, nachdem du ihn beschimpft hast.«

»Den mache ich fertig.«

»Könntest du wahrscheinlich wirklich«, stimmte ich ihr zu. Wir sahen zu, wie der mit einem Spandex-Anzug bekleidete Radler bei Grün losfuhr. »Aber er wiegt ungefähr zwanzig Kilo mehr als du, und zu Fuß holst du ihn garantiert nicht ein.«

»Du könntest hinter ihm herfahren«, schlug sie vor.

»Nä, ich will nicht zu spät kommen. Jay will gern, dass ich bei dem Liederabend den Anfang mache.«

»Schön.« Sie schmollte. Ab da schien die Nacht vielversprechender zu werden.

Sie schien vielversprechender zu werden, bis wir gegenüber von Jay's Bar parkten und Ani sofort damit anfing zu strippen.

»Ach du Scheiße!«, platzte ich heraus, und meine Stimme klang dabei noch höher als zu dem Zeitpunkt, als ich vierzehn gewesen war.

»Was?« Sie klang verwirrt. Sie schob sich die Jeans über die Schenkel nach unten und streifte sie sich von den Füßen.

»Zieh die verdammte Hose wieder an.« Ich machte den Motor aus.

»Auf keinen Fall trage ich die da drin.«

»Warum denn nicht, verflucht?«

»Weil es meine Gammel-Jeans ist. Die ist schon total alt und hängt am Arsch durch.«

Ich sah ungläubig zu, wie sie die Sonnenblende auf ihrer Seite herunterklappte und auf geschickte Weise ihr Zungenpiercing einsetzte. Dann zog sie den Ring ihres Nasenpiercings herab, sodass man ihn gut sehen konnte.

»Ohne Hose kommst du mir da nicht rein«, protestierte ich, als sie den Kopf wandte und mir ein Lächeln zuwarf.

»Aber sicher doch.« Damit sprang sie aus dem Truck, bevor ich sie daran hindern konnte.

»Anita!«, brüllte ich.

Sie musste grinsen, als ich um die Motorhaube herum auf sie zulief. »Du schreist wieder.«

Ich verzog das Gesicht. »Sorry.«

Ani lachte und zupfte an ihrem Oberteil.

Gottverdammt. Sie trug ein Tanktop, aber sie hatte es langgezogen bis gerade unter die Pobacken. Der untere Spitzenbesatz sorgte für ein paar zusätzliche Zentimeter.

»Siehst du – es ist ein Kleid.«

»Es ist kein Kleid, verdammt.« Ich musste schlucken, als sie die dünnen Träger zurechtlegte.

»Klar ist es das. Gehen wir.«

Ich folgte ihr über die Straße, versuchte nicht auf ihren schmalen, aber perfekt gerundeten Hintern zu starren, der sich unter dem dünnen Material bewegte.

»Trägst du überhaupt irgendwas drunter?« Ich spähte zu den Vollidioten, die an der Tür standen und rauchten.

»Tja, wüsstest du das nicht gern?«, reizte sie und betrat die dunkle Bar.

Meine Güte.

»Kann ich ein Hefeweizen bekommen, bitte?« Sie stieg auf die untere Kante der Theke, als sie bestellte, und lehnte sich über den Tresen. Dabei rutschte ihr das Top über die Oberschenkel nach oben. Eilig trat ich hinter sie, um den Anblick für den Rest der Bar zu verdecken. Sofort richtete sie sich wieder auf und lehnte sich gegen mich. Durch ihre erhöhte Position schmiegte sich ihr Arsch perfekt in meinen Schoß.

»Fuck«, zischte ich. Ich hob die Hand, um ihre Hüfte zu umfassen.

Ani wandte mir ihr lächelndes Gesicht zu. »Machen Sie zwei daraus.«

»Ich schwör dir, ich bring dich um, wenn ich diese Bühne da mit einem Steifen in der Hose betreten muss.« Ich zog sie eng an mich.

»Dann solltest du vielleicht besser Abstand halten«, konterte sie. Sie richtete sich so auf, dass ihr Rücken meine Brust berührte und sie sich mit ihrem Körpergewicht auf mich stützte.

Wie leicht ich meine Hand vor sie hätte gleiten lassen und meine Finger in ihre Muschi hätte führen können, ohne dass es jemand sähe. Wir standen so eng an die stark besuchte Theke gerückt, dass der Tresen alles unterhalb von Anis Oberkörper verdeckte. Das Tanktop wiederum saß so weit oben an ihren Schenkeln, dass ich es nicht mal hätte bewegen müssen.

»Zwei Hefe«, vermeldete die Barkeeperin und lächelte mich an.

»Danke, Rach.« Ich riss mich von meiner Fantasie los, zog einen Zwanziger aus der Tasche und legte ihn auf die Theke.

Kaum entfernte sich die Barkeeperin wieder, wirbelte Ani herum. Mit dem Gesicht zu mir, die Ellbogen auf die Theke gestützt, machte sie es mir unendlich viel schwerer, sie nicht auf der Stelle hier an der Bar zu nehmen.

Langsam wurde es lächerlich. Ich wusste nicht, wo zum Teufel es herkam, aber diese plötzliche Anziehungskraft, die Ani auf mich ausübte, überwältigte mich fast. Ich fand Ani schon immer schön – egal, welche Maßstäbe man anlegte, sah sie gut aus. Feine Gesichtszüge, Schmollmund, klare blaue Augen. Und trotz ihrer schmalen Statur saßen ihre Kurven an genau den richtigen Stellen. Nur war es mir, bis zu diesem dummen Kuss vor fast einem Monat, als ich versucht hatte, das geknickte Ego eines beschwipsten Mädels aufzupolieren, nie in den Sinn gekommen, mit ihr zu ficken.

Anscheinend hatte ich damit die Büchse der Pandora geöffnet. Und den geweiteten Pupillen nach zu urteilen, mit denen sie mich ansah, für uns beide.

Jay hob zu seiner üblichen Einführung an, keine Originale, nur Coversongs. Ich räusperte mich, worauf Ani mich ansah.

»Dann will ich mal«, krächzte ich. Wie zur Hölle ich mit so einem Ständer in der Jeans laufen sollte, war mir ein Rätsel.

»Ja.«

»Hör auf, mich mit deinem Fick-mich-Blick anzusehen.«

»Willst du wirklich, dass ich damit aufhöre?« Sie lehnte sich näher heran.

Ich räusperte mich noch einmal und festigte meinen Griff um ihre Hüfte. »Nein, verdammt.«

Ihre Mundwinkel verzogen sich zu einem Lächeln, und sie neigte sich noch näher zu mir, nahm meine Unterlippe zwischen ihre Lippen und saugte genüsslich daran. Bei mir wogte die Flut.

Ich glitt mit einem Bein zwischen ihre Schenkel und beugte mich weiter hinab, um mit meiner Zunge ihre Lippen zu öffnen und ihren Mund zu erforschen. Ihre Hände huschten herauf und legten sich an meine Wangen.

Ich kapierte nicht, was zum Teufel abging, aber eines stand fest: Ich hatte nicht gelogen. Ich wollte eigentlich nicht, dass sie aufhörte, mich auf diese Weise anzusehen. Wollte nicht, dass sie aufhörte, mich zu küssen und mit ihrem griffigen kleinen Körper in den Wahnsinn zu treiben.

Ich wusste, dass ich mich in die Scheiße ritt, aber in dieser überfüllten Bar in Portland, eine Autostunde von zu Hause entfernt und so gut wie anonym, wollte ich sie einfach nur weiter küssen und dabei spüren, wie sich ihr fester kleiner Busen an meine Brust schmiegte.

»Abraham, jetzt komm schon, Mann!« Jays überspannte Stimme stieß durch den Nebel der Lust in meinem Gehirn.

»Mist«, fluchte ich und wich von ihr.

»Geh schon.« Sie gab mir einen Stoß gegen die Brust.

Mein Blick glitt an ihrem Körper entlang, während Jay mir

von der Bühne aus weiter einheizte. »Rühr dich nicht von der Stelle, okay?«

»Wo sollte ich denn deiner Meinung nach hingehen?«

»Weiß ich doch nicht, verdammt. Ich will nur nicht, dass jemand dich anmacht.«

»Bram«, grollte sie und verdrehte die Augen.

»Was denn, du hast nichts als ein Tanktop am Leib, und bei mir fehlt nicht mehr viel, nach allem, was heute Abend passiert ist.« Ich rückte einen Schritt von ihr fort.

»Passiert ist?«, blaffte sie und stieg von dem Trittbord.

»Glaubst du, ich hab nicht gesehen, wie du geschaut hast, nachdem Dad ...«

»Los geht's, Bram!«, brachte Jay das Mikrofon auf der Bühne zum Quäken.

»Fuck. Bleib.« Ich wirbelte herum und bahnte mir meinen Weg durch das Gedränge.

Es bereitete mir Sorgen, sie am anderen Ende der Bar stehen zu lassen, aber mein Versprechen an Jay galt. Der Erfahrung nach rissen sich die Leute nicht gerade darum, sich für einen Auftritt bei dem Liederabend einzutragen. Sie kamen mit dem Wunsch aufzutreten, brauchten aber eine Weile, um Mut zu sammeln. Da kam ich ins Spiel. Ich spielte seit ein paar Jahren regelmäßig in Jay's Bar, und ich fühlte mich da oben auf der Bühne wohl. Ich ließ es einfach geschehen. Mühelos. Ich war keine Spitzenklasse, aber auch nicht schlecht. Bis zum Ende meines Auftritts, der nicht länger als ein bis zwei Songs dauerte, trugen sich für gewöhnlich genug Leute in die freien Plätze auf der Anmeldeliste ein.

»Hallo an das Publikum hier im Jay's«, verkündete ich und beugte mich ans Mikro. Ich nahm Jays Gitarre von ihm entgegen und legte mir den Gurt über die Schulter. »Wie voll seid ihr?«

Die Menge johlte, ich lächelte. Ich sah zu Ani hinüber.

Sie saß mit überschlagenen Beinen auf einem Barhocker, ihr Hintern blitzte gerade so unter ihrem Tanktop hervor, und sie nahm einen Schluck von ihrem Bier, während sie den Blick auf mich gerichtet hielt. Ihre Lippen verzogen sich am Rand des Glases zu einem Lächeln, und ich konnte nicht anders und erwiderte es.

Was zur Hölle machte sie mit mir?

»Du warst so gut heute Abend«, bekundete Ani später an diesem Abend schläfrig vom Beifahrersitz.

»Danke.« Ich lenkte den Wagen auf die schmale Parzelle vor meinem Haus.

Mein Reihenhäuschen machte nicht viel her, aber immerhin gehörte es mir. Die Hausverwaltung kümmerte sich um das Außenherum, sodass ich es nicht tun musste. Zu Beginn meiner Wohnungssuche vor ein paar Jahren hatte ich immer etwas außerhalb von Portland nur Häuser mit drei oder vier Schlafzimmern gefunden. Familiendomizile. Weder wollte ich so viel Platz, noch brauchte ich ihn. Und als man am Stadtrand mit dem Bau von Reihenhäusern begonnen hatte, war ich zur Stelle gewesen. Mein Zuhause diente für mich lediglich als Ort zum Übernachten – nicht mehr und nicht weniger. Ich verzichtete gern darauf, mich um den Hof und Reparaturen und all das zu kümmern.

»Setzt du mich nicht bei mir daheim ab?«, wollte Ani wissen, als ich in die Garage fuhr. Auf ihren Lippen zeichnete sich ein unmerkliches Schmunzeln ab.

»Ist dir wohl auch schon aufgefallen, wie?«, scherzte ich, stellte den Motor ab und betätigte den Knopf für die Garagentor-Fernbedienung an meiner Sonnenblende. Die Abzweigung, die zu ihrem Haus führte, hatte ich vor mehr als einem Kilometer hinter mir gelassen.

»Ich hab eben nicht aufgepasst.« Sie sprang aus dem Truck auf den Zementboden.

Als ich die Motorhaube umrundete, huschte sie vor mich und streckte die Hand nach der Tür aus, die rein ins Haus führte. Um ein Haar hätte sie es auch geschafft.

Aber als wir später wieder in den Truck gestiegen waren, hatte sie sich ihre Jeans nicht wieder angezogen. Während der Fahrt war ihr Tanktop immer höher gerutscht. Jetzt, da sie die Haustür erreicht hatte, schauten ihre Pobacken unter dem Spitzenbesatz des Tanktops hervor.

So, wie sie beim Gehen die Hüften schwang, wusste sie das.

»Du magst es wohl, mich heißzumachen?«, raunte ich ihr ins Ohr, schlang meinen Arm fest um sie und hielt sie so in der offenen Tür zurück.

»Es gefällt dir«, gluckste sie vergnügt und bog den Rücken durch.

»Fußboden, Wand, Küchentisch oder Bett?«, zählte ich auf und schob sie voraus in das noch dunkle Haus, ohne sie loszulassen.

»Wie denn, keine Couch?«

»Möchtest du auf der Couch?« Ich zog die Tür zur Garage hinter uns zu und schloss ab.

»Eigentlich nicht.«

»Voilà, dann also das Bett.«

»Das ist aber nicht gerade originell.«

»Mich in den Wahnsinn treiben«, murmelte ich, drehte sie

zu mir herum und hob sie mit dem Rücken an die Wand, »ist das deine Art des Vorspiels?«

»Wenn es so wäre, hätten wir die letzten zehn Jahre durchgehend miteinander vögeln müssen ...«

Ich lachte, bewegte meinen Mund an ihren, und binnen Sekunden stimmte sie in mein Gelächter ein. Sie schlang mir ihre Arme um den Hals und sprang auf. Ich wog ihren nackten Hintern in meinen Händen und stöhnte, als ich den winzigsten Zipfel Unterwäsche, dem die Menschheit je begegnet war, zwischen ihren Pobacken ertastete.

Ich trat zur Treppe. Sie schmiegte ihre Lippen an meine, und Gott sei Dank besaß ich kaum Möbel und kannte den Weg im Dunkeln wie im Schlaf, sonst wären wir womöglich Arsch-über-Ellbogen hingestürzt, als sie mit ihrer Muschi meinen Bauch streichelte.

Ich wankte kurz und stützte mich an der Wand entlang der Treppe ab; sie saugte an meinem Nacken und neckte mich mit den Zähnen. Ach du Scheiße. Ich erinnerte mich nicht, dass ich je ein solches Verlangen nach einer Frau gehabt hatte. Das erschien mir dermaßen verrückt, dass ich überhaupt nicht mehr durchblickte.

Ich schien wie betrunken, und das nach nur einem Schluck von dem Bier, das sie mir bestellt und danach selbst ausgetrunken hatte.

Wir gelangten in mein Schlafzimmer, und ich ließ sie aufs Bett fallen. Kaum berührte ihre Haut das Bettzeug, fiel mir wieder ein, wie ich das letzte Mal mit ihr im Bett gelegen hatte.

Ich erstarrte von Kopf bis Fuß und starrte sie entsetzt an, bis ich schließlich zischte: »Oh, Scheiße nein.«

»Was?« Sie schoss vom Bett auf, als stünde es in Flammen, den Kopf panisch hierhin und dorthin wendend.

»Nein. Nein«, stammelte ich. »Geht's dir gut? Ich hab dir doch nicht wehgetan?«

Wie konnte ich so blöd gewesen sein und das vergessen haben? Sie hatte eine Operation hinter sich, und ich schleuderte sie umher, stieß sie gegen Wände und, ach du Scheiße. In der Bar hatte ich ihren Bauch gegen den Tresen gedrängt.

»Es ist doch alles prima«, beharrte sie entnervt und ließ sich steif wie ein Brett aufs Bett kippen. »Ich bin wieder gesund.«

»Bist du dir ganz sicher? Mist, verdammter!«

»Ja, bin ich. Ich muss es ja wohl wissen.«

»Na ja, aber vielleicht …«

»Aber vielleicht was? Haben mich dein gutes Aussehen und dein Charme so um den Finger gewickelt, dass ich über die Unannehmlichkeiten und den Schmerz hinweggesehen habe, nur um noch einen einzigen Blick auf deinen gigantischen Schwanz werfen zu können?« Während sie mir so sarkastisch ins Wort fiel, zog sie sich das Tanktop über den Kopf.

»Du bist so eine Arschkuh«, murmelte ich mit Blick auf ihre perfekten Titten. »Wieso mag ich dich überhaupt, zum Teufel?«

»Awww, du magst mich? Wollen wir morgen Ketten aus Gänseblümchen für uns flechten und uns gegenseitig die Fußnägel lackieren?«

»Es ist komisch, du. Dein Mund bewegt sich, aber ich höre nichts außer dem Anblick deiner Nippel.«

»Der Spruch macht nicht mal Sinn«, entgegnete sie.

Ich zerrte mir das T-Shirt vom Leib und öffnete flink meine Jeans.

»Für mich absolut.«

»Okay, mal sehen …« Sie drehte sich auf den Bauch, presste ihre Brust auf das Bettlaken und zog die Knie an, bis sie mit emporgestrecktem Hintern dalag. »Besser so? Kannst du mich jetzt hören?«

Ich wollte verdammt noch mal auf die Knie fallen und sie anbeten. Stattdessen stolperte ich, befreite mich fluchend von meinen restlichen Klamotten und hörte zu, wie sie giggelte.

Dann beugte ich mich herunter und biss ihr in den Hintern.

»Oh, Shit«, stöhnte sie. Sie bog den Rücken noch weiter durch.

»Du redest einfach immer weiter«, murmelte ich, die Lippen an ihre Haut gepresst, während ich meine Hände an ihr hinaufgleiten ließ, bis ich die dünnen Träger fühlte, die sich über ihre Hüften spannten, und sie ihr über den Po streifte. Dort ließ ich sie einmal gegen ihre glatte Haut schnappen. »Verarschst mich den lieben langen Tag.« Ich zog ihr den Slip auf Kniehöhe und half ihr sanft dabei, nacheinander die Beine zu heben, damit ich ihn ihr ausziehen konnte. »Aber wenn ich dich so vor mir habe, bist du plötzlich kleinlaut, ja?«

»Ja«, hauchte sie. Ich glitt mit meiner Hand über ihren Rücken.

»Würdest tun, was immer ich will ...«

»So weit würde ich nicht unbedingt gehen ...« Sie unterbrach sich durch ein scharfes Einsaugen der Luft, als ich ihr wieder in den Hintern biss, diesmal fester.

»Du riechst gut«, wisperte ich und brachte ihre Schenkel weiter auseinander.

Beim Anblick der schönen dunkelrosa Haut zwischen ihren Beinen leckte ich mir die Lippen. Ich sah die zierliche Hand, die sich Zentimeter für Zentimeter auf ihre Klitoris zutastete.

»Netter Versuch.« Ich lachte, glitt mit der Hand unter sie

und nahm sie an ihrem Handgelenk. Erst dann berührte sie sich richtig.

Daraufhin öffnete ich den Mund und strich mit der Zunge von ihrer Klitoris bis zu der kleinen Öffnung. Sie war bereits feucht.

Als ich meine Zunge in sie einführte, rief Ani meinen Namen, und ich kam mir vor wie Superman.

Mein Schwanz pulsierte so fest, dass es wehtat. Schließlich hatte ich schon den ganzen Abend über einen Ständer – von dem Moment an, da sie in meinem Truck ihre Jeans abgestreift hatte. Ani begann ihre Hüften rollend gegen mein Gesicht zu schmiegen, ihre Beine erbebten. Ich glitt jäh zurück, bevor sie kommen konnte.

Ich wollte in sie hinein, ehe es so weit war.

Ich strich mir mit der Hand über das Gesicht und stand auf.

Ani stöhnte in meine Daunendecke: »Oh, ich hasse dich, verflucht.«

Ich lachte sanft, als sie zur Seite sank und mich aus entrückten Augen anblickte.

»Du bist fantastisch«, beschwor ich. Ich stützte mich auf dem Bett ab, um mich hinunterzuneigen und sie auf die Hüfte zu küssen. »Komm her.«

Ich holte sie zurück auf die Knie und brachte ihr Gesicht nah an meines. Ich wollte sie so sehr, warum?

Kaum dass ihre Lippen meine berührten, stöhnte ich. Ich liebkoste mit meiner Zunge ihre Zunge, wölbte meine Hände um ihren Po und schmiegte sie fest an mich. Es war einen Monat her, dass ich all diese glatte Haut gespürt hatte, und ich wusste nicht, wo ich anfangen sollte.

Ich sank aufs Bett und zog Ani mit mir. Nachdem sie ihre

Beine links und rechts neben mich genommen hatte, löste sie unseren Kuss und lehnte sich zurück, bis sie breitbeinig auf mir saß.

»Reite mich.« Meine Stimme kam heiser.

»Kondom?« Sie senkte den Arm und umfasste mit ihrer Hand meinen Schwanz. Ich sauste fast aus dem Bett, so geil fühlte es sich an.

»Ich bin sauber«, erwiderte ich und suchte ihren Blick.

Mag sein, dass ich jetzt ein Klotz war. Unsensibel oder so.

Aber die gesamte Heimfahrt über hatte mich auch der Gedanke begleitet, dass ich Ani unmöglich schwängern könnte. Ich konnte sie auf jede erdenkliche Weise bumsen, in ihr kommen, jederzeit, und es gab nicht das leiseste Risiko, dass mein schlimmster Albtraum sich bewahrheitete. Ich musste mir keine Sorgen um geplatzte Kondome oder lausige Verhütungsmethoden machen.

»Ich auch, aber …« Sie wandte den Kopf zur Seite, presste die Lippen aufeinander. »Okay, gut.«

»Ja?«

Sie gab mir keine Antwort. Stattdessen nahm Ani meinen Penis von meinem Bauch und berührte sich damit an ihren feuchten Schamlippen. Sie streichelte mit meiner Eichel darüber fort, vor und zurück, vor und zurück.

»Sorry.« Sie schnaubte tonlos. Schüttelte den Kopf. »Ich bin plötzlich so nervös.« Sie versuchte, es herunterzuspielen, ihre Wangen erröteten. Daran, wie sie den Kopf schieflegte und den Kiefer anspannte, konnte ich sehen, wie unwohl sie sich fühlte.

Ich kannte sie, kannte jeden ihrer Ticks und die meisten ihrer Gesichtsausdrücke.

»Hey«, beschwor ich sanft. Ich setzte mich auf, damit sich

unsere Gesichter nah waren. »Deshalb liegst du oben.« Ich hob die Hand und strich ihr die Haare seitlich aus dem Gesicht. »Beweg dich genau in dem Tempo, das gut für dich ist; wenn es wehtut, hören wir auf.«

»Das ist so albern von mir.« Sie setzte meinen Penis vor ihre Öffnung und ließ ihn minimal hineingleiten. »Die Ärzte sagen, es ist vollständig verheilt.«

»Dann eiere hier nicht rum.«

Sie holte Luft. »Du bist so ein Arsch.« Und schmiegte sich enger an mich.

»Ich bin jetzt zweiunddreißig. Mit Kuschelsex hab ich aufgehört, als ich siebzehn war …« Eine Welle durchrollte mich von Kopf bis Fuß, als sie kraftvoll von oben herabglitt. »Oh Gooott.«

Meiner Erfahrung nach vergaß sie ihre Sorgen, wenn ich anfing, Sprüche zu reißen. Aber ich hatte nicht geahnt, wie wenig nötig war, um sie ihre Angst vergessen zu lassen.

»Mit Kondom fühlt es sich anders an«, flüsterte sie mir ins Ohr. Sie streichelte mit einer Hand durch die Haare an meinem Hinterkopf, zog sanft daran, während sie die Hüften rollte.

»Ach nein, wirklich«, hauchte ich. »Fuck, ist das gut.«

»Ist es nicht anders?«, stutzte sie. Sie sprach zögernd, und da wusste ich, dass sie nicht *anders* meinte – sondern *schlechter.* Wie sie überhaupt auf den Gedanken kam, überstieg meine Vorstellungskraft. Es unterschied sich so sehr von der Wahrheit, dass es lächerlich war.

Die Bedeutung ihrer Worte überkam mich. Ich wusste nicht, ob es Verletzlichkeit war – die sie eigentlich immer um jeden Preis vor mir geheim hielt – oder ihr plötzliches Vertrauen in mich. Jedenfalls empfand ich in diesem Augenblick mehr Zärtlichkeit für sie als je zuvor in meinem Leben.

»Besser.« Ich küsste ihr Kinn. »Es fühlt sich besser an.«

Sie richtete sich auf, um mir in die Augen zu schauen. Und hielt den Blick, als sie sich hochstemmte und wieder herabglitt. Ich fing ihr Lächeln auf, meine Lider schlossen sich tranceartig, und ich legte den Kopf in den Nacken.

Eine sexy Frau ritt mich, höllisch eng und feucht wie nur was. Gut möglich, dass dies der beste Augenblick meines Lebens war.

»Bester Augenblick ever.«

»Mein Gott, bei dir braucht's aber nicht viel.« Ani lachte.

»Hab ich das gerade laut gesagt?«

»Aber hallo.«

Ich nahm ihre Hände aus meinen Haaren und fiel rücklings aufs Bett, meine Hände wanderten empor und umfassten ihre Hüften. Sie war so schlank, dass ich glaubte, sie mit meinen Fingern ganz umgreifen zu können, wenn ich es versuchte. Ich nahm mir vor, später darauf zurückzukommen.

»Los«, forderte ich, hob sie empor und ließ sie wieder herabsinken. »Hör auf, Quatsch zu machen, und tu es.«

Ani lächelte und ließ sich nach vorn fallen. Sie saugte meine Unterlippe in ihren Mund, zog an ihr, als sie sich wieder aufrichtete.

Dann stemmte sie beide Hände auf meine Brust und kam hart herab. In Minutenschnelle federte sie auf mir hoch und runter, eine ihrer Hände glitt an ihrem Unterkörper hinab und berührte ihre Klitoris. Jedes Mal, wenn sie hochschnellte, spürte ich ihre Fingerspitzen an meinem Schwanz, streichelnd und massierend.

Sie kam als Erste, Gott sei Dank. Aber ich gleich danach.

Kapitel 6

Anita

So war das also beim Sex ohne Kondom: Hinterher hatte man eine ziemliche Sauerei sauber zu machen und einen nassen Fleck auf dem Bett. Gut zu wissen.

»Duschen wir zusammen?«, fragte Bram und zog mich mit sich vom Bett. Er wartete nicht auf meine Antwort, sondern führte mich ins Bad.

»Was ist aus dem Kuscheln danach geworden?«, erwiderte ich. »Ist das nicht mehr länger in?«

»Natürlich ist das noch in.« Er stellte das Wasser an. »Aber ich hab 'nen Bart.«

Ich legte den Kopf schief und wartete darauf, dass er fortfuhr, aber er sagte nichts weiter.

»Und?«, fragte ich schließlich, als wir gemeinsam in die Dusche stiegen.

»Und der riecht nach deiner Muschi.« Seine Lippen bogen sich in einem zufriedenen Lächeln nach oben. »Mag ich.«

»Warum wäschst du es dann ab?« Ich spazierte unter den Wasserstrahl, lässig und ganz und gar nicht so, als brannten meine Wangen vor Verlegenheit.

»Weil ich Trev morgen früh bei was helfen muss und nicht will, dass er dich riecht.«

»Ich bin mir relativ sicher, dass er nicht erkennen würde, dass ich es bin.«

»Egal.«

Ich nickte. Er streckte den Kopf unter das Wasser. Dann nahm er sich sein Shampoo und schäumte sich die Haare und den Bart ein.

»Ach, Mist. Ich hab vergessen, das Gummiband rauszumachen, und jetzt sind meine Finger so rutschig«, zeterte er durch schaumbedeckte Lippen. »Kommst du ran?«

Er drehte sich herum, und ich gönnte mir einen Moment, um seinen langen, schlanken Rücken zu betrachten. Er war muskulös, aber nicht zu sehr. Perfekt eigentlich, und das war kein Begriff, von dem ich je geglaubt hatte, ihn einmal mit Abraham Evans in Verbindung zu bringen. Ich hob die Hände und streichelte mit meinen Fingern durch sein zusammengebundenes Haar, dann nahm ich seinen Pferdeschwanz und streifte das Gummiband so vorsichtig wie möglich ab. Seine Haare gingen ihm jetzt nicht bis zum Arsch oder so, aber sie waren länger als meine. Die meiste Zeit über trug er sie zu einem Knoten zusammengebunden am Hinterkopf. Selten hatte ich sie offen zu Gesicht bekommen. Die Männer aus den Crews, mit denen wir arbeiteten, zogen ihn so oft damit auf, dass ich nicht wusste, wieso er sie überhaupt weiter so lang ließ, aber er ertrug die Sprüche und tat sie mit einem Lachen ab.

»Warum trägst du die Haare so lang?«, fragte ich und legte das Gummiband auf den Badewannenrand.

»Einfach so, schätze ich. Dann muss ich sie nicht so oft schneiden lassen.« Er senkte den Kopf unter den Wasserstrahl und begann, sie auszuspülen.

»Und die Leute verwechseln dich nicht mehr mit Alex.«

»Sie haben uns auch vorher kaum verwechselt«, sagte er

schulterzuckend. Er nahm sich das Duschgel und bugsierte mich zurück unter das heiße Wasser.

»Nicht?«

»Nein, eigentlich nicht.«

»Vermisst du ihn?«, fragte ich, während er mir Duschgel in die Hände rinnen ließ.

»Jeden Tag. Aber er mag seinen Job.«

»Glaubst du, dass er jemals irgendwann wieder zurückkommt, für immer, mein ich?«

Bram schüttelte den Kopf. »Nicht, bevor er aus dem Dienst entlassen wird.«

»Herrje, das sind noch zehn Jahre oder so.«

»Etwas weniger als acht«, erwiderte er.

»Du zählst die Tage, was?«

»Und wie.«

Wir schwiegen eine Weile, wuschen uns und spülten uns ab, bis das Wasser, das über uns hinwegrann, wieder klar wurde.

Schließlich fragte er: »Möchtest du nicht hier schlafen?« Er hob die Arme, ließ die Hände an meinem Oberkörper heraufgleiten und sah mir in die Augen.

»Was ist mit Trevor, dem du morgen früh helfen musst?«

»Ich setz dich unterwegs bei deinem Wagen ab«, bot er eilig an. Er schmiegte sich an mich und glitt mit der Zunge an meinem Nacken herauf.

»Was tun wir hier?«, fragte er, und ich neigte den Kopf, damit er freie Bahn hatte.

Das Gesicht noch immer in meinem Nacken, erstarrte Bram. »Was meinst du?«, fragte er.

»Du und ich. Was ist das hier?«

»Worauf willst du hinaus?«, grollte Bram und zog die Hand von meiner Hüfte.

»Oh, verfluchte Scheiße«, blaffte ich plötzlich völlig entnervt. Ich schob mit meinem Rücken fest gegen seinen Bauch. »Weg von mir.«

»Was zur Hölle ist denn jetzt los?«, rief er, als ich aus der Badewanne sprang und mir ein Handtuch von der Stange riss. Ich bezweifelte, dass es ein frisches war, aber im Moment war mir das egal.

»Ist das also eine einmalige Sache?« Ich warf die Badezimmertür auf und schauderte unter der kühlen Luft, die hereinwehte. »Und morgen ist alles wieder wie gehabt?«

»Das bezweifle ich stark.«

»Na, also dann«, fauchte ich. »Was tun wir hier, verdammt?« Ich sah zu, wie er sich ein Handtuch von der Ablage unter dem Waschbecken schnappte und sich das Gesicht und die Haare abrubbelte. »Ist das hier ein Geheimnis?«

»Soll denn wirklich jeder wissen, dass wir miteinander schlafen?«

»Ist es nichts weiter als das?«

»Was willst du denn von mir hören, verdammt noch mal?«, bellte er und riss sich das Handtuch vom Gesicht. »Sag's mir. Auf dieses pubertäre Getue von dir geh ich nicht ein. Wenn du mir was zu sagen hast, dann sag es einfach!«

Ich holte tief Luft und schüttelte den Kopf. »Fick dich. Wie wär's damit? Reicht dir das?«

»Mein Gott, Anita.«

Ich drehte mich weg und ging zurück ins Schlafzimmer. Ich las mein Tanktop und meinen Slip auf, die neben dem Bett auf dem Boden lagen, und zog beides an. Ich fror nach wie vor erbärmlich und wünschte, ich hätte mehr Klamotten mitgehabt. Meine Jeans waren immer noch unten im Truck.

»Kannst du mir mal verraten, wieso du dich plötzlich wie eine wild gewordene Furie aufführst?«

»Nö, kann ich nicht.«

»Ani ...« Ich hob die Hand, um ihn zum Schweigen zu bringen. Ich wollte einfach nach Hause und in mein eigenes Bett kriechen. Ich hasste es, dass wir über unseren Beziehungsstatus stritten. Was für ein Witz. Mir lag überhaupt nichts daran, ihn an mich zu binden. Verflucht, Mensch, die Hälfte der Zeit konnte ich Bram nicht mal ausstehen. Ich wollte nur wissen, wie viel diese kleine Nummer hier wert war. Wir hatten ohne Kondom miteinander geschlafen. Hieß das, das mit uns beiden war etwas Besonderes? Würden wir uns extreme Mühe geben, die Sache unter Verschluss zu halten, oder hielten wir es am Ende für keine große Sache, dass wir nun quasi ein Paar waren?

»Ich verbringe gerne Zeit mit dir, und ich will dich vögeln«, sagte er schließlich. Er zog sich Boxershorts an. »Das ist vielleicht nicht das, was du gern hören willst, aber es ist das, was ich anzubieten habe.«

»Und das konntest du nicht einfach vorher schon sagen«, rief ich, »anstatt unter der Dusche zum Eisblock zu erstarren und die Memme zu spielen?« Ich verschränkte die Arme vor der Brust. Mein Gott, war mir kalt. Meine nassen Haare tropften in meinem Rücken.

»Ich spiele die Memme?«, versetzte er.

»Ich wollte einfach nur wissen, was mit uns los ist! Ich hab nicht um einen Heiratsantrag gebeten.«

»Schön«, blökte er. Er hob die Hände an die Lippen. »Da könntest du nämlich lange warten.«

Ich wollte Abraham nicht heiraten. Nicht mal ein klein bisschen. Aber die Art, wie er das sagte, sachlich und emotionslos, fühlte sich an wie ein Schlag in die Magengrube.

»Genau«, murmelte ich und sah weg.

»Ich werde niemals heiraten. Egal wen«, schloss er, die Stimme sanfter als zuvor.

»Ist nicht mein Bier«, erwiderte ich fröhlich. Ich versuchte, mich, so schnell es ging, wieder zusammenzunehmen. Ich mochte es, mit Bram zu streiten. Es gefiel mir, ihm auf die Nerven zu fallen. Aber unser Gespräch hatte an Themen gerührt, die für meinen Geschmack etwas zu ernst waren, und ich wollte es einfach nur noch hinter mich bringen.

»Kacke, du frierst ja total. Komm her.« Er schnappte sich ein Hemd von der Kommode.

»Mir geht's gut«, versicherte ich und ging ein paar Schritte vor.

»Hier, zieh das an.« Er begann mir eines seiner Flanellhemden über die Schulter zu ziehen, als er meckernd innehielt. »Du bist ja pitschnass.«

Ich blieb reglos stehen, während er mir das Tanktop über den Kopf auszog. Das Handtuch auf seiner Schulter benutzte er dazu, mir die Haare und den Rücken abzutrocknen. Als er fertig war, widmete er sich wieder dem Flanellhemd, und seine Hände berührten mich sanft und liebevoll, während er meine Arme in die Ärmel gleiten ließ und vorn zwei Knöpfe schloss.

Am Ende warf er das Handtuch in Richtung Badezimmertür. »Besser?«

Ich nickte.

Ich fürchtete, wenn ich jetzt den Mund aufmachte, käme meine Stimme ganz komisch heraus. Er verwirrte mich so. Im einen Moment gab er mir das Gefühl, ein Nichts zu sein, im nächsten umsorgte er mich wie ein Baby. Ihm lag nicht mehr an mir außer Sex, doch wenn ich fror, kümmerte er sich.

»Bleibst du also über Nacht?«, fragte er, nahm mein Gesicht zwischen seine Hände und hob es an seines.

»Na gut«, murrte ich und brachte ihn damit zum Lachen.

Er zog mich wieder ins Bett, dabei gab er acht, dem nassen Fleck auf dem Laken auszuweichen, als er mir meinen Slip wieder über die Beine nach unten streifte. Ich ging davon aus, dass er mir im nächsten Moment auch das Hemd wieder ausziehen würde, aber sobald er mein Höschen über den Rand des Bettes fallen gelassen hatte, rollte er mich auf die Seite und schmiegte sich von hinten an mich.

Löffelchen. Er machte Löffelchen mit mir.

Darauf glitt seine Hand nach unten über meine Hüfte, strich den Flanellstoff beiseite und schmiegte seine Finger zwischen meine Beine. Ich wimmerte, als seine Finger über meine Klitoris streichelten, und ich wollte die Beine spreizen. Aber eines seiner Beine rührte sich, um meine zusammenzuhalten.

»Nein, nicht bewegen.« Er sprach leise, sein Mund nah an meinem Ohr. »Du bist müde, ich bin müde.«

Seine Finger spielten, während ich eingeschmiegt dalag und mich nicht rühren konnte. Nach ein paar Sekunden schlüpfte einer seiner Finger in mich, und ich bäumte die Hüften auf. Behutsam zog er sich zurück und glitt wieder hinein, dann ließ er seine Hand still und bewegte sich nicht mehr.

»Schlaf«, murmelte er. Dabei streichelte er mir mit der Hand, die neben seinem Kopf ruhte, die Haare aus dem Gesicht.

Ich stutzte. »Ich kann nicht mit dir in mir einschlafen.« Während ich das sagte, spannte ich meine Scheidenmuskeln an, die seinen Finger umschlossen.

»Klar kannst du.«

»Nein, wirklich nicht.«

»Dann wirst du ja gar nicht schlafen können«, raunte er und schloss die Hand, die er über meine Muschi gewölbt hatte. »Entspann dich einfach, Baby.«

Er nannte mich Baby. Es hätte keine Rolle spielen sollen, tat es aber.

Ich schloss die Augen und versuchte, mich zu entspannen, doch von wegen. Sekunde um Sekunde wurde ich feuchter, und es forderte all meine Willenskraft, nicht mein Becken gegen seine Hand rollen zu lassen. Ich atmete tief, ballte die Hände vor mir zu Fäusten, während Brams Körper in meinem Rücken zur Ruhe kam.

Als ich begriff, dass er wegdämmerte, zwang ich mich, seinen Finger in mir zu ignorieren. Wenn ich es auch nur ein paar Minuten aushielte, mich nicht zu bewegen, bis er eingeschlafen war, könnte ich wegkriechen. Als ich hörte, wie sein Atem tiefer und gleichmäßiger wurde, machte ich mich bereit.

In dieser Sekunde glitt sein Finger erneut vor und zurück. Herein und wieder hinaus.

Dann ein weiterer Finger. Er streckte auch die anderen vor, während er seine Hand rhythmisch bewegte. Ich bog unwillkürlich meinen Rücken, und meiner Kehle entschlüpfte ein Laut.

»Schwindler, verdammter«, hauchte ich, als er es wieder tat.

Ich empfing einen leichten Kuss auf mein Ohr, und Bram nahm seine Finger aus mir. Er glitt mit seinem Penis in mich, ein einziger langer Stoß.

»Dachtest du wirklich, ich könnte mit meinen Fingern in dir einschlafen?«, fragte er vergnügt. Er glitt langsam herein. »Während du so feucht bist, dass du an meiner Hand heruntertropfst?«

»Ja«, raunte ich. Ich fasste um mich und berührte ihn an der Hüfte. »Und es war bloß ein Finger.«

Er kicherte und legte seine Hand auf meine auf seiner Hüfte, dirigierte sie vor, bis er sie vor uns auf dem Bett umschlossen hielt. »Langsam«, murmelte er.

Ich konnte mich kaum regen, und sosehr mir der Gedanke gefiel, ihm eins auszuwischen, indem ich es ihm schwermachte, konnte ich nicht leugnen, dass ich seine Kontrolle über unsere Körper und unserer beider Bewegungen genoss. Mit Geduld würde er mich bis zum Höhepunkt führen.

Ich biss mir auf die Zähne, als er den Rhythmus seiner Bewegungen nur gerade so erhöhte.

»Besser?«, fragte er.

»Nicht mal ein bisschen.« Ich stöhnte, und er lachte leise.

»Wie ist es jetzt?« Er glitt fester in mich, aber langsamer.

»Nein.«

»Und so?« Seine Hüften schwangen schneller vor und zurück. Meine Lider senkten sich herab über den Genuss.

»Nein«, beharrte ich.

Er zog sich zurück. Dann stieß er heftig vor, und unsere Körper hüpften über die Matratze nach vorn.

»Ja«, hauchte ich, ohne auf die Frage zu warten.

»Ich wollte eigentlich verschlafenen Sex«, stöhnte er in mein Ohr, hob die Hand von meiner, ließ sie unter mein Flanellhemd gleiten und neckte meine Brustwarze mit den Fingerspitzen. »Aber das hier nehme ich gern.«

Seine Hand glitt nach unten, und ich seufzte auf, als zwei seiner Finger meine Klitoris entdeckten. Sie glitten kaum über sie hinweg, streichelten lediglich im Rhythmus seines Beckenschwungs vor und zurück.

»Wow«, stöhnte ich. Und kam. Schauder flossen durch mich

hindurch, meine Muskeln spannten sich in seiner Umarmung an.

»Oh ja«, hauchte er, »das nehm ich so gern.« Er glitt noch einmal in mich, dann bebte sein Becken an meinem Po.

Sein Gewicht legte sich spürbar auf mich, und wir atmeten heftig im Gleichklang, während wir uns erholten.

»Bleib so«, bat er. Er glitt mit der Hand zwischen meinen Schenkeln hervor.

Dann hob er sein angewinkeltes Bein von meinem herunter und zog sich zurück, glitt langsam aus mir heraus. Ich hörte, wie er hinter mir vom Bett aufstand. Dann Stille.

»Das ist so unglaublich scharf«, sagte er. Er neigte sich zu mir und streichelte mit den Fingern von hinten über meine Öffnung. Ich erschauerte wohlig, und er stöhnte lustvoll auf. »Jedes Mal, wenn du dich anspannst, tropft ein bisschen von meinem Saft heraus. Meine Güte. Ich glaub, ich krieg einen Herzinfarkt.«

Ich gluckste, als er mir einen Kuss auf den Hintern gab. Ich sah ihn aus den Augenwinkeln ins Bad gehen. Mit einem feuchten Waschlappen kam er zurück und führte ihn ohne Umschweife mit gewölbter Hand zwischen meine Schenkel.

»Roll dich mal rum«, sagte er. Und während ich seiner Anweisung folgte, putzte er mich sauber.

»Danke«, murmelte ich, als er den Waschlappen wegnahm.

»Gerne. Bist du jetzt bettfertig?«

Er verschwand erneut im Bad, und ich hörte den Wasserhahn eine Weile laufen, ehe Bram mit leeren Händen wiederkam.

»Um ehrlich zu sein …« Ich setzte mich auf und verschränkte die Beine im Schneidersitz unter mir. »Jetzt bin ich hellwach. Und hungrig.«

»Und ich werde morgen total unnütz sein«, versetzte Bram mit einem Blick auf den Digitalwecker auf seinem Nachttisch. »Komm, ich verpflege dich.«

Er half mir vom Bett auf und führte mich halb ziehend, halb tragend nach unten. Schließlich, als wir in der Küche standen, hob er mich auf den Tresen der Anrichte.

»Ooh, Eis«, schnurrte ich, als er die Klappe des Tiefkühlfachs öffnete. »Das ist es jetzt.«

Er reichte mir die Packung und einen Löffel. Dann stand er, an die Arbeitsplatte mir gegenüber gelehnt, da und sah zu, wie ich mich auf die Eiscreme stürzte.

»Möchtest du auch?«, sagte ich aus dem Mundwinkel, den Löffel zwischen den Lippen, mit dem ich mir eine große Portion auf die Zunge schob.

»Nein.« Er lächelte.

»Okay. Aber es schmeckt echt gut.«

»Ich weiß. Ist ja meine eigene«, versetzte er trocken.

»Und, was habt ihr morgen vor, Trevor und du?«

»Das mit heute Abend«, begann er im selben Atemzug. »Tut mir echt leid.«

»Was?« Ich war verwirrt.

»Dieser Mist beim Abendessen«, erklärte er. Er strich sich über den Bart.

»Das war doch nicht deine Schuld«, schob ich rasch mit einem Kopfschütteln hinterher.

»Schon.«

»Vergiss es einfach.«

»Er hätte dich nicht so anschreien dürfen«, presste Bram hervor. »Wenn ich das geahnt hätte …«

»Abraham, vergiss es.« Ich fischte den Deckel der Eispackung von der Anrichte und drückte ihn wieder darauf.

»Verdammt noch mal, ich versuche doch nur, mich zu entschuldigen!«, blaffte er.

Er nahm mir die Eispackung aus der Hand und schleuderte sie ins Kühlfach.

»Na schön, ich verzeihe dir«, versetzte ich und ließ den Löffel in die Spüle rutschen.

»Manchmal frage ich mich, wie zum Teufel ich dich die letzten fünfzehn Jahre lang ausgehalten habe.« Er starrte mich an. Eher so um die vierzehn, korrigierte ich in Gedanken, aber wer wollte schon kleinlich sein?

Ich musterte ihn. Mein Blick fiel auf seine langen, ungekämmten Haare, die ihm gerade bis zu den Schultern reichten, die braunen Augen, die fast schwarz wirkten, und die pfeilgerade Nase mit dem kleinen Höcker in der Mitte. Er war so verdammt attraktiv, erst recht, wenn er mürrisch dreinblickte.

»Weil ich gut aussehe«, trällerte ich, und mein Grinsen wurde breit, während ich den Kopf schieflegte, »und weil du instinktiv schon immer gewusst hast, dass ich verdammt gut blasen kann.«

Bram machte so lange eine finstere Miene, wie er es aushalten konnte. Dann brach er in lautes Gelächter aus. Mein Grinsen wurde so breit, dass es fast unmöglich schien.

»Wirklich?«, fragte er und hob die Brauen.

»Es gibt nur einen Weg, das rauszufinden.«

Ich kreischte, als er auf mich zusprang, mich sich über die Schulter warf und die Küche buchstäblich im Laufschritt verließ, um die Treppe hochzueilen.

»Kannst du nicht fahren, und ich bleibe hier?«, nuschelte ich, als Bram zum wiederholten Mal an mir rüttelte.

»Oh nein, nein. Du hast mich die ganze verdammte Nacht wach gehalten, und ich bin derjenige, der mit Trev den ganzen Tag neue Regenrinnen anbringen muss«, knurrte er. Er schob mir die Hände unter die Achselhöhlen, um mich aufrecht hinzusetzen. »Zieh dich an. Wir müssen los.«

»Du hast es toll gefunden«, murmelte ich und hängte die Beine über den Bettrand. »Es war die Nacht deines Lebens.«

»Stimmt, du bist die Beste, die ich jemals hatte. Nun steh schon auf, Mensch. Ich sollte schon vor zwanzig Minuten bei Trevor sein.« Er setzte sich neben mich auf die Bettkante und zog sich Socken und Stiefel an.

»Wirklich? Die Beste?«, trällerte ich, schlug die Hände unter dem Kinn zusammen und klimperte mit den Lidern.

»Du bist so eine Nervensäge«, lachte er kopfschüttelnd.

Er bugsierte mich aus dem Schlafzimmer und die Treppe hinunter, und ich war etwas enttäuscht darüber, dass er offensichtlich schon eine ganze Weile wach gewesen war, ehe er mich geweckt hatte. Ich hätte so gern noch einmal den verschlafenen Giraffenbaby-Bram gesehen – meinen Lieblings-Bram.

»Ach, da sind sie ja«, murmelte ich zu mir selbst, als Bram die Tür zur Garage öffnete und ich meine achtlos liegen gelassenen Flip-Flops auf der Betonschwelle fand.

Wir stiegen in seinen Truck, und ich schlüpfte in meine Jeans, während Bram auf den Highway bog.

»Ich hab mein Tanktop und meinen Slip bei dir vergessen«, sagte ich, als wir uns Dans und Liz' Haus näherten. Dort stand immer noch mein Auto.

»Dann nimmst du sie einfach mit, wenn du das nächste Mal

rüberkommst«, versetzte er wie beiläufig und bog in die lange Kiesauffahrt ein.

»Ooh, ich darf noch mal zu dir?«, flötete ich mit süßer Stimme und wandte den Kopf, um ihn anzuschauen. »Sag bitte, wann?« Ich schlug mir die Hände vor die Brust.

»Wenn ich dich anrufe.«

»Du bist vielleicht dominant», bekannte ich atemlos. »Versohlst du mir den Hintern, wenn ich zuerst anrufe?«

»Ich hab dich die ganze Nacht lang durchgevögelt, und du verarschst mich immer noch, was?« Neben meinem Toyota hielt er an.

»Süß, dass du dachtest, es würde sich daran etwas ändern«, stichelte ich. Ich hob die Hand, tätschelte ihm mit spitzen Fingern die Wange und zog sie schnell wieder zurück, als er mit den Zähnen nach mir schnappte.

»Danke für die Tour!«, intonierte ich und stieg aus.

»Für welche denn?«, fragte er, da schlug ich schon die Tür hinter mir zu.

Ich lief um die Motorhaube herum zur Fahrerseite meines SUV, und Bram wendete den Truck. Als ich den Motor anließ, ging die Haustür auf, und Dan trat einen Schritt nach draußen.

Ich tat so, als hörte ich ihn nicht, als er meinen Namen rief, setzte zurück und wendete. Ich wollte mich jetzt nicht mit diesem Scheiß konfrontieren müssen. Noch nicht. Nicht, bevor ich ihm nicht in die Augen sehen konnte, ohne mich wie ein Insekt unter dem Mikroskop fühlen zu müssen.

Und nicht, bevor ich nicht wieder in meinen eigenen Klamotten steckte, statt ohne BH und ohne Unterwäsche in einem von Brams Lieblingshemden hier zu sitzen.

Bram. Ich lächelte und seufzte, als ich auf die Straße auffuhr. Ein paar Minuten lang versetzte mich das empfindliche Gefühl zwischen meinen Beinen in eine nahezu ausgelassene Stimmung. Dann kam mir aus heiterem Himmel der Abend zuvor in den Sinn, und das Lächeln erstarb auf meinen Lippen. Mit finsterer Miene fuhr ich an den Straßenrand, hielt an und zog mein Handy aus der Tasche, um ihm zu schreiben.

`Wenn wir Sex ohne Gummi haben, schläfst Du aber mit niemand anderem.`

Ich wollte einen weitschweifigen Text hinterherschicken und ihm schreiben, dass es mir nicht darum ging, ob er sich mit anderen Frauen traf, sondern darum, dass ich keine Lust hatte, mir eine Geschlechtskrankheit von ihm einzufangen. Andererseits wollte ich auch nicht den Eindruck erwecken, zu sehr zu protestieren – auch wenn sich mir bei dem Gedanken an Bram mit einer anderen der Magen umdrehte. Ich starrte volle fünf Minuten auf mein Handy, dazwischen behielt ich immer mal wieder die leere Straße vor und hinter mir im Blick. Schließlich sah ich, dass er eine Antwort eintippte. Ich machte mich gefasst.

`Du aber auch nicht.`

Na dann.

Meine Mundwinkel zogen sich nach oben, als ich den Wagen startete und wieder auf die Straße auffuhr.

»Hey, Penner!«, meldete ich mich am nächsten Tag, als das Handy klingelte. Von Kopf bis Fuß mit Farbe bekleckst und schweißüberströmt hatte ich es endlich geschafft, sämtliche Fußleisten im Wohnzimmer zu streichen. Das Ergebnis sah spektakulär aus.

Ja, es war das passende Wort. Spektakulär.

»Wie sieht's aus, Anita Bonita?«, schnarrte Henrys Stimme über den Lautsprecher, als ich das Handy auf den Stuhl legte, um mir die farbbespritzten Sachen auszuziehen.

»Spektakulär. Ich werkele gerade wieder am Haus. Und bei dir? Gibt's was Neues?«

»Nö. Nicht viel. Selber Mist, nur anderer Tag. Aber in ein paar Monaten fahr ich in ein Ausbildungscamp – das verspricht, krass zu werden.«

»Ach, wirklich?« Ich rollte die Kleidung zusammen und stopfte sie in eine Mülltüte. Es lohnte sich nicht, die Sachen aufzuheben.

»Ja. Und ich überlege, ob ich nicht zusammen mit Shane und Katie raufkomme, wenn sie euch in zwei Wochen besuchen. Ich hab Urlaub – muss ihn nur noch genehmigen lassen.«

»Das ist so toll!«, rief ich und führte einen kleinen Freudentanz auf.

Ich liebte es, wenn alle zu Besuch kamen. Wir lebten so weit verstreut, dass die Gelegenheit nicht oft eintrat. Unser letztes gemeinsames Treffen war in San Diego an Katies dreißigstem Geburtstag gewesen, vor fast einem Jahr. Diesmal würde es Alex sein, der als Einziger fehlte.

»Kann ich bei dir pennen? Ich glaube, Katie und Shane bleiben bei Tante Liz und Onkel Mike, aber ich will nicht bei den Oldies wohnen.«

»Mir kommen aber keine Flittchen ins Haus«, ermahnte ich ihn.

Henry lachte. »Daran hab ich nicht im Traum gedacht, solange du mir keinen Stress machst, weil ich nicht nach Hause komme, wie die Oldies oder Trev.«

»Ich kann ehrlich von mir behaupten, dass es mich nicht die Bohne interessiert, wo du nachts rumschwirrst.«

»Perfekt.«

Ich hörte die Erleichterung in seiner Stimme, was mich zum Lächeln brachte. Ach, noch einmal jung, schön und Single sein ... Moment mal. Ich *war* jung, schön – mehr oder weniger – und Single. Aber ich fühlte mich nicht so. Ich fühlte mich wie fünfundvierzig.

»Mom meinte, du hättest eine OP gehabt?«, fragte Henry. Er wartete. »Oh, Mist. Das sollte ich gar nicht wissen, oder?«

»Meine Güte, Quatsch, ist alles gut. Ich musste mir die Gebärmutter rausnehmen lassen. Letztendlich ist alles gut verheilt.« Ich schlug den Weg in Richtung Schlafzimmer ein.

»Was, warte mal. Dann kannst du keine Kinder mehr kriegen?« Henry wartete wieder. »Scheiße, Ani. Das war beschissen von mir, so etwas zu sagen.«

»Du hast nichts Falsches gesagt.« Ich saß splitternackt am Fußende meines Bettes und lächelte traurig. »Ich kann keine Kinder mehr kriegen. So ist es nun mal. Aber keine Sorge.«

»Mann«, stöhnte Henry. »Ich hab das Gespräch ja wohl komplett an die Wand gefahren. Wenn ich bei dir zu Besuch bin, darfst du mir eine Augenbraue abrasieren, während ich schlafe. Dann sind wir quitt, in Ordnung?«

»Das hätte ich so oder so getan«, erwiderte ich und wischte mir die Tränen aus den Augen. »Nur deshalb habe ich überhaupt Ja gesagt.«

»Wir beide, Anita Bonita. Wir werden Party machen, als wäre es wieder 1999.«

»Erinnerst du dich überhaupt noch an 1999?«, entgegnete ich und schlüpfte unter die Bettdecke.

»Klar.« Pause. »Ein bisschen.« Pause. »Ach, halt doch die Klappe.«

Ich fing an zu lachen. Henry grummelte.

»Sag Bescheid, an welchem Tag du kommst, und ich sorge dafür, dass du einen Schlüssel kriegst«, sagte ich, als ich mit Lachen fertig war.

»Klingt gut.«

»Ich freue mich echt, dass du mal kommst, Alter. Ich vermiss dich wie verrückt.«

»Yeah, ich dich auch. Wird bestimmt lustig, alle Kinder mal wieder auf einem Haufen.«

»Ja, außer Alex«, sagte ich. Plötzlich vermisste ich meinen besten Freund ganz schrecklich.

»Das hat er davon, dass er zur Army gegangen ist. Die Memme.«

»Sei kein Arsch«, wies ich ihn mit einem Lächeln zurecht.

»Aber hey, du bringst auch nicht irgendwelche Typen aus der Bar mit nach Hause, abgemacht? Ich hab wirklich keinen Bock, mir das anzuhören.«

Mein Mund verzog sich zu einem verschlagenen Grinsen, und ich musste mir auf die Lippe beißen, um nicht zu lachen. »Was anhören?«, fragte ich unschuldig.

»Na ja, du weißt schon.« Henry räusperte sich unbehaglich. »Stöhnen und so.«

»Oh!« Ich nickte eifrig, auch wenn er es nicht sehen konnte. »So was wie: *Oh Gott, Fremder aus der Bar, dein Schwanz ist so riesig. Oh, bitte, steck ihn rein, steck ihn rein!*« Ich hauchte die Worte so betont und verführerisch wie möglich und beendete den Satz mit einem hohen Stöhnen.

»Du. Bist so. Ein Arsch«, bekannte Henry, die Worte so ausgesprochen, als seien es eigene Sätze.

»Gern geschehen.«

»Also so klingst du, wenn du Sex hast?«, fragte er ernst. »Hab ich mir schärfer vorgestellt.«

»Du mich auch!« Ich lachte.

»Ich ruf dich in ein paar Tagen noch mal an und geb dir durch, wann ich komme.«

»Komme.« Ich gluckste, und er fing ebenfalls an zu giggeln.

»Bye, Bonita Anita.«

»Bye, Pennerchen.«

Ich ließ das Handy aufs Bett fallen und kuschelte mich in meine Decken. Es war schön, von Henry zu hören. Er war ein so hübsches Kind gewesen, als ich ihn zum ersten Mal getroffen hatte. Vierzehn und spindeldürr war er der Einzige in den beiden Familien gewesen, der auch nur annähernd so klein geraten war wie ich. Mit zunehmendem Alter hatte er an Muskelmasse zugelegt, aber gemessen an seinen Geschwistern und Cousins war er immer noch ziemlich schmächtig. Damals hatte er mich ganz schön angegraben, während er natürlich total überzeugt davon gewesen war, es locker und lässig anzugehen.

Ich hatte ihn schneller in der Luft zerrissen, als die Worte aus seinem Mund purzeln konnten.

Der süße Schlingel. Ich wollte ihm am liebsten dauernd in die Wange kneifen, auch wenn ich wusste, dass er wahrscheinlich vor Scham auf der Stelle tot umfiele, wenn ich es täte.

Ich seufzte. Ich musste ihm einen Schlüssel für meine Haustür besorgen – vielleicht könnte ich Bram fragen, ob er ihm seinen Ersatzschlüssel lieh, auch wenn ich damit rechnen musste, dass Bram Nein sagte. Er sollte meinen Ersatzschlüssel für das Haus rausrücken, und dann auch noch an den völlig verplanten Henry? Nie im Leben.

Bram und ich waren uns seit gestern Morgen, als er mich abgesetzt hatte, nicht mehr begegnet, aber das beschäftigte mich eigentlich nicht. Seither hatte ich erst mal damit zu tun gehabt, zu schlafen und dann bis spät in die Nacht hinein im Wohnzimmer zu streichen. Danach war ich ins Bett gefallen und früh am nächsten Morgen aufgestanden, um fertig zu werden. Jetzt, da Wände und Fußleisten in neuer Farbe erstrahlten, musste ich darangehen, die Dielen neu zu lackieren. Allein der Gedanke ließ mich ächzen. Ich war so verdammt müde.

Mit geschlossenen Augen sank ich ins Kissen. Es war schließlich Sonntag. Ich konnte einen Mittagsschlaf machen, wenn ich wollte.

Ein paar Stunden später raunte mir eine Stimme ins Ohr: »Sehnst du dich etwa nach mir, du Schöne?«

Ich musste lächeln. *Bram.*

»Ich bin mir ziemlich sicher«, murmelte ich, »dass ich die Haustür abgeschlossen hab, ehe ich ins Bett bin.« Ich schlug die Augen auf, als Bram hinter mir unter die Decke glitt. Seine Hand streichelte meine Hüfte herauf und um meinen Bauch herum, sein Körper schmiegte sich an mich.

»Ich hab einen Schlüssel«, flüsterte er mir ins Ohr. Seine Finger berührten sachte meine Brust und glitten herauf über meinen Busen.

»Ich war wirklich zu vertrauensselig, als ich dir den gegeben habe.«

Er ging nicht darauf ein. »Was liegst du mitten am Tag im Bett und schläfst?«, fragte er. Ein sanfter Kuss berührte meine Schulter.

»Weil ich müde bin?«

»Das Wohnzimmer ist der Knaller. Du hast echt 'ne Menge geschafft.«

»Ja, jetzt muss ich nur noch den Fußboden lackieren, und dann kann ich endlich ein paar Möbel reinstellen.« Meine Stimme wurde samtiger, rauer, als Brams Finger langsam meinen Körper erwanderte und zwischen meine Schenkel glitt.

»Den Boden, das mache ich«, entschied er. Er nahm meinen Schenkel in die Hand, um meine Beine weit zu öffnen und eines davon über seins zu legen. »Nanu, sieh mal einer an. Schon feucht?«

»Nanu, sieh mal einer an – schon hart?« Ich schmiegte meinen Po an die geballte Erektion hinter mir.

»Mann, ich war schon hart, als ich gesehen hab, dass du nackt bist«, erwiderte er und lachte leise. Er berührte mich mit der Hand zwischen den Beinen, um sich in Stellung zu bringen.

Ich entließ ein Stöhnen aus tiefster Kehle, als er von hinten in mich hineinglitt. Sobald er sich in mir versenkt hatte, legte er mein Bein wieder hinunter, sodass meine Schenkel eng aneinandergeschmiegt waren. Er begann sein Becken zu rollen, ein gleichmäßiger, langsamer Rhythmus, der mich tief durch die Nase einatmen ließ.

»Das ist der verschlafene Sex, den ich meinte«, wisperte er an der Seite meines Halses. »Fühlt sich das gut an?«

»Hab schon Besseres erlebt«, presste ich hervor und spürte seine Fingerspitze leicht um meinen Nippel herumstreicheln.

»Hast du nicht«, entgegnete er und schnaubte sanft.

Ich bog meinen Rücken, und Brams Hand lag sofort auf meinem Bauch und hielt die Bewegung zurück.

»Nein. Entspann dich nur.«

»Ich will mich aber nicht entspannen.« Ich hob den Arm und glitt mit meinen Fingern durch seine Haare, formte Fäuste und lockerte sie wieder.

»Schhh. Schließ die Augen, Ani. Lass mich dich hinführen«, hauchte er. Seine Finger streichelten meinen Bauch.

Was ich am liebsten tun wollte? Herumschnellen und ihn bis zur Besinnungslosigkeit reiten. Die Gefühle, die meine Brust ausfüllten, begannen, wirklich unangenehm zu werden. Stattdessen trank ich einen zitternden Atemzug lang Luft in mich hinein, entspannte meine Hand und glitt an mir herab, um sie von der Seite über seinen Nacken zu legen.

Er belohnte es, indem er mit dem Finger zwischen meine fest aneinandergeschmiegten Schenkel glitt. Er begann, meine Klitoris zu streicheln.

Als der Orgasmus einsetzte, brandete er in Form kleiner Wellen über mich, ein Gefühl, das ungelogen eine Ewigkeit lang anhielt.

»Ich hab vorhin mit Henry telefoniert«, erzählte ich ihm später, den Kopf auf seine Brust gelegt, während ich mit der Hand durch seine Haare streichelte.

»Ach, echt? Und was treibt er so?« Brams Arm ruhte auf

meinen Schultern, und er kitzelte mir den Rücken mit einzelnen, sich abwechselnden Fingerspitzen.

»Er meint, dass er mit Katie und Shane zusammen raufflieget, und wollte wissen, ob er bei mir schlafen kann.« Ich schnaubte. »Er möchte lieber nicht bei Trev oder seinen Eltern wohnen, weil er wild durch die Gegend vögeln will.«

»Was?« Brams Finger auf meinem Rücken hielten still. »Warum hat er mich nicht gefragt?«, fuhr er auf.

»Ich weiß nicht – vielleicht, weil du ein Arsch bist und er nicht will, dass du seine Eroberungen vergraulst.« Ich lachte, während ich Bram leicht an den Haaren zog.

»Ich bin kein Arsch.«

»Natürlich bist du einer.« Ich lachte wieder.

»Und dann bringt er die Tussis mit hierher?«, grollte er. »Macht ja auch durchaus Sinn.«

»Ooh, wurden etwa deine Gefühle verletzt, du Armer?«, stichelte ich und richtete mich auf, sodass unsere Gesichter nah beieinander waren. »Bist du traurig, dass dein bester Freund dich nicht gefragt hat, ob er bei dir schlafen kann?«

Er verzog das Gesicht. »Das habe ich jetzt aber nicht gehört.«

»Außerdem, nein – hierher schleppt er mir keine ab. Das kann er schön bei den Mädels zu Hause machen«, entschied ich stirnrunzelnd. »So was Schmutziges gibt es nicht unter meinem Dach.«

»Er weiß schon, dass du nicht mal Möbel hast, oder?«

»Sieht so aus, als müssten wir morgen die Böden abschleifen, damit ich 'ne Couch besorgen kann«, wähnte ich.

»Na, Kacke«, brummelte Bram. »Ich geh morgen nach der Arbeit los und leihe 'ne Schleifmaschine.«

»Dann komm ich mit. Ich muss sowieso noch das Lackzeug kaufen.« Ich richtete mich auf und stieg aus dem Bett.

Ich ging in die Küche, bereitete ein paar Sandwiches zu und trug sie zusammen mit zwei Flaschen Mineralwasser zurück ins Schlafzimmer.

»Essen ist angerichtet«, verkündete ich. Ich sah Bram an, der, den Kopf gegen das Kopfende des Bettes gelehnt, dasaß.

»Halt, stopp«, platzte er heraus und glitt mit Blicken an meinem nackten Körper rauf und runter. »Ich glaub, ich hab gerade einen Moment der außerkörperlichen Wahrnehmung.«

»Ach, Quatsch.«

»Du bringst mir Sandwiches ans Bett. Nackt. Vielleicht bist du die Eine.«

»Diese Sandwiches sind für mich, Holzkopf. Mach dir selbst welche.« Und ich kletterte zurück ins Bett.

»Und schon ist die Fantasie dahin«, bekannte er traurig. Er stöhnte, als ihn eine der Wasserflaschen in den Bauch traf.

»Ich *bin* die Fantasie«, korrigierte ich und machte es mir gegenüber von ihm auf dem Bett bequem, den großen Teller mit Sandwiches zwischen uns. »Ich bin ganz schön gelenkig, eine tolle Köchin und auch noch handwerklich begabt. Eine echte Traumfrau.«

»Klar«, lenkte Bram ein, griff sich ein Sandwich vom Teller und beäugte mich skeptisch. »Du weißt aber auch, wie man eine Knarre durchlädt und abfeuert – das spricht eindeutig gegen dich.«

Ich schnaubte und nahm mir meinerseits ein Sandwich. »Was, meinst du, würden die anderen sagen, wenn sie uns jetzt so sehen könnten?« Ich biss hinein.

»Katie würde einen Schrei loslassen und durchs Zimmer tanzen. Shane würde gar nichts sagen und einfach weggehen. Henry würde dir auf die Titten starren. Trevor würde mit geschlossenen Augen dastehen und versuchen, die aktuelle

Lage zu diskutieren. Und Alex würde mich abklatschen«, zählte Bram auf.

Mir fiel die Kinnlade herunter, so gut hatte er es getroffen. Es stimmte absolut. Katie wäre völlig aus dem Häuschen. Shane würde nichts mit dem ganzen Durcheinander zu tun haben wollen. Der sachliche Trev wäre sofort dabei, seine Eindrücke zu analysieren. Henry wäre es egal, abgesehen davon, dass er mich hier und jetzt nackt sehen würde. Und Alex wäre einfach nur begeistert zu erfahren, dass seine beiden besten Freunde ein Paar sind.

»Meinst du nicht, dass Shane nicht auch noch einen ausführlichen Blick riskieren würde?«, fragte ich.

»Aber klar doch«, höhnte Bram kopfschüttelnd.

»Er könnte so froh sein.«

»Aber hallo.« Bram lächelte. »Ich hab mir gedacht, wir leihen morgen die Schleifmaschine und den ganzen Kram aus. Dann nehmen wir uns am Dienstag frei und bringen die Böden auf Vordermann.«

»Ich kann nicht noch mehr Tage freinehmen«, entgegnete ich. »Ich war gerade erst eine ganze Woche nicht da.«

»Am Montag hab ich zu tun, aber am Dienstag steht nicht viel an. Das wird schon gehen. Auch bei dir. Ist ja bloß ein einziger Tag.«

»Das geht nicht, Bram«, widersprach ich.

»Klar geht das.«

»Nein, wirklich nicht.«

»Nein, wirklich. Ich werde Trev und den Daddys sagen, sie sollen dich am Dienstag nicht ins Büro lassen.«

»Dann trete ich dir in die Eier.«

»Tust du nicht. Du musst mir nämlich beim Abschleifen helfen.«

Kapitel 7

Abraham

»Du gehst mir so was von auf die Nerven«, schnauzte ich am Dienstagmorgen und stapfte auf Anita zu, die vor dem Eingang zum Büro des Holzhandels Harris und Evans stand.

Anita zeigte auf die Eingangstür. »Sie haben mich ausgesperrt«, rief sie ungläubig.

»Ich hab dir doch gesagt, wir treffen uns bei dir zu Hause.«

»Und ich hab dir gesagt, dass ich keinen Tag mehr freinehmen werde!«, schrillte sie.

»Tja, sieht so aus, als hättest du keine andere Wahl.«

»Das ist ja lächerlich.« Sie kam kopfschüttelnd auf mich zu. »Welche Firma zwingt denn ihre Mitarbeiter, von der Arbeit fernzubleiben?«

»Du gehörst nicht nur zur Firma, sondern auch zur Familie«, gab ich ihr zu bedenken. Ich legte ihr einen Arm um und führte sie zu meinem Truck. »Komm schon, du kannst bei mir mitfahren. Wir holen dein Auto später.«

Als sie auf der Beifahrerseite einstieg, blickte ich auf und sah meinen Dad hinter der Glastür des Büroeingangs stehen. Er hatte die Arme vor der Brust verschränkt und ein wissendes Grinsen im Gesicht.

Scheißdreck. Ich verengte die Augen zu Schlitzen und sah

ihn lachen, während ich die Beifahrertür hinter Ani zuwarf.

Nachdem wir fast eine Viertelstunde lang, ohne etwas zu sagen, gefahren waren, sagte Ani schließlich: »Danke, dass du mir hilfst.«

»Kein Problem. Heute wäre normalerweise sowieso ein ruhiger Tag gewesen.«

»Eben«, murmelte sie, als wir vor ihrem kleinen Haus hielten. »Du hättest einen ruhigen Tag haben können.«

»Die Böden müssen geschliffen werden, oder?« Ich schaltete den Motor aus, blieb jedoch sitzen.

»Ja, aber …«

»Na dann, gehen wir's an.«

Ani schaute mir in die Augen, und ihre Lippen verzogen sich zu einem schüchternen Lächeln. »Du bist so nett zu mir«, sagte sie sanft. »Seit wann zum Teufel denn das?«

Ich wand mich unter ihren Worten. Dachte sie, wir führten eine Beziehung? Es war Sex. Verdammt großartiger Sex, aber auch nicht mehr. Wir führten keine Beziehung; ich war nicht der Beziehungstyp. Allein der Gedanke an etwas Festeres verursachte mir eine Gänsehaut.

»Seitdem du mich dich ficken lässt«, sagte ich und lachte nervös.

Dabei tat ich, als sähe ich nicht, wie ihr das Lächeln auf ihren Lippen erstarb, als ich aus dem Truck stieg.

Wir sprachen nicht viel miteinander, während ich den Boden abschliff – die Maschine machte einen gewaltigen Lärm –, aber

Ani hielt sich dabei die ganze Zeit in meiner Nähe auf. Sie ging mit dem tragbaren Handschleifgerät über die Ränder und in die Ecken. Als wir fertig waren, lag auf dem gesamten Zimmer eine Schicht aus feinem Staub, und wir beide schwitzten wie verrückt.

Ich trug das Schleifgerät nach draußen, lud es auf den Truck und ging wieder nach drinnen. »Hast du einen von den Lappen für mich?«, fragte ich.

»Na klar.« Sie warf mir einen Putzlappen zu und machte sich selbst an die Arbeit, wischte die Wände und Fenster mit ihrem blauen Tuch ab.

Ich hockte mich hin und begann, den Boden sauber zu machen. Das Schweigen zwischen uns kam mir unangenehm vor. Ich wusste nicht, was ich sagen sollte, um die Stimmung zwischen uns wieder so locker zu machen, wie sie vorher gewesen war. Sollte ich mich bei ihr entschuldigen? Irgendwie beschlich mich das Gefühl, dass das alles noch schlimmer gemacht hätte.

Erleichtert hörte ich, wie Anis Handy in ihrer Hosentasche klingelte. Ich wusste nicht einmal, dass es auch klingeln konnte – normalerweise, wenn jemand anrief, ertönte immer eine Stimme, die ihr sagte, sie solle rangehen, verdammt.

»Hallo?«, meldete sie sich hinter mir. Danach sagte sie eine lange Zeit gar nichts, und ich drehte mich um, um zu sehen, ob sie überhaupt noch da war.

Sie hielt den Kopf gesenkt, während sie das Telefon ans Ohr presste. Dann blickte sie auf, sie war kreidebleich. Eine Sekunde lang befürchtete ich, sie würde gleich umkippen.

Ich sprang auf die Füße, doch ehe ich zu ihr gehen konnte, schüttelte sie den Kopf, hob den Finger und bat um einen Moment Zeit. Als ich nickte, verließ sie das Wohnzimmer.

Ich hockte mich wieder auf die Knie und wischte weiter den

Boden. Ich musste ganz sichergehen, auch den kleinsten Rest Staub zu entfernen, bevor wir den Lack auftragen konnten, sonst würde der komplette Fußboden einfach nur kacke aussehen, und wir müssten von vorn anfangen. Ich spürte noch immer die Taubheit in den Armen, nachdem ich das vibrierende Schleifgerät derart lange durchs Zimmer geschoben hatte. Das würde ich bestimmt so schnell nicht wieder tun, keine Chance ... zumindest nicht, bis Ani entschied, den Flur und die Schlafzimmer zu machen.

Zwanzig Minuten vergingen, dreißig, und als Ani zurück ins Wohnzimmer kam, hatte ich bereits drei Lappen durchgescheuert und fast den gesamten Boden sauber gewischt.

»Was ist?«, erkundigte ich mich und stand langsam auf. Ani verharrte mitten im Raum.

»Äh.« Ihr Blick suchte ziellos das Zimmer ab, heftete sich schließlich auf mich. »Meine Schwester bekommt ein Baby«, sagte sie mit einem Kopfschütteln.

»Was?«, fragte ich verwirrt. »Kate?«

»Nein, meine richtige Schwester.«

Als ich das hörte, hätte ich fast widersprochen, entschied aber, dieses Thema auf einen anderen Zeitpunkt zu verschieben. »Du hast eine Schwester?«

»Ja.« Sie hob die Arme und kratzte sich mit beiden Händen am Kopf, woraufhin ihr an einigen Stellen die Haare abstanden. »Sie ist fünfzehn.«

Mein Magen hob sich. »Oh, Scheiße.«

»Ich habe außerdem zwei kleine Brüder«, fuhr sie fort. »Alle leben bei meiner Mom. Sie hat noch mal die Kurve gekriegt. Jedenfalls genug, damit das Jugendamt sie ihr nicht weggenommen hat.«

»Ach du Scheiße.« Es musste sie fertigmachen. Alex und ich

hatten uns nie mit solchen Familienproblemen belasten müssen. Unsere Mom war gestorben, als wir klein gewesen waren. Auf dem Weg zur Arbeit hatte ein Auto sie erfasst. Natürlich war das schlimm. Doch es verhielt sich eben andersherum: Nicht wir waren ihr weggenommen worden, sondern sie uns.

»Jedenfalls, tja – fünfzehn und schwanger. Mom macht ganz offensichtlich einen Spitzenjob.«

Ich trat einen Schritt auf sie zu, blieb aber stehen, als sie die Hand hob, um mich zu stoppen.

»Ich muss dringend duschen.« Ani blickte an ihren Klamotten hinab. »Und du auch.«

Sie drehte sich um und ging aus dem Wohnzimmer. Auf halber Strecke durch den Flur streifte sie sich ihr Tanktop ab. Sie blieb kurz stehen, um sich die Jeans über den Hintern nach unten zu schieben. »Kommst du?«, rief sie mir über die Schulter zu.

»Möchtest du drüber reden?«, fragte ich, nachdem ich mich ebenfalls ausgezogen hatte und hinter ihr in die Badewanne stieg.

»Nicht so gern.« Sie weinte nicht, doch aus ihren Augen schien jeder Ausdruck verschwunden zu sein. Sie griff sich das Stück Seife und schäumte sich die Hände ein.

»Sicher?«

»Ja, es ist, wie es ist.« Sie glitt mit eingeseiften Händen über meine Unterarme.

»Ich wusste nicht, dass du Geschwister hast«, bekannte ich leise, während ihre Hände an meiner Brust heraufglitten.

»Ja, ich hab meine Mom gefunden, als ich achtzehn wurde. War dumm von mir, mich überhaupt auf die Suche nach ihr zu machen – ich fand heraus, dass sie nach mir noch mehr Kinder gekriegt hatte. Mit meiner Schwester Bethy und den beiden Jungs habe ich regelmäßig Kontakt, aber sie leben in Seattle.«

Mein Atem zog unwillkürlich an, als ihre Finger an meiner Brust tiefer glitten, und ich strich ihr die nassen Haare aus der Stirn. Zu sagen hatte ich nichts. Ich wusste nicht mal, was ich sagen konnte.

»Ihre Namen fangen alle mit B an«, schnaubte sie belustigt. Sie nahm ihre Hände von meiner Brust und wandte sich dem Wasserstrahl zu. »Ich bin Anita, und sie sind Bethy, Ben und Brayden.« Sie schüttelte den Kopf, zog die Schultern so weit nach oben, dass sie praktisch ihre Ohrläppchen berührten. »Die zweite Welle quasi. Ihre zweite gottverdammte Chance – und auch die hat sie versaut.«

Da hielt ich es nicht länger aus. Sie wirkte so winzig, wie sie mit vor der Brust verschränkten Armen unter dem Wasserstrahl stand, den Rücken so gebeugt, dass ich jeden einzelnen ihrer Wirbel sehen konnte. Ich schlang den Arm um sie, legte meine Hand auf ihren glatten Bauch und zog sie zu mir heran.

»Dann ist es zumindest gut, dass du da weg bist, oder?« Ich flüsterte es ihr ins Ohr und schmiegte auch meinen anderen Arm um ihre Brust. »Sie hat sich nicht verändert. Du hattest also Glück.«

»Ja«, krächzte sie mit aufgerauter Stimme. Sie legte das Kinn auf meinen Arm und schmiegte sich an mich. »Aber wenn ich da gewesen wäre, hätte ich auf sie aufpassen können …«

»Du warst noch ein Kind, Ani«, entgegnete ich tonlos. »Du hättest gar nichts tun können.«

»Sie ist fünfzehn, Bram.« Ani schluchzte. Ein Zittern durchlief ihren gesamten Körper. »Mein Gott.«

»Komm mal her.« Ich drehte sie in meinen Armen herum, sodass ich ihr ins Gesicht sehen konnte.

Sie blickte mich aus geröteten Augen an, ihre Nase war ebenfalls rot, doch sie weinte nicht. Aus irgendeinem Grund behielt sie ihre tiefsten Gefühle für sich, dabei war ich schon früher dabei gewesen, als sie sich ausgeheult hatte.

»Du hast es da rausgeschafft, Baby«, hauchte ich. Ich sah, wie sie die Augen schloss und ihr Kinn senkte. »Du fühlst dich schuldig für etwas, das du nicht kontrollieren konntest. Weißt du, wie viele Kinder alles daransetzen, wieder zu ihren Eltern zurückzukommen, obwohl die richtig mies zu ihnen waren? Aber es ist nicht ihre Entscheidung, und es war nicht deine. Du konntest nichts daran ändern.«

»Sie hat es einfach noch mal versucht«, presste Ani hervor. »Nach dem Motto: *Ach, beim Ersten hab ich es versaut, also mache ich einfach noch ein paar.* Wer tut so eine Scheiße?«

Meine Kehle schlang einen Knoten um jedes Wort, das ich vielleicht hätte sagen wollen. Wie lange beschäftigte sie das schon, ohne dass sie etwas sagte? Hatte sie Katie davon erzählt? Alex? Ich wusste nicht, ob überhaupt jemand von den anderen wusste, dass sie jüngere Geschwister hatte. Für mich war das alles vollkommen neu.

»Dieses Miststück«, presste ich schließlich hervor und umschloss ihr Gesicht mit meinen Händen. »Sieh mich an.«

Ani schlug die Augen auf. Dieser eine Blick von ihr hätte mich fast in die Knie gezwungen.

»Es ist ihr Pech. Ich weiß, das klingt so simpel.« Ich strich ihr die Haare aus dem Gesicht, während ich um Worte rang. »Aber sie weiß nicht, was ihr mit dir verloren gegangen ist, hörst du?«

Sie nickte und presste die Lippen fest zusammen, als wollte sie den Worten verbieten, ihren Mund zu verlassen.

Ich beugte mich zu ihr und küsste sie sanft, berührte mit

meinen Lippen ihre zusammengekniffenen Lippen, bis sie zuletzt nachgaben. Ich streichelte ihr mit der Hand über den Nacken, hielt an ihren Schultern inne und übte leichten Druck mit den Fingern aus, bis die Muskeln unter ihrer nassen Haut sich einer nach dem anderen lockerten.

»Du musst nicht nett zu mir sein«, murmelte Ani an meinen Lippen, als ich sie gegen die Fliesenwand schob. Ich streichelte ihre Brüste, sie leckte mit der Zunge über meine Oberlippe und saugte sie in ihren Mund.

Ich zog mich ein wenig zurück. »Doch, muss ich.«

»Du hast mich doch schon erobert.« Sie schlang mir ihre Arme um den Hals und zog ein Bein nach oben, damit ich sie an mich heben konnte.

»Ich verschiebe mein arschiges Getue einfach auf später«, scherzte ich, während sich ihre Beine fester um meine Hüfte legten.

»Aber wenn ich deinen Arsch jetzt auf der Stelle will?«, fragte sie und hauchte ein leises Lachen in meinen Mund.

»Wenn du unbedingt drauf bestehst«, murmelte ich amüsiert. »Bist du wieder okay?«

»Total okay«, sagte sie mit einem Nicken, als hätte das gesamte Gespräch, das wir bis jetzt in der Dusche geführt hatten, nie stattgefunden.

»Was zur Hölle machst du denn hier?«, entfuhr es mir eine Woche später, als ich mit nichts als einer weißen Boxershorts am Hintern und einem Grinsen auf dem Gesicht die Haustür öffnete.

»Ich dachte, ich überrasch dich mal. Gern geschehen.«

Ich trat ein paar Schritte zurück, damit mein Bruder hereinkommen konnte. Kaum hatte er seine Tasche fallen lassen, umarmte ich ihn auch schon ungestüm.

»Schön, dich zu sehen.« Ich verpasste ihm einen kräftigen Hieb auf den Rücken.

»Finde ich auch, Bruderherz«, erwiderte er und drückte mich fest.

Wir ließen gleichzeitig voneinander ab, und ich erhaschte einen ausgiebigen Blick auf das breite Grinsen, von dem ich wusste, dass es so sehr mit meinem identisch war, das ich gerade ebenso breit zur Schau stellte.

»Endlich mal wieder alle Kinder beisammen«, sagte ich lachend. Ich hob seine Tasche auf, um sie in mein Gästeschlafzimmer zu tragen.

»Das war der Plan.« Er nickte und folgte mir ins Haus.

»Wie um alles in der Welt bist du hergekommen? Ich hätte dich doch vom Flughafen abgeholt.«

»Und ich hätte das Gesicht verpassen sollen, mit dem du mich angeschaut hast, als die Tür aufging? Niemals. Ich hab mir einen Leihwagen genommen.«

Lächelnd öffnete ich die Tür zum Gästezimmer und warf seine Tasche aufs Bett.

Gott sei Dank war Ani bereits wieder los, ehe Alex überraschend vor meiner Tür gestanden hatte. Wir hatten uns in der vergangenen Woche fast täglich gesehen, aber nie beieinander übernachtet. Der Familienscheiß beschäftigte sie ziemlich, also gab ich ihr die Zeit, die sie brauchte, auch wenn ich mich zugegebenermaßen schon etwas an die Übernachtungen gewöhnt hatte.

»Wie lang bist du hier?«, fragte ich, als wir uns auf den Weg in die Küche machten, wo ich uns zwei Bier aus dem Kühlschrank holte.

»Die Woche. Mehr ging nicht bei mir.«

»Katie, Shane und die Kids kommen morgen an. Henry auch.«

»Ja, ich wette, Mom flippt aus.«

»Jede Wette. Sie wird einen Herzinfarkt kriegen, wenn sie dich sieht, das sage ich dir.« Ich schnappte mir das T-Shirt, das Ani vorher auf der Anrichte liegen gelassen hatte, und zog es mir über.

»Machst du mittlerweile Nacktkochen, oder was?«, scherzte Alex, als er es sah.

Ich murmelte: »Quatsch, hab's nur vorhin ausgezogen, bevor ich unter die Dusche bin.« Dabei drehte ich mich von ihm weg, um ein Geschirrhandtuch aus dem Schrank zu nehmen und es über den Griff an der Herdklappe zu hängen.

Ich wusste, wenn er meinen Gesichtsausdruck sähe, würde er wissen, dass ich log, und anfangen, Fragen zu stellen. Und wenn er anfing, Fragen zu stellen, war ich am Arsch. Wieso zum Geier hatte ich nicht vorher daran gedacht? Alex kannte mich besser als jeder sonst – er wüsste, was abging, sobald Ani und ich auch nur denselben Raum betraten.

Fuck.

»Also, ich kann mich nicht entscheiden, ob ich mich morgen zeigen soll, bevor Katie kommt, sodass Mom sich erst mal wieder abregen kann, ehe sie und die Kinder ankommen, oder ob ich direkt danach hinfahren und Katie die Show stehlen soll«, erklärte Alex und nahm einen großen Schluck von seinem Bier.

Ich sah ihn an und trank auch.

»Ihr die Show stehlen«, sagten wir wie aus einem Mund und brachen in Gelächter aus.

Mann, wie ich mich freute, dass er da war.

Ein paar Stunden und sieben Bier später gab ich es zu. »Ich hab mich eben gefragt, wieso Henry bei Ani schläft und nicht bei mir, verdammt.«

»Ahhh, hat das deine Gefühle verletzt?«, nutzte Alex grinsend die Gelegenheit. Er saß auf meinem Sofa, die nackten Füße auf den Couchtisch gelegt, und lehnte sich zurück. Das war fast dasselbe, was Ani gesagt hatte. Meine Fresse, die beiden waren sich so ähnlich, dass man es mit der Angst zu tun bekam. Als teilten sie ein und dasselbe Gehirn miteinander.

Andererseits fasste ich Alex' Bemerkungen in dieser Hinsicht stets mit Humor auf, während ich mit Anis Spitzen überhaupt nicht umgehen konnte.

»Es hat nicht meine Gefühle verletzt, Arsch«, entgegnete ich, woraufhin Alex lachte. »Ich fand es bloß komisch.«

»Ach, sie sind eben Kumpels«, sagte Alex und winkte ab. »Mich überrascht nur, dass sie überhaupt Platz für ihn hat. Wie weit ist sie denn mit dem Haus?«

Ich ließ mich tiefer in meinen Sessel sinken und fischte kopfschüttelnd ein neues Bier vom Boden. »Nicht weit. Ich hab ihr geholfen, die Dielen im Wohnzimmer abzuschleifen, damit sie eine Couch zum Schlafen für Henry reinstellen kann.«

»Wie kann sie schon so lange da wohnen und nur ein paar Schlafzimmermöbel haben?«, schnaubte Alex belustigt.

»Sie hat ihren Fernseher und so im Schlafzimmer und hängt die meiste Zeit eben dort rum, wenn sie zu Hause ist.« Ich hatte gesprochen, ohne nachzudenken.

»Ach ja?«, fragte Alex. Er sah mich gründlich an. »Hängst du etwa auch in Anis Schlafzimmer rum?«

»Klar«, versetzte ich trocken, aber meine Handflächen fingen zu schwitzen an. »Ich geh manchmal rüber und glotz ein bisschen Fernsehen, während sie mir einen bläst.«

Alex erstarrte eine Sekunde, dann brach er in schallendes Gelächter aus. »Die einzige Chance, dass Ani deine Eier in den Mund nimmt, wäre, wenn sie sie dir abschneidet und essen will«, gluckste er, und sein Gesicht lief rot an vor Lachen.

Ich schnaubte, wie er es ohne Zweifel von mir erwartete. Aber ich konnte die Erinnerung an Ani und den wirklich fantastischen Blowjob nicht aus meinem Kopf verbannen, den sie mir am Tag zuvor gegeben hatte. Einmal waren meine Eier wirklich kurz in ihrem Mund gewesen. Mein Schwanz in der Jogginghose, die ich vorhin angezogen hatte, wurde hart.

»Mann, ich bin echt kaputt«, erklärte Alex, nachdem er seinen Lachanfall in den Griff bekommen hatte. »Ich geh hoch ins Bett. Weckst du mich morgen früh?«

»Klar, kein Problem.«

Ich schloss die Vorder- und Hintertür ab und räumte die leeren Bierflaschen weg, ehe ich Alex nach oben folgte. Es drang bereits sein Schnarchen durch die geschlossene Tür des Gästezimmers, und ich konnte nicht anders, als zu lächeln.

Ich liebte es, wenn Alex da war. Er war buchstäblich meine andere Hälfte. Die bessere Hälfte, ehrlich gesagt. Nach Moms Tod war er das Einzige gewesen, woran ich mich hatte festhalten können, während unsere Welt ringsum sich rasend schnell verändert hatte. Von uns beiden mochte ich der Härtere sein, aber Alex war schon immer der Stärkere gewesen. Wo ich voreilige Schlüsse zog und die Dinge öfter mal überstürzte, reagierte Alex mit mehr Bedacht. Er beobachtete und wartete, verbarg seine Gefühle hinter einer Schicht aus Humor, bis er so weit war, sie herauszulassen.

Nur wenige kannten seine ernste Seite. Er offenbarte fast niemandem den Teil von sich, der sich fast manisch um seine Schwester und seine Eltern sorgte. Wütend sahen sie ihn nie. Und in sich gekehrt nur ganz selten.

Alex war eine Stimmungskanone – immer –, und so hielt er es bewusst. Sicher war er von seiner Persönlichkeit her einfach fröhlich, aber niemand konnte durchgängig *so* gute Laune haben. Anderen Leuten fiel für gewöhnlich nichts daran auf, doch ich merkte es immer.

Ich durchschaute ihn, wie er mich durchschaute.

Ich zog mich aus und kroch ins Bett. Die Arme hinter dem Kopf verschränkt, lag ich da und blickte zur Decke.

Es war toll, Alex hier zu Hause zu haben, es machte mich allerdings auch ganz schön nervös. Ihm würden Sachen auffallen, die dem Rest der Familie entgingen. Es juckte mir in den Fingern, mein Handy hervorzuholen und Ani per SMS zu bitten, nicht vorbeizukommen, doch ich wusste, dass ich mich damit lächerlich gemacht hätte.

Nachdem sie vorhin erst aufgebrochen war, würde sie nicht am gleichen Abend wiederkommen. Es würde einfach nicht passieren. Aber trotzdem, mein Magen krampfte vor Besorgnis, während ich in meinem Bett lag. Ich wollte ihr auf keinen Fall die Überraschung verderben, ich war jedoch auch ganz bestimmt nicht scharf darauf, dass sie aus Versehen vor der ganzen Familie unser süßes Geheimnis ausplauderte.

Mein Herz pochte hart, als ich daran dachte, wie Alex reagieren würde, wenn er erfuhr, dass Ani und ich miteinander schliefen. Vor Ani hatte ich versichert, er würde mich abklatschen, aber schon als ich es gesagt hatte, war mir klar gewesen, dass es weit von der Wahrheit entfernt war.

Alex würde ausrasten.

Er kannte mich.

Er würde sofort wissen, was es bedeutete.

Und er würde fuchsteufelswild sein, dass ich Ani vögelte, ohne auch nur das geringste Interesse daran zu haben, irgendeine Art von Beziehung mit ihr anzufangen.

Kapitel 8

Anita

»Ach du Scheiße, sie ist ja riesig geworden!«, rief ich und rannte auf die Frau mit dem Kind auf dem Arm zu, die vor Dans und Liz' Haus stand.

Ich war erfolgreich jeder Art von Gespräch mit Dan aus dem Weg gegangen, seit er mich beim Abendessen im Kreis der Familie angeschrien hatte, und meine Ankunft hatte ich zeitlich perfekt abgestimmt, um nicht mit ihm allein sein zu müssen, bevor Katie und Shane mit den Kindern auftauchten. Was das anging, war ich echt ein Naturtalent.

»Achte auf deine Ausdrucksweise«, wies mich Katie zurecht, als ich Iris und sie in die Arme schloss und mich leicht hinabbeugte, um der Kleinen einen Kuss auf den Hinterkopf zu geben. Die Einjährige hatte mich seit Monaten nicht gesehen. Sie hatte nicht den blassesten Schimmer, wer ich war, und vergrub ihr Köpfchen in Katies Halsbeuge.

»Siehst toll aus, altes Haus!« Ich trat einen Schritt zurück, um sie voll in Augenschein zu nehmen.

Sie trug knallbunte Leggins, eine Tunika und Flip-Flops. Ihre Haare waren zu einem Dutt zusammengebunden, und an ihren Ohrläppchen schaukelten lange, verspielte Ohrringe. Bequem und doch hinreißend, so sah sie immer aus.

»Ja, ja.« Sie schüttelte den Kopf. »Mein Hintern ist immer noch riesig.«

»Umdrehen«, befahl ich.

Sie wandte mir den Rücken zu, wackelte mit dem Hintern und blickte mich über die Schulter hinweg an. »Siehst du? Riesig.«

»Tja, der ist relativ gewaltig«, antwortete ich. Sie schnaubte. »Aber die Kerle stehen auf Frauen mit ordentlich Arsch. Kein Witz. Arsch und Brüste, das ist es. *Fat Bottomed Girls* und so.«

»Du kannst von Glück sagen, dass das ein Song von Queen ist, sonst würde ich dir jetzt eine reinhauen«, lachte sie und wandte sich zur Einfahrt um. »Oh, da kommt Bram!«

Ich schluckte schwer, während sie dastand und dem Truck zuwinkte, der die Auffahrt heraufkam.

Ich hatte Bram die letzte Woche über wenn dann nur zum Vögeln getroffen. Seitdem er mir kurz vor dem Abschleifen des Dielenbodens diese seltsamen Signale übermittelt hatte, blieb ich auf Abstand. Ich wurde nicht richtig schlau aus den liebevollen Worten, mit denen er mich direkt nach seiner Distanzierung bedacht hatte. Es passierte immer wieder, sodass ich entschieden hatte, mich ein wenig zurückzuziehen, bis er seinen Scheiß geregelt kriegte.

Wir umkreisten einander, Bram und ich. Zogen uns an, und wenn die Dinge wieder etwas ernster wurden, stießen wir uns voneinander ab.

»Dieser Arsch!«, zischte Katie neben mir und hielt Iris die Ohren zu.

»Was?« Ich blickte zum Truck, und mein Herz schlug einen Purzelbaum in meiner Brust.

Bram stieg auf der Fahrerseite aus, und auf der Beifahrerseite rutschte Alex aus dem Truck.

»Alex!«, rief ich, sprang von der Veranda und raste auf ihn zu, so schnell mich meine Beine trugen.

»Überraschung«, rief er freudestrahlend, als ich ihn begrüßte.

»Wie konntest du mir nur verheimlichen, dass du kommst! Ich fasse es nicht!«, gellte ich. Ich schlug ihm auf den Arm, dann umarmte ich ihn ganz fest.

Es war schon merkwürdig, den Zwillingsbruder des Typen zu umarmen, mit dem man schlief. Sein Körper ähnelte dem von Bram sehr, auch wenn die Muskeln selbst durch verschiedene Arten von Arbeit geformt worden und deshalb unterschiedlich waren. Seine Stimme kam der von Bram sehr nahe, und Alex' Lächeln sah fast identisch aus, auch ohne den Bart.

Allerdings würde ich die beiden nie und nimmer verwechseln können, trotz all der körperlichen Gemeinsamkeiten.

Alex roch anders. Er benutzte Kölnischwasser. Er roch nicht nach Deo, Sägemehl, Wald und Wiese, wie Bram. Er atmete in einem anderen Rhythmus als Bram und bewegte die Hände auf ganz andere Art.

Er hatte nie dafür gesorgt, dass mein Herz anfing zu rasen und meine Nippel zu Kieselsteinen wurden.

Sosehr ich Alex auch liebte, ich stand einfach nicht auf diese Weise auf ihn.

»Du Arsch!«, kreischte Katie. Ich wandte den Kopf, als sie auf uns zustürmte. Sie musste Iris schnell reingebracht haben, denn sie hielt das Baby nicht länger, während sie die Stufen hinunterrannte. »Du hast mir die Show gestohlen!«

Alex setzte mich ab und schubste mich leicht aus dem Weg, denn es sah nicht so aus, als würde Kate irgendwann anhalten wollen.

Als ich ins Stolpern geriet, fing Bram mich auf. Er drückte mir einmal fest die Hüften, bevor er rasch wieder abließ. Ja, mit so etwas würden wir vorsichtig sein müssen, solange alle Mann versammelt waren, denn allein diese Berührung von Bram hatte gereicht, mich auf eine Weise zum Strahlen zu bringen, die man sehr leicht bemerkte.

»Alexander?«, rief Liz von der Haustür aus, während Katie gerade all ihre Kraft daransetzte, Alex zu Boden zu ringen.

»Ich werde dir wehtun«, warnte Kate, als Alex lachte und sich halbherzig zur Wehr setzte, ohne sie im Handumdrehen zu überwältigen, was er natürlich gekonnt hätte, wie ich wusste.

»Bist du etwa nicht froh, mich zu sehen, Katie-lein?«, fragte er durch sein Glucksen hindurch.

»Oh, na warte!«, erwiderte sie auf diesen Versuch, sie zu ärgern, und krümmte die Finger auf die Art, die davor warnte, dass sie ihn gleich irgendwo auf ihre legendär-schmerzhafte Weise kneifen würde.

»Mein Gott, du bist zu einem Psycho geworden!«, schrie er, als sie ihre Finger ansetzte.

Er bog ihre Arme zur Seite, bückte sich vor ihr und warf sie sich über die Schulter.

»Lass mich runter«, rief Kate, die mit den Füßen strampelte.

»Nö.« Alex ging ein paar Schritt vom Truck weg und fing an, sich im Kreis zu drehen.

»Oh nein«, sagte ich zu Bram und hörte auf zu lachen.

»Doch.«

»Ich muss mich übergeben!«, schrie Katie, und Alex drehte sich in der Mitte der Auffahrt mit Kate über der Schulter um sich selbst. Sie, die am Anfang noch mit den Füßen getreten hatte, war von Kopf bis Fuß erstarrt, als er begonnen hatte, sich zu bewegen, und jetzt war das Einzige an ihr, das sich nicht ans nackte Überleben klammerte, ihr langes kastanienbraunes Haar.

»Nun hört aber auf, ihr zwei!«, rief Liz, die die Vordertreppe hinuntereilte. »Seid doch nicht so kindisch.«

»Sie hat angefangen«, tönte Alex. Er hörte auf, sich zu drehen, und taumelte leicht zur Seite.

»Setz sie ab, bevor du selber umfällst«, befahl Kates Mann Shane von der Vordertür aus.

Ich spürte, wie Bram sich neben mir versteifte, als ich zur Veranda blickte und sah, dass sie alle nach draußen gekommen waren.

Schließlich lachten Alex und Katie einträchtig, und ich spürte, wie sich ein Grinsen in meinen Mundwinkeln ausbreitete, als ich meine Neffen und Nichten auf der Veranda umherrennen sah.

»Eure Tante ist da!«, verkündete ich laut und löste mich von Bram. »Kommt in meine Arme, ihr Kleinen!«

Keller stieß einen Schlachtruf aus, als er die Treppe hinuntersprang, und rannte auf mich zu, Gavin und Sage befanden sich dicht auf seinen Fersen und schrien ebenfalls. Verdammt, ich liebte diese Kinder einfach.

Sie stürzten sich in einem Gewirr von Armen und Beinen auf mich, und Bram musste mich von hinten erneut stützen.

»Ich hab euch vermisst!«, stieß ich lachend hervor. Die Kinder redeten alle auf einmal durcheinander, erzählten mir von ihrem Flug, der Schule und unzähligen anderen Dingen. »Da fehlen aber noch ein paar.« Ich spähte zur Veranda, wo Dan stand, Iris im Arm. »Wo ist Gunner?«

»Er ist auf Grandmas Couch eingeschlafen«, erklärte mir Sage augenrollend.

»Dann wecken wir ihn mal lieber nicht auf«, gab ich zu bedenken und setzte ein schelmisches Grinsen auf.

»Wag es ja nicht«, ermahnte mich Kate, die hinter mir auftauchte und mir einen Arm um die Schulter legte. »Er ist seit fünf Uhr früh wach. Wenn er jetzt nicht schläft, schick ich ihn mit zu dir nach Hause.«

Wir bahnten uns einen Weg zur versammelten Gruppe unserer Familie. Henry zog mich in seine Arme, während die Kinder schon wieder wer weiß wohin rannten.

»Und für mich gibt es keine dramatische Begrüßung, Anita Bonita?«, fragte er. Er schlang die Arme um meine Hüften und hob mich in die Luft. »Da bin ich aber gekränkt.«

»Oooch. Ich hab dich auch vermisst, Hen«, ärgerte ich ihn. Ich nickte. »Sogar am meisten von allen.«

»Das will ich aber auch meinen.« Henry klatschte mir mit der Hand auf den Po und setzte mich wieder ab. Hinter ihm fing ich Brams verärgerten Blick auf.

»Hey, bitte. Davon will ich nichts sehen«, schritt Alex ein und bugsierte mich an seine Seite. »Wir alle wissen, dass Ani mich am meisten vermisst hat.«

»Neiein«, schrillte Keller, als wir ins Haus gingen. »Mich hat sie am meisten vermisst!«

Gunner fing auf der Couch an zu weinen.

»Verdammte Kacke«, fluchte Katie leise und wechselte einen Blick mit Shane, ehe sie sich auf den Weg zu ihrem wehklagenden Sohn machte.

Ich lachte fröhlich, während um mich herum das Chaos wütete.

»Hör auf, mich so anzustarren«, fuhr ich Bram Stunden später leise an. Wir hoben die Kartons voller Dosen mit Sodawasser aus dem Kofferraum von Tante Ellies SUV.

»Ich starre überhaupt nicht«, entgegnete er, stapelte vier Kartons übereinander und hob sie sich vor die Brust.

»Ähm, aber hallo. Tust du wohl.« Ich selbst nahm einen Karton.

»Wieso zur Hölle schmeißt Henry sich so an dich ran?«, fragte er.

Ich bekam große Augen. »Was? Wovon redest du, um alles in der Welt?«

»Er hat dir an den Arsch gefasst.«

»Das ist ungefähr das siebzigmillionste Mal, dass er mir auf den Hintern haut, seit ich ihn kenne«, versetzte ich mit ungläubiger Miene. »Er haut jedem auf den Hintern!«

Bram starrte mich an und öffnete schon den Mund, klappte ihn jedoch schnell wieder zu, als Alex ums Haus kam.

»Geht ihr euch schon an die Kehle?«, scherzte Alex. »Herrje. Wieso springt ihr nicht einfach miteinander in die Kiste, damit ihr euch diesen Scheiß endlich aus dem Kopf schlagt?«

Mein Körper spannte sich blitzartig an. Bram neben mir ließ die vier Ladungen Sodadosen vor unsere Füße plumpsen.

»Oh, das kann ja wohl nicht …«, hauchte Alex. Er blickte zwischen Bram und mir hin und her. »Das habt ihr nicht.«

Ich konnte mich nicht dazu durchringen, ihm zu widersprechen. Meine Zunge lag zu dick in meinem Mund, und ich wusste, dass meine Augen so groß waren wie Untertassen.

»Du bist ein Idiot«, reagierte Bram schließlich und hob die eingedellten Dosen auf, die zischten und vermutlich nicht mehr zu retten waren.

»Du hast Ani gevögelt?«, fragte Alex ungläubig.

»Hey!«, rief ich getroffen.

»Nichts für ungut.«

»Dein Tonfall war aber verflucht ungut!«

»Ach, mein Ton, ja?«, fragte Alex und spannte die Kiefermuskeln an. »Mein Tonfall war beleidigend, aber dass du Bram mit dir vögeln lässt, obwohl er dich nicht leiden kann, ist in Ordnung, ja?«

Mir fiel die Kinnlade herunter, und die Kränkung, die seine Worte auslösten, kroch mir unter die Haut.

Bevor ich etwas sagen konnte, sauste Brams Faust vor und traf Alex am Kinn. Alex taumelte mehrere Schritte nach hinten.

»Hat mich gefreut«, sagte ich hölzern und packte den Karton mit den Dosen fester.

Mit dem Karton auf dem Arm machte ich auf dem Absatz kehrt und ging zum Haus zurück. Scham durchströmte meinen Körper.

»Ani, du weißt, dass ich nicht …« Alex' Worte wurden unterbrochen, aber ich drehte mich nicht um, um den Grund dafür herauszufinden.

»Oh super, du hast das Sodawasser geholt«, rief Kate, als ich durch die Hintertür kam. »Zu Hause kaufen wir nie welches, und ich hab schon den ganzen Tag richtig Bock drauf.«

Sie stand in der Küche und bereitete Sandwiches zu. Aus dem Wohnzimmer drangen die Stimmen der anderen, die laut durcheinanderredeten, während sie sich gegenseitig auf den neuesten Stand ihrer Leben brachten.

»Ich hab mit Bram gevögelt«, platzte ich heraus und stellte den Karton mit Wasser auf die Küchenanrichte.

Kate fiel fast ihr Streichmesser aus der Hand, und sie wirbelte, um es wieder aufzufangen.

»Sag das noch mal?« Sie starrte mich an, als wäre mir soeben ein zweiter Kopf gewachsen.

»Bram und ich, wir haben es miteinander getrieben. Oft. Quer durch alle Zimmer, bei ihm ... und bei mir auch. Richtig oft ...«

»Ist ja gut, ich hab's verstanden«, unterbrach sie mich, das Gesicht angewidert verzogen.

»Alex hat's gerade draußen spitzgekriegt, und er quatscht viel, deshalb erzähle ich es dir, bevor er es tun kann.« Ich nickte, um meinen Worten Nachdruck zu verleihen.

»Wieso zur Hölle schläfst du mit Bram?«, japste sie und vergewisserte sich mit einem Blick über meine Schulter, dass niemand uns belauschte.

»Weil ich ihn sexy finde.« Ich zuckte beiläufig die Achseln und versuchte, so zu verbergen, wie sehr mir dieses Gespräch unter die Haut ging. »Und weil er einen verdammt großen ...«

»Iih! Mein Gott, Ani!«

»Also, jetzt weißt du es«, sagte ich, öffnete den Sodakarton und trug ihn zum Kühlschrank. Normalerweise hätten die Dosen das ganze Kühlfach ausgefüllt, aber weil dieser Tollpatsch Bram vier Kartons ruiniert hatte, bot der Kühlschrank nun großzügigen Platz.

»Und seid ihr jetzt zusammen? Warum hat mir denn niemand was gesagt?«

»Wir sind nicht zusammen«, beeilte ich mich zu sagen, ehe sie sich allerlei romantische Märchen zurechtspinnen konnte.

»Was?«, fragte sie mit zunehmend fester Stimme.

»Lass einfach gut sein, Katie. Wir sind kein Paar.«

»Aber ...«

»Hab ich dir im Nacken gesessen, als Shane mit dir rumgebumst hat?«

»Ja.«

»Eben.« Ihre eigentliche Antwort ignorierte ich kurzerhand. »Also vergiss es.«

Ich räumte die restlichen Sodadosen ins untere Kühlfach und stand auf. Kate starrte mich an.

»Ani …«, rief Bram, als er durch die Hintertür hereingestampft kam. Seine und Kates Blicke trafen sich nur eine Sekunde lang, mehr brauchte es nicht. »Was soll das?«, fuhr er gedämpft auf. Er wandte sich mir zu. »Ich dachte, wir behalten das für uns.«

»Das da ist Katie«, sagte ich dümmlich.

»Na und, wir haben trotzdem vereinbart …«

»Alex hätte es ihr sowieso erzählt!« Ich schlang die Arme um meine Hüften, während er mich mit Blicken durchbohrte.

»Gut, dass ich die letzten zehn Minuten damit verbracht habe, Alex zu überreden, die Klappe zu halten!«

»Wie charmant«, säuselte Katie, und unsere Köpfe fuhren zu ihr herum, die uns mit säuerlichem Gesichtsausdruck zusah. »Dann ist es ein Geheimnis?«

»Ja«, sagte Bram wie aus der Pistole geschossen.

Ich biss mir von innen auf die Wange.

»Warum denn, Bram?«, stichelte Kate geringschätzig. »Tust du etwas, das du nicht tun solltest?«

Als ich ihren Tonfall hörte, sog ich scharf die Luft ein.

»Jetzt tu nicht so, als hätte ich was Schlimmes gemacht …«

»Es passt doch alles zwischen euch«, warf Kate ein.

»Wir beide waren uns doch einig, dass wir nichts erzählen.«

»Ist schon gut, Katie-lein«, schritt ich ein, als ich sah, dass sie sich immer mehr aufzuregen begann. Ich legte ihr die Hand auf den Rücken. »Wir haben vorher abgesprochen, dass wir niemandem was sagen.«

»Das ist echt bescheuert«, blaffte sie. »Ich bin deine beste Freundin …«

»Es ist doch nur Sex.« Ich zuckte die Achseln.

»Ha! Was, wenn du schwanger wirst oder so? Es ist niemals einfach nur Sex …«

»Bin mir nicht ganz sicher, wie ich sie schwängern sollte, wenn ihr die wichtigsten Teile fehlen«, höhnte Bram.

Jetzt war ich endgültig geschlagen. Ich schloss die Lider und ließ das Kinn auf meine Brust sinken.

»Oh, verdammt«, raunte Bram in die plötzliche Stille.

»Was?«, fragte Kate verwirrt.

»Ani, sie …« Brams Stimme troff vor Rechtfertigung.

»Es ist nichts. Ich hab das mit der Gebärmutterentfernung durchgezogen.« Ich schlug die Augen wieder auf und machte Jazz Hands. »Yay!«

»Du hast was?« Kate holte tief Luft. Ihre Augen füllten sich mit Tränen. »Warum hast du mir nichts gesagt?«

»Deswegen«, zischte ich und zeigte auf ihre Augen, die anfingen, vor Tränen überzufließen. »Das ist der Grund. Es ist okay, Katie. Es geht mir gut. Hör auf zu weinen.«

Kates Unterlippe zitterte, als sie meinen Blick erforschte. Dann verschluckte sie sich beim Atmen. Sie zog mich an sich, schlang mir die Arme um den Nacken und barg mein Gesicht in ihrer Halsbeuge.

Ich zitterte, als ich spürte, wie mir selbst die Tränen kamen. Deswegen hatte ich es ihr verheimlicht. Sie schwächte mich, wenn ich eigentlich stark sein wollte. Vor ihr gelang es mir nicht, mich zu verbergen. Kate wusste, was ich empfand, sie musste mich nur ansehen. Und sie würde auch nicht zulassen, dass ich mir meinen Weg hindurchlavierte, indem ich mich stahlhart gab und so tat, als wäre das Ganze keine große Sache.

Es war eine große Sache, und sie wusste das. Sie würde nicht so tun, als verhielte es sich anders.

»Es tut mir so leid, Ani«, flüsterte sie in mein Ohr. »Das ist wirklich mies.«

»Ist okay.«

»Es tut mir trotzdem leid.«

»Ich weiß.«

Sie hielt mich noch eine volle Minute im Arm, und als sie mich losließ, standen Liz und Ellie in der Küchentür. Bram war verschwunden.

»Hast du es ihr endlich gesagt«, erkannte Liz und lächelte sanft. Sie drückte uns im Vorbeigehen auf dem Weg zum Kühlschrank. »Gut. Wir brauchen keine Geheimnisse in dieser Familie.«

Ich sah auf und blickte in Kates Augen, die sich zu Schlitzen verengt hatten, und ich konnte kaum das nervöse Lachen zurückhalten, das aus meinem Innern hervorzusprudeln begann.

»Ich hab dir extra 'ne schöne neue Couch zum Schlafen besorgt«, eröffnete ich Henry, als ich ihn später zu mir nach Hause brachte. »Sorry, aber andere Möbel habe ich noch nicht, und auch keinen Fernseher in dem Zimmer hier.«

»Kein Ding, ich bin wahrscheinlich eh nur zum Übernachten hier. Trev und die Alten haben so gut wie für jeden Tag Pläne gemacht.«

»Ah, sehr gut«, gab ich murmelnd zurück. »Ist mir sowieso lieber, wenn du nicht die ganze Zeit deine Nase in meinen Scheiß steckst.«

»Oh, keine Sorge, Anita Bonita. Für dich werde ich trotzdem ganz viel Zeit haben.« Er wuschelte mir durch die Haare, als er an mir vorbeitrat. »Wir ziehen die Woche los und machen in der Bar einen drauf. Und ich steck meine Nase ganz bestimmt nicht in deinen Scheiß ... es sei denn, du stehst auf Anal.«

»Jetzt hör aber auf.« Ich lachte so sehr, dass ich mich verschluckte.

»Nein, ernsthaft, mit Anal hab ich keine Probleme.«

»Schlag's dir aus dem Kopf.«

»Du brichst mir das Herz.«

»Ich schneide dir gleich den Schwanz ab.«

Henry griff sich schützend in den Schritt. »Okay, kein Anal.«

»Meine Fresse«, murmelte ich und ging kopfschüttelnd in die Küche. »Willst du ein Bier?«

»Klar«, rief er mir zu. Er wühlte in seiner Tasche herum. »Wo ist dei...«

Ein Klopfen an der Haustür unterbrach ihn.

»Wer zum Teufel ist das denn jetzt?«, fragte ich, auch wenn ich nicht damit rechnete, dass Henry eine Antwort geben würde. Mit zwei frisch geöffneten Bierflaschen in der Hand ging ich durch den Flur und öffnete die Haustür.

»Oh, für mich? Danke!« Alex trat über die Schwelle und schnappte mir eines der Biere aus der Hand. »Find ich ja klasse, was du aus dem alten Kasten gemacht hast.«

»Was willst du denn?«, polterte ich los, als ich Bram hinter ihm her stiefeln sah, der mir das zweite Bier aus der Hand nahm.

Kaum dass er an mir vorbei war, fing Bram an zu schreien: »Scheiß die Wand an! Was ist denn hier los?«

»Bitte?« Noch während ich die Haustür zuklappte, wirbelte ich herum. Henry stand splitternackt in meinem Wohnzimmer. »Hast du den Arsch offen?«, schrie ich. Ich hielt mir die Augen zu.

»Ich hab mir gerade meinen verdammten Pyjama angezogen!«, krakeelte Henry. »Gern geschehen!«

»Kumpel, keiner hier will deinen Mini-Sack sehen«, wieherte Alex.

»Und dafür konntest du nicht ins Badezimmer gehen?«, kreischte ich regelrecht, die Hände immer noch auf den Augen.

»Du hast gerade das Bier geholt. Ich dachte, ich hätte kurz Zeit, mich umzuziehen«, schnappte Henry zurück. »Du kannst die Hände aus dem Gesicht nehmen, Arschkuh.«

»Ernsthaft? Du konntest nicht mal deine Unterhose anlassen?«, blaffte ich, als ich die Hände heruntergenommen hatte. Ich war mir sehr bewusst, wie Bram mich unterdessen anstarrte, während er das Bier auf einen Zug leerte, das er mir weggeschnappt hatte.

»Ich trag eben keine Unterwäsche«, sagte Henry platt.

»Oh, Junge.« Alex schnappte nach Luft. Sein Gesicht wurde immer röter, während er sich nicht mehr einkriegte vor Lachen. »Das hier wird ja immer besser.«

»Ach, leckt mich doch alle. Ich geh ins Bett.« Ich warf die Arme in die Luft und stürmte in mein Zimmer. Ich war wirklich nicht scharf drauf gewesen, Henrys akkurat rasierte blonde Schamhaare oder seinen Schwanz zu sehen. Hätte ich auch nur den blassesten Schimmer gehabt, dass ich mich mit so einem Mist würde herumschlagen müssen, wäre meine Antwort auf seine Frage, ob er bei mir schlafen könne, Nein gewesen. Ich schauderte.

Bevor ich die Tür meines Schlafzimmers zuknallen und meine Haltung so noch unterstreichen konnte, schlüpfte Bram hinter mir herein und schloss uns ein.

»Was tust du?«, keuchte ich, als er sich und mich von der Tür weg in den Raum bugsierte. »Henry weiß es nicht, du Honk.«

»Dann wird er es wohl jetzt erfahren.« Bram ließ seine Hände durch meine Haare gleiten.

»Ähm, nein«, murmelte ich und wich seinen Lippen aus.

»Was ist? Willst du mich jetzt nicht mehr küssen?«

»Nicht, wenn du dich wie ein Mistkerl aufführst«, versetzte ich. »Henry ist eben Henry ... diese Eifersuchtskacke ist völlig fehl am Platz.«

»Eifersucht?« Bram bellte ein Lachen heraus. »Henry hat ein Ding wie ein Zwölfjähriger.«

»Na ja, eigentlich ...«

»Diesen Satz willst du jetzt bitte nicht beenden«, grollte er.

Ich schnaubte verächtlich. Diese blöden Jungs und ihr Gehänge. Es war so was von lächerlich.

»Ich bin den ganzen Tag um dich gewesen«, hob Bram an, »und konnte dich kein einziges Mal berühren.«

Mein Körper schien sich bei diesen Worten von Kopf bis Fuß zu entkrampfen.

»Oh.« Ich seufzte, hob die Hände und legte sie ihm auf die Unterarme.

»Die anderen wissen es jetzt ...«

»Tut mir leid, dass ich nicht kapiert habe, dass du Alex zum Schweigen verpflichten würdest«, entschuldigte ich mich und verzog das Gesicht.

»... also darf ich die Nacht über hierbleiben?«

»Moment, was?«

Sein Mund legte sich auf meinen, und ich stöhnte, als meine Hände von seinen Armen glitten und ohne Umschweife an den unteren Saum seines Shirts griffen. Ich ließ sie daruntergleiten, um die geschmeidige, warme Haut seines Bauchs zu erfühlen.

»Du bist so verdammt sexy«, hauchte er an meinen Lippen. Ich ertastete seine Brustwarzen und ließ ihn damit erschauern.

Ich streckte die Arme über den Kopf, damit er mir mein T-Shirt ausziehen konnte, und bevor der Stoff den Boden berührte, hatte er auch schon meinen BH gelöst und fallen gelassen.

»Ich hasse es, wenn du einen BH trägst«, murmelte er.

Ich giggelte. »Wenn man ein T-Shirt tragen will, braucht man eben einen BH«, erklärte ich ihm, während er sich sein eigenes Shirt vom Leib riss.

»Blödsinn«, entgegnete er grinsend. Damit rang er mich spielerisch aufs Bett, und ich musste lachen. »Es fehlen noch ein paar Dinge«, begann er plötzlich.

»Was denn, bitte?« Ich blickte an meinem nackten Busen und meinen immer noch jeansbekleideten Beinen hinunter.

»Das hier«, murmelte er und kitzelte mich an der Nase, als er das Septum-Piercing nach unten klappte, damit man es sah. »Und das hier.« Er glitt mit einem Finger in meinen Mund und streichelte über meine Zunge. Seine Hüften ruckten, als ich daran zu saugen begann.

»Das Zungenpiercing ist in meiner Handtasche«, verriet ich ihm, nachdem er seinen Finger zurückgezogen hatte. »Im Wohnzimmer.«

Bram verharrte kurz. Schließlich zupfte ein leises Lächeln an seinen Mundwinkeln. Er zog mich vom Bett. Bevor ich wusste, wie mir geschah, zog er mir mein T-Shirt wieder über den Kopf. Die Jeans zerrte er mir ruckartig nach unten.

»Jetzt hol es«, verlangte Bram. Sein Blick wanderte an meinem Körper herauf und verharrte auf meinen gehärteten Brustwarzen unter dem dünnen Baumwollstoff.

»Meinst du das ernst?«

»Ich möchte heute Nacht dieses Piercing spüren«, brachte er heiser hervor, und mein Magen kribbelte vor Verlangen.

»Okay«, flüsterte ich.

Ich holte tief Luft und öffnete die Schlafzimmertür. Bram knöpfte sich die Jeans auf. Gott, er sah so heiß aus.

So leise ich konnte, ging ich ins Wohnzimmer, wo Alex und Henry sich auf dem Schlafsofa ausgestreckt hatten, mein Bier tranken und quatschten. Ich hoffte, dass ich es bis knapp hinter die Tür schaffen würde, wo ich meine Handtasche gelassen hatte, ohne dass sie mich bemerkten. Aber Alex sah mich, wie ich vorbeischlich, und ein schmutziges Grinsen breitete sich auf seinem Gesicht aus.

»Nettes Shirt«, rief er und machte Henry auf mich aufmerksam.

»Nette Farbe, steht dir gut.« Henry nickte.

»Weiße T-Shirts sind in diese Saison«, pflichtete Alex ihm bei. Er legte den Kopf schief, um einen besseren Blickwinkel zu erhaschen.

»Ist das eine Einladung?«, fragte Henry, ohne die Miene zu verziehen. »Bei der Party bin ich gern dabei.«

Ich biss die Zähne zusammen über ihre Sprüche und ging dort in die Hocke, wo meine Handtasche lag. Ich durchsuchte die seitliche Tasche nach meinem Zungenpiercing. Sobald ich es in der Hand hatte, hob ich es an den Mund und drehte es an meiner Zunge fest.

»Nein«, entgegnete ich schnarrend. Ich erhob mich und wandte mich ihnen zu. »Bram hat mich nur gebeten, mein Zungenpiercing reinzumachen«, sagte ich achselzuckend und streckte die Zunge raus. Die Augen der Jungs wurden groß. »Er mag es, wie es sich an seinem Schwanz anfühlt.«

Die beiden stöhnten auf, und ich lachte.

»Ich glaube, sie hat uns gerade richtig eins ausgewischt«, hörte ich Alex im Wohnzimmer sagen, als ich an der Schlafzimmertür anlangte.

»Und ich glaube, ich bin gerade gekommen«, flachste Henry.

Ich kicherte, den Blick noch immer über die Schulter gerichtet, als eine kräftige Hand durch den Türspalt langte und mich hineinholte.

»Oh, Scheiße«, brabbelte ich, als am nächsten Morgen mein Handy klingelte, das auf dem Nachttisch lag.

»Wessen Telefon ist das?«, schreckte mich eine Stimme vom Boden auf, und ich wich vor Schreck wieder in Brams warme Umarmung zurück.

»Zur Hölle noch mal, was …« Ich beugte mich über den Bettrand und fand Alex und Henry auf dem Boden vor, schlafend.

»In deinem Wohnzimmer war es total kalt«, murmelte Alex. Er drehte sich weg, um nicht weiter meinem wütenden Blick ausgesetzt zu sein. »Du brauchst ein paar neue Fenster.«

Dabei hatte ich doch eben erst neue Fenster einsetzen lassen. Grrr. Mein Handy verstummte. Dann klingelte es erneut.

»Ja, hallo?«, meldete ich mich leise. Ich wollte Bram nicht aufwecken, aber unter unserer Decke lag ich nackt. Ich würde unter gar keinen Umständen darunter hervorkommen, ehe nicht Ding eins und Ding zwei, die dort auf dem Boden lagen, mein Schlafzimmer verlassen hatten.

Am Telefon ertönte eine weibliche Stimme: »Anita?«

»Ja. Ich bin dran. Wer spricht da?«

»Hey, äh, hier ist Beth. Deine Schwester?«

Ich hörte auf zu atmen.

»Ja, Bethy. Kleine, ich weiß, wer du bist. Was gibt's?«

Ich hatte nicht mit ihr gesprochen, seit meine leibliche Mutter mich angerufen hatte, um mir zu sagen, dass Bethy schwanger sei. Ich hatte nicht übel Lust, dem Fräulein den Arsch aufzureißen dafür, dass es so dumm war – aber ich tat es nicht. Das Kind war bereits in den Brunnen gefallen. Alles, was man jetzt noch tun konnte, war zu versuchen, am besten damit umzugehen.

Bram ließ seine Hand um meine Hüfte gleiten, als er sich verschlafen an mich kuschelte, und legte seine Handfläche auf meinen Bauch.

»Also, äh, Mom hat dir gesagt, dass ich schwanger bin, ja?«, stockte sie.

»Ja, hat sie.« Wieso hast du ihn nicht dazu gebracht, ein Kondom überzuziehen, verdammte Scheiße?

»Es ist bald so weit, also. Weißt du. Mit dem Baby.« Die letzten Worte kamen gedämpft und irgendwie verwaschen durch die Leitung, und in dem Moment begriff ich erst so richtig, wie blutjung und unreif meine fünfzehnjährige Schwester im Grunde noch war.

»Ah, wirklich?«, fragte ich und wunderte mich, worauf sie

in diesem Gespräch hinauswollte. Ich hatte ihr und ihren Brüdern zu den Geburtstagen und zu Weihnachten Geschenke geschickt, und ich versuchte, mindestens einmal alle paar Monate anzurufen, wobei sich bei mir noch nie jemand von ihnen gemeldet hatte.

»Ich-hab-gedacht-ob-du-es-nicht-nehmen-kannst«, stürzte es aus ihr hervor.

Sie redete so schnell, dass ich die Worte für eine Sekunde überhaupt nicht auseinanderhalten konnte. Als mir ihr Sinn zu dämmern begann, verengte sich meine Wahrnehmung der Welt, bis sie allein auf mich und das Handy in meiner Hand beschränkt zu sein schien.

»Was?«, krächzte ich.

»Ich hab gehofft, du kannst es adoptieren.«

»Was?«

»Hör auf, ständig *Was* zu sagen«, fuhr sie mich an. »Sag Nein, wenn du nicht willst. Ich kann jemand anders finden.«

»I-ich …« Ich schluckte. »Du lässt hier gerade eine ziemliche Bombe platzen. Kann ich bitte mal eine Sekunde nachdenken?«

»Ich muss es bald wissen. Der Geburtstermin ist in zwei Wochen, das heißt, es kann jederzeit kommen. Jemand muss hier sein, um es danach mitzunehmen.« Sie klang so losgelöst von alledem, dass sich mir vor Übelkeit der Magen umdrehte. Es? Sie nannte das Baby die ganze Zeit *es*.

»Kann ich dich noch mal zurückrufen?«, fragte ich. Auf einmal hatte ich fürchterliche Kopfschmerzen und drückte mir die Finger gegen die Schläfen.

»Ja, gib mir einfach Bescheid.«

Sie legte auf, ohne Tschüss zu sagen oder bevor ich eine weitere Frage stellen konnte.

»Wer war das?«, fragte Bram. Er gab mir einen Kuss auf die Schulter, und sein Bart strich über meine Haut.

»Meine kleine Schwester.« Ich entkrampfte mich ein wenig, als er mich zu sich zog.

»Die, die das Baby kriegt?«

»Ja.« Ich legte meine Hand auf seine und beschloss, das Thema zu wechseln. »Hast du eine Ahnung, was Alex und Hen da auf dem Boden zu suchen haben?«

»Ja, diese Trottel kamen rein, nachdem du gestern Nacht eingeschlafen warst, total voll und halb erfroren. Da hab ich ihnen erlaubt, hier auf dem Boden zu pennen.« Seine vom Schlaf aufgeraute Stimme klang amüsiert, und ich konnte nicht verhindern, dass mir die Mundwinkel zuckten, weil ich grinsen wollte.

»Ich hoffe, du hast mich zugedeckt gelassen«, flüsterte ich beiläufig.

»Ja.« Seine Hand glitt meinen Oberkörper herauf und quer über meine Brust, sein Vorderarm bedeckte die eine Brust, seine Hand die andere. »So hier«, gluckste er. »Du heizt im Schlaf auf, deshalb war die Decke bis an deine Hüfte runtergestrampelt, als sie hereinspazierten.«

»Toll«, grollte ich, während sein Körper sich vor Lachen schüttelte.

»Sie haben nichts gesehen«, versicherte er mir im Flüsterton, küsste zart mein Ohr und nahm dann mein Ohrläppchen in den Mund. »Ich wünschte, sie würden aufwachen und sich wegmachen, damit wir es wild treiben können.«

»Henry! Alexander!«, rief ich lauthals. Bram zuckte hinter mir zusammen. Die beiden Jungs am Boden stöhnten und ächzten. »Steht verdammt noch mal auf und haut ab!«

Bram lachte, während Henry sich auf die Hände und die

Knie hochrappelte und aus dem Schlafzimmer ging, die Decke hinter sich herziehend.

»Geh ruhig vor«, versetzte Alex. »Bram und ich sind ja Brüder. Ich kann einfach ein bisschen so tun, als wäre ich nicht da.« Und damit mummelte er seinen Kopf tiefer in das Dekokissen, auf dem er geschlafen hatte.

Bram lachte noch lauter.

»Nichts da!« Ich rief wieder, so laut ich konnte, und Alex' Hände schossen nach oben, um sich die Ohren zuzuhalten. »Raus hier!«

»Arschkühe«, grummelte Alex, rappelte sich auf die Knie, stand schließlich auf und stampfte nach draußen. Dabei knallte er die Tür hinter sich zu.

»Problem gelöst«, säuselte ich, und Brams Hüften wogten an meinem Hintern.

Mein Magen war immer noch hart verspannt von dem Telefongespräch mit meiner Schwester. Andererseits würde ich keinen klaren Gedanken fassen können, solange mein Haus voller verkaterter Kerle war. Stattdessen schloss ich die Augen und bog die Wirbelsäule durch. Brams Finger streichelten meine Nippel und machten sich schließlich auf den Weg nach weiter unten. Von da an setzte mein Denkvermögen völlig aus.

Kapitel 9

Abraham

»Alles okay?« Ich trat an Ani heran und legte ihr die Hand auf den unteren Rücken.

»Ja, ich muss es nur erst mal sacken lassen.« Sie lächelte dünn und sah sich im Zimmer um.

Wir standen im Esszimmer meiner Eltern, die Familie versammelte sich vor unseren Augen am Tisch. Shanes und Kates größere Kids legten das Besteck aus und stellten Gläser auf den Tisch, während die Kleinen in ihre Hochstühle gesetzt wurden. Alex diskutierte mit Trevor über irgendwas, und je länger er redete, desto mehr geriet Trevor ins Rotieren, während Henry den beiden amüsiert zuschaute. Shane half Katie mit den Kindern – er folgte ihr überallhin wie ein Welpe. Die Großeltern sahen einfach nur zu, unterhielten sich untereinander, suchten sich ihre Plätze.

»Schön, alle zusammen hierzuhaben«, sagte ich mit einem Nicken meines Kinns und fuhr mit dem Daumen vor und zurück über Anis weiches Tanktop.

»Ja ... aber laut«, lachte sie.

»Warum setzt du dich nicht? Möchtest du ein Bier?« Ich bugsierte sie zum Tisch.

»Gern, ein Hefeweizen, wenn eines da ist, wenn nicht, dann

ein Soda«, antwortete sie mit einem Wink über die Schulter und löste sich von mir.

Ich durchquerte die Küche und trat durch die Hintertür auf die hintere Veranda, wo die Kühlbox stand, als meine Mutter mich zur Rede stellte. Ich hatte bereits geahnt, dass das passieren würde, und trotzdem erschrak ich, als ich mich umdrehte und sie plötzlich hinter mir stand.

»Du und Ani?«, fragte sie und hob die Augenbrauen.

In den vergangenen paar Tagen hatte ich viel nachgedacht. Am ersten Tag bei meinen Eltern, als alle angekommen waren, hatte ich richtig Schiss davor gehabt, dass einer von ihnen bemerken würde, was zwischen Ani und mir vor sich ging.

Doch seit Alex es schließlich herausgekriegt hatte, war ich zu meiner eigenen Überraschung erleichtert.

Als die Geschwister, Cousins und Cousinen einer nach dem anderen begriffen hatten, was los war, hatte das nur noch mehr den Druck von mir genommen – was mich verdammt noch mal echt überraschte. Ich war dagegen gewesen, dass jemand es erfuhr. Ganz ehrlich. Schließlich waren wir nur Fickfreunde.

Aber im Lauf dieser paar Tage schien ich Gefallen daran gefunden zu haben, sie berühren zu können, wenn andere um uns waren. Ich fand es toll, mit Ani und den anderen in die Bar gehen und sie küssen zu können, wann ich wollte. Zu wissen, dass sie mit mir nach Hause gehen würde, wenn sie spät am Abend allmählich ihr Limit erreichte und schon fast im Dreieck sprang.

Doch mir war auch klar gewesen, dass die Eltern unseren veränderten Umgang miteinander ziemlich schnell bemerken würden, und ich hatte recht behalten. Jetzt würde ich was zu hören kriegen.

»Ja«, bekannte ich ruhig und kratzte mir den Bart. Aus den

Augenwinkeln spähte ich zu meiner Mutter, als sie sanft zu lachen anfing.

»Weißt du, die Leute haben dich und Alex immer falsch eingeschätzt«, erklärte sie kopfschüttelnd. »Mir ist das vermutlich auch passiert – ungefähr zwanzig Minuten lang, mehr nicht.« Sie lachte erneut. Dann trat sie zu mir und schlang ihren Arm um meine Hüfte. Gemeinsam blickten wir in den Garten hinaus.

»Alex ist so extrovertiert. Er ist ein Publikumsliebling, daran besteht kein Zweifel.« Sie sprach mit einem verliebten Lächeln auf dem Gesicht. »Und du, du bist so still. Du polterst und dröhnst herum, als wärst du stinksauer auf Gott und die Welt.«

Ich gab ein bekennendes Stöhnen von mir. Ja, ich kannte die Vergleiche gut, hatte sie schon oft gehört.

»Da überrascht es natürlich nicht, dass die Leute annehmen, Alex würde großen Wert darauf legen, was andere denken.« Ich blickte sie erstaunt an, und sie drückte mich leicht. »Tut er aber nicht. Er schert sich kein bisschen darum, was alle anderen denken. Aber du? Dir ist es immer wichtig gewesen … vielleicht etwas zu wichtig.«

»Mom …«

»Nein, Abraham«, versetzte sie. »Du, mein Sohn, hast dir immer schon viel mehr Gedanken darüber gemacht, was Dad und ich denken, als dein Bruder. Schon als du klein warst, war das so.«

»Kann sein«, sagte ich mit belegter Stimme.

»Nicht kann sein, es ist so. Aber von dem Moment an, als Dad und ich dich in unsere Familie aufgenommen haben, hast du zu uns gehört. Es spielte keine Rolle, was du gesagt oder getan hast, unsere Entscheidung stand für alle Zeit fest. Egal, was kommen würde. Daran wird sich nie etwas ändern. Das darfst du niemals vergessen.«

»Okay …«

Mom schnitt mir das Wort ab: »Und Ani? Sie ist sehr wie du. Und ich weiß, dass sie etwas ungeschliffen daherkommt. Das liegt an den Umständen, unter denen sie aufgewachsen ist. Aber sie legt Wert darauf, was wir denken, sie sorgt sich darum, wie wir sie sehen könnten. Gott noch mal, sie hat dieses Zungenpiercing und das entsetzliche Ding in ihrer Nase schon seit Ewigkeiten und versucht doch immer noch, es vor uns zu verbergen.« Mom kicherte. »Der Punkt ist – wir haben nichts dagegen, dass ihr zusammen seid. Ihr hattet keine gemeinsame Kindheit miteinander. Ani kam zu uns, als sie schon so gut wie erwachsen war. Was du mit ihr für eine Beziehung führst, ist deine Sache.«

»Danke, Mom.«

»Aber, Abraham?«

»Ja?«

Sie machte sich von mir los und trat zur Hintertür. »Wenn das mit euch beiden nicht klappen sollte, regelt ihr das unter euch, hast du mich verstanden?«

»Hab ich.«

Mom ließ mich auf der hinteren Veranda allein, wo ich auf das Bier in meinen Händen starrte. Das war alles entspannter gelaufen, als ich erwartet hatte.

Ich stellte die warm gewordenen Biere wieder in die Kühlbox zurück und griff mir ein paar frische, die ich mit nach drinnen nahm.

»Alles gut?«, fragte Alex mich auf dem Weg nach draußen, um Getränke zu holen.

»Ja.«

Ich fand Ani mit einem leeren Stuhl neben sich. Sie grinste, als ich mich setzte. Jede Wette, dass Alex gerade hier gesessen hatte, ehe ich hereingekommen war. Er würde so was von genervt sein, wenn er bei seiner Rückkehr bemerkte, dass der letzte freie Platz, den es noch gab, der zwischen Gavin und meiner Tante Ellie war. Gavin behielt sein Essen selten bei sich auf dem Teller, und Tante Ellie lag Alex laufend damit in den Ohren, wann er denn endlich ein bezauberndes Mädchen finden würde.

»Dein Bruder wird dich umbringen«, beschied mir Ani lächelnd, als ich das Bier vor sie stellte.

Als sie zu mir aufsah, stockte mir der Atem. Wie hübsch sie aussah! Die Haare rings um ihr Gesicht sahen ganz zerzaust aus, und sie trug auch kein Make-up, da wir lediglich das Familienessen geplant hatten und danach wieder zurück zu ihr fahren wollten. Das Band-T-Shirt, das sie trug, ließ nicht mal nackte Haut sehen. Aber meine Güte, sah sie schön aus!

Ani versteifte sich, als ich mich vorlehnte und die Hand hob. Ich stupste zärtlich ihr Piercing nach unten, sodass es unter ihrer Nase zu sehen war.

»Bram«, wehrte Ani sich leise. Ihr Blick huschte am Tisch umher, während ich ihr mit dem Daumen über die Wange streichelte.

Ich beugte mich näher zu ihr.

»Sie wissen schon längst, dass du es hast, Baby«, wisperte ich. Sie machte große Augen. »Da kannst du auch genauso gut damit angeben.«

Ich küsste sie sanft.

In diesem Moment begriff ich, dass sich etwas verändert hatte. Ach, was zur Hölle, ich hatte es eigentlich schon gewusst, als Henry ihr auf den Arsch geklatscht und ich ihn daraufhin am liebsten mit seinen eigenen Händen stranguliert hätte.

Und wenn ich es noch tausendmal behauptete – das mit Ani war nicht nur irgendeine belanglose Affäre. Das hätte es nie sein können, und ich musste mir eingestehen, dass ich ein Vollidiot gewesen war, es auch nur anzunehmen. Unsere Leben waren seit eh und je miteinander verwoben. Sie war mir wichtig gewesen, schon bevor wir angefangen hatten, miteinander zu schlafen. Unmöglich, dass ich das jemals hätte einfach ausschalten können, sobald ich einmal in ihr drin gewesen war.

Wir mochten dieselben Dinge. Wir mochten einander. Es würde keine Gespräche übers Kinderkriegen geben, und mit ihrem coolen Haus, das sie gerade auf Vordermann brachte, bestünde auch nicht der geringste Druck, sie zu mir holen zu müssen. Sie war im Grunde genommen perfekt für mich. All das erleichterte mich sehr. Ich konnte endlich aufhören, mich dagegenzustemmen. Und mein Körper entspannte sich tatsächlich, als ich diese Gedanken hatte.

»Wir sind also zusammen, ja?«, fragte ich, meine Stirn sanft an ihre gelegt.

»Ich fürchte, wir waren ab dem Moment zusammen, als wir anfingen, die meisten Nächte in ein und demselben Bett zu schlafen«, bekannte sie leise.

»Tja, ich bin nicht immer der Schnellste.«

»Ist schon in Ordnung.« Sie zog ihre Nase kraus und lächelte mich an, und mein Magen begann zu kribbeln.

»So eklig, Onkel Bram!«, rief Keller, als ich mich vorbeugte und sie noch einmal innig küsste.

Am Tisch breitete sich Lärm aus, als alle sich auf ihr Essen stürzten. Es wurden zig Gespräche gleichzeitig geführt, und ich konnte mich kaum auf ein einziges davon konzentrieren, denn unter dem Tisch lag Anis Hand auf meinem Oberschenkel. Sie tat es nicht, weil sie mich antörnen wollte – nicht im Haus meiner Eltern, das würde sie nicht machen –, sondern mehr aus Gemütlichkeit.

Endlich konnte sie es sich erlauben, mich zu berühren, wann immer sie mochte. Und das nutzte sie.

»Ani, hast du dein Handy in der Küche liegen lassen?«, rief Alex vom anderen Ende des Tisches. »Ich glaube, es klingelt.«

»Oh, Scheiße.« Ani nahm die Hand von meinem Bein und sprang auf. »Entschuldigung, da muss ich rangehen.«

Sie ging hinaus, und die Gespräche wurden erneut begonnen. Es gelang mir aber nicht, mich auf eines davon zu konzentrieren. Wer rief Ani am Wochenende an? Alle, mit denen sie etwas zu tun hatte, saßen hier an diesem Tisch. Ich äugte immer wieder zur Tür, doch am Ende dauerte es fast zwanzig Minuten, bis sie wiederkam. Und als sie es tat, sah sie vollkommen durch den Wind aus.

»Ani?«, fragte Tante Ellie, während ich mich langsam von meinem Platz erhob.

Kate tat es mir gleich und stand ebenfalls auf. »Was ist denn?«

»Äh ...« Ani sah reihum in die Gesichter am Tisch. Den Blick auf meine Mom gerichtet, verharrte sie. »Ich werde Mutter.«

»Was?«, hauchte Mom. Sie stemmte sich von ihrem Platz hoch.

»Ich adoptiere ein Kind.« Anis Augen füllten sich mit Tränen, auf ihrer Miene breitete sich das fetteste Grinsen aus, das ich je gesehen hatte, und die ganze Familie sprang gleichzeitig vom Tisch auf. Alle redeten durcheinander.

Alle fragten nach den Einzelheiten – wann würde sie das

Kleine bekommen? Was sei das überhaupt für ein Baby? Und wie sei es dazu gekommen?

Alles, was ich tun konnte, war, dazustehen, die Finger an die Tischkante geklammert, und sie anzusehen, im Kopf nur leises Rauschen.

Es war vorbei. Herrgott im Himmel, es hatte gerade erst angefangen, und nun war es verdammt noch mal schon wieder vorbei.

Ich kam mir so blöd vor, weil ich überhaupt erst irgendetwas in dieser Richtung begonnen hatte.

Anschließend sprachen beim Essen alle nur noch über Anis neues Kind.

Ein gottverfluchtes Kind.

Was zur Hölle dachte sie sich dabei?

Ich schnappte aus den Fetzen der Gespräche, die sie mit allen am Tisch führte, auf, dass es das Baby ihrer Schwester war. Anscheinend hatte das Mädel Ani angerufen, sie gebeten, es zu nehmen, und sich dann ein paar Stunden später erneut gemeldet, um zu wissen, wie sie sich entschieden hatte.

Ani ließ ihre Hand sachte wieder zurück auf mein Bein sinken. Ich wischte sie nicht beiseite. Keine Stunde zuvor hatte Mom mich darum gebeten, unseren Kram an diesem Tisch nicht zum Thema zu machen, und ich hatte ihr mein Versprechen gegeben.

Jetzt wollte ich es brechen.

Ich wollte Ani am liebsten nach draußen zerren und sie durchschütteln, verdammte Scheiße.

Es konnte so viel schiefgehen. Dieses Baby … gut möglich, dass es mit einer ganzen Bandbreite medizinischer Komplikationen auf die Welt kam. Ihre fünfzehn Jahre alte Schwester konnte es sich noch anders überlegen. Der Vater konnte sich einmischen und verlangen, dass er es bekam. Wenn sie diesen Schritt wirklich machte, würde sie sich nie ganz von ihrer leiblichen Mutter lösen können. Diese würde auf immer und ewig im Hintergrund lauern und Ani daran erinnern, wie sie ihre eigene Tochter verstoßen hatte.

Es war der unsinnigste Plan, von dem ich je gehört hatte, und ich bebte förmlich vor Verlangen danach, laut loszulachen, während sich diese absurde Show am Tisch weiter fortsetzte.

Sie wusste nicht, ob es ein Junge oder ein Mädchen war. Ihr Zuhause glich einem Katastrophenschauplatz. Sie besaß nicht die geringste Erfahrung darin, rund um die Uhr für ein Kind zu sorgen und daneben einen verdammten Vollzeitjob durchzuziehen.

»Hey, ist bei dir alles okay?«, wandte Ani sich an mich, als mein Bruder und Shane schließlich anfingen, den Tisch abzuräumen. Anis Augen leuchteten, und offenbar konnte sie nicht aufhören zu lächeln.

»Alles in Ordnung.« Ich nickte, räusperte mich. Was sollte ich auch sagen, zum Teufel?

»Ich glaube, ich mach mich auf den Heimweg.« Sie seufzte, scheinbar von Gefühlen überwältigt. »Oh, Kacke. Ich bin ja mit Alex hergefahren.«

»Alles gut, ich fahr dich.« Die Worte sprudelten aus mir heraus, bevor ich es mir anders überlegen konnte.

»Ani«, hielt mein Dad sie zurück, als wir gerade aufstanden und uns verabschiedeten. »Räum schon mal eins von den

Schlafzimmern frei. Mike und ich holen uns morgen die Jungs, und dann kommen wir vorbei und renovieren es für dich.«

»Bist du sicher?« Ani geriet ins Stottern vor Aufregung. »Es muss aber gestrichen werden, und die Böden abgeschliffen, all so was.«

»Na ja, die Wände kriegen wir morgen hin«, versicherte Onkel Mike fröhlich. »Und am Tag danach kommen wir noch mal und kümmern uns um die Dielen.«

»Okay«, rief Ani mit hoher Stimme. »Das wäre echt toll. Danke.«

Ich scheuchte sie nach draußen, bevor noch jemand kam und sie mit irgendetwas aufhielt. Ich musste hier raus, ehe ich explodierte. Jetzt durfte ich also die nächsten beiden Tage bei ihr daheim antreten, um ihr Haus für ein Baby einzurichten, was ich für eine durch und durch bescheuerte Idee hielt? Ich rechnete mir keine Chancen darauf aus, dass mein Dad und Onkel Mike mich bei dieser Sache vom Haken lassen würden, ohne mir die Hölle heißzumachen, und zwar richtig. Ich biss die Zähne zusammen, und wir stiegen in meinen Truck und machten uns auf den Weg zurück zu Ani.

Wenn wir erst allein waren und sie sich nicht mehr umgeben fand von all den Hilfsangeboten und Glückwünschen, würde ich es ihr schon ausreden.

»Hey«, rief Ani, als ich die Motorhaube meines Trucks umrundete. Sie hüpfte mir in die Arme wie ein Klammeraffe. »Ich weiß noch nicht, was schlimmer ist: von nun an vor allen anderen zeigen zu dürfen, dass wir zusammen sind, oder dich gar nicht anrühren zu dürfen«, lachte sie. »Ich war den ganzen Tag total verrückt nach dir.«

Sie beugte sich zu mir, um mich zu küssen, und ich holte tief

Luft. Sie roch immer so wahnsinnig gut. Ich würde das vermissen.

»Lass uns reingehen«, murrte ich. Ich griff ihr mit gewölbten Händen an die Pobacken und schob sie zur Haustür. »Schlüssel?«

Sobald wir drin waren, schienen die Schleusentore erst richtig geöffnet.

Ani tanzte durch das gesamte Haus, räumte Henrys Unordnung von heute früh weg, flitzte hierhin und dorthin, um einzelne Geschirrhandtücher oder Schuhe aufzulesen. Sie quasselte von ihrem Baby – irgendwas über ihre Schwester und wann es so weit war –, doch ich schwöre, dass ich kaum ein Wort von dem mitbekam, was sie sagte.

Sie war überglücklich. Ich hatte sie noch nie so quirlig und außer sich erlebt, und ich hasste den Gedanken, dass ich alldem den Riegel vorschieben musste. Als ich schließlich keine Sekunde länger den Mund halten konnte, nahm ich sie an der Hand und schlang auf Hüfthöhe meinen Arm um sie.

»Glaubst du echt, das ist eine gute Idee?«, fiel ich mit der Tür ins Haus.

»Was?« Ani lachte nervös. Sie machte sich von mir los. »Was meinst du denn?«

»Diese ganze …« Ich warf beide Arme empor. »… Babysache.«

»Ob ich glaube, es ist eine gute …?« Sie stutzte. »Ähm, ja. Sonst würde ich es nämlich nicht tun.« Sie trat ein paar Schritte weg.

Ich ballte die Hände zu Fäusten. »Du nimmst also einfach ein Baby bei dir auf, über das du nicht das Geringste weißt? Einfach so holterdiepolter, nach Lust und Laune? Ohne es dir genau überlegt zu haben? Ohne Planung?«

»Es wird ein Baby, Bram«, erklärte sie gedehnt. »Niemand weiß bisher irgendetwas über es.«

»Was, wenn deine Schwester eine Kokserin ist?«

»Wie beschissen ist das denn, so etwas zu sagen?«

»Sie hat sich schwängern lassen mit ... was? Vierzehn?«

»Du bist so mies!«, brauste sie auf. »Ich vergesse es mal, und – schwups! – machst du den Mund auf, und ich denke wieder dran.«

»Ach, ich bin mies?«

»Was geht dich das überhaupt an?«, schoss sie zurück und verschränkte die Arme vor der Brust.

»Wir sind zusammen!«, fuhr ich sie an, so frustriert, dass ich mir am liebsten meine verdammten Haare gerauft hätte. Zwei Stunden lang hatte ich mir diesen ganzen Babyscheiß anhören müssen. Jetzt reichte es. »Du hast kein Wort darüber zu mir gesagt, und plötzlich lässt du vor der ganzen Familie am Esstisch die Katze aus dem Sack?«

»Ich hab es selbst erst heute erfahren!«, schrie sie zurück. »Und als sie mich gefragt hat, hast du dich ja noch fröhlich deiner Illusion hingegeben, dass wir keine richtige Beziehung führen.«

»Und nun soll ich für dein Kind den Daddy spielen, oder was?«

»Ich erwarte gar nichts von dir, null.« Sie verzog das Gesicht. »Keine Angst, Bram, du bist nicht der Vater.«

»Das alles ist so verdammt bescheuert«, presste ich hervor. Ich schüttelte den Kopf, fuhr mir mit der Hand durch den Bart und dann über den Kopf. »Der ganze Grund, wieso wir überhaupt etwas miteinander angefangen haben, war doch, weil ich dich bumsen konnte, ohne mir Sorgen um dieses ganze Baby-Drama machen zu müssen.«

Ich wusste, dass das mies war, schon als ich den Mund aufmachte. Aber es gab keine Chance mehr, das Gesagte zurückzunehmen.

»Raus hier«, wisperte sie, und ihre Stimme brach. »Verschwinde aus meinem Haus.«

»Das sollte nicht so kling–«

»Verlass sofort mein Haus, Abraham.« Jetzt hob sie leicht die Stimme.

Einen langen Moment starrte ich sie an, fragte mich, was zur Hölle ich tun konnte, damit sie es sich anders überlegte. Es lief doch gut zwischen uns – zwischen uns beiden, zu zweit, allein. Jedenfalls war es gut gelaufen, solange es gehalten hatte, was auch immer es war. Wir hatten Spaß gehabt. Miteinander gelacht. Uns gestritten und zwischen den Laken wieder versöhnt. Mit ihr hatte ich den besten Sex meines Lebens.

Ein Baby würde all das ändern.

Kapitel 10

Anita

Weniger als zehn Minuten nachdem Bram mein Haus verlassen hatte, kam Henry zur Tür reingeschneit. Ich stand immer noch in der Mitte des Raumes, mit rasendem Herzen, die Arme um den Oberkörper geschlungen. Aber ich weinte nicht. Ich würde auf keinen Fall weinen.

»Schatz, ich bin zu Hause!«, trötete Henry, als er mich sah. »Wo ist Bram, frischgebackene Mama?«

Als ich nicht sofort antwortete, machte er ein langes Gesicht. »Anita Bonita?«, fragte er sanft. »Wo ist Abraham?«

»Er ist weg«, sagte ich mit freudlosem Lachen und einem Achselzucken. »Er ist anscheinend nicht bereit, den Vater für mein Kind zu spielen.«

Die Schlafzimmer in meinem Haus waren winzig. In der Vergangenheit hatte es einmal vier Schlaf- und ein Badezimmer gegeben, doch die früheren Bewohner hatten irgendwann während der Siebzigerjahre die vorderen beiden zu einem großen Elternschlafzimmer samt angebundenem zweiten Bad verbunden. So blieben also nur zwei Schlafzimmer, die als Zimmer für das Baby infrage kamen.

Ich musste nicht einmal hinschauen, um zu wissen, welches Zimmer ich wählen würde. Es war hell, mit zwei hohen Fenstern, die ich früher oder später mit Kindersicherungen würde ausstatten müssen, und es lag direkt gegenüber von meinem Zimmer. Einen in die Wand eingelassenen Schrank, wie in den anderen Räumen, gab es nicht, aber ich fand nicht, dass das ein Problem darstellte. Für den Fall, dass er oder sie irgendwann in der Zukunft einen bräuchte, würde mir Trev sicher helfen, einen einzubauen. Mit so was kannte er sich aus.

Ich fragte mich, was Trev von der Adoption hielt. In letzter Zeit verhielt er sich ziemlich ruhig. Er hatte auch das ganze Bram-Szenario noch nicht mit mir diskutiert – was aber früher oder später noch kommen würde, das wusste ich. Sobald sich die Gelegenheit zu einem Gespräch zwischen uns böte, ohne dass fünfzehn Leute ihren Senf dazugeben konnten, würde er mich schon zur Rede stellen.

»Das hier, ja?«, fragte Henry und trat hinter mir ins Zimmer. Ich hatte ganz vergessen, dass er hier war, während ich mich im neuen Kinderzimmer umgesehen und überlegt hatte, wo ich was platzieren würde. »Coole Fenster.«

»Nicht wahr?« Ich sah lächelnd zu ihm auf.

»Äh, also ... möchtest du drüber reden?«, murmelte er und beäugte mich argwöhnisch von oben.

»Nicht mal ansatzweise.«

»Willst du stattdessen lieber Bier trinken, das Zimmer hier ausräumen und währenddessen *nicht* reden?«

»Oh ja, bitte.«

»Dann hol ich uns das Bier.« Er schlang unbeholfen einen Arm um meinen Kopf und gab mir einen Kuss auf den Haaransatz, bevor er wieder hinausschlenderte.

Ich holte tief Luft und ließ sie langsam wieder entweichen, während ich versuchte, mir in meinem Kopf einen Schlachtplan zurechtzulegen, wie ich das Zimmer am besten ausräumen könnte – doch es misslang. Ich konnte an nichts anderes denken als daran, wie ungläubig mich Bram zuvor angestarrt hatte, als ich verkündet hatte, ich wolle ein Baby adoptieren. Wie er meine Entscheidung zerpflückt hatte und mit jedem seiner Worte insgeheim meinen eigenen Sorgen Ausdruck verlieh.

Er hatte recht. Ich konnte nicht wissen, ob das Kind nicht ernsthafte gesundheitliche Probleme haben würde. Ein Baby von einem Angehörigen der eigenen Familie zu adoptieren stellte schon unter normalen Umständen ein gewaltiges Wagnis dar. Zog man meine Vergangenheit in Betracht, erwies es sich in meinem Fall als noch viel riskanter. Ich stürzte mich Hals über Kopf in etwas, ohne zu wissen, wie tief ich fallen würde. Ich hatte eine Scheißangst.

Gleichzeitig sah ich das hier als Chance. Eine Chance, mit der ich nicht mehr gerechnet hatte. Ich musste sie ergreifen.

Als die Jungs früh am nächsten Morgen einer nach dem anderen bei mir eintrafen, stand ich bereits startklar auf der Matte. Ich hatte Hen losgeschickt, ein paar Donuts und Kaffee zu besorgen, sodass wir im Grunde bereit waren, mit dem Streichen anzufangen – jedenfalls, sobald ich die nötige Farbe besorgt hätte.

»Äh, wir haben eine Kleinigkeit übersehen«, sagte ich zu Dan, als er mich zur Begrüßung umarmte. »Ich habe keine Farbe.«

»Das hab ich mir gedacht«, gluckste er und tätschelte mir den Rücken. »Die anderen fangen schon mal an, die Wände abzukleben, und wir gehen los und besorgen welche. Weißt du ungefähr, was du willst?«

»Ich habe keine Ahnung.«

»Nun ja, dann hast du jetzt zehn Minuten Zeit, es dir zu überlegen.«

Ich schnappte mir mein Portemonnaie vom Tisch und folgte Dan zu seinem Truck, als Bram vor meinem Haus den Motor abstellte.

Was zum Teufel hatte er hier zu suchen?

Er sah gut aus. Er trug Jeans, die an den Knien durchgewetzt waren, und ein altes graues T-Shirt mit Löchern. Arbeitsklamotten. Für die Sorte Arbeit, bei der man schon vorher wusste, dass man sich einsauen würde, und deshalb die ältesten Sachen anzog, die im Schrank hingen. Ich schluckte schwer, ließ meinen Blick von seinen verstrubbelten Haaren unter dem Baseball-Käppi bis hinab zu seinen abgetragenen Stiefeln gleiten. Als er sich zu mir umwandte, riss ich den Kopf herum und eilte zu Dans Beifahrertür.

Dan schien seinen Sohn nicht bemerkt zu haben, und so stieg ich ein, ohne etwas zu sagen, und wir fuhren los. Mit Bram würde ich mich noch befassen ... später. Sehr viel später. Im Augenblick schmerzte es allein, ihn zu sehen, und ich hatte nicht vor, mir das von außen anmerken zu lassen.

»Wollte mich noch bei dir entschuldigen dafür, dass ich dich angeschrien habe«, sagte Dan, als wir auf den Parkplatz des Baumarkts einbogen, »aber ich hatte bis jetzt noch nicht die Gelegenheit. Wollte nicht, dass du eingeschüchtert bist oder dich schlecht fühlst.«

»Nein«, winkte ich ab. Ich fühlte mich sofort unwohl bei diesem Gespräch. Ich hatte die Hoffnung gehegt, ich wäre davongekommen, ohne ein Wort über jenen Tag verlieren zu müssen. Aber anscheinend hatte Dan ein hervorragendes Gedächtnis. »Ist schon okay. Ich hab's total vergessen.«

»Na schön«, bekannte er und nickte. Er schaltete den Truck aus und sprang raus.

Das war genau das, was ich an Dan so schätzte. Seine Frau konnte selbst einer Bronzestatue ein Ohr abkauen, doch Dan hielt sich sehr zurück. Er drängte niemals auf eine Antwort oder ging einem auf den Wecker, bis er hatte, was er wollte. Wenn ich zu ihm sagte, es sei okay, nahm er mich beim Wort und ließ die Sache fallen. Gott sei Dank.

In den letzten vierundzwanzig Stunden hatte ich mich gefühlsmäßig an der absoluten Obergrenze bewegt. Ich wusste nicht, wie viel ich noch aushalten würde.

Es war komisch. Ich hatte so viel Zeit mit Bram verbracht, dass ich, auch wenn ich stinksauer auf ihn war, trotzdem am liebsten ein Foto von den Farbproben gemacht hätte, die für mich infrage kamen, und sie ihm per SMS geschickt hätte, um nach seiner Meinung zu fragen. Es war mir zur Gewohnheit geworden, solche Sachen mit ihm zu diskutieren. Nichts Weltbewegendes. Die kleinen Dinge eben. Was ich mir zum Abendessen machen könne. In welche Werkstatt ich am besten fuhr, um einen Ölwechsel zu machen. Ob er glaube, der Insektenstich an meinem Bein stamme von einem Moskito oder doch eher von einer tödlichen Giftspinne.

»Mir gefällt das Grün«, murmelte Dan neben mir. Er ahnte wohl, dass ich komplett ratlos war.

»Meinst du?«

»Ja. Als Katie unterwegs war, haben wir es mit Gelb versucht – damals wusste man erst, was es wird, wenn es so weit war – und jedes Mal, wenn man in ihr Zimmer kam, ist man fast erblindet.« Er lachte. »Grün ist besser. Passt immer.«

»Na ja, okay.« Ich nickte erleichtert. »Dann nehmen wir Grün.«

Zwanzig Minuten darauf, die frisch angemischte Farbe im Gepäck, trafen wir wieder bei mir zu Hause ein. Mittlerweile war die gesamte Familie über mein Haus hergefallen wie ein Rudel Wölfe.

»Dann wollen wir mal streichen«, verkündete Dan lächelnd und parkte seinen Truck hinter meinem Toyota.

»Du bist da!«, rief Katie, als wir zurück ins Haus gingen.

»Na ja, ich wohne hier. Wir haben überlegt, uns zur Grenze aufzumachen, aber dann sind wir doch umgedreht«, erwiderte ich trocken. »Streichen ist einfacher als ein Leben auf der Flucht.«

Dan kicherte.

»Okay, na dann. Die Jungs sind alle startklar zum Streichen, und wir dachten uns, lassen wir sie machen und fahren los und besorgen Möbel!«, verkündete Katie begeistert. Sie warf sich die Handtasche über die Schulter. »Shane ist mit den Kindern bei meinen Eltern und passt auf. Ich hab also den ganzen Tag!«

»Äh ...« Ehrlich gesagt: Ich hätte lieber gestrichen.

»Keine Widerrede«, ordnete Liz an, die den Flur hinunterkam. »Zieh dir das Bandana vom Kopf, und los geht's.«

Ich hob die Hand und streifte mir das Bandana von den Haaren, das ich zum Streichen angezogen hatte.

»Na gut, aber ich muss ihnen noch zeigen, wo der Lack für die Fußleisten ist. Ich dachte mir, wir benutzen einfach den Rest, der vom Wohnzimmer über ist. Er ist weiß, also ...«

»Bram hat ihn schon geholt«, flötete Katie beschwingt. »Lasst uns los!«

Ich biss die Zähne zusammen, als ich seinen Namen hörte.

Ohne Widerworte ließ ich mich von ihnen aus dem Haus scheuchen. Mir war sowieso nicht danach, den Tag an Brams Seite zu verbringen. Hoffentlich würden die Jungs fertig sein, bevor wir zurückkämen.

Sosehr mir vor der Einkaufstour auch graute – als die erste Stunde Ikea hinter uns lag, war ich mindestens so begeistert wie Katie. Wir hatten ein Kinderbett und eine Wickelkommode gefunden, beides sehr viel günstiger, als ich angenommen hatte, und ich ließ Tante Liz und Ellie die Kleinigkeiten wie Handtücher und Babylöffel aussuchen.

»Du bezahlst jetzt aber nicht«, wandte ich ein, als ich Liz die Kreditkarte hervorholen sah. »Auf gar keinen Fall.«

»Nun ja, schließlich hattest du keine Gelegenheit, eine Babyparty auszurichten, also ist das mein Geschenk für dich«, verkündete sie freudestrahlend und zog die Karte durch den Schlitz, ehe ich etwas dagegen unternehmen konnte.

»Ich kann die Sachen aber bezahlen«, versicherte ich mit Nachdruck. Katie zog einen wiederverwendbaren Einkaufsbeutel aus ihrer Handtasche, entfaltete ihn und begann, unsere Sachen hineinzupacken.

»Ich weiß, dass du das kannst«, blaffte Liz. »Ich würde Dan gewaltig in den Hintern treten, wenn du es nicht könntest.«

Ich schnaubte. Ein Tritt in den Hintern erübrigte sich wirklich. Dan und Mike bezahlten mich weit über dem Durchschnitt, den andere Leute für die Stelle als Büroleitung bekamen. Am Anfang hatte ich mich richtiggehend beschwert, doch sie waren standhaft geblieben. Darüber hinaus zahlten sie mir jedes Jahr eine Teuerungszulage, die ebenfalls weit über dem Durchschnitt lag.

»Okay, und jetzt kaufen wir einen Kindersitz fürs Auto, Windeln, Anziehsachen und all so was«, sagte Katie, während wir den vollgepackten Wagen über den Parkplatz zum Truck schoben. »Wie klingt das?«

Ich sah auf mein Handy, um zu prüfen, wie spät es war. Die Jungs würden noch stundenlang zu Hause beschäftigt sein, und der Gedanke, Bram zu begegnen, bescherte mir Magenkrämpfe.

»Ja, klingt sehr gut.«

»Weil wir noch nicht wissen, ob es ein Junge oder ein Mädchen wird, dachte ich, wir kaufen einfach ein paar geschlechtsneutrale Sachen – gerade genug, dass ihr beide euch nach dem Krankenhaus in Ruhe zu Hause einrichten könnt«, erläuterte Tante Ellie. Sie ächzte, als wir mit vereinten Kräften die Kiste mit den Teilen des Kinderbetts auf die Ladefläche hievten. »Mehr Kleidung und so weiter können wir dir besorgen, wenn wir Bescheid wissen.«

»Gute Idee.« Ich nickte.

»Hast du dir schon Namen überlegt, die für dich infrage kommen?«, wollte Liz wissen, nachdem sie die Ladeklappe geschlossen hatte und wir um den Truck liefen, um einzusteigen.

Namen? Shit.

Darüber hatte ich mir noch keine Gedanken gemacht. Wann immer ich mich in Gedanken dem Baby widmete, dachte ich von ihm als Bethys Kind. Unbewusst war ich davon ausgegangen, sie würde ihm einen Namen geben. Ich vermutete sogar, dass das wirklich sein konnte.

Aber schließlich adoptierte ich das Kleine. Ich würde seine

oder ihre Mutter sein, für immer. Wenn ich einen anderen Namen lieber hatte, konnte ich ihn ja wohl aussuchen.

»Ich hab noch gar nicht drüber nachgedacht«, gab ich zu und schnallte mich an. »Wahrscheinlich sollte ich mal anfangen.«

Katie sah kurz auf ihr Handy und steckte es wieder weg. »Hast du irgendwelche Ideen?«, fragte sie.

»Eigentlich nicht.«

»Nun, ich finde, du solltest einen Namen nehmen, der mit A anfängt.« Sie stellte ihre Handtasche im Fußraum ab, und Liz setzte den Truck rückwärts aus der Parklücke. »Abraham und du, ihr fangt auch beide mit A an.«

»Katie«, sagte ich. Ich sprach ihren Namen gedehnt aus. »Bram gehört nicht dazu, okay?«

»Natürlich tut er das. Ihr seid zusammen und …«

»Er will nicht dazugehören, verstehst du?«, unterbrach ich sie tonlos. »Es gibt nur mich und das Baby, okay?«

Im Truck herrschte augenblicklich Stille, und mir wurde klar, dass Liz und Ellie von vorn unsere Unterhaltung verfolgt hatten.

»Du wirst gut zurechtkommen, auch alleine«, bekannte Liz mit einem Nicken. »Ob mit oder ohne Bram, du wirst prima zurechtkommen.«

»Danke, Mom«, sagte ich und lächelte dünn.

»Mein Gott, Mike hat keinen Finger gerührt, bis die Jungs ungefähr zehn waren, und im Babyalter hatten wir sie nicht mal bei uns. Unsere Jungs waren durchweg schon älter, als wir sie bekamen«, murrte Ellie, und wir alle lachten.

»Dan hat sich reingehängt«, murmelte Liz und zog unwillkürlich die Mundwinkel nach oben.

»Bevor Iris da war«, meldete sich Katie zu Wort, »hat Shane

überhaupt nicht geholfen. Ich meine, ich weiß nicht genau, wie sehr er Rachel unter die Arme gegriffen hat, aber ich bezweifle jetzt mal, dass es übermäßig viel war.«

Rachel war Shanes erste Frau gewesen. Bei einem Autounfall vor ein paar Jahren war sie tödlich verunglückt, und Kate war eingesprungen, um mit den Kindern zu helfen. Der Rest war Geschichte. Sie waren verrückt nacheinander.

»Ich mache mir ein bisschen Sorgen wegen der Arbeit«, gab ich zu und lehnte mich in meinem Sitz zurück.

»Ich nehme das Kleine gerne«, beruhigte mich Liz sofort. »Ich meine, wenn dir das recht ist.«

»Ja, wirklich?«

»Natürlich! Ich tue sowieso den lieben langen Tag nichts anderes, als zu basteln und Ausflüge mit Ellie zu unternehmen. Ich kann das Baby gut mitnehmen.«

»Herrje, was für eine Erleichterung. Ich wusste überhaupt noch nicht, wie ich das alles schaffen sollte.«

»Darüber hättest du dir zunächst noch keine Gedanken zu machen brauchen; du bekommst sowieso erst mal mindestens sechs Wochen Mutterschaftsurlaub.«

»Was?« Ich saß sofort aufrecht.

»Mike und Dan haben es schon beschlossen«, erklärte Ellie. Sie drehte sich in ihrem Sitz, um mich anzusehen. »Die sechs Wochen kriegst du auf jeden Fall – bezahlt. Wenn du mehr willst, musst du es mit ihnen besprechen.«

»Nur, weil du mit dem Baby nicht schwanger gewesen bist, heißt das nicht, dass dir die sechs Wochen nicht zustehen, Ani«, bekannte Katie und verdrehte die Augen. »Warte bloß mal ab. Du wirst völlig fertig sein. Jede Nacht wach, den ganzen Tag müde, und immer dieses kleine Wesen um dich, das die ganze Zeit deine Aufmerksamkeit will.«

Ich konnte mein Grinsen kaum zurückhalten. Ja, ich konnte es kaum erwarten.

Die kommenden beiden Wochen flogen nur so dahin.

Katie, Shane, Henry und meine Neffen und Nichten fuhren wieder heim nach Kalifornien.

Die Männer beendeten die Arbeit am Babyzimmer. Das Ergebnis sah fantastisch aus.

Alex kehrte nach Missouri zurück.

Ich stürzte mich wie verrückt in die Arbeit im Büro, um noch möglichst viel zu erledigen, bevor ich in Elternschaft ging.

Alles lief ziemlich gut, und ich war voller Tatendrang. Aber wenn ich nachts in mein Bett kroch, ächzte ich unter Schmerzen am ganzen Körper.

Ich vermisste Bram mehr, als ich es je für möglich gehalten hätte.

Wir liefen uns bei der Arbeit über den Weg, und natürlich auch jeden Freitag zum Familienessen. Aber wir sprachen nie miteinander. Nicht einmal im Streit. Es war, als hätte er vollkommen vergessen, dass ich existierte. Ich redete mir ein, dass wir uns wie Erwachsene verhielten. So gingen Erwachsene eben damit um, wenn man sich trennte.

Doch jedes Mal, wenn ich mir das innerlich vorbetete, klang es wie der größte Scheiß.

Mir wollte nicht in den Schädel, was genau eigentlich passiert war. Nein, das stimmte nicht. Ich verstand es ja. Bram wollte keine Kinder. Er hatte nie welche gewollt.

Und jetzt, wo ich drauf und dran war, eines zu bekommen, wollte er auch mich nicht länger.

Ich war ziemlich launisch, meine Stimmungen wechselten mehrmals am Tag. Erst wütend, dann traurig, dann entschlossen, dann wieder traurig. Ich fragte mich, ob ich das Richtige tat – oder ob ich Bram von dem Baby hätte erzählen sollen, ehe ich es vor allen anderen verkündet hatte. Wäre alles anders gekommen, wenn ich zuerst mit ihm darüber gesprochen hätte?

Bram fehlte mir so sehr, dass mir übel wurde.

Ich weigerte mich jedoch, darüber auch nur eine Träne zu vergießen. Stattdessen schluckte ich meinen Ärger und meinen Schmerz hinunter, bis er in meinem Magen wie eine Krankheit brodelte und gärte.

Eine Familie zu gründen war mein Traum gewesen, solange ich denken konnte. Es würde etwas sein, das eindeutig meines war. Eine Familie, die ich formen und gestalten konnte, und zwar genau in der entgegengesetzten Weise, in der meine Mutter dies getan hatte. Nachdem ich der Entfernung meiner Gebärmutter zugestimmt hatte, schien dieser Traum für mich gestorben zu sein, doch ich hatte mir nicht erlaubt, darüber zu trauern. Ich verdrängte es und machte weiter. Genau wie mit allem anderen, das ich verloren hatte. Genau wie mit Bram.

Als Pflegekind aufzuwachsen hatte bedeutet, dass ich nur ganz selten etwas besessen hatte, das wirklich mir allein gehörte. Klar, ich hatte diesen Rucksack voller Zeug gehabt, mit dem ich von Pflegefamilie zu Pflegefamilie gepilgert war, bis ich schließlich zu groß für ihn wurde. Aber die Kinderzimmer, in denen ich geschlafen hatte, waren nie eigentlich für mich eingerichtet worden. Nie hatte ich ein eigenes Fahrrad besessen. Die Klamotten, die ich trug, hatte ich stets von älteren Kindern gebraucht bekommen, und meine Wintermäntel fast immer aus den Altkleider-Spendenaktionen, die ein Matratzenladen einmal pro Jahr in Portland veranstaltete.

Als ich älter wurde, begann ich zu begreifen, dass ich nie wieder so leben wollte. Darum hatte ich ein Haus gekauft, statt eines zu mieten. Darum hatte ich meinen Wagen bar bezahlt, nachdem ich genug Geld gespart hatte. Und darum blieb ich auch niemals vor einem Gebrauchtwaren- oder Secondhandladen stehen.

Ich schüttelte den Kopf, als ich aus meinem Toyota stieg, und reckte die Arme in die Luft, um mich zu dehnen. Ich hatte Überstunden gemacht, um sicherzugehen, dass alles unter Dach und Fach war, sobald die Aushilfskraft kam, die mich vertreten würde, und jetzt war ich hundemüde. Mit Bethy hatte ich fast täglich telefoniert; es sah so aus, als stünde die Geburt unmittelbar bevor, und in Erwartung des unweigerlichen Telefonanrufs schlief ich jede Nacht so schlecht, dass ich am nächsten Morgen kaum ausgeruht war.

Das Handy in meiner vorderen Hemdtasche klingelte, und ich ließ es fast auf den Gehsteig fallen, als ich es hastig herausholte und ranging.

»Hallo«, meldete ich mich, enttäuscht.

»Sorry, ich weiß, du wartest auf einen wichtigen Anruf«, entschuldigte sich Trevor. Er kicherte. »Wollte bloß fragen, ob du ein bisschen Gesellschaft möchtest. Ich koche.«

»Wenn du kochst, kannst du jederzeit vorbeikommen«, antwortete ich und ging lächelnd zur Tür.

»Okay, super. Ich bin nämlich schon da.«

Ich drehte mich um, als Trevors Truck hinter mir die Auffahrt heraufkam und hielt.

»Du Arsch!«, rief ich lachend, als er ausstieg. »Was, wenn ich Nein gesagt hätte?«

»Du würdest doch nie Nein sagen, wenn es ums Abendessen geht«, schnaubte er zufrieden.

Ich schloss auf, ging hinein und ließ die Tür hinter mir offen, während Trevor seine Einkäufe aus dem Wagen holte.

Ich hatte, so gut es ging, versucht, alles herzurichten, und das Haus sah besser aus als je zuvor seit dem Kauf. Ein voll möbliertes Wohnzimmer samt Babyschaukel, in der Küche ein Tisch und Stühle, die ich bei einer Wohnungsauflösung gefunden hatte, und Baby-Utensilien überall dort, wo sie sich unterbringen ließen.

Es wirkte endlich wie ein Zuhause anstelle des Verschlags, in dem ich dann und wann übernachtete, wenn ich sonst nichts zu tun hatte.

»Hat sich ordentlich gemacht, das Haus«, staunte Trev, der mir in die Küche folgte, als hätte er meine Gedanken gelesen.

»Danke. Es ist immer noch nicht fertig.«

»Wer hätte gedacht, dass ein Baby dir so ein Feuer unter dem Hintern machen würde?«

Ich kicherte. »Wer hätte gedacht, dass ich jemals ein Baby kriegen würde?«

»Ach, das hab ich mir irgendwie schon gedacht«, versetzte er und stapelte die Zutaten für Tacos auf meiner Arbeitsfläche. »Ich hatte zwar keine Ahnung, wie du es anstellen würdest, aber ich wusste, dass es irgendwann so kommen würde.«

»Was? Wirklich?« Überrascht nahm ich für jeden von uns eine Dose Soda aus dem Kühlschrank. »Ich aber nicht.«

Trev nickte. Er öffnete die Packung mit dem Rinderhack und holte eine Bratpfanne. »Musik?«

»Klar.« Ich schaltete die Stereoanlage ein, die auf der Anrichte stand.

»Also«, nahm Trev den Faden wieder auf, »ich wusste immer, dass du mal 'ne Mom werden würdest. Hast du einen

Pfannenwender? Du liebst Kinder, und du hast schon immer gesagt, dass du mal eine Familie gründen möchtest.«

»Ja, aber nach dieser Gebärmutter-OP …«

»Viele Wege führen nach Rom«, unterbrach mich Trevor.

Gespielt legte ich die Stirn in Falten. »Ich wollte doch gar nicht nach Rom.«

»Ja, ja. Schon gut.« Trev kicherte. »Adoption ist eine gute Alternative.«

Ich schwieg einen Augenblick. »Hast du jemals nach deinen Eltern gesucht?«

Trev sah mich erstaunt an. »Machst du dir deswegen Sorgen? Warte. Nimm dir ein Messer. Du kannst mir helfen, Zeug zu schnippeln, während ich dir mein Herz ausschütte.«

Er wusch ein paar Tomaten und legte sie mir auf einem Schneidebrett hin, bevor er sich wieder seinem Fleisch zuwandte, das er in der Pfanne langsam braun briet. »Ja«, antwortete er mit langsamem Nicken auf meine Frage. »Als ich neunzehn war, habe ich sie ausfindig gemacht. Wahrscheinlich war es eine dumme Idee.«

Ich warf ihm einen Blick zu, sagte aber nichts.

»Mein Dad ging in Ordnung. Er hatte eine neue Familie und eine neue Frau und interessierte sich nicht dafür, was ich zu sagen hatte.«

»Autsch.« Ich halbierte eine Tomate.

»Eh. Ich konnte es sogar verstehen. Ich *habe* Eltern.« Er zuckte die Achseln. »Ich brauchte ihn nicht, verstehst du. Ich tat es mehr aus Neugier.«

Ich nickte.

»Meine Mutter war tot.«

»Oh, Scheiße.« Das Messer rutschte mir ab, und beinahe hätte ich mir meine Fingerkuppe abgetrennt.

»Whoa, Vorsicht«, mahnte Trev. »Ja, sie nahm eine Überdosis, als ich vierzehn war.«

»Hast du dir jemals gewünscht, dass …« Ich stockte und schüttelte den Kopf. »Ich fühle mich nämlich, als würde ich ihnen das Baby stehlen oder so.«

»Ernsthaft?« Er blickte mich skeptisch an.

»Keine Ahnung. Es ist bloß … sie ist meine kleine Schwester. Was, wenn es doch nicht das ist, was sie will, und ich spiele auf einmal die Rolle des Monsters, das ihr das Baby wegnimmt?«

»Sie hat dich angerufen, oder?«, vergewisserte er sich und entwässerte eine Dose Oliven.

»Ja.«

»Und den Vater kann man vergessen?«

»Na ja, ich glaube, sie haben Kontakt. Aber er ist eben sechzehn.«

»Sieh mal, du solltest …« Er hielt inne, wie um seine Gedanken zu ordnen. »Sie ist zu dir gekommen, Ani. Sie will, dass du ihr Kind großziehst, weil sie noch nicht bereit ist, es selbst zu tun. Das macht dich nicht zum Schurken in dieser Geschichte. Es macht dich zu der Person, die das große Glück hat.«

»Tja, wahrscheinlich schon.«

»Und das Kind wird es dir bestimmt nicht übel nehmen«, fuhr er in einfühlsamem Ton fort, während er das Hamburger-Fett in die leere Olivendose tropfen ließ. »Adoptiert zu werden – Scheiße. Zuerst, ja, da wirst du vielleicht mit ihm aneinandergeraten. Okay? Wenn er zum Beispiel dreizehn ist und mit seinen Kumpels Paintballs spielen will, aber zu Hause bleiben muss, weil er eine schlechte Note geschrieben hat. Er wird Sachen sagen, die dir das Herz brechen. Aber unterm Strich? Da hast du dich für ihn entschieden, Ani. Er war kein

Unfall oder Missgeschick. Du hast beschlossen, ihn aufzunehmen und als dein Kind zu akzeptieren. Das wird er begreifen.«

»Hast du dich so verhalten?«, fragte ich, und meine Augen füllten sich mit Tränen.

»Ich war ein Arschloch«, schnaubte er belustigt. »Aber wahrscheinlich nicht so ein großes wie Henry.«

»Ich hab bloß Bammel.«

»Das ist ziemlich normal, glaube ich.«

»Und wenn sie sich nun anders entscheidet?«, fragte ich und legte ein paar Tortillas in die Mikrowelle.

»Dann wirst du jetzt eben noch keine Mom. Noch nicht, Ani. Aber es wird passieren. Wenn nicht bei diesem Kind, dann beim nächsten. Oder vielleicht adoptierst du auch eines, das schon fünf Jahre alt ist. Wer weiß? Aber du wirst eine Familie haben. Da bin ich sicher.«

»Danke, Trev.« Ich lächelte ihn aufrichtig an, dann holte ich zwei Teller aus dem Geschirrschrank.

Trevor schien immer zum Kern der Sache vorzudringen, aber anlügen würde er mich nie. Das hatte er noch nie getan. Wenn ich mit ihm redete, hatte ich immer das Gefühl, dass er mir etwas erzählte, das ich nicht gern hören wollte, doch am Ende unseres Gespräches fühlte ich mich immer besser, egal über welches Thema wir geredet hatten.

»Also, Bram«, hob er an, als wir uns an meinen neuen Tisch setzten.

»Mist, ich brauch erst was zu trinken«, versetzte ich, stand auf und holte jedem von uns ein Bier aus dem Kühlschrank.

»Was ist passiert?«, fragte er, als ich mich wieder hinsetzte.

»Er will keine Kinder«, antwortete ich geradeheraus.

»Und?«

»Und als ich gesagt habe, dass ich Bethys Baby adoptieren würde, hat er mich fallen gelassen.«

»Mehr nicht?«

»Mehr nicht.« Ich nickte. »Er hat seit zwei Wochen nicht mit mir geredet.«

»Was für ein Idiot.«

Ich zuckte bloß die Achseln. So war es nun mal. Wollte ich mit Bram zusammen sein? Ja. Wollte ich mit Bram zusammen sein, wenn er ständig mit einem Fuß aus der Tür war? Nie im Leben.

»Hoffst du, dass er es sich anders überlegen wird?«, fragte Trev. Er schaute mich eindringlich an.

»Denkst du denn, dass er das tun wird?«, gab ich zurück und hielt den Atem an. Vielleicht sollte ich eine Weile aushalten. Vielleicht …

»Ich glaube nicht, Liebes«, gab Trev sanft zu, und mir wich schlagartig die Luft aus den Lungen. »Bram hat immer gesagt, dass er keine Kinder will. Was das angeht, ist er unerbittlich.«

»Ja«, sagte ich leise und hantierte mit meinem Taco herum, der mir auf dem Teller auseinanderfiel.

»Ich weiß, Katie hat auf Shane gewartet.« Trev lehnte sich vor und stützte sich mit den Ellbogen auf den Tisch. »Und bei ihnen hat es geklappt. Aber ich weiß nicht, ob auf Bram zu warten dir das geben wird, was du dir erhoffst.«

»Es ist völlig in Ordnung, wenn man keine Kinder haben will«, murmelte ich und wich Trevs Blicken aus. »Es gibt viele Leute, die keine wollen.«

»Stimmt«, räumte Trev ein und nickte. »Bram allerdings kann ziemlich gut mit Kindern. Er mag Kinder. Diese rigorose Weigerung, wenn es darum geht, eigene zu kriegen, passt nicht zu ihm. Nicht, dass ich glaube, er würde seine Meinung noch mal ändern. Aber ich denke, dass da mehr dahintersteckt als nur eben keine Lust drauf, Vater zu sein.«

»Warum bist du eigentlich nicht Psychologe geworden?«, fragte ich Trev. »Dir fallen Sachen auf, über die andere nicht mal nachdenken würden.«

»Du wirst deine Sache gut machen, Ani«, sagte er nach einer kurzen Pause.

»Ja, hab's kapiert«, erwiderte ich aufrichtig.

Als ich an diesem Abend im Bett lag, dachte ich nicht länger über Bram nach. Trevor hatte recht. Er hatte immer recht.

Aus welchem Grund auch immer wollte Bram keine Kinder, aber ich schon. Wahrscheinlich wäre es früher oder später sowieso darauf hinausgelaufen, und wir hätten uns getrennt. Ich konnte noch von Glück reden, dass ich mich nicht näher auf ihn eingelassen hatte.

Zumindest redete ich mir das ein.

Und ich redete mir es auch die folgenden drei Tage lang ein, wann immer ich ihm täglich in unserem kleinen Büro begegnete: Unsere Trennung war unvermeidlich gewesen.

Fast hätte ich es selbst geglaubt.

Kapitel 11

Abraham

Ich war betrunken.

Schon wieder.

Ich wusste, eigentlich hätte ich nach draußen gehen und etwas unternehmen sollen. Verdammt, es wäre sogar weniger erbärmlich gewesen, wenn ich mich in meiner Lieblingsbar hätte volllaufen lassen, aber nun ja. Ich saß zu Hause auf meiner Ledercouch vor dem Fernseher und schüttete das Bier in mich hinein, als wäre es Wasser.

Irgendwo zwischen den Kissen fing mein Handy an zu klingeln, aber ich war zu faul, das verfluchte Ding zu suchen. Ich seufzte verärgert, als es aufhörte und dann erneut losbimmelte. Ohne meinen starren Blick vom Fernseher zu nehmen oder mein Bier abzusetzen, suchte ich mit der freien Hand zwischen den Kissen, bis ich es gefunden hatte und hervorzog.

»Hallo, Alexander«, meldete ich mich.

»Wieso gehst du nicht an dein Telefon?«, fragte mein Zwillingsbruder.

»Einfach so nicht.«

»Ich hab seit zwei Tagen versucht, dich zu erreichen.«

»Was gibt's?« Ich nahm die Fernbedienung, schaltete den Fernseher aus und lehnte mich auf der Couch zurück.

»Also, ich hab dir genug Zeit gegeben, dass du deinen Scheiß geregelt kriegst ...«

»Was für einen Scheiß?«, warf ich ein.

»Ich weiß, dass Ani und du miteinander Schluss gemacht habt. Ist ja auch schwer zu ignorieren, wo ich schließlich dabei war – aber ich hab eigentlich gedacht, dass du es mittlerweile wieder hingebogen hättest.«

»Da gibt's nichts hinzubiegen«, entgegnete ich und grub die Finger in meine Augenhöhlen. Ich war so verdammt müde.

»Sie liebt dich ...«

»Nein, tut sie nicht. So war das nicht zwischen uns.«

»Und du liebst sie, du Vollidiot.«

»Nö.«

»Hör auf, dich wie ein Arsch zu verhalten«, schnauzte Alex.

»Hast du mich echt nur angerufen, um mir auf die Eier zu gehen? Ich bin nämlich eigentlich gerade beschäftigt.«

»Ich weiß, dass du auf der Couch hängst, Reality-Shows im Fernsehen glotzt und dabei Bier säufst«, versetzte Alex trocken, was mich dazu brachte, mich aufzusetzen und aus trüben Augen den Raum abzusuchen. Woher zum Teufel? »Wenn du es wissen willst, ich bin gerade in der Bar«, informierte ich ihn und streckte den Rücken noch gerader.

»Nein, bist du nicht«, höhnte Alex.

»Was willst du, Alex?«, fragte ich und rappelte mich auf die Füße. Ich gehörte ins Bett. Ich war tierisch im Eimer. Wer hätte auch gedacht, dass es so eine verdammte Mammutaufgabe war, beständig der eigenen Büroleiterin aus dem Weg zu gehen?

»Du führst dich auf wie ein Trottel«, seufzte Alex. »Warum bist du so vehement dagegen, Kinder zu haben?«

»Ich will einfach keine«, antwortete ich und schleppte mich die Treppe hinauf in mein Zimmer.

»Ach wirklich? Ist das deine Antwort?«

»Mehr gibt es dazu nicht zu sagen.«

Er sprach sanfter: »Und du bist bereit, Ani aufzugeben, nur um keine haben zu müssen?«

»Der Zug ist schon abgefahren, Bruderherz«, beschied ich. Ich streifte meine Jeans ab und kroch ins Bett.

»Du wärst ein toller Vater, Bram. Das weißt du, oder?«

»Wahrscheinlich nicht, aber das ist doch völlig unwichtig.«

»Meine Güte, du bist total voll.«

»Hatte bloß ein paar Bier«, lallte ich und begann bereits einzuschlafen.

»Sie wird nicht auf dich warten, Freundchen. Je länger du abwartest, desto mehr wird deine Chance schwinden, sie zurückzubekommen.«

»Ich will sie nicht zurück.«

»Bullshit«, grollte Alex frustriert. »Ich werde mich nicht weiter so mit dir unterhalten. Ruf mich an, sobald du wieder nüchtern bist.«

»Alles klar, war ein tolles Gespräch.« Ich warf das Handy irgendwo aufs Bett und war im nächsten Moment weg.

»Guten Morgen, guten Morgen!«, begrüßte mich Trevor am nächsten Tag fröhlich, als ich aus dem Truck stieg. Mein Kopf dröhnte selbst noch nach drei Ibuprofen, und ich schloss die Tür meines Trucks leise. Als Trevor seine zuknallte, zuckte ich zusammen.

»Hey«, sagte ich sanft und rieb mir den Bart.

»Kein guter Morgen?«

»Lange Nacht.«

»Soso.« Trev lief neben mir her zum Vordereingang unserer Geschäftsstelle. »Was hast du gemacht?«

»War in so einer Bar in der Stadt.«

»Ach ja?« Er gluckste und sah mich von der Seite an. Dann trat er vor mir ins Büro. Ich fluchte verhalten. Ich war nicht scharf darauf, dass Trevor auch noch seinen Senf dazugab. Ich erinnerte mich schwach an mein Telefonat mit Alex am Abend zuvor, der seine Nase in meine Angelegenheiten gesteckt hatte. Auf mehr davon stand mir wirklich nicht der Sinn.

»Ich war in Portland«, rief ich, während ich ihm nach drinnen folgte. »Deshalb hast du mich nicht …«

Meine Worte blieben mir im Hals stecken, als Trev sich zu mir umdrehte und ich Ani entdeckte.

Sie sah toll aus. Sie war echt verdammt schön.

Das Haar hatte sie zu zwei kleinen Zöpfen zurückgebunden und trug ein hellblaues Oberteil, das genau an den richtigen Stellen spannte.

»Hey, Bram«, begrüßte sie mich. »Siehst beschissen aus.«

»Und du siehst großartig aus«, sagte ich, ohne nachzudenken, und klappte den Mund schnell wieder zu. Fuck.

»Sieht sie wirklich«, sagte Trev schmunzelnd. »Neue Frisur?«

»Klappe, Trev«, versetzte Ani und verpasste ihm einen Stoß mit dem Ellbogen in den Bauch.

»Ich hab zu tun«, sagte ich und trat um sie herum, um in mein Büro zu gelangen.

»Hey, Bram?« Ihre Stimme klang vorsichtig, und das hasste ich. Ani nahm normalerweise kein Blatt vor den Mund. Sie ließ sich nichts gefallen, und nervös wurde sie auch nie.

»Was gibt's?«, fragte ich im Umdrehen, während Trevor an mir vorbeiging und mir auf die Schulter klopfte.

»Es gibt keinen Grund, das hier unangenehm werden zu lassen«, sagte sie und stellte ein wenig von ihrer früheren Haltung zur Schau, indem sie die Hände in die Hüften stemmte. »Aber du machst es unangenehm.«

»Ich mache es unangenehm?« Tja, das stimmte wohl. Ich hatte zwei Wochen lang keinen Sex mehr gehabt, und selbst als sie noch sprach, stellte ich mich vor, wie sie sich über den Schreibtisch beugte und ich ihr die Jeans über den Hintern nach unten zog, um sie von hinten zu nehmen. Ich wusste nicht, wie ich mich je wieder ihr gegenüber *nicht* bescheuert verhalten sollte, wo ich doch wusste, dass ich sie nie wieder vögeln würde, egal wie oft ich es mir ausmalte.

»Ja. Du kannst ganz normal mit mir reden. Weißt schon. Hi, du mich auch, wo sind die Geschäftsunterlagen für das Sägewerk, was auch immer.«

»Ich will keine Kinder«, platzte es aus mir heraus.

Ihre Augen wurden schmal. »Verarschst du mich gerade ...«

»Aber wenn ich welche wollen würde, dann mit dir«, fügte ich leise hinzu.

Anis Schultern fielen herab. »Das bedeutet im Grunde gar nichts«, blaffte sie. »Herrgott, was ist los mit dir?«

»Ich wollte nur, dass du weißt ...«

»Was, Bram?«, fiel sie mir scharf ins Wort. »Dass du mich liebst? Ist es das, worum es hier geht?«

Ich öffnete den Mund, um etwas zu sagen, doch es kamen keine Worte. Liebte ich sie? Vermutlich. Und vermutlich hatte ich sie schon geliebt, bevor wir überhaupt miteinander geschlafen hatten.

»Es spielt verdammt noch mal keine Rolle«, zischte sie. Sie ließ die Arme hängen. »Auf mich wartet ein Baby, das bald geboren wird. Okay? Ich adoptiere ein Baby, und daran wird sich nichts ändern. Das heißt, ich werde Mutter sein. Schluss. Aus. Ende.«

»Ani«, murmelte ich, als sie eine Hand hob, um sich über das Gesicht zu wischen.

»Hör auf«, rief sie. »Lass es einfach, okay? Du hast mir die Entscheidung überlassen, und ich habe mich gegen dich entschieden.«

Ich wich schockiert zurück, als hätte mir jemand einen Hieb gegen die Brust versetzt.

»Können wir nicht einfach Freunde bleiben?«, fragte sie erschöpft und schüttelte den Kopf. »Können wir nicht … ich weiß nicht. Ich möchte einfach, dass alles wieder so ist wie früher.«

»Du meinst, sich gegenseitig beim Familienessen aufs Korn zu nehmen und bei der Arbeit im Büro anzuschnauzen?« Mein gesamter Körper verkrampfte sich, und sie schlang die Arme um sich selbst.

»Ja, Bram.«

»Schön.« Ich drehte mich um und ging ohne ein weiteres Wort in mein Büro.

Was hatte ich erwartet? Dass sie einfach so ihre Meinung änderte, nur weil ich sie liebte? Ich hatte es ja nicht mal ausgesprochen, sie war es gewesen.

Mir war nie der Gedanke gekommen, dass ich Ani liebte. Es war nie eine bewusste Entscheidung von mir gewesen. Irgendwie hatte es sich dahin entwickelt. Wichtig war sie mir schon immer gewesen, und vermutlich hätte ich Monate gebraucht, das klarzukriegen, wenn wir uns nicht getrennt hätten. Aber jetzt, da sie nicht mehr da war? Jetzt wusste ich, dass ich sie liebte.

Shit.

Ich setzte mich an meinen Schreibtisch und versuchte, mich auf die Angebotsschreiben zu konzentrieren, die vor mir lagen.

Eine Stunde später rief Ani sanft von meiner Bürotür her: »Hey, Bram?«

Es sah aus, als hätte sie geweint, und ich musste die Hände in meinem Schoß zu Fäusten ballen, um dem Drang zu widerstehen, den Schreibtisch zu umrunden und zu ihr zu gehen.

»Ja?«, fragte ich, und mein Herz pochte kräftig in meiner Brust.

»Und wenn ...« Sie zog das Wort in die Länge und sah auf ihre Füße, ehe sie den Blick wieder zu mir hob. »Und wenn du es dir noch mal überlegst ...?« Sie biss sich von innen auf die Wange.

Ich wollte nur, dass sie aufhörte. Einfach aufhörte mit dem, was sie da tat. So mochte ich sie nicht sehen. Winselnd. Wie sie sich vor mir so verdammt erniedrigte. Ich war derjenige, der Schluss gemacht hatte. Wenn ich bei ihr zu Kreuze kroch, okay, dann sollte es so sein, aber ich hasste es, dass sie sich in diesem Moment so verhielt wie alle anderen Frauen, die ich bislang gekannt hatte. Sie machte sich kleiner für mich. Das wollte ich nicht. Nein.

»Sei still«, verlangte ich und stand auf, durchdrungen von einer Wut, die absurd war und schier übermächtig.

»Wenn du noch mal darüber nachgedacht hast, dann ...«

»Verschwinde aus meinem Büro, zum Teufel.« Die Worte versengten mir die Kehle.

Sie fuhr zusammen, stieß einen Seufzer hervor, und unsere Blicke trafen sich diese eine Sekunde, ehe sie kehrtmachte und davonlief. Gleich darauf hörte ich das Bimmeln der Eingangstür und wusste, dass sie das Gebäude verlassen hatte.

»Du Vollpfosten«, fuhr Trevor mich an, als ich zurück in meinen Stuhl plumpste, den Blick auf die Unterlagen vor mir gerichtet, ohne sie wirklich zu sehen.

»Mach, dass du rauskommst, Trev«, grummelte ich. Ich hob die Hand, um mir über den Bart zu streichen.

»Sie wollte doch nur ...«

»Ich mein es ernst, Trev«, grollte ich. »Scher dich raus, verdammt.«

»Du hast sie überhaupt nicht verdient, du blöder Mistkerl«, schnauzte Trev. Er kam weiter in mein Büro. »Schon klar, Mann! Du willst keine Kinder. Verdammt schön für dich.«

»Ich spreche mit dir nicht darüber«, warnte ich ihn und stand erneut auf.

»Ani ist gerade hier reingekommen und hat dir eine Riesenchance gegeben, fast gebettelt hat sie ...«

»Denkst du, ich will, dass sie bettelt?«, spie ich. Mein Brustkorb wogte.

»Du willst sie!«, schrie Trev zurück und sah mich an, als hätte ich den Verstand verloren. »Wovor hast du so verdammte Angst?«

»Ich will keine Kinder!«

»Nette Ausrede, Arsch. Wann hörst du auf, Scheiß zu verzapfen, und redest mal Klartext?«

»Mehr hab ich nicht zu sagen«, gab ich zurück und schüttelte den Kopf. Ich hob die Hand, packte die Unterlagen auf meinem Schreibtisch zusammen und legte sie zurück in ihren Ordner.

»Ani ist nicht wie Kate«, sagte Trev nach einem Augenblick.

»Natürlich nicht.«

»Kate hat Shane unzählige Chancen gegeben, und glücklicherweise hat er seinen Scheiß irgendwann geregelt bekommen.«

»Worauf willst du hinaus, Mann?« Ich nahm meine Thermosflasche und mein Portemonnaie aus der Schreibtischschublade.

»Ani hat dir gerade eine Chance gegeben, und wenn ich ehrlich bin, hat mich das ziemlich überrascht«, grollte Trev und schüttelte den Kopf. »Und sie wird es bestimmt nicht noch einmal tun.«

Damit drehte er sich um und verschwand ohne ein weiteres Wort aus meinem Büro.

»Fuck!«, rief ich aus voller Lunge und schleuderte die Thermoskanne so fest gegen die Wand, dass in der Rigipsplatte ein Loch zurückblieb.

Ich hasste es, dass sie hier reinspaziert war, mir meinen Tag vermasselt und das schmerzhafte Dröhnen in meinem Kopf verstärkt hatte. Ich hasste es, wie Trevor mich durchschaute. Ich hasste es, dass ich nicht einmal nach Hause gehen konnte, weil es Arbeit gab, die unbedingt erledigt werden musste.

Ich hasste es, dass ich so mies gewesen war, ihr ein Ultimatum zu stellen und sie im Grunde vor die Wahl gestellt hatte, ihr Glück meinetwillen aufzugeben – und sie mich daraufhin immer noch so ansah, mit dieser Liebe im Blick.

Mein Handy klingelte spät in dieser Nacht und riss mich aus meinem unruhigen Schlaf. »Mom, ist alles okay?«

»Es ist so weit, Bram«, intonierte sie glücklich. »Steh auf. Wir müssen nach Seattle.«

»Was?« Ich setzte mich im Bett auf und versuchte, irgendwie wach zu werden.

»Anis Baby ist unterwegs.«

»Oh, äh ...«

»Abraham Daniel«, mahnte meine Mutter in schneidendem Tonfall. Ich konnte nur leise ächzen. Dad und sie hatten die zweiten Vornamen von Alex und mir geändert, als sie uns adoptiert hatten – mit unserer Erlaubnis, wohlgemerkt –, und wann immer sie ihn benutzte, hörte der Spaß auf. »Wenn jemand in dieser Familie ein Kind bekommt, tun wir Folgendes: Wir fahren zusammen ins Krankenhaus.«

»Ich weiß nicht, ob das so eine gute Idee ist, Mom«, bekannte ich selbst dann noch, als ich bereits aus dem Bett kroch.

»Mein Sohn«, seufzte sie, »ich weiß nicht, warum du in dieser Sache nicht mit dir reden lässt, aber ich werde das respektieren.«

»Danke.«

»Doch wenn du nicht mitkommst, um Anis frischgeborenen Sohn oder ihre frischgeborene Tochter zu begrüßen, wirst du es dir niemals verzeihen – und sie auch nicht.«

Ich schluckte mühsam.

»Bin schon auf dem Weg. Gib mir eine Viertelstunde.«

»Braver Junge.« Sie legte auf, und ich warf mein Telefon aufs Bett, ging zu meiner Kommode und nahm frische Klamotten heraus.

Als ich bei Mom und Dad ankam, brannten im Haus sämtliche Lichter, und der Truck von Onkel Mike stand in der Auffahrt.

»Oh, gut. Da bist du ja«, rief meine Mom, als ich die Haustür aufmachte, die Klinke noch in der Hand. »Los geht's.« Ich machte einen Schritt zurück auf die Veranda, und die gesamte

Familie strömte aus dem Haus an mir vorbei nach draußen. Onkel Mike, Tante Ellie, Dad, Trevor. Und Ani. Es folgte meine Mom, die die Haustür abschloss.

»Ich fahre mit Ani«, verkündete Mom.

»Ich auch.« Tante Ellie küsste Onkel Mike und lief gleich darauf los zu Anis SUV.

»Wir sehen uns auf der anderen Seite«, sagte Ani an Trevor gewandt, und ihre Stimme bebte.

»Du wirst deine Sache ganz toll machen«, versicherte er ihr und zog sie in eine innige Umarmung.

Auf der Veranda, unterwegs zu ihrem Wagen, kam sie an mir vorbei. Sie sah mich jedoch nicht mal an. Fast hätte ich den Arm gehoben und sie zurückgehalten. Stattdessen kreuzte ich Trevors Blick und ballte die Hände an meinen Seiten zu Fäusten.

»Ich werd mit meinem Truck fahren, dann kann ich morgen früh wieder zurück«, warf Trev ein.

»Dann fahr ich mit«, beschloss Mike und spazierte los.

Mein Dad sah mich an. »Tja, sieht so aus, als wären wir zwei beide übrig. Nehmen wir meinen?«

Ich nickte, folgte ihm zu seinem Truck und stieg auf der Beifahrerseite ein.

Die Fahrt, bei der wir Ani die gesamte Strecke bis rauf nach Seattle folgten, zog sich hin. Dad schwieg, wir hörten den Countrysongs zu, die aus seinem Radio kamen, und ich war wirklich froh darum. Ich wusste nicht sicher, ob ich verständliche Worte hätte hervorbringen können. Meine Hände schwitzten so schlimm, dass feuchte Stellen auf den Schenkeln meiner Jeans zurückblieben, als wir endlich beim Krankenhaus ankamen. Als wir schließlich den Truck parkten, zitterte ich am ganzen Körper.

»Hey«, rief Dad mir zu, als er die Wagentür öffnete und ich wie angewurzelt sitzen blieb. Ich machte keine Anstalten, mich abzuschnallen. »Alles okay?«

»Ja.« Ich nickte stockend und starrte auf die Betonmauer vor dem Truck.

Dad zog die Tür wieder zu und lehnte sich in seinem Sitz zurück. Mit einem Kopfschütteln gebot er jemandem, der draußen ans Seitenfenster kam, Einhalt.

»Willst du mir verraten, warum du hier sitzt und dich keinen Millimeter rührst?«

»Mir geht's gut.«

»Weißt du«, sagte er nach einer Weile und machte es sich in seinem Sitz bequem, »als Katie geboren wurde, war ich ein Nervenbündel.«

Ich antwortete nicht.

»Du würdest nicht glauben, wie ich gezittert und geschwitzt habe. Eine von den Krankenschwestern musste mir am Ende das Oberteil von so einem OP-Kittel bringen, weil ich mein T-Shirt von oben bis unten nass geschwitzt hatte.« Er lachte angesichts der Erinnerung.

Ich blieb still.

»Ist normal, nervös zu sein.«

Keine Reaktion von mir, immer noch nicht.

»Es wird alles gut werden, Abraham«, redete Dad mir leise zu, worauf sich meine Kehle verengte.

»Wenn was passiert, wird Ani daran zerbrechen«, presste ich hervor, den Blick immer noch stur zur Windschutzscheibe hinaus gerichtet.

»Es wird nichts passieren.«

»Das weißt du nicht«, sagte ich so leise, dass ich nicht sicher wusste, ob er mich verstand.

»Okay, sagen wir, es stimmt, und es gibt Probleme«, wähnte er.

Ich riss den Kopf zu ihm herum.

»Willst du in dem Fall hier drin hocken, wenn es passiert, oder da drin an ihrer Seite sein?«

Ich machte mich am Gurt zu schaffen, stieß die Tür auf und hörte kaum mehr, wie er murmelte: »Dachte ich es mir doch.« Dann warf ich auch schon die Tür des Trucks hinter mir zu.

»Wo muss ich hin?«, fragte ich und sah mich verwirrt im Parkhaus um.

»Komm, die Fahrstühle sind hier.« Ich folgte ihm zu den Aufzügen, dann durch das Krankenhaus und zu einem weiteren Fahrstuhl, der uns schließlich zur Geburtsstation hinaufbrachte. Alle warteten.

Ich suchte den Wartebereich nach Ani ab, fand sie aber nirgends.

»Ani ist im Krankenzimmer geblieben, um bei ihrer Schwester zu sein«, erklärte uns Mom, die herauskam, um Dad einen Kuss zu geben. »Noch kein Baby bis jetzt.«

Ich sagte kein Wort und ging lediglich zur gegenüberliegenden Wand, wo ich mich in einen leeren Stuhl fallen ließ und die zitternden Fäuste vor mir zusammenballte, während ich gleichzeitig versuchte, meine Umgebung auszublenden.

Es dauerte Stunden, bis wir etwas Neues hörten. Laut Mom brauchte es bei den ersten Kindern erfahrungsgemäß etwas länger, bis sie auf die Welt kamen.

Eine andere Familie kam in den Wartesaal und setzte sich als kleines Grüppchen zusammengeschart nebeneinander. Sie sahen aus wie eine Mom, ein Dad und ihr jugendlicher Sohn. Sie baten nicht um Auskunft bei den Schwestern, sondern saßen einfach nur da, schwiegen und warteten.

Dann, endlich, kam Ani den Stationsflur hinunter, den Blick zu Boden gerichtet.

Alle fuhren wir von unseren Sitzen hoch.

Sie hatte uns fast erreicht, als sie schließlich den Kopf hob. Das Gesicht, aus dem sie uns ansah, zwang mich beinahe in die Knie.

»Es ist ein Mädchen«, verkündete sie. Tränen rannen an ihrem lächelnden Gesicht hinunter. »Und sie ist wunderschön.«

Meine Mom trat vor und nahm Ani fest in den Arm. Sie flüsterte etwas, und Ani nickte, den Kopf an ihre Schulter geschmiegt. Schließlich ließ Mom von ihr ab, und die restliche Familie schwärmte über sie her, lag sich in den Armen, lachte.

Ani strahlte.

Nachdem alle sich ihre Umarmung abgeholt hatten, wandte Ani sich an mich.

»Danke, dass du gekommen bist ...«

Ich ließ ihr keine Gelegenheit, auch nur ein weiteres Wort zu sagen, sondern zog sie in meine Arme. Ich hob sie von den Füßen, als sie ihre Arme um mich schlang.

»Herzlichen Glückwunsch, Mama«, presste ich hervor. Ich saugte den Duft ihres Nackens ein.

»Danke, Abraham«, antwortete sie und streichelte über meine Haare.

»Und, es hat alles gut geklappt?« Ich hielt sie immer noch fest umschlungen.

»Ja, keine Sorge.« Sie ließ ihre Finger weiter über meine Haare gleiten, es beruhigte mich. »Du zitterst ja.«

»Tu ich nicht«, log ich und setzte sie wieder auf den Boden.

»Kannst du Alex anrufen? Ich glaube, Mom ruft gerade Katie an, und Trev hat Hen eine SMS geschrieben.«

»Klar«, sagte ich und nickte völlig bescheuert und unbeholfen.

Sie lachte leicht auf, trat einen Schritt zurück und fuhr sich mit der Hand über das Gesicht, bevor sie mich mit einem breiten Lächeln bedachte. Daraufhin wandte sie sich ab und blickte im Wartesaal umher. Als sie die Familie sah, die eine Stunde nach uns gekommen war, hielt sie inne.

»Marcus?«, fragte sie und ging auf die Leute zu.

»Ja«, sagte der Junge. Die Augen weit aufgerissen, standen er und seine Eltern auf.

»Hey, ich bin Bethys Schwester, Anita.«

»Oh-oh«, stammelte er und richtete sich auf.

»Es ist alles sehr gut gelaufen«, erklärte sie ihm sanft, während er ganz zappelig vor ihr stand. »Bethy hat nach dir gefragt.«

Der Junge schluckte, dann tauschte er einen raschen Blick mit seinen Eltern. Auf ihr Nicken hin rannte er los.

»Zimmer 422!«, rief Anita ihm nach, als er quasi blindlings den Flur hinunterraste.

»Du bist Anita?«, fragte die Mutter des Jungen und nahm Ani genau in Augenschein.

Ich machte einen Schritt auf sie zu, doch Mom hielt mich zurück, indem sie mir die Hand auf den Arm legte.

»Hi«, sagte Ani und streckte die Hand aus, um die Mutter zu begrüßen.

»Ich bin Sue, das ist mein Mann Richard«, erwiderte die Frau. Sie machte keine Anstalten, Anis Hand zu ergreifen.

»Schön, Sie kennenzulernen«, sagte Ani und ließ die Hand sinken.

»Ich bin dir so dankbar«, flüsterte die Mutter, die Augen überfließend vor Tränen. »Wir sind ... ich bin Professorin, und Richard führt sein eigenes IT-Unternehmen. Wir sind einfach ... zu alt, um noch ein Kind großzuziehen.«

Der Vater legte der Frau einen Arm um die Schulter, als diese schluchzte.

»Das verstehe ich«, bekannte Ani mitfühlend.

Meine Mom trat an mir vorbei und gesellte sich zu Ani. »Hi, ich bin Liz, die Mutter von Ani.«

»Hallo.« Sue stockte. »Aber ich dachte ...« Ihr Blick huschte zurück zu Ani.

»Meine Pflegemutter«, stellte Ani klar.

»Oh.« Sue holte erleichtert Luft.

»Wir sind große Befürworter von Adoption«, erklärte Mom, und es war klar, was sie damit sagen wollte. »Ich freue mich wirklich sehr, Sie kennenzulernen, Sue.«

Sue betrachtete meine Mutter eine ganze Weile, dann sah sie sich im Wartesaal um. Ihr Blick heftete sich auf mich, danach auf Trevor. Als sie sich wieder Mom und Ani zuwandte, lächelte sie zaghaft. Das war der Moment, in dem Richards angespannte Schulterhaltung nachgab. Er streckte die Hand aus. »Freut mich sehr, Liz und Anita. Ich bin Richard.«

Ein paar Minuten später hielt ich mein Telefon in der Hand und rief meinen Bruder an, während ich Ani und Mom dabei beobachtete, wie sie mit den Großeltern des Babys Freundschaft schlossen.

»Hallo?«, bellte Alex.

»Hey, Ani wollte, dass ich dich anrufe und dir ...«

»Ist das Baby da?«

»Ja. Es ist ein Mädchen. Mutter und Kind sind wohlauf«, sagte ich gedankenverloren. Sue nahm Ani gerade in den Arm.

Ich riss das Handy vom Ohr, als Alex einen Freudenschrei ausstieß.

»Herzlichen Glückwunsch«, trötete er.

»Ich sag's Ani.«

»Nein, Mann. Das war an dich gerichtet.«

»Was?«, fragte ich, irritiert, dass ich mit ausgerechnet ihm telefonierte, während es doch gerade so aussah, als wäre Ani drauf und dran, wieder in das Zimmer zurückzukehren, in dem ihre Schwester lag.

»Ich wünsche dir alles Gute.«

»Halt bloß die Klappe.«

»Nee, Mensch. Einen kleinen Jungen, da hättest du vielleicht noch widerstanden. Aber ein Mädchen? Du bist erledigt.«

»Meinst du, wir kriegen die Kleine bald mal zu sehen?«, erkundigte sich Trevor bei mir. Es war über eine Stunde vergangen, seit er sich in den freien Stuhl neben mir hatte fallen lassen.

»Weiß nicht.« Ich nestelte an einem losen Faden an der Innennaht meiner Jeans herum.

»Ich muss bald wieder los.«

Ich nickte. Mir stand der Sinn nicht nach einem Gespräch.

Ani wirkte glücklich. Sie war die ganze Zeit zwischen dem Zimmer ihrer Schwester und dem Wartesaal hin und her geflitzt, um leise mit Mom und Tante Ellie zu reden, ehe sie wieder bei Bethy und dem Baby verschwand. Ich wusste nicht, warum es sich so hinzog, warum wir das Baby noch nicht hatten sehen dürfen, und je länger es dauerte, desto nervöser wurde ich.

Trevor knuffte mich hart mit dem Ellbogen in die Seite, und ich riss den Kopf hoch und erkannte, wie er mit dem Kinn auf eine Frau deutete, die den Flur herunterkam, in unsere Richtung.

»Ach du Scheiße«, murmelte ich, als ich sie näher kommen sah. Ihre Haare waren lang und gelockt, und sie trug die engsten Jeans, die ich je gesehen hatte, aber das war nicht der Grund, weshalb mein Magen sich zusammenzog.

Die Frau sah aus wie Ani.

Sie tippte etwas in ihr Handy, doch als sie den Wartesaal erreicht hatte, hob sie den Kopf und sah umher. Ihre Miene verzog sich, als habe sie einen faulen Geruch in der Nase, als sie in die Richtung schritt, in der meine Mom immer noch mit Sue und Richard zusammensaß.

»Das Miststück, die hau ich um«, presste Trevor gedämpft hervor und rutschte auf seinem Stuhl vor.

Mein Magen hob sich, als ich begriff, dass sie gar nicht jetzt erst im Krankenhaus eintraf, sondern aus Bethys Krankenzimmer gekommen war. Das hieß, Bethy war stundenlang mit dieser Frau in einem Raum gewesen.

»Hi, ich bin Carol, die Mutter von Anita und Bethy«, flötete Anis Mom fröhlich, als sie vor Sue stehen blieb. »Ihr müsst die Eltern von Marcus sein.«

»Hallo«, sagte Sue tonlos.

»Also, ich glaube, Marcus will bei Bethy bleiben, aber ihr könnt ruhig nach Hause gehen, wenn ihr wollt«, schlug Carol vor, gleichgültig gegenüber Sues zusammengekniffenem Mund. »In mehr Schwierigkeiten kann er sie ja jetzt nicht mehr bringen, was?« Carol lachte, und ich sah, wie Mom Sue beschwichtigend eine Hand auf den Arm legte.

»Ich glaube, wir bleiben«, entschied Sue, worauf Richard

nickte. Er sagte kein Wort, aber seine Nasenflügel bebten, während er Carol geringschätzig ansah.

»Okay, na ja. Ich geh dann mal nach Hause.« Sie ignorierte meine Mom völlig, machte auf dem Absatz kehrt und spazierte zur Tür hinaus.

»Miststück«, murmelte ich.

»So vergesslich kann sie doch nicht sein«, schnaubte Trevor.

»Sie wusste ganz genau, wer wir sind«, sagte ich.

»Unglaublich, wie ähnlich sie Ani sieht, oder? Ihr Dad muss echt ein paar lahme Gene gehabt haben.«

»Aber ohne Scheiß.« Ich lehnte mich in meinem Stuhl zurück und warf meiner Mutter ein leichtes Lächeln zu, als sie mich quer durch den Raum hinweg ansah.

»Na ja, wenigstens weißt du jetzt, wie Ani in zwanzig Jahren aussieht. Nicht schlecht.«

»Halt bloß die Klappe.« Ich schloss die Augen und ließ mich mit dem Hinterkopf an die Wand sinken.

Eine Viertelstunde später schoss ich von meinem Platz auf, die Handflächen ein ums andere Mal ganz feucht vor Aufregung, als ich Ani langsam den Flur herunterkommen sah. Sie hielt ein kleines eingewickeltes Bündel im Arm.

Wenn ich nicht gewusst hätte, dass es ein Mädchen war, wäre mir das Geschlecht des Kindes in dieser Unisex-Decke und mit der kleinen Kappe auf dem Kopf ein Rätsel geblieben.

Sie brauchte etwas Rosafarbenes, und zwar schnell.

»Das ist Arielle Elizabeth Martin«, verkündete Ani, als sie uns erreicht hatte.

»Oh«, hauchte Mom, »seht doch mal.«

»Sieben Pfund schwer, zweiundfünfzig Zentimeter groß«, sagte Ani und blickte Sue an. »Möchten Sie sie mal nehmen?«

»Darf ich?«, fragte Sue aufgeregt.

Ani nickte. Sie gab Arielle einen Kuss auf ihr Köpfchen und reichte sie ihrer Großmutter.

Alle starrten auf das Baby, das Sue im Arm hatte, aber ich sah nur Ani an. Sie ließ ihre Hände locker an ihrer Seite hängen, doch mit den Fingern trippelte sie nervös gegen ihre Schenkel. Ich gesellte mich zu ihr und legte ihr sanft eine Hand auf die Lende, um sie zu beruhigen.

Sie hatte ihre Tochter soeben jemandem gegeben, der sie ihr für immer wegnehmen konnte, und ich wusste, dass sie eine Heidenangst haben musste.

»Arielle?«, fragte Sue.

»Ja.« Ani nickte.

»Das gefällt mir.« Sue beugte sich hinunter und küsste Arielle auf den Kopf, schmiegte eine ganze Zeit lang die Nasenspitze an die Haut der Kleinen und saugte den Duft ein. Dann sah sie mit einem fragenden Blick zu ihrem Mann auf. Er schüttelte unmerklich den Kopf.

Ich konnte es ihm nicht verübeln. Die Vorstellung, dieses süße kleine Mädchen im Arm zu halten und es danach wieder hergeben zu müssen, verursachte mir Unbehagen.

»Danke«, wandte Sue sich an Ani und gab ihr Arielle zurück. »Vielen Dank für alles.« Ihr Atem ruckte. »Wir fahren jetzt mal besser heim, damit ihr in Ruhe feiern könnt.«

Ani fing an zu protestieren, doch Sue schüttelte nur den Kopf. »Könntest du Marcus sagen, dass wir gefahren sind, und ihn bitten, uns in ein paar Stunden anzurufen? Ich weiß ...«, sie schluckte mühevoll, »dass er uns brauchen wird, aber ich glaube, er will im Moment bei Bethy bleiben.«

»Natürlich, das machen wir«, schaltete sich meine Mom ein. Sie und Sue umarmten sich.

Dann verabschiedeten sie sich vom Rest von uns, ehe Richard eine in Tränen aufgelöste Sue aus dem Wartesaal geleitete.

Anis verzweifelter Blick suchte meinen.

»Echt eine harte Entscheidung«, gab ich leise zu.

»Meinst du, dass sie …«

»Nein«, unterbrach ich sie entschieden, sicher über das, was sie fragen wollte. »Sie werden ihre Meinung nicht ändern.«

Ani lächelte unter Zittern, dann sah sie von einem zum anderen. »Wer möchte sie halten?«

»Zuerst Bram«, meldete sich Trevor zu Wort und zog die Mundwinkel nach oben.

Dieser Arsch.

»Ja?«, fragte Ani an mich gewandt.

»Äh.« Ich spähte mit größer werdenden Augen zu Mom.

Ich hatte schon eine Menge Kinder im Arm gehalten. Shanes und Kates Kinder hatte ich umhergetragen, da waren sie kaum ein paar Stunden alt gewesen. Es war nichts dabei – echt mal, solange man sie sicher festhielt und das Köpfchen abstützte, konnte man nichts falsch machen. Aber ich wusste, wusste verdammt noch mal ganz genau, dass von dem Moment an, da ich Arielle im Arm halten würde, alles anders wäre.

»Klar«, rang ich hervor, »lass mich nur schnell hinsetzen.«

Dad kicherte. Ich ignorierte ihn und machte ein paar Schritte, um mich in den harten Stuhl fallen zu lassen.

»Da, bitte schön«, sagte Ani leise, während der Rest unserer Familie sich auf die andere Seite des Saals zurückzog.

Sie legte mir das Baby in die Arme.

Ich konnte kaum atmen.

Das hier war Wahnsinn.

Ich hatte doch schon Babys gehalten.

Wieso war ich jetzt …

Arielle regte sich unter ihrer Decke, und ich saugte scharf die Luft ein, als ich in ihr winziges Gesicht blickte.

Sie war wunderschön. Wie kein anderes Baby, das ich je gesehen hatte. Die Haut dunkler als meine, aber nicht so rot wie die meiner Nichte Iris, die Augen mandelförmig, was mit Sue übereinstimmte, die sichtlich von asiatischer Herkunft war. Die Lippen waren gekräuselt, aber der Schwung des Amorbogens deutlich zu erkennen.

Ich zog ihr die Kappe vom Kopf und musste lächeln über das kurze, volle, wollige schwarze Haar.

»Bethy ist halb Afroamerikanerin«, erläuterte Ani, die sich vor mir hinhockte und mit der Fingerspitze sanft über Arielles Kopf streichelte.

»Sie könnte ein bisschen Rosa gebrauchen«, sagte ich beiläufig und betrachtete die hässliche Krankenhausdecke, in die Arielle eingewickelt lag.

»Ja. Vielleicht kann Liz ihr etwas besorgen. Bethy redet gerade mit ihrem Sozialhelfer, und ich würde gern hierbleiben.«

Ich nickte. Ich wollte Ani ansehen, sie beglückwünschen und all das, aber ich konnte meinen Blick einfach nicht von Arielles Gesicht nehmen.

Ich schloss die Knie, wodurch Arielle etwas vorrutschte, und legte das Baby dann auf meine Oberschenkel, damit ich sie auswickeln konnte.

»Es ist kalt hier drin, Bram«, protestierte Ani leise, als ich Arielle aus der Decke wickelte.

»Ich beeile mich«, hauchte ich.

Sie hatte nichts als eine Windel an, und der kleine Stummel an ihrem Bauchnabel sah immer noch ganz holzig aus. Aber darauf achtete ich gar nicht richtig.

Ich hob erst das eine ihrer Füßchen, dann das andere, und

Arielle merkte auf, als ich meinen Finger über ihre Sohlen gleiten ließ und die Zehen zählte, schließlich die langen Finger, die sich um meinen Zeigefinger krümmten.

»Sie hat so lange Finger«, staunte ich.

»Ja.« Ani legte ihre Hand auf mein Knie. »Sie hat auch ein Muttermal, schon gesehen?«

Ich musterte Arielle von Kopf bis Fuß und entdeckte schließlich die etwas dunklere Haut knapp oberhalb ihres Bauchnabels. Die Stelle verlief bis unter ihr Brustbein.

»Sieht aus wie Florida«, sagte ich stumpfsinnig.

»Ja, ein bisschen«, kicherte Ani.

Meine Mom kam zu uns herüber, und auf einmal war ich mir meiner selbst sehr bewusst. Ich wickelte Arielle mit zitternden Fingern sorgsam wieder in ihre Decke und hob sie an meine Brust.

»Darf ich denn jetzt auch mal?«, forderte sie schmunzelnd.

Am liebsten hätte ich Nein gesagt.

»Aber ja«, erwiderte ich stattdessen und nahm das Baby ein letztes Mal in Augenschein. Arielle blinzelte, schlug ihre winzigen Lider auf und nieder, und mein Herz fing heftig an zu schlagen. »Hier.«

Mom nahm die Kleine entgegen. Sie fing an, zu gurren und zu kosen, während ich Ani ohne Vorwarnung oder ein weiteres Wort am Nacken berührte, sie sanft zu mir heranzog und ihr einen Kuss auf die Stirn gab. Dann ging ich.

»Autoschlüssel?«, wandte ich mich an Dad. Fast hätte ich das Wort nicht herausbekommen. Dad nickte und warf mir seine Schlüssel zu.

Ich machte, dass ich hier wegkam.

Kapitel 12

Anita

Mit den unterschriebenen und notariell beglaubigten Papieren war die Sache nun amtlich.

Ich war Mutter.

Ich versuchte, mir nicht anmerken zu lassen, wie aufgekratzt ich war, während ich Bethy in ihrem Krankenzimmer gegenübersaß und wir darauf warteten, dass unsere Mom sie abholen kam. Arielle schlief in einem hellrosa Kindersitz, den Liz mir heute früh gebracht hatte – was sie anbetraf, konnte es losgehen. Ich hingegen brachte es nicht übers Herz, Bethy auf einer Station allein zu lassen, auf der einem von überall Babygeschrei entgegenkam.

»Meinst du, du kannst mich ein bisschen auf dem Laufenden halten?«, fragte Bethy, den Blick auf Arielle gerichtet. »Vielleicht nicht die ganze Zeit, aber, na ja, so ab und zu?«

Ich biss mir auf die Innenseite meiner Wange.

Unsere Mutter hätte hier sein sollen. Sie hätte meine kleine Schwester auf eine Weise trösten sollen, wie ich es nicht vermochte. Ich kannte Bethy einfach nicht gut genug, um die Rolle der großen Schwester zu spielen. Alles, was ich in dieser Hinsicht sagen würde, würde gestelzt klingen, einfach falsch.

»Klar«, erwiderte ich und nickte.

»Ich werde dir nicht auf die Nerven gehen oder so was.«

»Es ist total in Ordnung, Bethy«, erklärte ich sanft.

»Okay.« Sie atmete durch, nickte. »Okay.«

Die Zimmertür ging auf, und beim Aufblicken sah ich Marcus und Richard hereinkommen.

»Hey«, hauchte Marcus und ging schnurstracks zu Bethy. »Ich hab deine Mom angerufen und ihr gesagt, dass wir dich holen.«

»Du kannst ein paar Tage bei uns bleiben, wenn du möchtest«, bot Richard mit seiner tiefen Stimme an. »Dich von Sue ein wenig bemuttern lassen.«

Bethys Augen füllten sich mit Tränen, als Marcus den Arm um sie legte. »Danke«, wisperte sie.

Ihr Blick blieb auf mir liegen, und ich konnte nicht anders, als aufzustehen, das Zimmer zu durchqueren und sie sachte auf Hüfthöhe in die Arme zu schließen. »Pass auf dich auf, kleine Schwester«, sagte ich in ihr Ohr und strich ihr mit einer Hand ihre Korkenzieherlocken glatt. »Auf dich wartet Großes, Bethy. Ich weiß, dass es sich im Moment vielleicht nicht danach anfühlt, aber du wirst eine fantastische Frau sein.«

Sie schluchzte ein einziges Mal und schmiegte ihren Kopf an meine Schulter.

»Halt mich auf dem Laufenden, wie es dir geht, und gib den zwei Jungs einen Kuss von mir, ja?«

»Klar.«

Sie machte sich von mir los und ließ sich von Marcus hinausbegleiten.

»Danke, dass Sie sich um sie kümmern«, wandte ich mich an Richard, als die Tür wieder zuklappte.

»Wir kümmern uns im Grunde seit Jahren um Bethy«, erwiderte er finster. »Und wir werden es weiter tun, bis sie uns nicht mehr braucht.«

Ich spürte einen Kloß im Hals und nickte. Ich hatte nicht gewusst, dass Marcus und Bethy schon so lange befreundet waren, aber es machte mich froh, dass es so war. Sie waren nicht einfach irgendein achtloses Teenagerpärchen, das nicht aufgepasst hatte. Sie liebten einander. Es war vielleicht noch keine Erwachsenenliebe – dafür waren beide etwas zu jung –, doch die beiden verband eine tiefe Freundschaft.

Mein Gott, meine Mutter war nur schwer zu ertragen. Die ganze Zeit, als Bethy in den Wehen gelegen hatte, hatte sie an ihrem Handy herumgespielt oder geschlafen. Geschlafen, verdammt noch mal! Als läge ihre Tochter nicht vor Schmerzen gekrümmt auf einem Krankenhausbett und heulte sich die Augen aus.

Mit einem Kopfschütteln hob ich die Tasche auf, die ich für Arielle gepackt hatte.

»Jetzt gibt es nur noch uns beide, Prinzessin«, raunte ich leise und nahm den Kindersitz hoch.

Als ich hinausging, erblickte ich eben noch Marcus und Richard, wie sie die Stationstür durchschritten, eine Krankenschwester an ihrer Seite, die Bethy in einem Rollstuhl nach draußen schob. Ich wartete in der Tür des Zimmers, bis sie weg waren, ehe ich hinaus in den Flur trat.

»Fertig?«, fragte Tante Ellie und gestikulierte aufgeregt mit beiden Händen.

»Es kann losgehen«, antwortete ich lächelnd, während Liz mir Arielles Tasche abnahm.

Die Männer waren ausnahmslos schon am Abend zuvor wieder nach Hause gefahren, aber ich konnte es ihnen nicht verübeln. Jemand musste den Betrieb am Laufen halten, während ich im Mutterschaftsurlaub war, und sie hatten sich bereits die eine Nacht genommen, um Arielles Geburt beizuwohnen. Liz und Ellie wiederum hatten sich geweigert, vorzeitig zu fahren – sie wollten den Heimweg zusammen mit Arielle und mir antreten.

Als ich auf die Rückbank meines Toyotas kletterte und Arielles Kindersitz auf seinem Sockel festklickte, den bereits jemand auf dem mittleren Platz montiert hatte, rutschte mir ein freudig erregtes Lachen heraus, und das Baby horchte auf, bevor es gleich wieder einschlummerte.

Ich war Mutter. Ich hatte eine kleine Tochter.

Es waren vielleicht die schönsten Worte, die ich je gedacht hatte.

»Und hier sind wir zu Hause«, raunte ich, als ich Arielle aus dem Kindersitz hob. »Es ist zwar nicht groß, aber wenn du erst so alt bist, dass dir das auffällt, werden wir bereits irgendwo wohnen, wo es viel geräumiger ist.«

Liz folgte mir auf dem Fuße. Sie lachte, als sie meine Worte hörte.

»Na, stimmt doch«, sagte ich reumütig.

»Dein Haus ist geradezu prächtig«, versicherte Liz mir. »Als wir Katie bekamen, haben wir in einem schrottigen, alten Single-Wide-Caravan gehaust, während wir darauf warteten, dass das Haus fertig wird. Babys scheren sich nicht drum, wo man wohnt, solange sie es warm und sauber haben und regelmäßig gefüttert werden.«

»Du scherst dich aber drum, nicht wahr?«, redete ich Arielle zu, die unser Gespräch sorglos verschlief. »Wollen wir uns mal dein Zimmer anschauen?«

Ich ging den Flur hinunter, während Liz und Ellie über ihre müden Knochen und verspannten Muskeln vom langen Sitzen im Auto jammerten. Was eigentlich eine vierstündige Fahrt hätte sein sollen, hatte sich zu einer gut sechsstündigen Tortur entwickelt, dem dichten Verkehr und meiner kleinen Prinzessin sei Dank. Nach Seattle würde ich jedenfalls so schnell nicht wieder fahren. Mir war schleierhaft, wie Kate und Shane den ganzen Weg von San Diego geschafft hatten, nachdem Iris eben erst auf die Welt gekommen war.

»Und hier ist es auch schon, dein …« Im nächsten Moment fielen mir fast die Augen aus dem Kopf. »Mom«, rief ich, »komm sofort!«

»Was ist denn?« Sie kam durch den Flur gerannt. Nachdem sie einen ausgiebigen Blick ins Zimmer geworfen hatte, rang sie nach Atem.

Die Wände waren immer noch hellgrün, die abgezogenen Dielen schimmerten im Sonnenlicht, das durch die Fenster fiel. Ansonsten aber sah nichts mehr so aus, wie ich es zurückgelassen hatte, ehe ich nach Seattle gefahren war.

Unter dem Kinderbett breitete sich ein großer Webteppich in Rosa und Violett aus. Das weiße Laken, mit dem ich die Matratze bezogen hatte, war verschwunden; an seiner Stelle prangte ein rosafarbenes Laken mit kleinen Herzchen überall. An der einen Wand hing ein riesiges rosafarbenes A aus Holz, an der anderen eine Prinzessinnenkrone. In der Ecke, auf Hüfthöhe, hatte jemand eine Vorhangstange angebracht, an der eine Reihe rosa, lila und gelber Rüschenkleidchen hingen. Ich konnte mir bei keinem davon vorstellen, dass es für Arielle sonderlich bequem sein würde.

Die Farben, die über das gesamte Zimmer verteilt waren, bissen sich fürchterlich.

Ich fand es wahnsinnig toll.

»Was um alles in der Welt?«, staunte Ellie, die sich an Liz und mir vorbeidrängte, um ins Zimmer zu gelangen.

»Kleine Mädchen sollten ein Mädchenzimmer haben«, las Liz von einem kleinen Zettel vor, der oben auf Arielles Kommode klebte – der Kommode, deren Schubladen nun mit lila Kristallknäufen ausgestattet waren anstelle der weißen, mit denen wir sie bekommen hatten. »Willkommen, Arielle. In Liebe: Papa, Onkel Mike, Onkel Trevor und Onkel Bram.«

Ich weinte Freudentränen.

»Also, ihn Onkel Bram zu nennen ist vielleicht nicht die schlaueste Idee«, befand Tante Ellie kichernd. »Das wird spätestens dann seltsam werden, wenn sie in die Grundschule kommt.«

Liz lachte, und im nächsten Moment waren meine Tränen schon wieder getrocknet.

»Ihr wisst schon, dass wir es genau deswegen geheim halten wollten?«, zischte ich auf meinem Weg zum Wickeltisch, um Arielle abzulegen. »Uns war schon klar, dass ihr es niemals auf sich beruhen lassen würdet.«

»Was gibt es auf sich beruhen zu lassen?«, versetzte Liz. Sie bückte sich, nahm eine Packung Windeln heraus und öffnete sie.

»Wir sind nicht zusammen.«

»Im Moment nicht«, vermeldete Tante Ellie, die im Schlafzimmer in alle Ecken flitzte.

»Für immer nicht«, setzte ich dagegen. Ich knöpfte Arielles kleinen Pyjama auf.

»So lange wird er es nicht aushalten«, murmelte Liz, als sie mir eine Windel reichte.

»Ha, wer sagt denn, dass ich ihn zurücknehme?«, fragte ich trotzig und wickelte Arielle. »Er hat sich nun mal entschieden.«

»Bullshit«, brummte Tante Ellie.

»Achte auf deine Ausdrucksweise«, mahnte Liz ihre Schwester.

»Arielle ist das egal, nicht wahr, mein kleines Schätzchen?«, redete Tante Ellie ihr zu, und ich lachte, als Arielle ein leises Stöhnen von sich gab.

»Ich kann noch gar nicht glauben, dass sie wirklich hier ist«, murmelte ich, hob sie auf und schmiegte sie an meine Brust.

»Irgendwann musst du mal schlafen«, bedeutete ich Arielle an einem Morgen in der Woche darauf, als ich gerade die fünfundvierzigste Runde durch mein Wohnzimmer drehte. »Ich meine, Menschen können ohne Schlaf doch nicht überleben. Irgendwann wirst sogar du den Punkt erreicht haben, an dem du nicht länger dagegen ankämpfen kannst.«

Ich war seit zwei Uhr morgens wach und damit beschäftigt, Arielle zu wiegen, zu füttern und zu wickeln, aber nichts davon schien zu helfen. Ich hatte sie sogar in ihre Wiege gelegt in dem Gedanken, sie könnte dort ein wenig für sich sein und wach bleiben, solange sie wollte, während ich schlief. Aber kaum hatte ich sie abgelegt, fing sie zu quaken an wie eine kleine Entc, und ich musste sie wieder hochnehmen.

In den ersten paar Tagen hatte ich gelernt, dass mein Mädchen den direkten Körperkontakt sehr gerne mochte, und so liefen wir beide von der Hüfte aufwärts nackt durch das Wohnzimmer, sie auf meinem Arm, eine kleine Decke in ihren Rücken gebreitet.

»Hey, bist du wach?«, rief Bram von der offenen Haustür her. Ich bibberte sofort.

»Äh.« Ich blickte mich hastig um, fand aber nichts, womit ich mich hätte zudecken können. Meine Haare standen mir wild vom Kopf ab, und ich trug nichts als meinen BH und eine kurze Schlafanzughose. Mist.

»Ich hab den Schlüssel benutzt, den ich habe, um dich nicht zu wecken …« Bram bekam große Augen, als er Arielle und mich sah. »Ich hab Frühstück mitgebracht.«

Ich hätte ahnen müssen, dass jemand vorbeikommen würde. Die anderen hatten sich seit Arielles Ankunft abwechselnd darum gekümmert, mir Essen vorbeizubringen. Aber heute war ich so erschöpft, dass ich daran überhaupt nicht mehr gedacht hatte.

»Und, was machst du?«, fragte Bram grinsend.

»Sie mag es, wenn ich sie streichle und knuddle«, erklärte ich und startete die nächste Runde durchs Wohnzimmer, als Arielle anfing zu jammern.

»Sie klingt wie ein kleiner Vogel.«

»Ja, ein ziemlich lauter kleiner Vogel.«

»Brauchst du Hilfe?«

»Ich mach das schon«, versicherte ich ihm und streichelte ihr mit der Hand über den Rücken. »Wir kommen zurecht.«

»Siehst aber müde aus.«

»Ist das deine Art, mir zu sagen, dass ich vollkommen beschissen aussehe?«

»Nein«, sagte Bram gedehnt, als er sich sein Flanellhemd auszog. »Es ist meine Art, dir zu sagen, dass du müde aussiehst.«

»Sie ist seit zwei Uhr wach«, gab ich zu. Bram schauderte.

»Und gefüttert hast du sie? Und gewickelt?«

»Natürlich«, schnappte ich gereizt. Ich wusste sehr gut, was meine Tochter brauchte. Ich hatte seine Hilfe überhaupt nicht nötig, sondern kam sehr gut ohne … »Was zum …?«, fragte ich, als Bram sich das T-Shirt über den Kopf zog und mit freiem Oberkörper auf mich zuging.

»Reich sie mir mal«, verlangte er und streckte die Hände mit wackelnden Fingern aus.

Ich ließ ihn Arielle nehmen und mit einem Arm zärtlich an seine Brust drücken.

»Setz dich«, flüsterte er, mit dem Kinn zum Sofa deutend.

Ich taumelte hinüber und ließ mich schwerfällig darauf fallen. Ungläubig verfolgte ich, wie er zu mir kam und mir die Tagesdecke über die Schultern legte.

»Ruh dich mal aus.«

»Du musst nicht …«

»Es ist alles gut, Ani. Ich hab gerade nichts zu tun. Leg dich hin und entspann dich. Wir bleiben ganz in deiner Nähe.

»Wenn du meinst«, erwiderte ich. Meine Lider wurden bereits schwer.

»Nun ja, ich bin obenrum bereits nackt, es käme ein bisschen spät, sich jetzt noch anders zu entscheiden«, sagte er amüsiert und wandte sich ab.

Ich machte die Augen zu, und er begann, leise ein Lied zu summen. Ich kannte es nicht und schlief rasch ein, das Geräusch seiner gleichmäßigen, sanften Schritte im Ohr, mit denen er im Wohnzimmer herumging, immer im Kreis.

Als ich ein paar Stunden später erwachte, sah ich, dass Bram und Arielle nicht länger im Wohnzimmer waren. Bram konnte ich leise in der Küche vor sich hin summen hören. Auf Zehenspitzen lief ich ins Bad, um zu pinkeln. Dabei erhaschte ich einen Blick auf mich im Spiegel. Fies. Meine Haare standen chaotisch in alle Richtungen, und ich konnte mit ziemlicher Sicherheit sagen, dass ich mir seit ungefähr zwei Tagen die Zähne nicht geputzt hatte.

Ich ging auf die Toilette, danach wusch ich mir die Haare und putzte die Zähne, sodass ich mir nicht mehr ganz wie eine Landstreicherin vorkommen musste, als ich mir ein frisches T-Shirt überzog. Ich beäugte die Pyjama-Shorts und entschied mich dagegen, sie zu wechseln. Sie waren bequem, und ich wollte sowieso nicht das Haus verlassen.

Als ich in die Küche kam, fiel mir die Kinnlade herunter. Da saß Bram, am Küchentisch, erledigte Papierkram – und trug dabei Arielle in einem Tragetuch vor der Brust.

Meinem Tragetuch.

Dem mit dem Blumenmuster, das ich so verabscheute, aber lächelnd und zähneknirschend akzeptiert hatte, als Ellie es mir auf unserer Einkaufstour gekauft hatte.

»Was machst du denn da?«, fragte ich mit großen Augen. Bram hörte auf zu summen.

»Ein bisschen Arbeit erledigen«, gab er mir achselzuckend zu verstehen. Er taxierte mich von Kopf bis Fuß. »Du siehst besser aus.«

»Und du siehst aus wie ein Trottel«, gluckste ich.

»Ah, das ist die Ani, die ich kenne. Ich dachte, du wolltest mal nachsichtiger mit mir sein.«

»Bestimmt nicht.« Ich machte ein paar Schritte auf ihn zu.

»Mit diesen Tragetüchern muss man vorsichtig sein«, beeilte

ich mich zu erklären. »Wenn man sie nicht ganz genau hineinsetzt, kann sie nicht so gut atmen und …«

»Ihr geht's blendend«, versicherte er mir und lupfte den Stoff, um mir Arielles schlummerndes Gesicht zu präsentieren. »Ich kann fühlen, wie sie atmet, und außerdem hab ich mir ein paar YouTube-Videos angesehen, bevor ich sie reingesetzt hab.«

»Ach, und schon bist du Experte, ja?«, beharrte ich.

Das hier war einfach neu. Dieser übermächtige Drang, jemanden zu beschützen. Meinen Neffen und Nichten gegenüber legte ich diesen Beschützerinstinkt bereits oft genug an den Tag, und auch gegenüber den werten Familien Evans und Harris. Es drohte mich jedes Mal fast zu überwältigen, so unbezähmbar in seiner Heftigkeit.

»Ich würde nie etwas tun, das ihr wehtut«, entrüstete er sich.

»Komm, gib sie mir mal besser«, verlangte ich mit scharfem Unterton und streckte die Arme aus. Ich wusste, dass ich mich verdammt unhöflich verhielt, schien aber nichts dagegen tun zu können. Ich musste sie in meinen Armen wissen.

»Schön«, lenkte Bram ein. Er hob das Tragetuch, sodass es sich in seinem Nacken lockerte, und reichte mir Arielle herüber. Dann zog er sich die Tuchschlinge über dem Kopf aus. Er ordnete die Papiere vor sich zu einem Stapel und klopfte sie bündig.

Sie fühlte sich zu warm an. War sie zu warm? Ich ging zur Couch und legte sie hin, löste sie aus dem Tragetuch und musste feststellen, dass ihre Körpertemperatur völlig normal war. Gut.

»Ich bin dann mal weg«, murmelte Bram. Er schlüpfte in sein T-Shirt und griff sich sein Hemd, das über der Couchlehne hing. »Ihr gefällt das Vibrieren in der Brust, wenn man summt, versuch's mal.«

Damit trat er durch die Haustür und war im nächsten Moment hinaus, die Tür hinter sich geschlossen.

Schwer und mit einem Seufzer der Abscheu vor mir selbst ließ ich mich auf die Couch fallen. Ich hatte mich nicht einmal bedankt.

Ein Teil von mir kam sich niederträchtig vor, aber der andere Teil – der dominantere? – wiederholte immer wieder gebetsmühlenartig denselben Satz:

Legst du mich rein, solltest du dich schämen. Legst du mich noch mal rein, sollte ich mich schämen.

Ich konnte es mir nicht erlauben, mich noch einmal in eine Art Nichtbeziehung mit Bram zerren zu lassen.

Ein paar Stunden später, als ich gerade aus der Dusche stieg, klingelte mein Handy.

Atemlos ging ich ran. »Hallo?«

»Wie ich höre, war Bram vorhin stundenlang bei dir zu Hause«, flötete Kate melodisch und entlockte mir einen Fluch.

»Herrgott noch eins, diese Familie besteht aus einem Haufen Waschweiber«, maulte ich. Ich versuchte gerade, mir die Haare trocken zu rubbeln, das Telefon zwischen Kinn und Schulter geklemmt.

»Na ja, er ist um acht Uhr von der Arbeit weg und war bis zum Mittagessen noch nicht wieder da«, erklärte Kate unschuldig. »Trev hat sich bloß gefragt, ob ich weiß, wo er steckt.«

»Du wohnst in San Diego«, versetzte ich und zog mir umständlich meine Sachen über.

»Das ist doch Haarspalterei«, entschied Kate. »Was ist passiert?«

»Na ja.« Ich zog die Silben in die Länge und stellte mir das ungeheure Grinsen vor, das sich in diesem Moment auf Kates Gesicht ausbreiten musste, während sie darauf wartete, dass ich irgendeine Märchengeschichte zum Besten gab. »Als er hier ankam, bin ich gerade oben ohne durchs Wohnzimmer marschiert.« Meine Stimme erstarb. »Und er fing an zu strippen.«

Am anderen Ende der Leitung herrschte vollkommenes Schweigen.

»Sobald er mit nacktem Oberkörper dastand, ist er zu mir und ... hat sich Arielle genommen, damit ich ein Nickerchen machen kann, während er dieses Körperwärme-Ding durchgezogen hat, dass sie so beruhigt.«

»Oh, Gott sei Dank. Ich hab gerade echt versucht, 'ne gute Freundin zu sein, aber in Wahrheit war ich total angeekelt«, platzte sie heraus.

»Du bist so eine miese ...« Ich lachte.

»Es ist blöd, dass ich so weit weg bin.«

»Ich dachte, du liebst es dort unten bei euch«, sagte ich überrascht.

»Oh, auf jeden Fall«, rief sie gut gelaunt. »Aber ich vermisse euch alle, und ich möchte Arielle doch endlich kennenlernen.«

»Dann solltest du mal zu Besuch kommen.«

»Ich hab gestern Abend mit Shane drüber geredet. Im Moment können wir es uns nicht leisten, alle zusammen zu kommen, also dachte ich, vielleicht fliege ich mal für ein Wochenende rauf oder so.«

»Das wäre so toll«, freute ich mich, ein prüfendes Auge auf Arielle gerichtet. Sie lag in ihrer Wiege und schlief.

»Was läuft da zwischen Bram und dir?«, hakte Kate nach. »Du erzählst mir nie was!«

»Weil es nichts zu erzählen gibt«, erklärte ich und ging aus dem Zimmer zur Couch, um das Baby nicht zu wecken. Oder sollte ich Arielle wecken, damit sie nicht wieder die ganze Nacht wach war? Keines der Babybücher, die ich hatte, wollten einem eine klare Antwort dazu geben. Echt ärgerlich!

»Na ja, schließlich ist er bei dir zu Hause aufgekreuzt.«

»Und gestern war Trev hier, Ellie am Tag davor, deine Mom schneit jeden Tag irgendwann mal vorbei, und sogar deinen Dad sehe ich ab und zu«, sagte ich tonlos.

»Trotzdem ...«

»Nichts trotzdem«, unterbrach ich sie zornig. »Er hat seinen Entschluss mir gegenüber ziemlich deutlich gemacht, Katie, verdammt noch mal. Also lass es, okay?«

Kate schwieg für mehrere Sekunden. »Na gut«, lenkte sie seufzend ein. »Vorerst.«

»Bist du einem schon immer so auf die Nerven gefallen?«

»Ach, bitte«, beschied mir Kate, »du bist viel schlimmer als ich. Du hast Mom erzählt, dass ich schwanger bin, bevor ich es tun konnte.«

»Ich hab mir Sorgen gemacht.«

»Ja, ja, wer's glaubt.«

Zwei Wochen später kam Kate heim nach Oregon und lernte Arielle kennen.

»Oh mein Gott, sie ist so niedlich!«, ließ meine Pflegeschwester verlauten und nahm mir Arielle weg, sobald sie zur Tür reinkam. »Iris war ein süßes Baby, aber Gavin und Keller sahen aus wie kleine Gremlins.«

Ich schnaubte, als sie sich an mir vorbeidrängte. »Freut mich auch, dich zu sehen.«

»Ich bin nicht hier, um dich zu sehen«, erwiderte sie meinen Scherz, während Trevor ihren Koffer hereintrug.

»Schläfst du hier bei mir?«, fragte ich erstaunt.

»Sieht wohl so aus.«

»Na, ich wette, da wird sich Liz aber freuen«, sagte ich ironisch und schloss die Tür.

»Sie müsste gleich hier sein«, gab Kate achselzuckend zurück. »Sie meinte, ihr wäre es egal, schließlich hätte ich die Kinder nicht mitgebracht.«

Lachend folgten Trevor und ich ihr ins Wohnzimmer.

»Wie geht's dir?« Sie legte mir den Arm um die Schulter.

»Gut«, antwortete ich mit breitem Lächeln. »Ach, hast du was von Hen gehört? Er hat mich schon seit Tagen nicht angerufen.«

Mit Alex, Henry und Kate hatte ich fast jeden Tag gesprochen, seit ich Arielle nach Hause gebracht hatte. Nicht nur das, sie lagen mir auch damit in den Ohren, dass ich ihnen Bilder und Videos von Arielle schicken sollte, damit sie sie sehen konnten. Ich wusste, dass sie Heimweh nach Oregon hatten, aber sie alle waren nun erst kürzlich zu Besuch gewesen, sodass es nicht verwunderlich war, dass Kate es als Einzige geschafft hatte vorbeizukommen, um sie persönlich zu sehen.

»Er ist in diesem Ausbildungscamp, von dem er gesprochen hat«, klärte Trev uns auf und gab mir eine spielerische Kopfnuss, bevor er sich neben Kate auf die Couch lümmelte. »Er bleibt noch für eine ganze Woche dort.«

»Ah, richtig.« Ich schnippte mit den Fingern, blickte dann perplex auf meine Hand. Seit wann nahm ich denn ausgerechnet die Gewohnheiten von Onkel Mike an? Er schnippte als Einziger so mit den Fingern.

»Ja«, sagte Trev nickend und schnippte dabei.

»Hör auf.«

»Ich hab kein Wort gesagt.«

»Ihr Kinder«, urteilte Kate und schüttelte den Kopf. »Konzentrieren wir uns lieber auf das einzig Wichtige, nämlich auf mich, wie ich meine neue Nichte im Arm halte. Machst du ein Foto für Arielles Babyalbum, Ani?«

Ich starrte sie entsetzt an. »Was um alles in der Welt ist ein Babyalbum?«

»Das ist ein kleines Buch, in dem du all ihre großen Fortschritte festhältst, zum Beispiel den Moment, in dem ihre Lieblingstante sie zum ersten Mal hält.« Kate sprach geziert langsam, wie zu einer Dreijährigen.

»Was?« Ich war völlig verwirrt.

Trevor brach in Gelächter aus. Seine tiefe Stimme erfüllte den Raum, bis auch Kate und ich einstimmten. Ich wusste nicht mal genau, was so lustig war, doch Trev hatte dieses unfassbar ansteckende Lachen.

»Morgen gehen wir los und kaufen dir eins«, versprach Kate und wischte sich die Tränen aus dem Gesicht.

»Wo steckt meine Lieblingsschwester?«, rief eine Stimme von der Haustür her.

Ich erstarrte.

Seit er vor zwei Wochen aus meiner Tür spaziert war, hatte ich Bram kaum mehr gesehen. Beim Familienessen hatte er Arielle jedes Mal voll in Beschlag genommen, aber mit mir redete er so gut wie kein Wort. Mir war klar, dass ich gemein zu ihm gewesen war, ein richtiges Miststück, ich konnte mich allerdings einfach nicht zu einer Entschuldigung durchringen. Wenn er meinte, tödlich beleidigt sein zu müssen, einfach nur, weil ich eine falsche Bemerkung gemacht hatte, sollte er doch. Von mir aus. War ja nicht so, als hätte er mir gegenüber über die Jahre nicht schon viel fiesere Dinge vom Stapel gelassen.

»Abraham«, trällerte Kate und sprang auf.

»Hey«, sagte er, als er ins Wohnzimmer kam, ein herzliches Lächeln im Gesicht. Er ging zu Katie und umarmte sie, mit Arielle zwischen ihnen beiden. Dann beugte er sich hinunter, um meiner Tochter einen Kuss auf die Stirn zu geben. »Wo ist Mom?«

»Was?«, fragte Kate und löste sich aus der Umarmung.

»Mom hat gesagt, wir machen das Abendessen hier. Ich hab alle Einkäufe hinten in meinem Truck«, stutzte Bram. Und er sah mich an.

»Das ist mir neu«, antwortete ich trocken.

»Mist«, murmelte er. Er hob die Hand und strich sich den Bart.

»Ist schon gut. Trev, beweg deinen Arsch und hilf ihm beim Reintragen«, wies ich Trevor an.

»Seit wann bist du so eine Tyrannin?«, stichelte Trevor von einem Lächeln begleitet, und rappelte sich auf.

»Seit ich Mutter geworden bin«, bekannte ich rotzig und hob die Augenbrauen.

Trevor und Katie lachten, doch als mein Blick den von Bram

kreuzte, bedachte er mich mit einem nachsichtigen Lächeln, die Mundwinkel nur leicht nach oben gezogen.

An diesem Abend war mein Haus erfüllt von Lärm und Gelächter. Etwa eine halbe Stunde nachdem Bram zur Tür hereingekommen war, trafen auch Ellie, Mike, Liz und Dan ein. Die Frauen machten sich daran, das Essen zuzubereiten. Das Baby wurde herumgereicht, und alle weigerten sich standhaft, mir die Kleine wiederzugeben, bis ich nicht mindestens meinen Teller leer gegessen hatte. Dann, als sie sich selbst ans Essen machten, bekam ich schließlich wieder die Gelegenheit, sie zu knuddeln.

Alle blieben bis in den späten Abend, wir lachten und scherzten, während Ellie und Liz sich entgegen meines Protests nicht davon abbringen ließen, das Haus zu putzen. Am Ende ließen sie sogar Wasser ins Küchenspülbecken ein und badeten Arielle, wobei sie mindestens eintausend Fotos von ihrem missmutigen Gesicht machten.

Nachdem alle bis auf meine Pflegeschwester sich wieder auf den Heimweg gemacht hatten, rollten Katie und ich uns mit Arielle in der Mitte auf meinem Bett zusammen.

»Nun, wie läuft es denn so?«, fragte Kate in ernstem Ton. Sie spielte mit Arielles kleinen Händen.

»Gut«, sagte ich und nickte leicht. »Ich bin eigentlich die ganze Zeit müde, und generell rieche ich wie ein Ziegenbock, weil ich nie Zeit habe zum Duschen – aber ich würde es gegen nichts in der Welt eintauschen wollen.«

»Das kenne ich«, sagte Kate und verdrehte die Augen. »Shane kommt von hinten an mich heran, nach dem Motto *Lass uns loslegen*, und ich sag zu ihm: ›Ich hab seit drei Tagen nicht geduscht, mein Lieber. Glaub mir, so willst du mir da unten nicht nahe kommen.‹«

Ich kicherte, mein Glucksen ließ das Bett wackeln und schreckte Arielle auf, die ihre Hände und Füße gerade in die Luft reckte. »Na ja, wenigstens darum muss ich mir keine Sorgen machen.«

»Läuft immer noch nichts mit Bram?«, fragte Kate leise.

»Wieso reitest du nach wie vor darauf herum?«, verlangte ich eine Antwort.

»Weil ich gesehen habe, wie er dich den ganzen verdammten Abend lang angeschaut hat«, erwiderte sie. »Und wann immer er dich nicht angeschaut hat, hat er denjenigen angeschaut, der gerade Arielle im Arm hatte, als wollte er ihm den Kopf abreißen, falls er auch nur eine leichtfertige Bewegung macht.«

»Das bildest du dir ein.«

Kate seufzte. »Okay, ich bin ja schon ruhig.«

»Danke.«

»Aber ...«

»Oh, sieh mal einer an«, sagte ich trocken, während ich mich auf den Rücken drehte. »Du hast noch mehr zu sagen.«

»Bitte ... gib ihn noch nicht auf.«

»Kate.« Ich schüttelte den Kopf. »Es ist jetzt schon über einen Monat her. Der Gaul ist tot, und du reitest ihn immer noch.«

»Das ist doch total lächerlich. Wieso sollte irgendjemand auf einem toten Pferd reiten?«, fragte Kate angewidert.

»Eben.«

Am nächsten Morgen standen Ellie und Liz in aller Frühe bei mir vor der Tür. Sie brachten bergeweise Donuts und Kaffee mit, und anschließend scheuchten sie uns regelrecht aus dem Haus, indem sie uns mit Gutscheinen fürs Kino und den Schönheitssalon eindeckten. Arielle übernahmen sie, sodass Kate und ich mal ein wenig unter Leute kamen.

Zuerst wollte ich nicht, doch spätestens als wir in den Salonsesseln saßen und ein Fußbad inklusive Fußmassage genossen, wurde mir klar, wie sehr ich eine Auszeit gebraucht hatte. Es fiel mir schwer, mich von Arielle loszueisen, egal für wie lange, aber es fühlte sich gleichzeitig auch toll an, mal wieder aus dem Haus zu kommen und in Ruhe mit meiner besten Freundin zu quatschen. Es war mir ein Rätsel, wie Kate es schaffte, sich um fünf Kinder zu kümmern; bei mir reichte schon ein einziges, um mir das Gefühl zu geben, dass ich den Verstand verlor. Alles war praktisch an mir vorübergezogen, von Terminen bis hin zum letzten Mal Haare kämmen.

Als Kate am Sonntag wieder nach Hause fuhr, verabschiedete ich mich unter Tränen von ihr. Ich wusste doch, dass sie wieder zurück zu ihren Kindern wollte. Shane war bereits auf dem Weg zu seinem nächsten Einsatzbefehl, und obwohl ihre Nachbarin es toll fand, so viele Kinder um sich zu haben, machte Kate sich nur zu gerne wieder auf den Rückweg. Sie mochte es nicht, ohne die Kids zu sein, und zum ersten Mal in meinem Leben verstand ich es vollkommen.

Manchmal frage ich mich, ob dieses Wochenende mit ihr Gottes Art war, mich auf das vorzubereiten, was danach geschah. Eine Atempause, damit ich ausgeruht und bei Kräften war, sobald es darauf ankommen würde.

Kapitel 13

Abraham

Ich war verliebt. Hals über Kopf bis über beide Ohren unsterblich verliebt. Und das Objekt meiner Zuneigung war ein kleines Mädchen, das nicht mal vier Kilo auf die Waage brachte.

Ich wusste nicht, wie es dazu gekommen war, aber in der Sekunde, da ich sie im Krankenhaus im Arm gehalten hatte, hatte es Klick gemacht. Sicher, ich liebte auch die Kleinen von Katie und Shane. Ich liebte sie, seit sie das Licht der Welt erblickt hatten, und ich hätte alles für sie getan. Aber bei Arielle war es trotzdem noch einmal etwas ganz anderes.

Was ich für sie empfand, ging tiefer als all das. Es veränderte mich. In meinen Gesprächen mit den anderen konnte ich es kaum abwarten, bis jemand sie erwähnte. Ich sorgte dafür, stets ein paar Worte mit derjenigen Person zu wechseln, die Ani am jeweiligen Tag besucht hatte, um zu hören, was auch immer sie erzählen wollten. Nachts konnte ich stundenlang nicht einschlafen, zermarterte mir den Kopf darüber, ob Ani sie auch richtig ins Bettchen gelegt hatte oder sie wieder die ganze Nacht wach war, ohne dass ich es mitbekam. Und wann immer ich mich mit Arielle im selben Zimmer aufhielt, konnte ich nicht aufhören, sie immer wieder anzusehen, ganz egal, wer sie gerade hielt, nur um mich zu vergewissern, dass es ihr gut ging.

Auf dem Handy hatte ich bereits Tausende Bilder von ihr gespeichert.

Nichts von alldem hatte ich gewollt. Ich hatte mit allen Mitteln dagegen angekämpft.

Nachdem ich an jenem Tag das Krankenhaus verlassen hatte, war ich stundenlang in der Gegend herumgefahren, um einen klaren Verstand zu bekommen – doch nichts half. Sie hatte sich in mein Herz eingegraben, allein dadurch, dass sie auf der Welt war, und das jagte mir eine Riesenangst ein.

Ich wollte keine Kinder. Die Vorstellung, Vater zu sein, verursachte mir eine Gänsehaut, da es mich an meine leibliche Mutter erinnerte. Sie war, wie sollte ich es anders sagen, wunderschön gewesen. In jeder nur erdenklichen Weise.

Viele der Kinder, die ich im Vermittlungsprogramm kennengelernt hatte, stammten aus echt beschissenen Elternhäusern, mit Eltern, die noch schlimmer waren als die von Ani. Meine Mutter dagegen war nie etwas anderes gewesen als perfekt. Bei Alex und meiner Geburt war sie Single gewesen, doch sie hatte sich abgerackert und einen Job nach dem anderen angenommen, um dafür zu sorgen, dass es uns an nichts fehlte. Als wir ganz klein gewesen waren, hatte sie in einer Kita gearbeitet und uns einfach dorthin mitgenommen. Als wir in die Schule gegangen waren, hatte sie bei einer Reinigungsfirma angefangen.

Doch dann war einiges schiefgelaufen. Dinge, die ich mit meinen fünf Jahren nicht richtig hatte begreifen können, und schließlich, an Alex' und meinem siebten Geburtstag, war sie tot.

Da hatte ich gewusst, dass ich nie selber Kinder würde haben wollen.

Ich umklammerte verkrampft das Lenkrad meines Trucks, als ich in die Garage meines Reihenhäuschens fuhr. Es gab keinen Grund, das alles noch einmal durchzukauen. Es war, wie es war. Mir stand der Sinn immer noch nicht nach Kindern, aber diese Entscheidung änderte nicht im Mindesten etwas an meinen Gefühlen für Arielle.

Beide Wahrheiten bildeten einen Widerspruch in mir, den ich niemals kapieren würde.

Ich stieg aus dem Truck und schloss die Tür hinter mir, die von der Garage direkt nach drinnen führte. Ich starrte vor Schmutz.

Ich hatte den ganzen Tag damit zugebracht, Holzfällarbeiten zu beaufsichtigen, die im Auftrag der Firma liefen, und kam quasi von Kopf bis Fuß eingedeckt mit Schlamm und Blättern nach Hause. Auf der Fahrt hatte ich mir sogar noch kleine Zweige aus den Haaren gezogen. Ich brauchte eine Dusche, bevor ich an irgendetwas anderes denken konnte.

Zwanzig Minuten später trocknete ich mich gerade in Ruhe ab, als das Handy klingelte, das ich aufs Bett geworfen hatte.

Gespannt ging ich ran. »Hallo?«

»Hey, Kumpel. Ich brauche dich hier zu Hause.« Die Stimme meines Dads klang heiser.

»Was ist denn?«, fragte ich. Ich musste mich quasi den Kopf voran in den Stapel mit Anziehsachen stürzen, der sich auf meiner Kommode auftürmte. Irgendwas Schlimmes war passiert, das hörte ich an seinem Ton, an den Pausen zwischen seinen Worten, sogar an der Art, wie er atmete.

»Das sage ich dir, wenn du hier bist«, beschied er mir streng. »Ich möchte, dass du zuerst Ani und Arielle abholst und dann direkt zu mir fährst.«

»Weiß Ani denn …«

»Ich werde sie anrufen und ihr sagen, dass du kommst«, unterbrach mich Dad gefasst. »Ich will nicht, dass sie sich aufregt und sich selbst ans Steuer setzt. Fahr vorsichtig, aber beeil dich, okay?«

»Okay.« Ich schlüpfte in eine Jeans und ließ die Unterhose einfach weg.

»Hab dich lieb. Bis gleich.« Er legte auf, bevor ich noch etwas sagen konnte.

Binnen drei Minuten saß ich wieder in meinem Truck und war auf dem Weg zu Ani, um sie und die Kleine zu holen.

Als Ani die Tür aufmachte, bestürmte sie mich aufgebracht: »Weißt du, was los ist?«

Ihre Haare tropften noch; anscheinend kam sie eben aus der Dusche.

»Keine Ahnung«, murmelte ich und legte ihr die Hand auf die Brust, um sie wieder nach drinnen zu bugsieren. »Mach dir erst mal deine Haare trocken.«

»Nein, schon gut«, entgegnete sie und zog sich einen Pulli an, der über der Couch hing. »Dad meint, wir sollen uns beeilen.«

Sie machte sich auf in Richtung Schlafzimmer, wo ich Arielle durch die offene Tür friedlich in ihrer Schaukel schlummern sah. Ich fasste sie mit angewinkeltem Arm um die Hüfte, um sie zu stoppen.

»Rubbel dich einfach fix mit einem Handtuch ab, Baby«, wies ich sie an. Ich stand zu ihr gebeugt, sodass ich ihr direkt ins Ohr flüstern konnte. »Ich setze Arie in den Kindersitz, und schon können wir los.«

Auf meine Berührung hin hielt Ani still. Sie seufzte ergeben. Schließlich nickte sie, machte sich von mir los und trat den Rückweg den Flur hinunter an.

Sobald sie weg war, ging ich zur Schaukel und hob Arie heraus. Sie wog bereits ein gutes Stück mehr, und ein Lächeln regte sich in meinen Mundwinkeln, als ich umgreifen und die Hände unter ihren kleinen Körper nehmen musste, um sie sicher zu halten.

»Zeit für einen kleinen Ausflug zu Oma und Opa.« Ich trug sie zu dem rosa Kindersitz, den ich für sie gekauft hatte, als sie noch im Krankenhaus gewesen war. Ich hatte ihn zufällig in irgendeinem Laden gefunden, auf der Suche nach einem Ladegerät für mein Handy, und mir war klar gewesen, dass sie einen brauchen würde. Nach dem Kauf hatte ich ihn zu Mom gebracht und sie gebeten, ihn Ani zu schenken, denn mein Impulskauf war mir hinterher peinlich gewesen. »Mama holt dir noch eine Decke, damit du es warm und kuschelig hast«, versprach ich Arielle, während ich sie anschnallte und die Gurte auf die richtige Länge einstellte, wie ich es mir in einem Video auf dem YouTube-Kanal der örtlichen Feuerwache angeschaut hatte.

»Hier.« Ani kam und warf mir eine helle lilafarbene Decke zu. »Pack du sie schön ein, und ich hol ihren Muttermilchersatz und ein paar Windeln.«

Wenige Minuten später waren wir schon aus dem Haus und auf dem Weg. Ich fuhr Anis SUV zum Haus meiner Eltern. Ani saß unruhig neben mir auf dem Beifahrersitz.

»Hey.« Ich legte ihr die Hand aufs Knie. »Ganz ruhig, okay?«

»Was zur Hölle könnte es sein? Es muss schon was Ernstes sein, wenn Dad dich extra bittet, mich zu holen.« Sie verschränkte ihre Arme vor der Brust.

»Ich hätte dich sowieso abgeholt«, gab ich ihr murmelnd zu verstehen und nahm die Hand von ihrem Knie, um das Tempo der Scheibenwischer raufzustellen. Es goss in Strömen. Das, in Kombination mit dem dunklen Himmel, sorgte dafür, dass die Straße fast nicht mehr zu sehen war. »Bei dem Wetter.«

»Ich kann ja wohl bei Regen Auto fahren«, stellte sie klar.

Ich gab keine Widerworte. Das Letzte, was ich momentan mit Ani wollte, war, einen Streit vom Zaun zu brechen. Viel lieber wäre ich rechts rangefahren und hätte sie auf meinen Schoß gezogen, um sie zu spüren. Ich wollte, dass sie mit ihren Händen durch meine Haare streichelte, während ich mein Gesicht an diese süße Stelle zwischen ihrem Nacken und ihrer Schulter schmiegte, an der sie immer so verflucht gut roch.

Ich verlor vor Angst fast den Verstand, und je länger die Fahrt zu meinen Eltern dauerte, desto größer wurde diese Angst. Ich erlaubte mir nicht, Vermutungen anzustellen. Ich wollte keine Liste all der schrecklichen Möglichkeiten erstellen, die Dad dazu bringen mochten, uns mit dieser furchtbaren, brüchigen Stimme in sein Haus zu bestellen.

»Ich hole Arie. Geh du ruhig schon rein«, sagte ich, als wir in der schlammigen Kiesauffahrt vor dem elterlichen Haus anhielten. Immer noch stürzte der Regen herab, ein Wolkenbruch, und mir war es lieber, wenn ich durchnässt wurde, während ich das Baby aus dem Kindersitz holte, als wenn es Ani traf.

Sofort umklammerte Ani meine Hand, und ich sah sie verblüfft an.

»Ich will da nicht ohne dich rein«, presste sie hervor, die Augen panisch geweitet.

Meine Kehle verengte sich, und ich schnallte mich mit der freien Hand ab, um besser an sie ranzukommen.

»Okay, Baby«, sagte ich mit beruhigender Stimme. Ihre Fingernägel bohrten sich in meine Hand. »Du rutschst auf meine

Seite, und sobald ich Arielle raushabe, springst du zu uns raus, ja?«

Sie nickte eifrig und rutschte zu mir. Dabei hielt sie meine Hand weiterhin fest.

Ich entwand mich ihren Fingern und sprang aus dem Wagen. Mein Mantel war augenblicklich patschnass, als ich die hintere Tür aufzog. Man brauchte nur eine Sekunde, um Arielles Kindersitz von seinem Sockel zu lösen, aber das genügte schon, dass mein gesamter unterer Rücken durchnässt wurde und ich fühlen konnte, wie mir der eiskalte Regen innen an den Beinen meiner Jeans hinabrann. Ich zog die kleine Schutzhaube am Kindersitz über Arielle, damit sie geschützt war, und nahm sie aus dem Wagen. Im selben Atemzug schnappte ich mir die Wickeltasche.

Dann rannten wir alle gemeinsam zum Haus.

Dad öffnete die Tür, als wir die Veranda erreichten. »Hallo zusammen.«

»Was ist passiert?«, wollte Ani hektisch wissen, und ich schob sie erst einmal richtig nach drinnen.

»Lasst uns ins Wohnzimmer gehen«, erwiderte Dad nur. Er hatte kaum den Satz beendet, da sah Ani mich auch schon kurz an und ging hinein, sodass wir im Eingangsbereich zurückblieben.

»Das Baby nehme ich«, forderte Dad, ein müdes, halbherziges Lächeln auf den Lippen.

»Um nichts in der Welt, ich hab sie gerade bekommen.« Ich stellte Arielles Kindersitz ab und hob sie heraus.

Dann folgte ich ihm ins Wohnzimmer. Ich erstarrte, als ich Moms bleiches, tränenüberströmtes Gesicht sah. Sie riss sich zusammen – aber nur mit äußerster Mühe.

»Alex?«, rang ich mir den Namen meines Bruders ab, indem ich Dad ansah.

»Alex geht es gut«, versicherte er mir und drückte meine Schulter.

Daraufhin nahm er mir Arielle aus dem Arm, und ich wusste einfach, dass wir jemanden verloren hatten.

»Tante Ellie und Onkel Mike«, begann Mom tränenerstickt. »Die Marines waren heute bei ihnen.«

»Shane?«, fragte Ani mit panischem Blick.

»Henry«, berichtigte Dad gepresst.

Ich brauchte eine Sekunde. Mir gelang es nicht zu realisieren, was sie da sagten. Ich bin nicht sicher, ob es der Schock war oder ob der menschliche Verstand einfach etwas Zeit braucht, um schwerwiegende Neuigkeiten zu verarbeiten. Doch in dem Moment, in dem ich noch versuchte zu begreifen, was sie uns soeben mitgeteilt hatten, brach Ani bereits zusammen.

Sie starrte mich kreidebleich an, und ich konnte sie gerade noch auffangen, ehe sie umkippte.

»Was?«, krächzte sie.

Ich ließ sie vorsichtig zu Boden und nahm sie zwischen meine Knie.

»Nein. Ich hab vor zwei Wochen noch mit ihm gesprochen. Er macht dieses Training.«

»Irgendetwas ist schiefgelaufen«, erklärte Mom mit sich überschlagender Stimme. Sie hob beide Hände, die Handflächen nach oben gestreckt, als würde auch sie nicht begreifen, was vor sich ging.

»Was?«, schrie Ani. »Er macht sein *Training!*«

Mom vergrub das Gesicht in ihren Händen und begann zu weinen, und da verkrampfte alles in mir. Es fiel mir schwer, Luft zu kriegen. Zu denken.

»Er hat das Training mitgemacht, Bram. Mehr nicht«,

weinte Ani. Ihre Augen flehten mich an, es wiedergutzumachen.

»Wo sind Tante Ellie und Onkel Mike? Wo ist Trev?«, fragte ich Dad, der sich neben Mom setzte und ihr über den Rücken streichelte.

»Mike hat Ellie ein Beruhigungsmittel von ihrem Arzt besorgt. Sie wird die Nacht nichts mitbekommen«, presste er zwischen den Zähnen hervor. »Trev ist weggefahren. Weiß nicht, wohin.«

Ich nickte, schloss meine Arme fester um Ani, die leise zu weinen anfing.

»Habt ihr …« Ich räusperte mich, machte sekundenlang die Augen zu, um mich wieder zu sammeln. »Habt ihr Alex und Katie schon erreicht?«

»Deine Tante und dein Onkel haben Katie angerufen, damit sie Shane eine Rotkreuz-Nachricht übermitteln können«, sagte Dad mit einem Nicken. »Bevor ich Alex anrufe, wollte ich erst warten, bis du hier bist.«

Scheißdreck. Katie drehte wahrscheinlich gerade durch, ganz allein in San Diego. Shane und sie waren mittlerweile ein eingespieltes Team, aber für etwas wie das hier konnte niemand irgendwelche Vorkehrungen treffen. Es war der denkbar schlimmste Zeitpunkt für Shane, auf Auslandseinsatz abkommandiert zu sein. Man konnte nur hoffen, dass das Rote Kreuz des US-Militärs sein Übriges tat und ihn so rasch wie möglich nach Hause schickte.

Anis Schultern bebten, als sie zitternd nach Atem rang. Sie machte sich von mir los und stand auf. »Du musst Alex anrufen«, sagte sie schroff. Sie wischte sich die Tränen ab und griff nach Arielle, doch Mom legte ihr sanft eine Hand auf den Arm, um sie zurückzuhalten.

»Ob ich sie bitte noch einen kleinen Moment länger halten darf?«, fragte sie.

»Aber ja.« Ani lächelte sanft, ihre Wange fiel in sich zusammen, und ich wusste, dass sie sich von innen darauf biss.

Dad und ich verließen das Wohnzimmer. In der Küche vor der Anrichte blieben wir stehen.

»Komm her, Kumpel«, verlangte er und zog mich sanft an seine Brust.

Seit ich vierzehn Jahre alt war, überragte ich ihn an Körpergröße und auch an Breite. Doch als er jetzt die Arme um mich schlang, fühlte ich mich wieder wie der ängstliche Neunjährige, der ich gewesen war, als ich das erste Mal dieses Haus betreten hatte. Er war der einzige Dad, den ich je gekannt hatte, und mit den Jahren, die ich älter wurde, waren die Umarmungen zu einem gelegentlichen Schulterdruck oder einer flüchtigen Verabschiedung samt Klaps auf den Rücken geworden.

Es war Jahre her, seit er mich so umarmt hatte.

»Es ist alles gut, Junge«, murmelte er, als ich zu beben anfing. »Es wird alles werden.«

Henry lebte schon so lange bei Tante Ellie und Onkel Mike, wie ich bei Dan und Liz lebte. Wir beide waren im selben Jahr in unsere Familien aufgenommen worden, und obwohl er fünf Jahre jünger und als Kind die absolute Nervensäge gewesen war, hatte ich ihn immer geliebt. Er hatte so zerbrechlich gewirkt am Anfang, ein Vierjähriger mit blauen Augen, die für sein Gesicht zu groß wirkten, und weißblondem Haar, das am Pony immer gerade hochstand.

Trevor, Katie, Alex und ich hatten auf unseren kleinen Spaßvogel aufgepasst. Mehr als einmal badeten wir es aus, wenn er Scheiße gebaut und sich dabei wehgetan hatte, bekamen Ärger, weil wir nicht auf ihn achtgegeben hatten. Er war unser kleines Maskottchen. Unser zu Reisekrankheit neigender Mitläufer.

Ich konnte mir keine Welt ohne ihn vorstellen.

»Wir müssen Alex anrufen«, sagte ich schließlich. Ich strich mir von oben mit der Hand über den Bart und löste mich von Dad. »Willst du oder soll ich?«

»Das ist deine Entscheidung, Abraham«, sagte Dad. »Deine Mom und ich würden es dir niemals aufbürden wollen, aber wir ... zum Teufel, wir dachten, du wolltest vielleicht derjenige sein, der es ihm sagt.«

Ich nickte. Ich verstand voll und ganz, wovon er sprach. Er wollte nicht, dass die Pflicht, Alex zu benachrichtigen, auf meinen Schultern lastete, doch mir war klar, dass die Entscheidung von mir selbst kommen musste. Wir waren zwei Seiten derselben Medaille, und auch wenn wir unseren gemeinsamen Eltern sehr nahestanden, gab es keine zwischenmenschliche Beziehung auf der Welt, die so innig gewesen wäre wie die von Alex und mir.

»Hi, Bruder!«, meldete sich Alex nach ein paarmal Klingeln. »Hier ist es schon ziemlich spät, weißt du das? Zeitverschiebung und so weiter.« Er lachte, und ich musste mich an der Arbeitsplatte der Anrichte festhalten.

»Alex«, hob ich mit gepresster Stimme an.

In dem Augenblick wurde mein Bruder vollkommen still. Ich hörte ihn nicht einmal mehr atmen.

Während ich um Fassung rang, fragte er plötzlich rundheraus: »Wer ist es?«

»Henry«, sagte ich.

»Ah, Fuck!«, zischte er.

Ich hörte einen lauten Schlag, schwieg aber und ließ ihn fluchen.

»Verfluchter Scheißdreck!«, schrie er. Es folgten weitere Schläge.

Ich blieb in der Leitung, lauschte nur, damit er es rauslassen konnte. Ich hasste es, zuhören zu müssen, wie er die Fassung verlor. Und es machte mich fertig, dass er so weit weg war. So allein. Ich wartete einfach. Von mir aus konnte ich die ganze Nacht weiter am Telefon bleiben.

»Ich werde schauen, ob ich heimkommen kann«, sagte er schließlich. Sein Atmen drang laut und schwer durch die Leitung. »Wie geht es Ellie und Mike?«

»Er hat ihr ein Beruhigungsmittel gegeben, sie schläft erst mal.«

»Mein Gott.« Er seufzte. »Und Trevor?«

»Ist weg. Ich denke mir, dass er vielleicht irgendwo in den Wald gefahren ist.«

»Ja, kein Wunder. Er wird zurückkommen, wenn er so weit ist.«

»Ich wünschte, ich wüsste, wohin er gefahren ist«, gab ich erschöpft zu. Den Blick auf die granitene Arbeitsfläche in der Küche meiner Mutter gerichtet, kratzte ich mir den Bart.

»Wenn er gewollt hätte, dass jemand es weiß, hätte er etwas gesagt«, brachte es Alex auf den Punkt. »Ich muss erst mal telefonieren und schauen, ob und wie ich freimachen kann, okay?«

»Ja. Sagst du mir wieder Bescheid?«

»Na klar. Gib ihnen allen einen Kuss von mir. Ich melde mich wieder.«

»Okay.« Ich hatte kaum ausgeredet, da legte er schon auf.

Ich ließ das Telefon sinken, sah auf und begegnete dem Blick meines Vaters.

Er weinte.

»Geht's ihm gut?«, fragte er. Dabei machte er sich nicht mal die Mühe, seine Tränen abzuwischen.

Nein. Ihm ging es nicht gut. Ich wusste nicht, ob es überhaupt einem von uns je wieder gut gehen würde.

»Er will versuchen herzukommen«, antwortete ich stattdessen.

»Gut.«

Wir verbrachten die nächsten paar Stunden gemeinsam im Wohnzimmer meiner Eltern, wo wir die Anrufe meines Bruders und meiner Schwester entgegennahmen. Alex und Kate wollten beide am nächsten Morgen zu uns kommen und riefen jeweils an, sobald sie über ihre Flüge Bescheid wussten.

Sie brauchten die Verbindung zu ihrem Zuhause, vermutete ich, selbst wenn es nur über das Telefon war.

Arielle wachte auf und wollte gefüttert werden, ehe sie wieder einschlief. Mom dämmerte in einen kurzen Schlaf und schreckte auf, als das Telefon klingelte. Ani lief im Zimmer auf und ab.

Schließlich, gegen ein Uhr nachts, brachte Dad meine Mom dazu, sich endlich schlafen zu legen.

»Ich sollte Arielle besser auch nach Hause bringen«, vermeldete Ani heiser und sah nach dem Baby.

»Ich fahre«, sagte ich, als mein Dad zurück ins Zimmer kam.

»Ihr drei könnt gerne hier schlafen«, bot er an und rieb sich über die kahle Stelle auf seinem Kopf.

Ich hatte mir angewöhnt zu glauben, dass er dort keine Haare mehr hatte, weil er ständig kratzte, wann immer ihn eines von uns Kindern zu viele Nerven kostete oder Ärger machte. Kate, Alex und ich nannten es seine »Sorgenstelle«.

»Sie ist jetzt endlich so weit, dass sie nachts durchschläft«, entgegnete Ani. »Wahrscheinlich ist es besser, ich bringe sie heim in ihr eigenes Bett.«

Dad lenkte mit einem Nicken ein, und Ani machte sich fertig zur Abfahrt. Bevor wir aufbrachen, umarmten wir ihn beide zum Abschied und versprachen, am nächsten Morgen wiederzukommen.

Es war eine Erleichterung und eine Tortur gleichermaßen, zu gehen.

Der anfängliche Schock verwandelte sich in Trauer.

Wir schwiegen, während wir uns Anis Haus näherten. Ich hatte nichts zu sagen, und sie ebenso wenig. Ich bog in ihre Einfahrt, und wir schwiegen weiter einmütig, als ich ihr half, Arielle hineinzutragen. Wir schwiegen, als ich Arielle einen Abschiedskuss gab. Schwiegen, als ich Ani in meine Arme schloss und auf die Haare küsste.

Schwiegen, als ich ging.

Ich legte den ganzen Weg bis zu meinem Reihenhaus zurück. Aber noch ehe ich nach dem Fernbedienungsknopf für das Garagentor griff, warf ich den Rückwärtsgang rein und wendete wieder.

Ani empfing mich an der Vordertür, als hätte sie gewusst, dass ich umkehren würde. Sie führte mich in ihr Schlafzimmer, kroch unter die Decke und legte sich, das Gesicht von mir abgewandt, hin. Ich zog mich aus, legte mich zu ihr und schmiegte mich an sie.

Auch dabei schwiegen wir die ganze Zeit weiter.

Als Arielle uns am nächsten Morgen um sieben Uhr weckte, standen wir auf, setzten uns ins Auto und fuhren gleich wieder zu meinen Eltern. Wir machten keine große Sache daraus, dass ich die Nacht bei Ani verbracht hatte, dass ich Arielle gewickelt und ihr das Fläschchen gegeben hatte, bevor Ani überhaupt aus dem Bett gekommen war.

Der Tag verging mit dem Tätigen von Telefonanrufen. Den Leuten die Nachricht von Henrys Tod zu überbringen, wurde nicht einfacher, egal wie oft ich es tat, auch wenn keiner der Anrufe an diesem Tag so sehr schmerzte wie der zuvor bei Alex.

Am Mittag holte ich ihn vom Flughafen ab, und als wir zurückkamen, waren auch Mike und Ellie bei meinen Eltern. Meine Tante sah aus wie ein Zombie, während sie in Moms Küche herumhantierte, Kaffee nachschenkte und den Tisch und die Arbeitsflächen abwischte. Sie hörte nicht auf, in dauernder Bewegung zu sein, zappelte selbst dann noch, als Alex und ich zu ihr rübergingen, um sie zu umarmen. Mir wurde ganz flau im Magen. Sie war hier bei uns, mit den Gedanken jedoch ganz weit weg.

Onkel Mike verhielt sich genau umgekehrt. Er saß stumm auf der Couch und starrte ins Leere. Er tat gar nicht erst so, als würde er auf das achten , was um ihn herum vor sich ging.

»Wo ist mein Baby?«, flüsterte Alex an Ani gewandt, sobald sie die Küche betrat.

Ich ignorierte den kurzen Zornesblitz, der mich durchfuhr.

»Sie ist im Laufstall in Katies Jugendzimmer«, sagte Ani. »Hi, Dummkopf.«

»Hey, Hübsche«, erwiderte Alex mit leisem Lächeln. Er zog Ani an seine Seite, und sie legte die Arme um ihn. »Wie verkraftest du es?«

»Schlecht.«

»Ja, da geht es uns beiden ähnlich«, gab Alex seufzend zu verstehen.

»Hat einer von euch schon was von Trev gehört?«, unterbrach ich die beiden.

»Er hat sich vor einiger Zeit bei Ellie gemeldet«, sagte Ani und legte den Kopf an Alex' Brust. »Er wird später auch noch kommen.«

Ich nickte, dann drehte ich mich auf dem Absatz herum. Ich musste eine Weile weg von den beiden. Ich musste weg von allem. Die Emotionen, die dieses Haus erfüllten, erdrückten einen regelrecht mit ihrer schieren Intensität. Alle sprachen mit gedämpften Stimmen, warfen sich leere, dumpfe Blicke zu.

Ich schlug den Weg zum alten Jugendzimmer meiner Schwester ein und trat leise nach drinnen. Gegenüber vom Bett schlief Arielle in ihrem Tragebettchen, die kleinen Fäustchen an ihr Gesicht gelegt. Ich näherte mich, setzte mich auf den Bettrand und sah zu, wie ihr Atem ging.

Sie ahnte nichts von dem, was vor sich ging. Ihr Dasein drehte sich allein um Fläschchen, Windelnwechseln und Baden. Sie schlief, wenn sie müde war, schrie, wenn sie hungrig war, und hatte keinen Schimmer davon, dass die Erwachsenen um sie herum langsam, aber sicher seelisch zusammenbrachen. Darum beneidete ich sie, aber ich war auch so dankbar, dass sie sich an nichts hiervon würde erinnern können.

Leise streifte ich mir die Stiefel von den Füßen und legte mich aufs Bett. Ich rückte das Kissen unter meinem Kopf zurecht, bis ich Arielle im Liegen sehen konnte. Als sich das Wohlgefühl über die bequeme Position in meinem Körper ausbreitete und ich entspannt ins Kissen sank, bekam ich feuchte

Augen, doch ich achtete nicht weiter darauf. Ich würde Arielle einfach ein bisschen Gesellschaft leisten.

Eine unbestimmte Zeit später flüsterte mir eine Stimme ins Ohr: »Onkel Bram. Onkel Bram, wach auf.«

Ich schlug die Augen auf und sah noch ganz verschlafen das Gesicht meines Neffen Keller nur Zentimeter vor meinem entfernt.

»Hey«, gab ich verschlafen von mir. »Wann seid ihr denn gekommen?« Ich spähte zu Arielles Bettchen hinüber. Es war leer.

»Gerade eben«, informierte er mich feierlich. »Onkel Hen ist tot.«

»Ich weiß, Kumpel«, sagte ich und hob die Hand, um ihm über den Kopf zu streicheln.

Er schniefte leise und hob dann das Kinn.

Ach, was soll's.

Ich streckte den Arm aus und zog ihn zu mir aufs Bett. Dass er nicht augenblicklich anfing, mit mir zu raufen, zeigte deutlich, wie durcheinander er war und wie schlecht er sich fühlen musste. Keller war ein Kämpfertyp. Er liebte es, zu rangeln und zu kämpfen und sich so sehr körperlich zu betätigen, wie es nur ging. Jetzt aber sank er still neben mich, und wir starrten gemeinsam an die Decke.

»Meine Mom weint die ganze Zeit«, sagte er in die Stille im Zimmer.

»Ja, meine auch.«

»Aber ich weine nicht«, stellte er klar.

»Ich schon«, murrte ich. »Manchmal.«

»Wirklich?« Er klang erstaunt, den Blick immer noch an die Decke geheftet.

»Ja.«

Keller schwieg, und ein paar Minuten später trat Kate leise ins Zimmer. Sie kroch zu uns aufs Bett und legte sich auf meine andere Seite.

»Hey, Schwesterherz.« Ich küsste sie aufs Haar, und sie legte ihren Kopf an meine Schulter.

»Hey«, erwiderte sie. Sie seufzte.

Mehr brauchten wir einander nicht zu sagen. Der Grund ihres Besuches war klar, und ich wusste genau, wie sie sich im Moment fühlte. Also lagen wir einfach weiter schweigend da, versunken in unsere jeweiligen Gedanken.

Der Rest des Tages verstrich sehr langsam. Die Frauen kochten. Die Männer taten so gut wie gar nichts. Der Marine-Seelsorger kam, um mit uns darüber zu sprechen, wie und wann Henry nach Hause gebracht werden würde. Er fügte hinzu, dass ein paar Marines da sein würden, um uns bei allem, was nötig war, beizustehen.

Wir aßen zu Abend, doch niemand setzte sich an den großen Tisch im Esszimmer, so als folgten wir einer stillschweigenden Übereinkunft. Das traditionelle Familienessen hätte in diesem Moment nur umso stärker hervorgehoben, dass Henry nicht mehr da war.

Katie brachte die Kinder ins Bett.

Ich schmiegte Arielle an meine Brust und lehnte mich in Dads Sessel zurück. Es gab nicht viel für mich zu tun. Alles schien nach dem Grundsatz getan zu werden, dass man frühzeitig fertig werden wollte, um anschließend darauf zu warten, was kommen mochte. Wir warteten, dass man uns sagte, wann

Henrys Leichnam nach Hause überstellt werden würde. Wir warteten, dass meine Tante die Fassung verlor, während sie von Stunde zu Stunde aufgewühlter wurde.

Zwei Tage darauf saß ich mit Gavin auf dem Boden und spielte mit ihm Lincoln Logs, als Kate an uns vorbeirannte. Ich nahm Gavin und sprang mit ihm auf dem Arm auf, und gemeinsam traten wir gerade rechtzeitig vor die Tür, um zu sehen, wie Kate von der Veranda in Shanes Arme sprang.

»Shane«, murmelte sie gedämpft, das Gesicht in seine Halsbeuge gegraben, die Arme um seinen Nacken geschlungen.

»Daddy?«, fragte Gavin völlig verdattert. Er blickte zu mir und dann wieder auf die Szene, die sich vor uns abspielte. »Daddy!«

Er strampelte, damit ich ihn runterließ, und sobald ich ihn absetzte, rannte er los, barfuß die matschige Einfahrt entlang.

»Hey, kleiner Mann«, begrüßte Shane ihn und ließ gerade genug von Kate ab, um Gavin hochheben zu können.

Gavins Schrei musste auch drinnen angekommen sein, denn bald darauf rannten die restlichen Kinder nach draußen und riefen nach Shane.

Ich spürte einen Kloß im Hals, als ich sah, wie Sage ihm durch die Haustür entgegenflog, auf der obersten Stufe der Verandatreppe stehen blieb und in Tränen ausbrach.

»Aww, Baby.« Shane küsste Keller auf die Stirn und schritt geradewegs zu seiner ältesten Tochter.

Sage war mittlerweile zu alt, um noch getragen zu werden,

aber in diesem Moment schien das egal zu sein. Shane nahm sie kurzerhand auf den Arm. Sie schlang ihre Arme und Beine um ihn, als er die Verandatreppe heraufstieg, und nickte mir im Vorbeigehen zu. Gemeinsam gingen sie rein.

Ich fragte mich, ob ich Arielle auch noch einmal im Arm tragen würde, wenn sie schon so groß war. Im nächsten Moment wollte ich meinen Kopf gegen den Türrahmen hämmern.

»Okay«, rief Kate und wischte sich die Tränen aus dem Gesicht. »Es ist kalt hier draußen. Rein mit euch allen!«

Die Kinder rannten zurück ins Haus. Sie plapperten fröhlich durcheinander, und Kate lächelte mir unmerklich zu.

»Ich bin so froh, dass sie ihn nach Hause gelassen haben«, sagte sie, als ich ihr den Arm umlegte.

»Glaub ich dir«, murmelte ich und küsste sie auf die Schläfe. »Wie lange kann er bleiben?«

»Nicht sehr lang.« Sie gab ein humorloses Lachen von sich. »Und der nächste Abschied wird zehnmal schlimmer sein.«

»Denk noch nicht dran«, bat ich sie und drückte ihre Schulter. »Erst mal ist heute.«

»Ja.«

Ich ging mit ihr ins Wohnzimmer, wo die Kinder wegen Shane völlig am Durchdrehen waren. Sie erzählten ihm jede Kleinigkeit, die sie seit seiner Abreise getan hatten. Selbst Iris, die noch nicht viele Worte konnte, schien unaufhörlich zu brabbeln und mit ihren Geschwistern um Shanes Aufmerksamkeit zu wetteifern. Sie waren so gottverdammt aufgedreht, dass ihre kleinen Wangen rosarot leuchteten.

Ich sah mich um und begegnete Anis Blick, die gerade aus der Küche kam, Arielle an ihre Brust gehoben. Ringsum ertönte immer wieder das Wort *Daddy.* Was ging ihr währenddessen im Kopf herum? Ihre Mundwinkel bogen sich in einem müden Lächeln, aber als ich einen Schritt auf sie zumachte, schien sie auf den Dielen festzuwachsen.

Selbst so erschöpft, wie sie gerade in diesem Moment wirkte, sah sie einfach umwerfend aus.

Mein Blick blieb an Arielle haften, die wackelnd das Köpfchen von Anis Schulter nahm, und mein Herz pochte fast schmerzhaft in meiner Brust.

Im nächsten Moment wirbelte Ani herum und ging hinaus, und ich starrte in den leeren Durchgang, in dem sie eben noch gestanden hatte.

Ein paar Stunden später kam Shane ins Wohnzimmer und klopfte mir auf die Schulter. »Hey, Mann. Sie ist echt süß.«

»Danke.« Ich streichelte Arielle über ihren kleinen Rücken. Als ich sie vor einigen Minuten jammern gehört hatte, war ich zum Laufstall geeilt und hatte sie herausgeholt, ehe jemand von den anderen sie hören und auf dieselbe Idee kommen konnte. Ich hatte das Gefühl, dass ich sie jetzt, wo das Haus voller Leute war, so gut wie nie mehr bekam.

»Also, du und Ani seid jetzt zusammen, oder …«

»Nein«, entgegnete ich knapp. Ich wollte nun nicht über meinen Mist mit Ani nachdenken. Ich konnte nicht. Es gab einfach zu viel anderes, was passiert war. Durch meinen Verstand rasten sekündlich viel zu viele Gedanken auf einmal, als dass ich mich bloß auf einen einzigen hätte konzentrieren können.

»Oh.« Shane setzte sich auf die Couch und lehnte sich in die Kissen. »Und wieso nicht?«

»Fragst ausgerechnet du mich nun ernsthaft nach meiner Beziehung zu Ani?«, wollte ich ungläubig wissen.

Ein Jahr zuvor hätte ich Shane praktisch umbringen können, weil er sich meiner Schwester gegenüber wie ein totales Arschloch verhalten hatte. Sie war mit Iris schwanger gewesen, und Shane hatte sie wie den letzten Dreck behandelt. Allein der Gedanke daran, was zwischen den beiden vorgefallen war, ließ mich mit den Zähnen knirschen. Trotzdem hatte ich nach einer Weile gelernt, wieder mit Shane auszukommen. Allerdings war ich nicht ganz so nachsichtig wie meine jüngere Schwester.

»Ich für meinen Teil hab's noch rumgerissen«, erinnerte Shane mich.

»Wenn nicht«, konterte ich, »wärst du jetzt nicht mehr am Leben.« Ich klappte den Mund mit hörbarem Klacken zu, als mir bewusst wurde, was ich da gerade gesagt hatte.

Der Pflegebruder dieses Kerls war gerade gestorben. Mein Cousin, den ich kannte, seit er vier war. Gestorben. Ich schloss die Augen und ließ den Kopf auf die Sessellehne sinken. Scheiße.

»Mach dir nichts draus«, erwiderte Shane. »Ist ja nicht das erste Mal, dass du damit gedroht hast, mich umzubringen. Und ich bin sicher, es wird auch nicht das letzte Mal sein.«

»Mieses Timing«, knurrte ich, und Shane brach in bellendes Gelächter aus.

»Ach, Hen würde das nichts ausmachen«, bekannte er mit einem Lächeln. »Er würde uns jetzt gerade zuschauen und den Kopf hin und her bewegen wie bei einem verdammten Tennismatch.«

»Stimmt«, sagte ich gepresst. »Und er würde fragen, wie ich dich umbringen wollen würde. Seine Lieblingsidee war die mit dem Holzhäcksler, auch wenn er genau wusste, dass wir keinen haben.«

»Holzhäcksler. Das war gut.« Shane klang müde. Er schloss die Augen.

»Wie ist diese Scheiße passiert, Mann?«, fragte ich ernst und setzte mich im Sessel auf, Arielle sicher an meiner Brust geborgen. »Er ist bei einer *Übung* gestorben?«

»Ich hab schon viele Leute erlebt, die im Manöver verdammt dumme Dinge abgezogen haben«, gab Shane zu. Er lehnte sich vor und stützte die Ellbogen auf die Knie. »Vielleicht hat Hen alles genau so gemacht, wie er sollte, wer weiß? Sie versuchen immer, sich auf alle nur denkbaren Eventualitäten vorzubereiten, aber Scheiße noch mal, manchmal geht eine verdammte Sache eben schief, und es gibt nichts, was man dagegen tun kann.«

»Das ist so beschissen.« Ich schüttelte den Kopf.

»Eines kann ich dir versichern«, hob Shane an, den Blick auf mich gerichtet, »sie haben alles in ihrer Macht Stehende getan, um ihn zu retten. Auf keinen Fall hätten sie es einfach so passieren lassen. Die Jungs, mit denen er dort war, sie haben sich abgerackert wie verrückt, um ihm zu helfen.«

»Okay.« Ich schluckte mühselig.

»Und er war nicht allein.«

»Okay.« Ich ließ meinen Kopf neben den von Arielle sinken und schloss die Augen. Meine Nase fing an zu brennen, als ich mich an Henry erinnerte, wie er sechs Jahre alt war. Seine unteren Vorderzähne fehlten, und er rief uns nach, wir sollten ihn bloß mit zum Brombeerenpflücken nehmen. Henry mit elf, der versuchte, sich auf der Ladefläche meines Trucks zu verstecken, als Alex und ich mit ein paar Mädels aus unserer Schule ausgingen. Henry, wie er auf Katies Fußboden übernachtete, als einmal im Winter eine ganze Woche lang der Strom und die Heizung ausgefallen waren. Henry, der Ani immer wieder um ein Date fragte, die vierzehnjährige Brust aufgepumpt, damit er mehr wie ein Mann aussah. Henry, wie er Trev auf den

Rücken sprang, um ihn zu Fall zu bringen, und dabei aus voller Kehle schrie, aber es nicht schaffte, weil Trevor nun mal wie ein Hai gebaut war und Henry nur wie ein kleiner Fisch.

»Ist alles gut?«, fragte meine Mom und holte mich aus meinen Erinnerungen. Sie legte mir sanft eine Hand auf den Kopf.

»Ja«, krächzte ich und nickte.

»Ich liebe dich, Abraham.« Sie beugte sich herab und gab mir einen Kuss auf die Stirn. »Ich wünschte, ich könnte euch Kindern das alles irgendwie ersparen.«

»Ich bin erwachsen«, erinnerte ich sie halbherzig.

»Du bist immer noch mein Sohn«, beschied sie und nahm mir Arielle aus den Armen. »Jetzt bin ich mal wieder an der Reihe. Du hattest unsere Prinzessin schon die ganze Zeit.«

Kapitel 14

Anita

»Verdammter Mist, Trev kann das blöde Ding ja wohl alleine tragen«, grollte ich verärgert und brachte alle ringsum zum Schweigen. Ich hatte einen vernichtenden Ton an mir, und ich konnte einfach nichts dagegen tun. »Bram, Alex, Shane und Trev können ihn tragen; diese Scheiß-Sargträger und all das, das ist doch kacke. Ihr habt schon vier. Wenn ihr nicht wollt, dass die Ehrengarde das übernimmt, dann sagt es ihnen doch einfach. Punkt.«

Meine Hände zitterten, als ich sie in meinen Schoß bettete. Das Schweigen lastete schwer auf mir, während ich auf den Fußboden starrte, auf dem ich saß.

Ich war mit den Nerven am Ende.

Vier Tage waren vergangen, seit wir die Nachricht von Henrys Tod erhalten hatten, und sie schickten ihn endlich nach Hause, damit wir ihn begraben konnten. In zwei Stunden sollten wir ihn an dem Flugzeug in Empfang nehmen, mit dem er kam – natürlich im verdammten Frachtraum –, und ich hielt es nicht länger aus. Ich konnte nicht damit umgehen.

Arielle ging es gut. Die übermäßige Aufmerksamkeit, die sie von meiner Familie in diesen Tagen bekam, schien sie nicht zu bemerken oder gleichgültig hinzunehmen, und doch verhielt sie sich jedes Mal, wenn Schlafenszeit war, zuckersüß. Kein Gejammer, nichts. Als wüsste sie, dass es mich überfordert hätte.

Aber Bram lag jede Nacht bei mir im Bett. In dieser ersten Nacht, als er umgekehrt war, hatte ich ihn hereingelassen, um nicht allein sein zu müssen und weil ich auch den Gedanken nicht ertragen konnte, dass er allein war. Jetzt, da Alex hier war, hatte ich eigentlich gehofft, wieder etwas mehr auf Abstand zu Bram gehen zu können.

Falsch gedacht.

Bram rückte mir sogar noch dichter auf den Leib. Er kam jede Nacht zu mir, und ich ließ ihn jedes Mal rein – denn wie hätte ich ihn auch abweisen können? Ich liebte diesen Mistkerl und wusste, dass er litt. Ich konnte ihn nicht da draußen stehen lassen.

Und trotzdem sehnte ich mich jedes Mal, wenn er sich an mich kuschelte und mir seinen Arm um die Hüfte legte, noch mehr nach Freiraum. Ich klammerte mich an einen seidenen Faden, konnte kaum die Stunden meines Wachseins bewältigen, ohne komplett zusammenzubrechen und mir die Augen auszuheulen. Es gab Dinge zu tun, Abläufe zu planen, Leute zu treffen. Die erste Woche nach dem Tod eines Menschen ist geprägt von unaufhörlicher Gesellschaft durch andere, Terminen, der Tatsache, dass man nie auch nur einen Moment für sich hatte.

Ich wusste das.

Aber wenn ich abends in mein Haus zurückkehrte, hätte ich in der Lage sein sollen, diese ganzen verdammten Verpflichtungen hinter mir zu lassen, sie wegzuschließen und einfach zu trauern. Das konnte ich nicht. Nicht, wenn ich immer wieder in Brams erschöpfte Augen blicken musste, sobald ich die Tür aufmachte. Nicht, wenn er an meinen Rücken geschmiegt dalag und Nacht für Nacht erschauerte, ja, am ganzen Körper zitterte, bis er einschlief. Nicht, wenn ich morgens aufwachte und er in Arielles Zimmer stand, ihr die Windeln wechselte und dabei zärtlich leise zu ihr sprach.

Mir blieb keine Zeit mehr für mich selbst. Und so kam es, dass ich auf dem Boden saß, die Worte mir herausgerutscht waren, ehe ich darüber nachgedacht hatte, und ich mich jetzt noch mieser fühlte als zuvor.

»Meine Güte, Ani«, murmelte Shane erschöpft.

Ich schluckte schwer.

»Also, ich wäre damit einverstanden«, meldete sich Ellie mit zitternder Stimme zu Wort. »Ihr Jungs habt ihn jahrelang auf dem Rücken herumgetragen, meistens, weil er auf euch draufgesprungen ist, um euch zu ärgern. Da macht es Sinn, dass ihr ihn auch jetzt tragt.«

Mein Atem geriet ins Stocken.

»Anita«, sagte Liz, und mein ganzer Körper verkrampfte, »in die Küche.«

Liz erhob sich vom Sofa und ging. Ich stemmte die Hände auf den Boden, stand auf und folgte ihr. Ich hatte Scheiße gebaut. Als Ellie immer weiter darüber geklagt hatte, dass sie nicht wisse, wer die Rolle der beiden fehlenden Sargträger übernehmen solle, hatte ich vollkommen die Geduld verloren, und das war ziemlich beschissen von mir gewesen. Ich verdiente es, von Liz zurechtgewiesen zu werden – und mehr.

»Was ist denn nur los?«, fauchte Liz, als ich in die Küche kam.

»Es tut mir so leid.«

»Ich hab dich nicht gefragt, ob es dir leidtut, und ich will auch keine verdammten Entschuldigungen von dir hören. Sagst du mir jetzt vielleicht endlich mal, was mit dir los ist?«

»Nichts.« Ich seufzte und fuhr mir mit den Fingern über die Haare. »Ich bin einfach mit den Nerven am Ende, das ist los.«

»Wir alle sind mit den Nerven am Ende.«

»Ich weiß, dass es keine gute Entschuldigung ist.«

»Geh nach Hause, Ani.«

Mein Blick schoss zu ihr auf. Ich wäre beinahe zurückgetaumelt, als ich das hörte. Sie warf mich aus ihrem Haus? Meine Kehle schnürte sich so sehr zu, dass ich glaubte, keine Luft mehr zu kriegen, und Tränen traten mir in die Augen.

»Du brauchst Schlaf, Süße«, beschwichtigte sie mich, als sie meinen entsetzten Gesichtsausdruck sah. Sie hob den Arm und streichelte mir durchs Haar. »Du brauchst mal Abstand von dem, was in diesem Haus vor sich geht.«

»Es geht mir gut«, schüttelte ich den Kopf.

»Nein, geht es nicht. Geh ein paar Stunden lang heim zu dir. Ich passe zusammen mit den Kindern auf Arielle auf.«

»Wir müssen Hen in Empfang nehmen«, beharrte ich und biss mir auf die Innenseite meiner Wange.

»Henry wird es nicht sehen, dass du nicht am Flughafen bist«, beschied sie sanft. »Aber ich sehe, dass du aussiehst, als hättest du seit Wochen nicht mehr geschlafen.«

»Aber …«

»Anita Bonita.« Das brachte mich zum Schweigen. Der Einzige, der mich so genannt hatte, war Henry gewesen. Oh Gott. Mir wurde ganz anders. »Geh heim, leg dich etwas hin. Ich werde Danny sagen, dass er dich fahren soll.«

Ich nickte und hielt mich am Tisch aufrecht. Weniger als eine Minute später kam Liz mit Dan im Schlepptau in die Küche zurück. Er betrachtete mich voller Sorge.

»Komm, Kind«, brummte er und legte mir den Arm um die Schultern.

Ich ging zurück in das Zimmer, in dem Arie schlummerte, und gab ihr einen zärtlichen Kuss auf die Stirn. Dann nahm ich meine Handtasche. Hier würde es ihr gut gehen, bis ich wieder klar denken konnte. Die Erwachsenen würden am Abend wegfahren, um Hen zu holen, und eine wirklich nette Frau, die Ellie und Liz aus irgendeinem Verein kannten, würde hier im Haus auf die Kinder aufpassen.

Ich verließ das Haus, Dan hinter mir, und schleppte mich, am Ende meiner Kräfte angelangt, in seinen Truck.

»Nur zwei Stunden, ja?«, krächzte ich mit belegter Stimme, als wir vor meinem Haus in die Auffahrt rollten. »Komm bitte wieder vorbei, wenn ihr Hen holen fahrt.«

Dan blickte drein, als wollte er widersprechen. Doch nach einer geraumen Weile nickte er schwach.

Ich erwiderte die unmerkliche Bewegung und stieg aus seinem Truck, als er ihn eben zum Stehen brachte.

Ich machte mir nicht erst die Mühe, mich auszuziehen. Schleuderte einfach die Schuhe von den Füßen und kroch unter die Bettdecke.

Dann ließ ich endlich alles raus. Es begann mit einem Schluchzen, einem tiefen Atemholen, Schluckauf. Bald darauf schluchzte ich so heftig, dass mein gesamter Körper mit jedem Mal heftig durchgeschüttelt wurde. Ich weinte ungehindert. Befreit, und so laut ich musste. Schließlich fiel ich in einen tiefen Schlaf.

Ich schreckte hoch und sah mich mit verschleiertem Blick in meinem Schlafzimmer um. Was hatte mich so plötzlich geweckt? Als ich einen Blick auf die Digitaluhr warf, fluchte ich und rappelte mich aus dem Bett hoch. Kaum berührten meine Füße den Boden, taumelte ich zur Seite, stieß mit der Hüfte gegen meinen Nachttisch und warf die Lampe herunter, die mit lautem Krachen zu Boden fiel.

Es war eine Stunde später als zu der Zeit, die wir verabredet hatten, um Henrys Leichnam zu holen.

Niemand war gekommen, mich aufzusammeln.

In einem Panikanfall begann mein Herz zu rasen. Ich rannte zur Kommode, riss die unterste Schublade so energisch auf, dass sie herausfiel, ignorierte die herausfallenden Sachen und griff nach einer schwarzen Jeans. Ich warf sie aufs Bett und nahm eines von Henrys alten Boot-Camp-Hemden aus der Schlafanzug-Schublade. Es war aus Mesh-Gewebe, marineblau, mit einem kleinen Emblem auf der Brust, das seidig schimmerte – und es war eines meiner liebsten Kleidungsstücke, auch wenn es viel zu groß für mich war.

Ich rannte ins Bad und stieß einen kurzen Schrei aus, als ich mich im Spiegel sah. Mein Gesicht, meine Haare! Hektisch befeuchtete ich mir die Haare und kämmte sie herunter, schnappte mir eine Beanie-Mütze, die am Boden lag, um sie darunter zu verbergen. Dann wusch ich mir durch das Gesicht, um die Tränen abzuwischen, die mir übers Gesicht liefen.

Als ich mir rasch meine alten Sachen auszog, wischte ich mir aus Versehen die Mütze wieder vom Kopf, und sie fiel herunter. »Scheiße«, schluchzte ich. Meine Hände begannen zu zittern, weil ich so in Panik geriet.

Ich würde es verpassen. Ich würde nicht da sein. Oh nein, Gott.

Ausgezogen bis auf den BH und den Slip, stand ich da. Ich mühte mich in die frische Jeans, da hörte ich, wie jemand von der Haustür her meinen Namen rief.

»Ani?« Bram klang verwirrt, als er hereinkam und ich mich völlig vergaß. Ich heulte und stolperte umher in dem verzweifelten Bemühen, die Jeans über meine Beine zu zerren.

»Wieso hat mich denn keiner geweckt?«, rief ich schrill. »Ich hab doch gesagt, dass ihr mich wecken und holen sollt!« Schluchzer zerrissen meine Worte.

»Ani, hör auf«, verlangte Bram und eilte auf mich zu. »Stopp!« Er umarmte mich, und ich zitterte in seinen Armen.

»Ihr solltet mich abholen kommen«, schrie ich und trommelte ihm auf die Brust.

»Ich bin doch hier«, versuchte er mich zu beruhigen. »Ich bin bei dir.«

»Ihr solltet mich abholen.« Ich schluchzte nur noch, von Kopf bis Fuß taub geworden. »Dan hat versprochen ...«

»Der Flug wurde verschoben«, erklärte Bram. Er legte seine Stirn an meine. »Wir können los, sobald du so weit bist.«

Meine Brust hob und senkte sich, während seine Worte in meinen Verstand sickerten. Es war also nicht zu spät.

Als ich das begriff, brach sich meine Erleichterung in Tränen Bahn. Ich konnte es nicht zurückhalten. Jeglicher Versuch war hoffnungslos. Ich befand mich so wenig in der Lage, mich zusammenzureißen, dass mir die Augen in den Höhlen anschwollen unter dem Sturzbach von Tränen.

»Komm«, hauchte Bram. Er ließ mich los und fasste nach der Jeans, um mir beim Anziehen zu helfen. Sachte knöpfte er sie zu und schloss den Reißverschluss, während ich mich an seinen Schultern festhielt, um das Gleichgewicht zu halten. »Ich würde dich nicht zurücklassen.«

Ich wischte mir durch das Gesicht und rang nach Luft. Mit jedem Versuch schmerzte die Lunge in meiner Brust.

»Ist das das Hemd?«, fragte er und fasste hinter sich, um

Henrys Shirt zu nehmen, das auf dem Bett lag. »Ich weiß noch, wie er damit nach Hause kam.«

Er zog es mir über den Kopf und wartete geduldig, bis ich die Arme durch die Ärmel gesteckt hatte.

»Alles okay?« Es war Katie, die ins Schlafzimmer trat, als Bram gerade ein Paar Socken für mich holte.

»Ich dachte, ich hätte es verschlafen«, sagte ich unter Schmerzen. Unsere Blicke trafen sich. »Ich dachte, ich wäre viel zu spät.«

»Mist. Mensch, Ani.« Sie kam weiter ins Zimmer, und Bram bugsierte mich sanft aufs Bett und hob einen meiner Füße. »Tut mir echt leid. Als wir hörten, dass der Flug Verspätung hat, hatten Mom und ich überlegt, dir etwas mehr Zeit zu lassen. Wir wollten dich nicht wecken. Verdammt, deine armen Augen.«

»Hey, Baby«, meldete sich Bram zu Wort, der vor mir kniete. »Gummistiefel?«

Ich nickte, und er hob die Hand und strich mir behutsam mit den Fingern seitlich am Gesicht hinab.

»Das Hemd kenne ich noch«, bekannte Katie, als Bram gegangen war, um meine Stiefel zu holen. »Das hat er an dich weitergegeben, nachdem er von mir gehört hatte, dass er darin wie ein Stripper aussieht.«

Ich stieß ein verheultes Lachen hervor und blickte an dem Shirt hinunter, das ich trug. Dieser Mesh-Stoff war so grob gewebt, dass überall kleine Löcher waren, die es fast durchscheinend aussehen ließen. Gut, dass ich außerdem noch einen Mantel tragen würde.

Bram kam mit den Stiefeln zurück und half mir auf, damit ich hineintreten konnte. Dann half er mir in den Mantel.

»Bereit?«, fragte er, die Mütze vor mich gestreckt.

»Nein«, antwortete ich und zog mir die Mütze auf.

»Ich auch nicht.«

»Ihr sagt es«, bekannte Katie und führte uns an.

Das Flughafen-Personal empfing uns und führte uns zu einer Gruppe von Marines in Blue-Dress-Uniformen, die auf der Rollbahn Aufstellung bezogen hatten und warteten. Sie verhielten sich zurückhaltend. Höflich. Ernst. Respektvoll.

Still.

Wir mussten nicht lange warten, bis ein anderer Marine den Ein- und Ausstiegstunnel entlangschritt, der mit dem Flugzeug verbunden war. Er kam in großen, zielstrebigen Schritten auf uns zu, aber ohne Eile. Er sah uns der Reihe nach an, bevor sein Blick etwas länger auf Shane verweilte. Dann blieb er stehen.

»Guten Abend.« Er bedachte jeden von uns abwechselnd mit Blicken, als wüsste er nicht recht, mit wem er sprechen sollte. »Gunnery Sergeant Samuel Monroe. Ich habe die Ehre, Staff Sergeant Harris nach Hause zu begleiten.«

Ellie schluchzte einmal laut, und Monroes Blick schnellte unverzüglich zu ihr herüber. Er trat vor sie.

»Ma'am?«, fragte er.

»Danke«, gab Ellie mühevoll zu verstehen und fasste Monroe bei den Händen.

»Es ist mir eine Ehre«, beschied er ihr sanft. »Henry war ein guter Freund.«

Ich hatte einen Kloß im Hals. Bram hob die Hand und umfasste zart meinen Nacken.

»Haben Sie irgendwelche Fragen?«, wollte Monroe wissen.

»Nein.« Ellie schüttelte den Kopf und blickte zu Mike auf.

»Der Seelsorger hat alles genau erklärt«, bekannte Mike.

Mit einem Nicken wandte Monroe sich Shane zu und nickte ihm knapp zu.

»Ich werde Staff Sergeant Harris bis zum Bestattungsinstitut begleiten«, erklärte Monroe und sah wieder zu Ellie. »Ein Marine wird die ganze Zeit bei ihm bleiben, bis zu dem Zeitpunkt, an dem er beigesetzt wird.«

»Er wird nicht alleine sein«, sprach Ellie es aus, fast so leise wie ein Flüstern.

»Nein, Ma'am. Das wird er nicht. Sie haben mein Wort.«

Er drückte ein weiteres Mal Ellie die Hand. Dann trat er von uns zurück, und die Ehrengarde schritt unter das Flugzeug.

Ich hielt den Atem an.

Ein paar Augenblicke später schlug er die Hacken zusammen, als die sechs Marine-Offiziere wieder in Sicht kamen. Sie trugen einen mit einer Flagge bedeckten Sarg zwischen sich.

Unser Henry. Da bist du nun, unser Freund.

Ich schlug die Hand vor den Mund, meine Knie gaben nach. Im richtigen Moment griff Brams Arm um meinen Bauch und hielt mich fest an seine Brust geschmiegt, während wir zusahen, wie sie Henry zu dem wartenden Leichenwagen trugen.

Monroe schien völlig unbewegt, als die Marines vor ihm anhielten. Er hob den Arm und salutierte vor dem Sarg.

Ich hörte Katie leise schluchzen; es klang wie aus weiter Ferne.

Schließlich schoben sie Henry in den Leichenwagen.

Wir folgten dem Wagen zurück zum Bestattungsinstitut, doch ich erinnere mich kaum an etwas von dieser Fahrt. Bram hielt mich die ganze Zeit über im Arm, so viel weiß ich. Ich bin mir allerdings nicht sicher, ob er es mir zuliebe tat oder auch für sich. Alex hockte da, die Ellbogen auf seine Knie gestützt, den Anschnallgurt straff über seine Brust gespannt, und vergrub das Gesicht in den Händen. Und zum allerersten Mal, seit ich Liz kannte, sah ich sie, wie sie über die Sitzbank von Dans Truck zu ihm rutschte und die ganze Heimfahrt an seine Seite gekuschelt dasaß, den Kopf an seine Schulter gelegt.

»Wer sind die?«, fragte ich am darauffolgenden Tag und blieb auf dem Bürgersteig vor der Kirche stehen, in der Henrys Beisetzung stattfand. Seit wir ihn heimgeholt hatten, waren die Vorbereitungen in vollem Gange. Wir wussten nicht sicher, wie lange Shane bleiben konnte, und Ellie und Liz wollten auch nur die kleinste Möglichkeit ausschließen, dass er oder Alex wieder fahren mussten, bevor wir Hen beerdigten. Sie hatten es verdient, zusammen mit uns anderen Abschied zu nehmen.

Arielle schlief in meinen Armen, über ihrem lila Kleidchen war sie in eine dunkelgraue Decke gehüllt. Ich hatte es nicht über mich gebracht, mein kleines Mädchen schwarz anzuziehen.

»Das ist die Patriot Guard«, sagte Trevor belegt und blieb neben Bram und mir stehen.

»Whoa«, hauchte ich, als ich die lange Reihe von Motorrädern sah, die sich den gesamten Straßenblock entlang aufreihten. »Hat jemand sie …?«

»Nein«, kam Trevor mir zuvor und strich sich mit der Hand über seine Krawatte. »Sie sind einfach so aufgetaucht.«

»Henry hätte das gefreut«, sagte ich und sah zu den Männern hinüber, die bei ihren Motorrädern standen. »Oh,

Scheiße.« Ich musste mich gegen Brams Hand lehnen, mit der er mich im Rücken stützte, als der Leichenwagen vorfuhr.

Die Motorradgruppe griff sich geschlossen an die Köpfe. Fast, als hätten sie eine Choreografie eingeübt, zogen sie ihre Bandanas, Army-Baseball-Caps und Mützen ab und hielten sie sich vor die Brust.

»Wir sind dran«, sagte Alex. Er kam in seiner Blue-Dress-Uniform auf uns zu, den Rücken kerzengerade. Shane und er waren beide ganz in Militärkleidung erschienen, und ich konnte mich an keine Gelegenheit erinnern, bei der sie je besser ausgesehen hatten.

»Alles okay?«, erkundigte sich Bram, als wir zu Liz und Katie gingen, die den Kindern die Hände hielten.

»Ja, geht und holt ihn«, sagte ich und warf einen Blick zum Leichenwagen hinüber.

Vorweg liefen die Jungs und trugen Henrys Sarg in die voll besetzte Kirche. Unsere Familie schritt hinterdrein. Vorn angekommen, verteilten wir uns still in die beiden vordersten Bänke. Selbst die Kinder gaben keinen Ton von sich, als der Pastor zu sprechen begann.

Nahe dem Kirchenaltar, zu beiden Seiten des Sargs, reihten sich Fotos auf.

Henry mit achtzehn in seiner Blue-Dress-Uniform. Ich erinnerte mich, wie er mir verraten hatte, dass er für das Foto nicht einmal die ganze Uniform angezogen hatte, sondern nur Jacke und Kappe.

Henry mit sieben oder acht, wie er auf Trevors Schultern saß, das Gesicht mit etwas verschmiert, das wie Brombeeren aussah.

Henry mit vier, der seine Arme um Ellies Hals schlang, während sie in die Kamera lächelte, den Mund weit geöffnet, als lachte sie.

Henry in vollem Tarnanzug und mit Helm auf dem Kopf, das Gesicht schmutzig, die blauen Augen hellwach, während er für das Foto breit grinste.

Henry und Mike in den Schaukelstühlen auf der Terrasse hinter dem Haus – offensichtlich ahnungslos, dass jemand in diesem Moment ein Foto von ihnen schoss.

Henry mit mir auf seinem Rücken, den Rest der Kids um ihn versammelt während dieses Campingausflugs, den wir gemacht hatten, ehe Alex zur Armee gegangen war.

Das Letzte war mein Lieblingsbild, aufgenommen bei seinem letzten Besuch zu Hause. Katies und Shanes Kinder hingen an ihm wie kleine Äffchen. Iris und Gunner saßen auf seinen Schultern, als wollte er stolz mit ihnen für das Foto posieren, Gavin und Keller saßen ihm zu Füßen, und Sage stand an ihn gedrückt, die Arme um seine Hüfte geschlungen, und lächelte zu ihm hinauf.

Es war Hens Leben, dargestellt in einer Serie von Bildern, und ich hasste es, dass wir nicht noch mehr hatten aufstellen können. Hen war viel mehr als das. Er liebte Wodka, besonders die aromatisierten Sorten, auch wenn er mich, was das betraf, zu absoluter Geheimhaltung verpflichtet hatte. Er trug keine Unterwäsche, kaufte sich jedoch einmal im Monat neue Socken, wie er mir gesagt hatte, weil er sie so weich am liebsten hatte. Er hatte ein bestimmtes Foto bei sich – eines von Ellie –, das er mit zwölf Jahren aus einem von Ellies und Mikes alten Fotoalben stibitzt hatte.

Er hasste mexikanisches Essen, dafür liebte er Thai. Milch zu trinken war für ihn gleichbedeutend damit, den Rotz von jemand anderem zu trinken, und er weigerte sich, je ein Glas davon anzurühren. Er mochte Blau und trug häufig blaue Klamotten, weil er fand, dass ihm die Farbe stand. Er machte sich morgens im Bad mehr Zeug in die Haare als ich. Auf der Brust hatte er ein Tattoo, über das er sich weigerte, jemals mit irgendwem zu diskutieren. Ein zweites trug er auf der Schulter und nannte es halb scherzhaft sein Boot-Camp-Unglück.

Er liebte seine Familie. Er spielte abartig gut Pingpong … und Bier-Pong.

Ich blickte auf Arielle hinunter, während ich zuhörte, wie der Pastor Henrys Lebensgeschichte vorlas, die Trevor geschrieben hatte. Sie war mit Daten und Fakten gespickt. Sein Geburtsdatum, der Tag, als er bei Ellie und Mike eingezogen war, der Tag, als er die Highschool abgeschlossen hatte, seine militärische Laufbahn.

Mein Gesicht fühlte sich taub an.

Arielle wachte auf und strampelte mit den Füßen, als Trevor und Shane an den äußersten Plätzen unserer Bankreihen aufstanden und nach vorn zum Podium gingen. »Schhh«, säuselte ich. Ich wickelte Arielle aus ihrer Decke, die sie abzustrampeln versuchte. »Wir müssen jetzt leise sein, Onkel Trev und Onkel Shane halten ihre Rede.«

»Danke, dass ihr gekommen seid.« Trevs tiefe Stimme hallte durch die Tonanlage der Kirche. »Meinem kleinen Bruder hätte der Gedanke gefallen, dass bei seiner Beerdigung nur noch Stehplätze zu haben sind.«

Die überfüllte Kirche brach in verhaltenes Gelächter aus.

»Damit hätte er gern ewig vor uns angegeben«, bekannte Trev lächelnd, während er sich zu dem kleinen Mikrofon beugte, das vor ihm stand. Seine Stimme brach kurz, und er hob die Hand und rieb sich über sein Gesicht, während Shane näher zu ihm trat.

»Henry war eine Nervensäge«, sagte er, und die ganze Kirche lachte. »Witzig, charmant … und eine Nervensäge.« Das Lachen wurde noch ein bisschen lauter.

Während Trevor fortfuhr, legte mir Liz die Hand aufs Knie, und gemeinsam hörten wir zu, wie Trevor sich an seinen kleinen Bruder erinnerte.

Der Rest der Beerdigung ging schnell vorbei. Alte Klassenkameraden und ein paar von Henrys Marines-Freunden, die extra zum Begräbnis hergeflogen waren, standen auf und teilten ihre Geschichten über Hen mit uns. Die meisten Geschichten waren witzig, ein paar schmerzlich, und alle mehr als willkommen. Ich stand nicht auf. Ich zweifelte, dass es mir gelungen wäre zu sprechen, ohne mich dabei zur Närrin zu machen.

Allzu bald machten wir uns danach auf den Weg zum Militärfriedhof, der eine halbe Stunde entfernt lag. Als Mike und Ellie von Henrys Tod erfahren hatten, hatten sie sich unverzüglich darangemacht, einen Platz für ihn zu finden, und Mike, der ein Marine-Veteran war, hatte die Grabstelle neben seiner gleich dazugekauft.

Die Patriot Guard gab uns das Geleit zum Friedhof, und wenn man bedachte, dass es sich bei Henrys Todesfall nicht um besondere Prominenz handelte, konnte man ihnen nur dankbar für diese besondere Aufmerksamkeit sein. Ich konnte mir kaum vorstellen, dass es irgendjemanden geben mochte, vor dem sie uns abschirmen oder beschützen mussten, aber laut Bram handelte es sich mehr um einen Akt der Respektbezeugung. Wie dem auch sei, boten sie einen unfassbar beeindruckenden Anblick.

Sobald wir den Friedhof erreicht hatten, übernahmen die Marines praktisch die Zeremonie, und ich wusste, dass dies für Ellie eine Erleichterung war. Sie musste sich um keine Einzelheiten mehr Sorgen machen, konnte wie benommen dasitzen, während der Friedhofsvorsteher und die Ehrengarde sich um alles kümmerten.

Sie spielten den Zapfenstreich und falteten die Flagge, die über Henrys Sarg gebreitet lag, mit raschen, präzisen Bewegungen zusammen. Einer der Marines trat vor Ellie, beugte vor ihr das Knie und überreichte ihr mit beiden Händen die Flagge. Dabei sagte er gedämpft etwas zu ihr.

Bram nahm mir Arielle aus dem Arm, und ratlos sah ich zu, wie er ihr Köpfchen eng gegen seine Brust schmiegte und die andere Seite mit seiner Handfläche zudeckte.

Beim ersten Gewehrschuss des Saluts fuhr ich heftig zusammen.

Ich schloss die Augen und lauschte den darauffolgenden beiden Schüssen, wie sie durch den stillen Abend dröhnten.

»Danke«, flüsterte ich gegen Brams Schulter gelehnt.

»Wollte nicht, dass es ihr in den Ohren wehtut«, erwiderte er.

Ich nickte, und meine Brust zog sich spürbar zusammen.

Und dann, urplötzlich, war es vorbei, und von uns wurde erwartet, dass wir ihn allein dort zurückließen.

»Ich bin heilfroh, dass es vorbei ist«, gab Katie still zu. Sie ließ sich neben mich auf die Couch sinken, wo ich gerade Arielle ihr Fläschchen gab.

Der letzte Besuch von Mike und Ellie hatte vor einer Viertelstunde das Haus verlassen. Die Beerdigung war reibungslos verlaufen, soweit man das von Beerdigungen sagen konnte, war aber natürlich schmerzlich gewesen. Sehr schmerzlich. Es hatte sich schlimm angefühlt, Henry dort auf dem Friedhof zurückzulassen. Ich versuchte, mir einzureden, dass es nicht mehr Henry war. Dass da bloß seine sterbliche Hülle im Boden lag, nicht der Junge, mit dem ich aufgewachsen war – doch es machte keinen Unterschied. Er lag dort in der kalten Erde, und ich fürchtete, dass ich anfangen würde zu schreien, wenn ich länger darüber nachdachte.

Keiner von uns hatte es über sich gebracht, anschließend einfach wegzugehen, und am Ende hatten Dan und Liz die Kinder zurück zu den Autos gebracht und nach Hause gefahren, während wir Übrigen zugeschaut hatten, wie ein kleiner Traktor Henrys Grab mit Erde zuschaufelte.

Irgendwann waren wir schließlich doch gegangen, nur Trevor nicht, der erklärt hatte, er wolle noch ein paar Minuten bleiben.

Er war bis jetzt nicht zurückgekommen.

»Wann muss Shane denn wieder los?«, fragte ich Kate und nahm Arielle das Fläschchen aus ihrem trägen Mund.

»Er fliegt morgen mit uns zurück und bricht einen Tag später wieder auf.« Sie nahm mir Arielle aus dem Arm, kuschelte sie an ihre Brust und tätschelte ihr liebevoll den Rücken.

»Bist du sicher, dass du nicht noch ein bisschen bleiben willst?«, fragte ich und setzte mich so hin, dass ich ihr leichter das Gesicht zuwenden konnte. »Wenn Shane sowieso von euch aus wieder losfährt, könntest du doch …«

»Nein«, schnitt Kate mir mit einem knappen Kopfschütteln das Wort ab. »Ich würde gern noch ein bisschen hier sein, aber die Kinder müssen zurück nach Hause.« Sie lächelte mich traurig an. »Sie müssen zurück in ihr eigenes Zuhause, zurück in ihr gewohntes Umfeld. Die Kleinen werden sich leicht wieder einfinden, Keller, Gavin und Sage nimmt das alles allerdings ziemlich mit.«

Ich nickte. Henry hatte seit über einem Jahr in San Diego gelebt, und ich wusste, dass Kate, Shane und die Kinder ihn dort regelmäßig gesehen hatten. Bei uns in Oregon war das anders, zu uns war er nur auf Besuch gekommen, wenn er mal Urlaub hatte. Die Anderson-Kinder würden sich erst daran gewöhnen müssen, dass ihr Onkel nicht mehr mit am Abendbrottisch saß oder zu ihren Geburtstagen kam. Für sie war er kein entfernter Verwandter, sondern ein wichtiger Teil ihres alltäglichen Lebens. Und nicht nur, dass sie diesen Verlust bewältigen mussten, hatten sie auch noch einen Vater, der fünf weitere lange Monate am anderen Ende der Welt stationiert sein würde.

»Möchtest du, dass ich komme?«, versuchte ich es. »Ich hab noch etwas Elternzeit übrig.«

»Nee.« Kate schüttelte den Kopf. »Ich glaube, das würde Bram wirklich den Rest geben.«

»Was meinst du?«, stutzte ich und öffnete damit Tür und Tor für eine ganze Bandbreite von Zeug, mit dem ich im Moment gar nichts zu schaffen haben wollte.

»Er liebt dich, du Idiotin«, erklärte sie nachdrücklich. »Schlimm genug, dass Shane und ich getrennt sein müssen. Da müsst Bram und du nicht auch noch damit anfangen.«

»Wir sind aber nicht zusammen«, entgegnete ich hölzern und stützte den Kopf auf. »Das ist nicht dasselbe.«

»Er bleibt also nicht manchmal die ganze Nacht bei dir?«, fragte sie beharrlich. »Wie viel mehr *zusammen* braucht ihr denn?«

»So ist es nicht.«

»Oh doch, es ist ganz genau so.«

»Er hat mit mir Schluss gemacht, Kate«, schnaubte ich und schloss die Augen. »Wie viel mehr Klarheit brauchst du denn? Wir sind einfach nicht zusammen. Er will nicht.«

»Er liebt dich.«

»Alex und Trevor lieben mich auch. Und ich bin mit keinem von ihnen zusammen.«

»Du hast auch mit keinem von ihnen geschlafen«, gab Kate zurück, ehe sie kurzzeitig in Schweigen verfiel. »Hast du doch nicht, oder?«

»Ach, halt den Mund«, versetzte ich, und sie lachte. »Hör zu«, fuhr ich fort, »ich hab's verstanden. Zwischen Bram und mir gibt es diese Sache, aber das bedeutet nicht, dass es sich in irgendeine Richtung weiterentwickeln wird. Ich muss auch an Arielle denken.«

»Er hat Arielle absolut ins Herz geschlossen.«

»Das hat er«, pflichtete ich ihr bei. »Total. Aber er möchte nicht der Papa sein.«

»Das weißt du doch nicht ...«

»Das weiß ich sehr wohl. Er hat das mehr als deutlich gemacht, Katie. Und das ist okay. Er ist uns nichts schuldig oder so. Aber ich kann nicht von Neuem etwas mit ihm anfangen, wenn ich weiß, dass es keine Zukunft für uns gibt. Das ist weder für mich fair noch für sie.«

»Mom sagt, wir sollen alle ins Esszimmer kommen«, ertönte Brams Stimme tonlos hinter uns. Mein Körper spannte sich augenblicklich an. Ich wusste nicht, wie viel er von unserem Gespräch mitbekommen hatte, dem Ton seiner Stimme allerdings nach zu urteilen, musste er zumindest einen Bruchteil aufgeschnappt haben.

Langsam drehte ich mich zu ihm um und sah ihn an. Doch unsere Blicke trafen sich nur eine Sekunde lang. Dann machte er kehrt und wandte sich ab.

»Scheiße«, seufzte Kate und erhob sich von der Couch.

»Ist schon gut«, behauptete ich gedankenverloren. Ich versuchte, es beiseitezuschieben. Schließlich hatte ich nichts gesagt, was Bram und ich nicht sowieso schon wussten.

Wir waren kein Paar, und wir würden auch keines werden. Ich liebte ihn, vermutlich würde ich ihn immer lieben. Doch das hieß nicht, dass wir Hand in Hand über eine bunte Sommerwiese laufen würden, glücklich bis ans Ende unserer Tage. Das wirkliche Leben lief nicht so. Im wirklichen Leben verunglückten Menschen bei tödlichen Unfällen während einer Militärübung. Männer verließen ihre Frauen monatelang, um in irgendwelchen Kriegen zu kämpfen, mit denen sie persönlich überhaupt nichts zu tun hatten. Fünfzehnjährige Mädchen wurden schwanger und sahen sich gezwungen, ihr Baby wegzugeben.

Paare trennten sich, weil einer von beiden Kinder wollte, der andere nicht.

Ich folgte Kate ins Esszimmer und blieb wie versteinert stehen, als ich die ganze Familie um den Esstisch versammelt sitzen sah. Anscheinend war Trevor in der Zwischenzeit durch die Hintertür zurückgekommen, denn auch er hatte seinen Platz eingenommen, einen Arm um Ellie gelegt, die ihm leise ins Ohr sprach. Die Kinder hielten sich in einem der rückwärtigen Schlafzimmer auf und schauten einen Film – ich spähte aus den Augenwinkeln zu den Klappstühlen, auf denen sie normalerweise saßen und die nun zusammengeklappt an der gegenüberliegenden Wand lehnten. Von den Erwachsenen war ausnahmslos jeder anwesend und saß am Tisch.

»Kommt, setzt euch«, forderte uns Dan von seinem Platz am Kopf der Tafel aus auf.

Ich setzte mich langsam in Bewegung und sah, wie Bram Arielle aus Kates Armen nahm, als Kate an ihm vorbeiging.

Als sie sich hingesetzt hatte, blieben zwei freie Plätze übrig.

»Hier«, bot mir Bram an und rückte den Stuhl zu seiner Linken zurück. »Setz dich.«

Ich ließ mich steif darauffallen, und da saßen wir nun, starrten uns an und warteten anscheinend darauf, dass einer von den Eltern etwas sagte.

Schließlich räusperte Ellie sich vernehmlich.

»Erst einmal wollte ich euch Kindern Danke sagen dafür, wie ihr euch diese Woche eingesetzt habt.« Sie schluchzte leise, hob ihr Kinn und krampfte ihre Hände auf dem Tisch ineinander. »Ich wüsste nicht, wo ich jetzt wäre, wenn meine Söhne nicht die Dinge in die Hand genommen und sich um alles so gekümmert hätten, wie sie es getan haben. Das gilt auch für euch.« Sie sah uns reihum über den Tisch hinweg an, und ihr Blick blieb auf Bram und mir liegen, ehe er sich zu Alex und Katie weiterbewegte.

»Henry war mein Baby«, presste sie hervor. Gequält hielt sie inne, um zu schlucken.

Meine Hand schoss blindlings vor und umklammerte einen von Brams Oberschenkeln. Ich hielt mich fest, als eine Welle von Trauer mich zu überrollen schien.

»Henry war mein Baby«, wiederholte Ellie noch einmal, nachdem sie ihre Fassung wiedererlangt hatte. »Und ich weiß noch nicht, wie es nun weitergehen soll. Zur Hölle noch mal, ich kann kaum über den nächsten Tag hinausdenken, geschweige denn über die Dinge, die in weiterer Zukunft liegen.«

Bram bedeckte meine Hand auf seinem Bein mit seiner, krümmte die Finger und verwob sie mit meinen.

»Aber ich habe vorhin mit Liz gesprochen«, fuhr Ellie fort, indem sie sich umblickte. »Wir haben uns anvertraut, wie froh wir doch sind, Kinder zu haben, die uns besuchen, wann immer sie können. Eine Familie, die glücklich ist, wenn sie gemeinsam Zeit verbringen kann, und die sich gegenseitig liebt. Nicht alle Menschen haben das, wisst ihr? Kinder werden erwachsen, leben sich auseinander – aber nicht ihr. Ihr steht euch heute noch so nah wie damals, als ihr klein wart.«

Bram umschloss meine Hand fester.

»Keiner von euch wollte wieder so zusammensitzen, wie wir es jetzt gerade tun«, hob Ellie an. »Und ich verstehe das, denn ich wollte es auch nicht.« Sie schniefte, und Mike hob die Hand und streichelte ihr über den Rücken.

»Aber das hier – sich zusammen zu den Mahlzeiten an einen Tisch zu setzen – ist immer wichtig gewesen, und jetzt ist es vielleicht noch wichtiger. Ich möchte das nicht aufgeben. Also werden wir nun hier zusammensitzen und uns all die Desserts schmecken lassen, die die Leute uns gebracht haben, und wir werden uns unterhalten, und Alex wird Trevor piesacken, bis er die Zähne zusammenbeißt, und Kate wird versuchen, quer über den Tisch mit Ani zu reden, auch wenn beide an den gegenüberliegenden Enden sitzen. Wir werden das hier jetzt in Angriff nehmen und bewältigen, damit es uns beim nächsten Mal, wenn wir wieder hier zusammenkommen und mein lieber Junge nicht dabei sein wird, vielleicht ein ganz klein wenig leichter fallen wird.« Ellie unterstrich diese letzten Worte mit einem beharrlichen Nicken.

Es war eine gute Rede. Ich verstand, was sie sagen wollte, und rechnete es ihr hoch an, wie viel Mühe sie sich gab. Aber nachdem sie geendet hatte und sich in ihrem Stuhl zurücklehnte, rührte niemand auch nur einen Finger.

Ich spähte zu Trevor hinüber, der mit gesenktem Kopf auf seinen Teller starrte. Dann sah ich Shane und Kate an, die stumme Blicke tauschten. Keiner von uns wollte den ersten Schritt tun. Ich schaute schließlich zu Alex, und ich nahm alle

Kraft zusammen, als ich den Ausdruck sah, der in seinen Augen lag.

»Ich versteh ja, was du sagen willst, Tante Ellie, und ich bin auch total dafür und alles. Aber ich werde auf gar keinen Fall was von Mrs. Nielsens Ananaskuchen essen«, versetzte er stur, begleitet von einem Kopfschütteln. Er blickte finster drein. »Das letzte Mal, als sie einen vorbeigebracht hat, hatte ich danach tagelang Dünnpfiff.«

Am Tisch erstarrten alle.

Mike war der Erste, der es nicht länger unterdrücken konnte, und kaum durchbrach sein raues Wiehern unser Schweigen, fingen plötzlich auch wir anderen an zu lachen. Wir lachten regelrecht Tränen.

Binnen kürzester Zeit war ich mir nicht mehr sicher, ob wir noch wegen Alex lachten. Wir lachten aus schierem Erstaunen darüber, dass wir überhaupt noch zum Lachen in der Lage waren. Wir lachten, um uns zu beweisen, dass wir es weiterhin konnten. Mochte sein, dass wir völlig am Boden zerstört waren, aber letzten Endes würden wir weiterleben und nicht immer an die schwarzen Löcher denken müssen, die in unserer Brust klafften. Wir lachten, weil wir wussten, dass Henry auf Alex' Kommentar hin eine völlig unangebrachte Bemerkung gemacht hätte und wir seine Stimme in unseren Köpfen hören konnten. Wir lachten, weil wir so lange geweint hatten, dass jede andere Emotion schon fast eine Erleichterung darstellte.

»Ich mein das ernst!«, wetterte Alex, und wir lachten noch mehr.

Ich wischte mir die Tränen aus dem Gesicht und spürte, wie Bram mir die Hand drückte. Als ich zu Alex aufsah, zwinkerte er mir zu und lächelte sanft.

Ich lächelte zurück.

»Also, dann kommt der hier schon mal vom Tisch«, murmelte Liz amüsiert, stand auf und nahm einen der Kuchen vom Tisch. »Der Rest sollte in Ordnung sein.«

Sie trug den Kuchen in die Küche, und ich schnitt Alex eine Grimasse, woraufhin sein Lächeln nur noch breiter wurde. Er wusste verdammt noch mal genau, dass ich Mrs. Nielsens Ananaskuchen sehr wohl mochte, und außerdem war bewiesen, dass seine Diarrhöe nichts damit zu tun hatte, weil wir uns beide nämlich damals das letzte Stück geteilt hatten und ich anschließend keine Magenprobleme gehabt hatte.

Von Henry hätte ich diesen fiesen Trick erwartet, aber nicht von … Mein Blick schoss wieder zu Alex hoch, und meine Augen begannen zu brennen.

»Mistkerl«, formte ich das Wort mit den Lippen und gab ein verweintes Lachen von mir.

»Armes Mädchen!«, gab er unhörbar zurück und warf mir eine Kusshand zu.

»Kuchen!«, schrie Gunner, der ins Esszimmer gerannt kam und in seinen Socken über das Parkett schlitterte, bis er zum Stehen kam.

Keller stürzte direkt hinter seinem Bruder her. »Es gibt Kuchen?«

»Ich will auch!«, rief Gavin verzweifelt vom Ende des Flurs.

Ich sah zu den Kindern, bemerkte, wie ihre Blicke durchs Zimmer huschten auf der Suche nach einem Verbündeten.

Ich wusste instinktiv, wer noch vor eineinhalb Wochen die Rolle jenes Verbündeten sofort und ohne zu zögern übernommen hätte.

»Gut mitgedacht«, sagte ich und sprang von meinem Platz auf. »Eure Tante gibt euch alles, was ihr möchtet. Holt eure Stühle und setzt euch an den Tisch.«

»Ani«, warnte mich Katie mit mahnendem Unterton.

Doch ich ignorierte sie. Meine älteste Nichte und ihre drei Brüder hatten bereits ihre Mutter verloren. Gunner würde sich an Rachel nie erinnern, und ich wusste nicht, wie viel Gavin noch von ihr behalten hatte – aber Keller und Sage hatten die wichtigste Person in ihrem Leben verloren. Sicher, sie hatten Shane und Kate, die für sie sorgten, und einen liebenden, großen Familienkreis, der sich gut um sie kümmerte. Aber das änderte nichts daran, dass ihnen wieder einmal der Boden unter den Füßen weggezogen worden war.

Ich konnte wenig anderes für sie tun, als sie zu lieben. Bald würden sie wieder zurück nach Kalifornien fahren, und ich würde sie monatelang nicht sehen.

Doch diese eine Sache konnte ich tun: ihnen diesen Verbündeten wiedergeben, der ihnen den Rücken freihielt und sie nach Strich und Faden verwöhnte, während die Eltern hilflos zusehen mussten.

Meine Neffen wollten Kuchen essen, und jetzt war es an mir, sie zu verwöhnen.

»Also, da hätten wir White Cake, Kürbiskuchen, so eine Art Wackelpudding mit Sahne, und das hier sieht sehr nach Brownies aus«, erklärte ich Keller, der hastig seinen Klappstuhl an den Tisch heranrückte.

»Alles«, sagte er fest entschlossen und sah mich mit breitem Grinsen an.

Ich spähte zu Kate hinüber, der Tränen in die Augen traten.

»Tja, warum eigentlich nicht?«, sagte ich.

Kapitel 15

Abraham

»Dann hoffe ich mal ganz fest, dass sich im Flugzeug niemand übergeben wird«, befand Kate, als wir uns am Tag nach Henrys Beerdigung verabschiedeten.

Kate und Shane fuhren nach San Diego zurück, weil Shane am folgenden Tag wieder los ins Ausland musste, um seinen Einsatz fortzuführen. Meine kleine Schwester hielt sich wacker, aber ich wusste, dass sie kurz davorstand, völlig zusammenzubrechen.

Normalerweise, wenn einer von den Jungs auf Einsatz ging, ließen wir gar nicht erst zu, uns auszumalen, was alles Schreckliches passieren konnte. Sich von vornherein auf ein Worst-Case-Szenario einzustellen, schien so eine Art böses Omen zu sein. Außerdem war es schlicht dumm. Man konnte nicht überleben, wenn man immer auf das Schlimmste wartete – man musste darauf vertrauen, dass es gut gehen würde.

Doch genau das konnten wir jetzt nicht mehr.

Wie sollten wir auch an etwas anderes denken? Henry war ums Leben gekommen – auf amerikanischem Grund und Boden, wo er eigentlich nicht mal hätte in Gefahr sein dürfen.

Shane ging zurück in ein Kriegsgebiet. Die gesamte Familie stand am Rande eines Nervenzusammenbruchs.

»Ach, bitte«, tat Ani Kates Einwand ab und umarmte sie.

»Gunner ist dank seines Zuckerschocks noch bis Mitternacht wie ein Verrückter im Zimmer herumgesprungen«, versetzte Kate, als sie sich abwandte, um Mom und Dad zu umarmen.

»Sie wird es vergessen, meint ihr nicht?«, murmelte Ani aus dem Mundwinkel und sah mich an.

»Vermutlich nicht«, scherzte Alex. Er legte Ani den Arm um die Schultern, während wir zusahen, wie Kate und Shane die Kinder von der Veranda in die Trucks von Dad und meinem Onkel scheuchten. Sie waren zu viele, um in einem Wagen zu fahren.

Ich schüttelte den Kopf über den Gedanken, so viele Kinder zu haben, dass man sie nur noch in einem Minivan herumkutschieren konnte. Kate und Shane schienen da ein gutes System entwickelt zu haben, doch ich konnte mir kaum vorstellen, jemals mehr als zwei Kinder zu haben.

Aber wenn ich mir meine kleine Tochter ansah, die in meinem Arm schlummerte …

Ich hielt inne. Okay, ich saß echt in der Klemme.

»Bram? Hallo!«, rief Alex und klatschte in die Hände.

»Was ist?«, fragte ich und riss mich von Arielles Anblick los.

»Du müsstest mir die Kleine schon geben«, erklärte er. »Wir wollen doch heute zu Trevor.«

Ani begann hektisch zu winken, als die beiden Trucks in der Auffahrt zurücksetzten, und ich wandte mich von meinem Bruder ab und hob selbst den Arm zum Abschied.

Kate saß im Truck meines Onkels vorn in der Mitte. Sie klammerte sich an ihren Mann. Tränen liefen ihr übers Gesicht. Verdammt.

Ich verstand ja, dass das Leben weitergehen musste, aber ich wollte verflucht noch mal, dass wir alle zusammenblieben. Ich fand es furchtbar, dass Kate schon wieder losfuhr und Alex morgen aufbrechen musste. Wie konnte ich sichergehen, dass es ihnen allen gut ging, wenn sie sich über das ganze Land verteilten?

Der Einzige, der in der Lage gewesen war, Kate während der langen Phasen von Shanes Abwesenheit aufzufangen, war Henry gewesen, der in ihrer Nähe lebte, in San Diego. Und nun würde sie mit ihren fünf Kindern ganz allein in Kalifornien sein. Bei dem Gedanken wurde mir ganz anders.

»Komm, Bruderherz«, murmelte Alex, und Ani nahm mir Arielle aus dem Arm. »Trev ist nicht mal gekommen, um Tschüss zu sagen.«

»Ja, was sollte das eigentlich, zum Teufel?«, verlangte ich zu wissen und gab Ani geistesabwesend einen Kuss auf die Stirn, bevor sie zurück ins Haus ging.

»Junge, du sitzt so tief in der Klemme«, gab Alex fast wortgleich meinen eigenen Gedanken wieder. Er gluckste.

»Ich weiß, Mann«, bekannte ich reumütig und strich mir über den Bart.

»Mom, wir sind bald wieder da«, rief ich, als meine Mom und Tante Ellie zusammen mit Ani wieder ins Haus gingen. »Wir schauen mal bei Trev vorbei.«

»Gut«, erwiderte Tante Ellie. Sie drückte mir im Vorbeigehen den Arm.

Daraufhin stiegen Alex und ich in meinen Truck und setzten zurück. Das Grundstück, auf dem Trevs Haus stand, grenzte an das meiner Eltern an. Im Sommer konnten wir mit Quads durch den Wald bis zu ihm fahren. Im Winter nahmen wir allerdings lieber einen Truck. Wer einmal mit einem Quad im

Schlamm stecken geblieben war, während es wie aus Eimern goss, wusste, warum.

»Was ist mit Trev los?«, fragte Alex, als ich aus der Einfahrt auf die Straße bog.

Ich zuckte die Achseln. Ich war so damit beschäftigt gewesen, Ellie im Blick zu behalten, um sicherzugehen, dass sie es durchstand – daneben hatte ich mich um Ani und Arielle gesorgt, wann immer ich glaubte, dass Ellie gerade halbwegs auf dem Damm war –, dass ich mit Trevor kaum geredet hatte.

»Ich weiß nicht, Mann«, gab Alex zu bedenken. »Er hat sich um den ganzen Papierkram wegen Hen gekümmert, und vielleicht ist er da auf etwas gestoßen, das ihn fertiggemacht hat.«

Ich fuhr herum und sah meinen Zwillingsbruder an. »Sie haben bereits das Sterbegeld und alles geschickt?«, fragte ich erstaunt. Ich hatte den Eindruck, dass sich die Armee damit normalerweise immer ziemlich viel Zeit ließ.

»Nein, sein Testament. Ich glaube, er hat es aufsetzen lassen, als er das letzte Mal hier war. Keine Ahnung, warum er dafür nicht die Servicestellen benutzt hat, die es auf dem Stützpunkt gibt. Muss verdammt nervig gewesen sein, diesen ganzen Mist auszuklamüsern, wenn der Anwalt meilenweit weg ist.«

»Dieser Junge hat die Dinge nie auf einfache Weise erledigt«, bekannte ich mit einem Schmunzeln. Fünf Minuten später bog ich in Trevors lange kiesbestreute Auffahrt ein.

»Wenn ich nur wüsste, was passiert ist«, murmelte Alex vor sich hin und schaute aus dem Fenster. »Aber zum jetzigen Zeitpunkt werden sie uns wohl leider nichts sagen.«

»Meinst du, die versuchen, etwas zu vertuschen?«, fragte ich, als wir hielten.

»Soll ich ehrlich sein?«, versetzte Alex.

»Ja.«

»Ich glaube, dass Henry möglicherweise leichtsinnig war und ein Risiko eingegangen ist, das er nicht hätte eingehen dürfen«, presste Alex durch seine zusammengebissenen Zähne hervor. Schließlich wandte er sich mir ganz zu, und seine Augen blitzten. »Aber erwähn das kein zweites Mal.«

»Natürlich nicht«, murmelte ich und sah ihn eindringlich an.

»Die sind normalerweise vorsichtig, Bruder«, sagte er. »Die treffen Vorkehrungen für alles Mögliche. Wenn Henry also etwas passiert ist, dann ist die Wahrscheinlichkeit groß, dass er Mist gebaut hat.«

Die Haustür wurde geöffnet, und Trevor kam raus. Er trug eine verlotterte alte Jogginghose und ein Flanellhemd und sah aus, als hätte er eine verdammt lange Kneipentour hinter sich. Seinen taumelnden Bewegungen nach zu urteilen, fürchtete ich, dass er immer noch betrunken war.

»Wenn, dann dürfen sie es niemals erfahren«, wähnte Alex leise, den Blick auf Trevor gerichtet.

Alex stieg aus. Ich schaltete den Motor aus und folgte ihm auf die vordere Veranda.

»Wollt ihr vielleicht was trinken?«, krächzte Trev und wandte sich bereits wieder ab, um hineinzugehen. »Ich hab Whiskey.«

»Nein, Mann. Danke«, wehrte Alex ab.

»Ich muss noch fahren«, antwortete ich und folgte ihnen hinein.

Im Haus war es ziemlich düster, aber es brannte ein Feuer im Kamin im Wohnzimmer. Es sah ganz so aus, als sei dies der Ort gewesen, an dem Trev kampiert hatte, seit er in der Nacht zuvor aus Ellies und Mikes Haus verschwunden war. Auf dem

Tisch stand eine Flasche Jack Daniel's neben einem Wasserglas, das zur Hälfte mit der braunen Flüssigkeit gefüllt war. Daneben lag ein Stapel Papiere, die aufs Geratewohl in eine Aktenmappe gestopft worden waren.

»Was ist los, Trev?«, hob ich an, als er sich auf die Couch fallen ließ und in ein Kissen sank, das er aus seinem Bett angeschleppt haben musste.

»Henry, dieser Vollidiot«, spie er und schüttelte den Kopf. »Dieser riesengroße Vollidiot.«

Ich tauschte einen erstaunten Blick mit Alex, dann trat ich vor. Trev begann zu weinen. Er schluchzte nicht oder sonst irgendein Jammerkram. Tränen rannen über sein bebendes Gesicht, als wüsste er nicht, ob er wütend oder traurig sein sollte.

Alex setzte sich in einen Schaukelstuhl neben der Couch. »Hast du sein Testament bekommen?«, fragte er.

»Er hat richtig Scheiße gebaut, Mann«, eröffnete Trev leise. Er schüttelte weiter den Kopf. »Ich werd's meinen Eltern erzählen müssen, aber ... Fuck!«

Ich setzte mich neben ihn und zermarterte mir das Hirn darüber, was ich sagen konnte. Er war eindeutig alles andere als nüchtern, und was er sagte, ergab keinen Sinn. Aber dass etwas passiert war, wusste ich, und nach der Menge Whiskey zu urteilen, die er binnen weniger als zwölf Stunden getrunken hatte, musste es etwas Schlimmes sein.

»Wir haben keine Ahnung, was du uns sagen willst«, machte Alex vorsichtig klar.

Ich hätte fast laut losgelacht. Überließ man Alex das Ruder, ging er immer gleich in die Vollen.

Trevor senkte den Kopf und wischte sich das Gesicht mit dem unteren Saum seines Flanellhemds ab. Dann blickte er auf und deutete auf die Unterlagen auf dem Tisch.

»Ich hab mir Henrys Testament angeschaut«, führte er aus. »Das Meiste, was drinsteht, ist nichts Ungewöhnliches. Seine Anteile an der Firma hat er mir überschrieben – ich stehe jetzt höher als ihr beide –, sein Surfboard kriegt Keller. Solche Sachen eben.«

»Meine Fresse, wird das nervig sein, unter dir zu arbeiten«, klagte ich lauthals und entlockte Trevor damit ein verhaltenes Lächeln.

»Ich werde dich nachsichtig behandeln«, versicherte er trocken.

»Was ist es dann?«, unterbrach uns Alex. »Warum musst du deine Sorgen in Whiskey ertränken, verdammt?«

»Er hat alles Geld, das er auf den Konten hat, und seine Zusatzzahlungen im Sterbefall einer Frau namens Morgan Riley vermacht.«

»Wer zur Hölle ist Morgan Riley?«, platzte ich heraus und spähte aus den Augenwinkeln zu Alex.

»So wie's aussieht, ist sie die Mutter seines Kindes«, grollte Trevor. Er nahm das Glas Whiskey und stürzte die Hälfte davon hinunter.

»Henry hatte ein Kind?«, rief Alex, das Gesicht zu einer Maske der Verwirrung verzogen.

»Bei allem, was recht ist«, murmelte ich ungläubig. »Was zum Teufel?« Meine Gedanken rasten.

Ich erinnerte mich nicht, dass Henry je von einer Frau gesprochen hatte, mit der er länger als eine Nacht zusammen gewesen war, geschweige denn von einer, die er geschwängert hätte. Er hatte nie ein Wort gesagt, nicht die leiseste Andeutung gemacht, nicht mal einen Wink gegeben.

»Ja, ehrlich wahr.« Trevor setzte das Whiskeyglas ab. »Er hat diese ganze Sache genau geplant – hat dafür gesorgt, dass seine Papiere mir zugeschickt werden, damit ich Mom erzählen darf, dass ihr Jüngster ein Mistkerl ist, der eine Tochter hatte, um die er sich nicht kümmert. Er hat mir sogar einen Brief hinterlassen.«

Ich saugte scharf die Luft ein.

Der Gedanke, dass Henry eine Tochter hatte, die ihren Vater nun nie kennenlernen würde, weckte in mir den Wunsch, mich einfach hinzusetzen und zu weinen. Sie würde nie erfahren, was für einen Humor er hatte oder wie es war, wenn er sie mitten am Tag aus der Schule holte, weil er spontan Lust auf ein Eis hatte. Er würde ihr nie Fahrradfahren beibringen oder Surfen. Vor alledem hatte er sich gedrückt, und nun gab es nicht mal mehr die Möglichkeit für ihn, es sich anders zu überlegen. Was um alles in der Welt war in seinem Kopf vorgegangen?

Das würde ich Arielle nie antun.

Der Gedanke ließ mir den Atem stocken. Gott. Am liebsten wäre ich noch in dieser Sekunde zum Haus meiner Eltern zurückgefahren, nur um Arie im Arm zu halten. Ich konnte mir nicht einmal vorstellen, wie es wäre, nicht mitzuerleben, wie sie aufwuchs. Nie zu hören, wie Ani ihr Gutenachtgeschichten vorlas oder ihr die Haare zu kleinen Zöpfen flocht.

»Ich muss es den Eltern sagen«, stellte Trevor klar und fuhr sich mit einer Hand über das Gesicht. »Wahrscheinlich sollte ich gleich heute rübergehen, wenn Tante Liz und Onkel Mike auch da sind.«

»Möchtest du, dass wir mitkommen?«, fragte Alex. Er rieb sich die Oberschenkel, als wüsste er nicht, wohin mit seinen Händen.

»Nee, ich glaub, es ist besser, wenn nicht«, bekannte Trev erschöpft. »Bram, kannst du Ani nach Hause fahren und ihr sagen, was los ist?«

»Klar.« Ich sprang auf.

»Ich fahr dich rüber und mach mich sofort danach aus dem Staub«, teilte Alex Trevor mit. »Aber erst solltest du mal duschen und dir dieses Gewächs aus dem Gesicht rasieren.«

»Onkel Mike und Dad sind bestimmt erst so ungefähr in einer halben Stunde wieder da«, erinnerte ich meinen Bruder.

»Ja, das sollte hinhauen.« Mit einem Seufzer rappelte Alex sich auf. »Auf geht's, Kumpel. Du kannst schließlich nicht im Haus deiner Eltern aufkreuzen und wie ein Landstreicher aussehen.«

Die beiden trotteten in Trevors Schlafzimmer, und ich machte mich wieder auf den Weg. Ich ging nach draußen, wo ich in meinen Truck stieg und die Stirn aufs Lenkrad sinken ließ.

Ich verstand gut, warum die Sache Trevor derart mitnahm. Wir alle trauerten um Henry. Ich für meinen Teil hätte alles gegeben, nur um ihn zurückzukriegen oder noch einmal seine Stimme zu hören, sein Gesicht zu sehen.

Aber gleichzeitig war ich jetzt so wütend auf diesen Mistkerl, dass ich am liebsten irgendwo reingeschlagen hätte.

»Hat es einen Grund, wieso du mich aus dem Haus getrieben hast, als würde es lichterloh in Flammen stehen?«, fragte Ani mehr als verstimmt, als wir endlich im Wagen saßen und von meiner Tante und meinem Onkel wegfuhren.

»Ja«, grummelte ich. Meine Hände umklammerten das Lenkrad.

Trevor hatte mir grünes Licht gegeben, Ani von Henrys Tochter zu berichten, aber ich hatte keinen Schimmer, wie ich das Thema anschneiden sollte. *Hey, wusstest du, dass Henry ein Kind gehabt hat, von dem er nichts wissen wollte?* Ja, eben. Das würde ganz hervorragend anfangen.

»Und? Was geht ab?«, wollte Ani ungeduldig wissen und legte ihre Handtasche auf den freien Platz zwischen uns.

»Trev hat Henrys Testament vom Anwalt gekriegt.« Kaum hatte ich es gesagt, als Ani mir erneut in die Parade fuhr.

»Moment, wieso denn das? Warum haben nicht Ellie und Mike es bekommen?«

»Weil er wollte, dass Trevor es kriegt«, versetzte ich.

»Okay, und weiter?«

»Er hatte ein Kind, Ani«, sagte ich gedämpft.

Aus den Augenwinkeln behielt ich sie im Blick.

»Was? Nein, von wegen«, schnaubte sie.

»Er hat Trevor einen Brief hinterlassen, und er hat der Mutter seiner Tochter seine Sterbezulage und alles Geld hinterlassen, das er auf seinen Konten hat.«

Im Wagen herrschte eine geraume Zeit Stille.

»Was?«, hob Ani schließlich an. Sie drehte den Kopf und starrte mich an. »Was um Himmels willen?«

»Keine Ahnung. Mehr hat Trevor nicht erzählt.«

»Wie alt ist die Kleine?«

»Hat er nicht gesagt.«

»Und wo ist sie?«

»Hat Trevor auch nicht gesagt.«

»Na, was weißt du denn dann überhaupt, verdammte Scheiße?«, platzte es aus ihr heraus.

Ich atmete lange und tief durch die Nase, gab mir Mühe, nicht augenblicklich zurückzuschießen. Ich kam mir genauso überrumpelt vor wie sie – ich wusste, dass sie das komplett aus der Bahn warf.

»Der Name der Mutter ist Morgan. Soweit ich weiß, hatte Henry weder zu ihr noch zu dem Mädchen Kontakt. Das ist alles, was ich von Trevor weiß«, schloss ich, um Sanftheit in der Stimme bemüht.

»Nun, vielleicht hat er es ja versucht«, wähnte Ani, als wir vor ihrem Haus vorfuhren. »Ich meine, schließlich wissen wir nicht, was passiert ist. Vielleicht hat sie ...«

»Er hat seine Tochter sitzen lassen, Ani«, blaffte ich ungläubig.

»Das weißt du nicht!« Sie sprang aus dem Truck, sobald ich den Motor ausgeschaltet hatte, und beugte sich durch die Hintertür wieder herein, um Arielle herauszunehmen. »Vielleicht hat er es versucht ...«

»Nein«, unterbrach ich sie und nahm ihr Arielle in ihrem schweren Kindersitz aus der Hand. »Er hat sie verlassen.«

Sie fuhr mich an: »Du weißt doch gar nicht, was du redest.« Sie stapfte zum Haus. »Du kannst nicht mit Sicherheit sagen, ob er versucht hat, Kontakt aufzunehmen oder nicht.«

Ich folgte ihr nach drinnen und stellte Arielle in ihrem Kindersitz im Flur ab – nicht ohne mich vorher zu versichern, dass sie noch schlief –, ehe ich hinter Ani her in die Küche ging.

»Er hat kein einziges Mal ein Kind erwähnt«, rief ich ihr ins Gedächtnis, als ich vor ihr stand. »Wenn er vorhatte, Vater des Jahres zu werden, wieso hat er dann nichts gesagt?«

»Er ist nun mal nicht hier, um sich zu verteidigen, also keine Ahnung!«, schrie sie, die Hände beiderseits zu Fäusten geballt.

»Er hat seine Tochter im Stich gelassen!«, schrie ich zurück und warf die Hände empor. »Und er hatte nie vor, uns auch nur einen Ton zu sagen.«

»Woher zum Teufel willst du das so genau wissen?«

»Weil er, wenn er nicht gestorben wäre, jetzt immer noch ein Scheißvater wäre, der seinem Kind den Unterhalt verweigert, und wir immer noch nichts davon wüssten«, brachte ich heraus.

Anis Hand schnellte vor. Ich hatte kaum Zeit, sie am Handgelenk zu packen, bevor sie mir eine Ohrfeige verpasste.

»Woher nimmst ausgerechnet du das Recht, Hen so zu verurteilen?«, fragte sie mit heiserem Unterton.

»Willst du mich verarschen?« Ich trat einen Schritt von ihr weg.

»Du willst doch auch keine Kinder.«

»Ich hab auch niemanden geschwängert!«, rief ich aus.

»Nein, du bist bloß abgehauen in der Sekunde, in der dir klar wurde, dass ein Baby ins Spiel kommt«, bekannte sie seelenruhig. Sie verschränkte die Arme vor der Brust.

»Das ist doch ganz was anderes«, murrte ich und schüttelte verwirrt den Kopf.

»Du hast nicht das Recht, Hen zu verurteilen, solange du nicht weißt, was passiert ist«, beharrte Ani. »Es ist so leicht, mit dem Finger auf jemanden zu zeigen, der sich nicht mehr verteidigen kann, weil er tot ist.«

Daraufhin sah ich sie völlig bestürzt an. Ani war loyal, daran hatte noch nie ein Zweifel bestanden. Ich hatte allerdings noch nie erlebt, dass sie bei einer wichtigen Sache den Kopf in den Sand steckte. Ihr musste klar sein, dass sie Henry nicht vor mir verteidigen musste. Ich liebte ihn. Nichts würde daran je etwas ändern – was aber nicht hieß, dass ich nicht verdammt sauer auf ihn sein durfte.

Ani war tief verletzt. Ich sah es deutlich an ihrer Körperhaltung. Daran, wie sie den Kopf neigte. Am Rhythmus ihrer Atemzüge. Ich kannte Ani in- und auswendig. Und ich wusste auf einmal, ohne auch nur im Geringsten daran zu zweifeln, dass es bei diesem Streit nicht länger um Henry ging.

»Ich liebe dich«, sagte ich leise und sah, wie sie die Arme um ihre Hüften schlang. »Ich weiß, ich bin nicht gut darin, aber ich versuche es, verdammt noch mal.«

»Du kannst nicht immer weiter–« Sie brach ab, und es kostete mich all meine Willenskraft, nicht diesen einen Schritt zu ihr zu machen und sie in meine Arme zu ziehen. »Ich schaff das nicht mehr. Du hast dich entschieden, noch bevor wir zusammengekommen sind.«

»Ani«, raunte ich ihr zu, als ihre Augen sich mit Tränen füllten.

Ich wusste nicht, was sie von mir erwartete. Ich hätte alles getan. Wie konnte sie denn nicht begreifen, dass ich mich ganz und gar für sie entschieden hatte?

»Du kannst hier nicht länger bleiben«, krächzte sie, und jede Silbe war ein Tritt in meinen Magen. »Es tut mir leid.«

Ich schloss die Augen und ließ den Kopf sinken. Ich wusste, ich war ein Arschloch gewesen, weil ich den Vorteil genutzt hatte, der sich mir bot. Aber seit wir die Nachricht von Henrys Tod erhalten hatten, hatte ich nicht mehr ohne sie schlafen können. Ich brauchte sie im Bett an meiner Seite. Ich musste hören, wie Arielle im Schlaf leise schnaufte, musste spüren, wie sich das Gewicht von Anis Körper an meinen schmiegte. Sonst gelang es mir nicht, so zur Ruhe zu kommen, dass ich einschlafen konnte.

»Okay«, sagte ich im Flüsterton. Ich schlug die Augen wieder auf. »Okay.«

Als ich mich von ihr wegdrehte, fragte sie: »Ist Trevor gerade bei Ellie und Mike, um es ihnen zu sagen?«

Ob sie mich dadurch noch eine Weile bei sich behalten wollte oder ob sie es wirklich wissen wollte – ich hatte keine Ahnung. Doch ich fürchtete, dass das auch keinen Unterschied mehr machte.

»Ja«, antwortete ich, ohne mich umzudrehen. »Mom wird dich danach sicher anrufen, um es dir zu erzählen.«

Ich machte mich davon, solange ich noch konnte. Am liebsten hätte ich sie angefleht, hierbleiben zu dürfen – aber dann wäre ich mir wie der letzte Waschlappen vorgekommen. So etwas brauchte sie nicht auch noch. Sie schien bereits so überwältigt von allem zu sein, dass sie im nächsten Moment vornüberzukippen drohte. Ich hatte ihr alles gesagt, und gut. Hatte ihr versichert, dass ich sie liebte – es schien allerdings keine Rolle zu spielen.

»Arielle ist wach«, rief ich, als ich die Kleine in ihrem Kindersitz sah, wie sie mit den Beinchen strampelte.

Ich hob sie mit dem ganzen Sitz zusammen hoch und hielt sie mir vor mein Gesicht. Als Aries kleine Finger an meinem Bart zupfen wollten, streckte ich den Sitz etwas weiter von mir weg. »Bis ganz bald, Prinzessin.« Ich küsste ihre Füße, mit denen sie nach meinem Gesicht trat. Als ich den Kindersitz wieder auf den Boden stellte, fing sie an zu weinen, aber ihre Mom war da, gleich nebenan, und so löste ich mich kurz darauf aus meiner Erstarrung und ging.

Ich verließ Anis Haus mit einem Ziehen in der Magengegend und zwei Mädchen hinter mir, deren Gesichter tränenüberströmt waren.

»Hast du vor, demnächst überhaupt noch mal schlafen zu gehen?«, polterte Alex in dieser Nacht los, als er in der Jogginghose in mein Zimmer gestürzt kam.

»Sorry«, sagte ich knapp und warf eine weitere zerrissene Jeans auf den Haufen neben mir. Als mir klar geworden war, dass ich an diesem Abend nicht einschlafen würde, hatte ich beschlossen, ein bisschen Arbeit zu erledigen, und nun ging ich meinen Kleiderschrank durch und mistete Sachen aus, die ich eh nicht mehr anzog.

Auf dem Boden lag bereits ein großer Haufen Wäsche – wie es aussah, war ich ein kleiner Messie, was Klamotten betraf.

»Lass gut sein, Bruderherz. Es ist drei Uhr nachts. Geh ins Bett.« Alex trat hinter mich und legte mir die Hand auf die Schulter.

Ich seufzte, stützte die Hände auf die Knie und dehnte meinen verspannten Nacken, indem ich meinen Kopf von einer Seite zur anderen neigte. Ich fühlte mich einfach nur erschöpft.

»Ohne sie kann ich nicht schlafen«, gestand ich. Ich streckte die Hände aus, um eine weitere Hose aus meiner Kommode zu holen, aber bevor ich auch nur ein Auge darauf werfen konnte, riss Alex sie mir weg und schleuderte sie beiseite.

»Du musst schlafen. Keine Widerrede«, befahl Alex. Er zog mich am Arm, bis ich ihm zum Bett folgte. »Also gut, du schläfst am einen Ende und ich am anderen.«

Ich gluckste ein wenig und kroch zwischen die Decken, froh darüber, dass Alex beschloss, mit der Steppdecke unter sich zu schlafen. Ich mochte meinen Bruder echt gerne, aber mir war es trotzdem lieber, wenn sich seine bloße Brust nicht an meinen Beinen rieb, wenn ich schlief.

»Also, was ist los mit dir?«, fragte er, nachdem wir uns sortiert hatten. »Du hast mit ihr Schluss gemacht.«

»Das wollte ich doch gar nicht«, entgegnete ich. Ich reckte den Arm und knipste die Lampe auf dem Nachttisch aus. »Ich war nur noch nicht bereit für ein Kind.«

»Ha, und guck, wie es dir damit ergangen ist«, versetzte Alex höhnisch.

Ich schnaubte und rollte mich auf den Rücken. »Tja, das hab ich wirklich nicht zu Ende gedacht.«

»Ehrlich gesagt verstehe ich immer noch nicht, was dir da im Kopf herumspukt.«

»Erinnerst du dich noch dran, als wir klein waren …«

»Kaum«, fiel er mir ins Wort.

»Als Mami schwanger wurde?«

Es dauerte einen Augenblick, bevor Alex antwortete: »Oh ja.«

»Hast du dich je gefragt, wer der Vater war?«

»Kein einziges Mal«, murmelte er und klopfte sich das Kissen unter dem Kopf zurecht, damit er mich sehen konnte.

»Ich weiß nur noch, dass die Wehen kamen und sie uns verbot, einen Notarzt zu rufen.«

»Daran erinnere ich mich nicht«, versetzte Alex und neigte sich etwas weiter vor.

»Nein?«

»Mh-mh.«

»Kacke, ich wünschte, ich auch nicht.«

»Das Baby ist gestorben, oder?« Alex sprach kaum lauter als ein Flüstern.

»Ja, Mann. Sie weinte und betete und versuchte so endlos lange, leise zu sein, dass es sich anfühlte, als würde die Geburt tagelang dauern.«

»Das weiß ich noch ein bisschen«, bekannte Alex mit einem Nicken.

»Und weißt du auch noch, wie sie mich gebissen hat?«

»Was?« Alex legte ungläubig die Stirn in Falten.

»Bin mir ziemlich sicher, dass es ein Versehen war. Ich weiß auch nicht mehr, wie es dazu kam. Aber sie griff nach meinem Arm und ... es tat höllisch weh.«

»Ach du Scheiße.«

»Du warst dabei, als das passierte. Ich erinnere mich an dich.«

»Ich muss es einfach ausgeblendet haben oder so was«, murmelte mein Bruder. Er ließ den Kopf wieder nach hinten sacken.

»Diese ganze Nacht damals war so grässlich. Und als das Baby zur Welt kam, war es tot. Alles umsonst.« Ich schloss die Augen und seufzte, den Kopf auf meine Arme gestützt.

»Danach war sie anders«, sagte Alex leise. »So viel weiß ich noch.«

»Sie hat völlig den Verstand verloren«, berichtigte ich, und meine Kiefermuskeln krampften, als ich mich an meine Mutter erinnerte, die apathisch am Küchentisch saß und ins Leere starrte.

Sie hatte versucht, sich wieder in den Griff zu bekommen. Es hatte Zeiten gegeben, da hatte ich gedacht, es wäre wieder alles beim Alten. Doch das hatte nie lange angehalten. Natürlich hatte sie weiterhin für Alex und mich gesorgt, war zur Arbeit gegangen, hatte die Familie ernährt, uns weiter sehr geliebt. Aber von da an hatte es das Gefühl gegeben, dass sie die Hälfte der Zeit gar nicht mehr richtig anwesend war. Sie hatte sich völlig in sich zurückgezogen, stundenlang kein Wort gesagt, während Alex und ich versuchten, so leise wie möglich zu sein, und uns flüsternd fragten, wieso sie wohl so traurig sei.

Als ich älter geworden war, hatte ich mich manchmal gefragt, ob sie absichtlich vor das Auto gelaufen war, das sie schließlich getötet hatte.

»Hast du deshalb immer schon an Ellie gehangen wie eine Klette?«, fragte Alex nach ein paar Minuten Schweigen, als ich fast schon meinte, er wäre eingeschlafen.

»Was?« Ich stützte mich auf, um ihn anzusehen. »Hab ich das?«

»Ja, du hast sie fast so sehr behütet, wie du sonst Ani behütest – wenn auch, wie ich hoffe, aus einem anderen Grund, oder Mike wird ziemlich sauer sein.«

»Ich hab nicht mal gemerkt, dass ich das tue«, gab ich zu. Plötzlich kam ich mir wie ein Idiot vor.

»Es ist alles gut, Bram«, antwortete Alex. »Wir haben Ellie alle im Blick behalten.«

»Weißt du, ich wollte überhaupt nie in diese Position geraten«, sagte ich nach einiger Zeit. Ich wusste nicht, ob Alex noch wach war, redete aber trotzdem weiter. »Sie war einfach fertig, Mann. Total ausgetickt.«

»Du wolltest keine Kinder, weil du Angst hattest, so zu enden wie unsere Mutter?«, fragte Alex und ließ mich regelrecht zusammenzucken.

»Nein.« Ich schluckte mühsam, kniff die Augen zusammen, obwohl es im Zimmer stockdunkel war. »Ich hatte Angst, dass Ani so endet wie sie.«

»Das ist doch ganz was anderes, Abraham«, beschied mir Alex, und ich spürte, wie er einen meiner Füße drückte und ihn hin und her schüttelte. »Arielle wird nichts passieren.«

Ein paar Minuten später hörte ich an dem leisen, tiefen Schnarchen, das vom Ende des Bettes zu mir drang, dass er eingeschlafen war. Er hatte recht – Ani und unsere Mutter waren sich kein bisschen ähnlich. Sie beide miteinander zu vergleichen war dämlich.

Aber zu der Zeit hatte es nun mal Sinn ergeben. Einen Hauch derselben Ängste hatte ich schon gespürt, als Katie Iris bekommen hatte, wenn auch längst nicht so schlimm – vielleicht, weil Katie faktisch bereits die Mutter von vier anderen Kindern gewesen war, als Iris kam. In gewisser Weise hatte sie sich ihren Weg in diese Familie Schritt für Schritt gebahnt, zuerst, indem sie Rachel und Shane unter die Arme gegriffen hatte, später, nach Rachels Tod, indem sie zur einzig verbliebenen Fürsorgerin für die Kleinen geworden war, wann immer Shane auf Auslandseinsatz musste. Es war nach und nach geschehen, und das hatte es viel einfacher gemacht, die ganze Sache zu akzeptieren.

Ich boxte in das Kissen unter meinem Kopf und erstarrte plötzlich, den Kopf seitlich auf einen Arm aufgestützt. Jemand schlug kräftig an meine Haustür.

»Verdammt«, murrte Alex und saß sofort aufrecht im Bett. »Ist da jemand an deiner Tür?«

Wir sprangen vom Bett auf und polterten hintereinander die Treppe hinunter, während es weiterklopfte. Wenn jemand um fast vier Uhr morgens an die Haustür hämmerte, konnte das nichts Gutes bedeuten. Alex blieb dicht hinter mir stehen, während ich die Schlösser entriegelte. Ich machte auf.

Meine Kinnlade hatte kaum Zeit herunterzufallen, ehe Anis kleine Gestalt an mir vorbeidrängte, den Kindersitz mit Arielle über dem angewinkelten Arm.

»Ani?«, fragte ich dümmlich und schloss die Tür hinter ihr.

»Das kannst du nicht einfach so machen!«, rief sie schrill. Sie wirbelte herum, um mich anzusehen, den Rücken Alex zugewandt.

Mit bleichem Gesicht und dunklen, schattenhaften Ringen unter den Augen, herrschte sie mich an. Ihre Kiefer waren fest zusammengepresst, doch ihre Lippen zitterten.

»Baby, was ist …«

»Du kannst nicht einfach sagen, dass du mich liebst, wenn du derjenige warst, der Schluss gemacht hat!«, wetterte sie und weckte Arielle auf, die erschrocken anfing zu weinen. »Und jetzt ist auch noch das Baby wach!«

Sie wiegte den Kindersitz hin und her und versuchte, Arielle zu besänftigen, was aber keinen hörbaren Eindruck auf das schreiende kleine Wesen machte.

Nun fing Ani ebenfalls an zu weinen, und zwar in heftigen, tiefgreifenden Schluchzern, die ihren ganzen Körper erzittern ließen, während sie Arielle zärtlich zu beruhigen versuchte.

»Ich nehme Arie mal«, entschied Alex und erinnerte mich auf diese Weise daran, dass er immer noch da war. Er nahm den Kindersitz von Ani entgegen und verschwand in Richtung Küche.

»Ich konnte nicht schlafen«, schluchzte Ani, kaum dass Alex und Arie weg waren. »Lag einfach die ganze Zeit da und musste an dich denken, wie du ganz alleine bist. Da konnte ich einfach nicht einschlafen.«

»Anita«, flüsterte ich. Ich machte einen Schritt auf sie zu.

»Wieso kümmert mich das überhaupt noch?«, fragte sie, die Augen weit aufgerissen. »Du hast mich verlassen! Du hast dich entschieden.«

»Ich war ein Idiot.«

»Du warst ehrlich.«

»Damals vielleicht …«

»Nein.« Sie schüttelte den Kopf, und ihr ganzer Körper

bewegte sich mit. »Du warst dir völlig im Klaren darüber, dass du keine Kinder willst, und trotzdem komme ich immer wieder zu dir zurück. Arielle ist das Wichtigste in meinem Leben, aber ich warte trotzdem immer noch.«

»Du bist ganz müde, Baby«, sagte ich sanft und ging zu ihr, auch wenn sie die Hände nach mir ausstreckte, um mich auf Abstand zu halten.

»Es ist alles so drunter und drüber«, flüsterte sie und sank mit dem Körper gegen mich. »Und ich bin so kaputt.«

»Komm her«, hauchte ich in ihre Haare. Ich fasste sie unter die Kniekehlen und hob sie von den Füßen, sodass ich sie auf meinen Armen ins Wohnzimmer tragen konnte.

Sie schluchzte immer noch leise vor sich hin, als ich mich auf die Couch setzte und sie an meine Brust schmiegte. Ihr Gesicht lag an meiner Halsbeuge, und ich spürte ihren warmen Atem auf der Haut, als sie hickste und seufzte.

Mit einer Hand streichelte ich ihr den Rücken, mit der anderen zog ich sie noch fester in meine Umarmung, hielt sie ganz fest, während sie zitterte.

Keine fünf Minuten später wurde Anis Körper schlaff in meinen Armen und bewies ein für alle Mal, wie erschöpft sie war. Ich rührte mich nicht. Aus der Küche konnte ich Alex leise zu Arielle reden hören. Ich ließ meinen Kopf gegen die Rückenlehne der Couch sinken. Dabei barg ich die schlafende Ani sicher in meinen Armen.

»Hey, ich geh mal schnell an Anis Wagen und hole die Wickeltasche«, raunte mir Alex zu, der mit einer hellwachen und quietschvergnügten Arielle ins Zimmer trat.

»Okay, gut«, antwortete ich im Flüsterton. »Du kannst Arie einfach hier bei mir lassen. Sie muss ja nicht mit raus in die Kälte.«

»Gute Idee«, pflichtete Alex mir bei und setzte Arielle neben meinen Oberschenkel, sodass ich ihr eine Hand auf ihren kleinen Bauch legen konnte. Sie konnte sich zwar noch nicht allein umdrehen, aber ich ging lieber kein unnötiges Risiko ein.

»Hey, Kleine«, raunte ich leise, als sie mit den Füßen nach mir stupste. »Warum bist du denn so hellwach?«

Sie nahm die Hände an den Mund, und ein leises Sauggeräusch ertönte, als sie die Zunge herausstreckte und an ihren Fingern leckte.

»Gut, dass du noch nicht herumläufst und alles anfasst.« Ich lächelte, als ich sah, wie sie freudig zu strampeln anfing, als sie meine Stimme hörte. »Sonst wäre es ziemlich pfui, die Hände so in den Mund zu stecken.«

»Gut, dass Ani ihre Sinne so weit beisammenhatte, an die Tasche zu denken«, sagte Alex, als er zurück ins Haus geeilt kam.

»Sie war nur müde«, entgegnete ich mit Blick über die Lehne der Couch zu ihm. »Nicht bescheuert.«

»Stimmt auch wieder.« Er gluckste. »Ich werd Arielle die Windel wechseln und ihr das Fläschchen warm machen. Hoffentlich schläft sie danach.«

»Wo sollen wir sie denn eigentlich schlafen legen?«

»Ich kann sie doch einfach wieder in ihren Kindersitz schnallen, oder?«, fragte Alex und hob Arie wieder von der Couch.

»Ah, klar.« Ich nickte und streichelte Ani zärtlich über den Rücken, als sie etwas im Schlaf murmelte.

»Ist vielleicht besser, wenn du Ani ins Bett bringst, hm?«, schlug Alex sanftmütig vor und betrachtete sie, wie sie die Knie noch höher an ihre Brust zog.

»Bist du sicher, dass du mit der Kleinen zurechtkommst?«, fragte ich und stand mit Ani in den Armen auf.

»Ja, ist doch ein Kinderspiel.«

Ich nickte. Dann trug ich Ani die Treppe hinauf in mein Zimmer. Die Decken waren bereits zurückgeschlagen, deshalb machte ich kein Licht, sondern stieg so ins Bett und zog die Federdecken und die Steppdecke über uns. Kaum lag Ani auf dem Rücken da, rollte sie sich zu mir. Sie tastete mit den Händen nach mir und entspannte sich erst wieder, als sie meine Haut berührte.

Ich schloss die Augen und schlief fast sofort ein, ihren warmen Atem im Nacken spürend.

Als ich am nächsten Morgen aufwachte, war sie fort.

Kapitel 16

Anita

»Wir beide schaffen das, Kleine«, versicherte ich Arielle, die gerade an einem Waschlappen nuckelte. »Mama kriegt sich wieder ein, versprochen.«

Sie gab keine Antwort. Logisch. Aber nachdem ich es laut ausgesprochen hatte, fühlte ich mich schon besser.

Wir lagen in der Badewanne, Arielle auf meinen Knien, um uns das warme Wasser. Normalerweise badete ich sie der Einfachheit halber im Küchenwaschbecken. Doch nach meinem kleinen Ausraster heute Nacht bei Bram hatte ich ein heißes Bad zur Entspannung dringend nötig. Ich fragte mich beiläufig, ob Arielle bereits ins Badewasser gepinkelt hatte, beschloss aber, dass es kein wirkliches Problem war.

Was ich nicht wusste, konnte mich auch nicht anekeln.

»Ich muss bald wieder arbeiten«, sagte ich und breitete den warmen Waschlappen über Aries Brust wie eine kleine Decke, während sie mich mit großen Augen ansah. »Aber du wirst schön bei Oma bleiben können. Das wird toll werden, meinst du nicht?«

Arielle ließ einen Fuß meinen Bauch hinaufrutschen und trat gegen die Unterseite meines Busens. »Na aber, du«, lachte ich. »Was machst du denn mit deinem Fuß, kleines Fräulein?«

Ich schöpfte eine Handvoll Wasser und ließ es vorsichtig über ihren Kopf plätschern. Als sie zu prusten anfing, lachte ich. Ich hatte es ja nicht mal richtig über ihr Gesicht gegossen. Kleiner Angsthase.

»Nur, damit du es gleich weißt. Ich lass dich nicht gern allein«, beschied ich ihr ernst und streichelte mit den Fingern durch ihr dünnes Haar. »Aber Mama muss dir Milchersatz und Windeln kaufen, weißt du? Die Rechnungen bezahlen und den ganzen Kram.«

Arie griff nach meinem Finger und nahm ihn an ihren Mund. »Ist doch schön, nur wir zu zweit, oder?«, fragte ich. »Ich bin gern bei deinen Onkeln und Tanten, aber sie klauen dich mir immer weg.«

Als sie mich weiter mit großen Augen anschaute, nickte ich ihr aufmunternd zu. »Ja, ich weiß. Bei ihnen musst du nie runter, kannst immer auf dem Arm bleiben. Aber denk ja nicht, dass ich dich ignoriere. Nur manchmal muss Mama den Boden wischen, und dann musst du eben in deiner Schaukel abhängen. So ist das Leben, Süße.«

Ich schrak heftig zusammen, als es an der Badezimmertür klopfte. Mein Herz begann hektisch zu klopfen, als Arielle auf mein Erschrecken hin erstarrte.

»Ani?«, drang Brams Stimme zaghaft durch die Tür.

Ich schloss die Augen und wünschte mich weit fort. »Ja? Wir sind …« Die Tür ging auf, noch ehe ich etwas sagen konnte. »Tür zu«, schimpfte ich und rollte mich schützend um Arielle. Im Badezimmer war es warm, aber ich wusste, dass es im restlichen Haus mindestens zehn Grad kälter sein musste.

Bram schloss eilig die Tür hinter sich, und ich schaute ihn finster und verärgert an.

»Na, was macht ihr?«, fragte er aufmunternd, während er weiter ins Zimmer trat.

»Wir liegen in der Badewanne«, knurrte ich. Im selben Moment begann Arielle laut zu quaken.

»Das sehe ich«, versetzte Bram. Er lächelte Arielle zu und setzte sich auf den Klodeckel neben uns. »Na, hast du schön Spaß, meine Kleine?« Er streckte die Hand aus und streichelte sachte über Aries Arm.

»Was machst du hier?«, fragte ich. Zuallererst hätte ich gern irgendwie meine Brüste verdeckt, die natürlich voll zu sehen waren. Aber das Einzige, das sich in Reichweite befand, war der Waschlappen, mit dem ich Arielle zugedeckt hatte, und den würde ich ihr ganz sicher nicht wegnehmen.

»Ich wollte nur mal nach euch schauen«, antwortete er, lehnte sich vor und stützte die Ellbogen auf die Knie, den Kopf in beide Hände gestützt. »Du warst heute Nacht ja ziemlich aufgebracht.«

»Ja«, gab ich zu und fühlte mich gleich unwohl. »Muss eine hormonelle Störung gewesen sein oder so etwas.«

»Du warst total übermüdet«, beschied er mir sanft. Er streckte die Hand aus und strich mir ein paar Haare aus dem Gesicht.

»Das auch. Hey, könntest du mal das heiße Wasser hinter mir andrehen?«, fragte ich, erpicht darauf, das Thema zu wechseln. Das Wasser ringsum kühlte allmählich ab, und ich wollte jetzt nicht unbedingt aus der Wanne steigen und splitterfasernackt dastehen, wenn Bram vor mir saß.

»Klar, lehn dich mal vor.« Er drehte das Wasser auf und regelte den kalten und den warmen Hahn. Als er die Wassertemperatur prüfte, glitt er mit der Hand meinen Rücken hinab. Ich erschauerte wohlig auf die Berührung hin.

Das Wasser rauschte laut, und binnen Sekunden verzog sich Arielles Gesicht zu einem geradezu absurd traurigen Ausdruck. »Oh, Kacke!«, murmelte ich. »Dreh wieder ab.«

»Was? Hab ich dich verbrüht?«, fragte Bram panisch und stürzte los, um das Wasser abzudrehen.

»Nein, aber sieh dir Arie an.«

Bram beugte sich vor. Es war wieder still im Zimmer, und er lachte, als er sah, was Arielle für ein Gesicht machte. »Aber was ist denn?«, säuselte er, worauf Arielle nur noch erbarmungswürdiger dreinschaute. »Was hast du?«

Sie gab ein jämmerliches, leises Wimmern von sich, und ich musste lachen, während Bram seinerseits sanft kicherte.

»Wahrscheinlich sollte ich sie rausholen«, beschloss ich, sobald Arielles Gesichtsausdruck wieder normal geworden war und sie dasaß und auf ihre Hände starrte.

»Ihr seht beide schon etwas verschrumpelt aus«, befand Bram und stand auf. Er beugte sich zur Ablage und nahm die beiden Handtücher herunter, die ich dort hingelegt hatte.

»Du kannst sie mir geben«, bot er an, legte mein Handtuch auf den geschlossenen Toilettendeckel und breitete das für Arie auf seiner Brust aus. Dann nahm er sie mir aus dem Arm, schmiegte sie hinein und wickelte sie kuschelig ein. »Jetzt du«, murmelte er etwas heiser.

Mist.

Ich zog den Stöpsel aus der Wanne und stand auf. Als mein nasser Unterkörper an die Luft kam, fing ich sofort zu schlottern an. Binnen Sekunden hatte ich mir das Handtuch geschnappt und mich damit eingewickelt. Aber ich spürte deutlich jede einzelne der Sekunden, in denen Bram meinen Körper anstarrte.

»Du arbeitest also bald wieder?«, fragte er mich auf unserem

Weg in mein Schlafzimmer. Ich hatte die Sachen, die wir anziehen wollten, vorher fein säuberlich drapiert, damit wir nach dem Baden gleich hineinschlüpfen konnten. Deshalb war alles, was zu tun blieb, uns abzutrocknen und sie anzuziehen.

Mutter zu sein hatte mir ein für alle Mal beigebracht, wie wichtig es war, vorauszuplanen.

»Ja, Montag schon, um genau zu sein«, sagte ich. Bram legte Arie auf das Bett und trocknete sie rasch ab.

»Und Arie bleibt dann bei meiner Mom?«, fragte Bram. Geschickt legte er ihr die Windel an und zog ihr anschließend ihr kleines Unterhemd über den Kopf.

»Ja«, murmelte ich, ein Auge fortwährend darauf gerichtet, was er tat, während ich mich nebenbei bemühte, so schnell wie möglich meine Yogahose und den Pulli anzuziehen.

»Wird ihr gefallen«, bekräftigte er und knöpfte Arielles kleinen Ganzkörper-Pyjama vorne zu. »Mom freut sich schon tierisch.«

»Ich weiß.« Ich rammte meine Füße in meine Socken. »Ich hasse nur den Gedanken, dass ich sie den ganzen Tag allein lassen muss. Ich werde so viel verpassen.«

»Hast du schon drüber nachgedacht, mit ihr zu Hause zu bleiben?«, fragte er und fischte sich eine Babydecke vom Fußende des Bettes. Er wickelte Arielle darin ein wie einen Burrito, ehe er sie hoch an seine Brust nahm.

»Natürlich hab ich das«, zischte ich. »Aber die Rechnungen zahlen sich nun mal nicht von allein.«

Bram nickte, und ich setzte mich auf den Bettrand und fuhr mir mit den Fingern durchs Haar.

»Wir müssen uns mal unterhalten.« Er blickte zu Arie hinunter. »Sie schläft. Wo kann ich sie hinlegen?«

Anscheinend war Baden anstrengender, als ich gedacht

hatte. Ich würde daran denken müssen, wenn sie das nächste Mal partout nicht einschlafen wollte.

»Ins Kinderbett in ihrem Zimmer«, antwortete ich knapp und durchquerte den Flur, um ihn hinzuführen. »Tagsüber schläft sie hier, aber nachts weigert sie sich.«

Bram schnaubte belustigt. Er legte Arie in ihr Bettchen und gab ihr einen Kuss auf die Stirn. Dann richtete er sich auf, wandte sich mir zu und nahm mich an der Hand, um mich aus dem Zimmer zu ziehen. Er war nicht grob oder so etwas, und es tat ganz bestimmt nicht weh. Aber es machte doch eindeutig den Eindruck, als wäre es ihm ernst.

»Wir müssen reden«, wiederholte Bram, als wir im Wohnzimmer ankamen.

»Ach nee, muss nicht sein.« Ich trat lässig ein paar Schritte von ihm fort, und seine Hand glitt von meinem Arm herunter.

»Du hast heute Nacht um vier morgens vor meiner Tür gestanden.«

»Vorübergehende Unzurechnungsfähigkeit.«

»Tu jetzt nicht so, Ani.«

»Ich bin ganz ich selbst.«

»Hör auf.«

»Ähm, das ist jetzt aber nicht sehr nett.«

»Schluss.«

»Jetzt, wo ich so drüber nachdenke«, sagte ich und ahmte ein Gähnen nach, »ich bin schon ganz müde. Lass uns das hier auf morgen verschieben – oder es gleich ganz vergessen.«

»Warum kannst du nicht mal eine Sekunde lang ernst sein?«

»Ich meine es ernst. Ich würde dieses Gespräch am liebsten nie führen.«

»Ich liebe dich total«, presste er wütend hervor. Die Worte passten so wenig zu dem Ton, in dem er sie sagte, dass ein Teil von mir laut prusten wollte. Aber der restliche Teil erstarrte einfach, wie eine dieser in Ohnmacht fallenden Ziegen, die es überall auf YouTube zu sehen gab. Die, die plötzlich umkippten und alle viere in die Luft streckten, wenn sie erschraken. So ging es mir. Ich war die Ziege.

»Ich liebe dich auch«, erwiderte ich sanft. »Aber das macht eigentlich keinen Unterschied.«

»Und ob es den macht.«

»Nein, tut es nicht. Du hast mich auch früher schon geliebt. Du hast mich geliebt, als du Alex einen Kinnhaken verpasst hast, sobald er wusste, dass wir miteinander schlafen.«

»Jetzt ist es anders«, murmelte er und kam einen Schritt vor.

»Bram.« Ich seufzte und schlang die Arme um mich selbst. »Es *ist* anders. Du hast recht. Aber der Unterschied liegt darin, dass meine Prioritäten völlig auf den Kopf gestellt worden sind. Arielle kommt zuerst.«

»Das weiß ich«, versicherte er leise.

»Dann ist mir eigentlich nicht klar, was du von mir willst. Ich habe nun eine Familie, okay? Und sosehr ich dich auch mag: Ich kann nicht mit jemandem zusammen sein, mit dem keine gemeinsame Zukunft möglich ist.«

»Wieso zur Hölle soll mit mir keine gemeinsame Zukunft möglich sein?«, fragte er schlicht.

»Weil du keine Kinder willst!«, blaffte ich am Ende meiner Geduld. Gottverdammt, es war, als redete ich gegen eine Wand. Ich gab mir Mühe, nachsichtig zu sein, und er preschte die ganze Zeit vor, als hätte er nicht die geringste Ahnung, wovon ich sprach.

»Ich hab es mir eben anders überlegt«, versetzte er sanft, woraufhin mir die Kinnlade runterfiel.

Es dauerte nur eine Sekunde. Eine Sekunde, bis meine Überraschung sich in hellen Zorn verwandelte.

»Ach, er hat es sich anders überlegt!«, rief ich abschätzig. Ich konnte spüren, wie ich vor Wut kochte. »Jetzt plötzlich möchtest du den Daddy für jemanden spielen?«

»Jetzt plötzlich?«, versetzte Bram und strich sich den Bart. »Okay, dann nennen wir es so.«

»Zu schade.«

»Was?« Bram riss erstaunt die Augen auf, und ich war insgeheim froh, dass ich seine Gefasstheit ein wenig durchgerüttelt hatte.

»Zu schade, habe ich gesagt. Denn wir sind hier leider nicht zu deinem Vergnügen, Bram. Du kannst es dir nicht einfach von einer Sekunde auf die andere anders überlegen und dann von mir erwarten, dass ich dankbar bin. Herrgott noch eins.«

»Von einer Sekunde auf die andere?« Er stemmte die Hände in die Hüften.

»Oh, hey, warte mal«, höhnte ich. »Heute möchte ich gern mal Daddy spielen. Das klingt lustig. Und morgen werde ich vielleicht Feuerwehrmann, und übermorgen, hm, was denn nur? Ich hab's! Astronaut!«

»Du willst mich doch total verarschen«, ereiferte er sich und starrte mich an.

»Also, danke, dass du vorbeigeschaut hast«, flötete ich fröhlich. Ich setzte mich in Bewegung, um ihn zur Vordertür zu geleiten.

»Von einer Sekunde auf die andere«, wiederholte er noch einmal leise, als ich ihn erreicht hatte. Und er fasste mich am Arm, um mich zurückzuhalten. »Tja, schätze wohl, das ist wahr.«

Als ich seine Worte hörte, blutete mir das Herz.

»Aber es war keine Sekunde, die heute verstrichen ist«, hob er erschöpft an. »Es ist bereits einen Monat her.«

»Ach bitte, verschon mich!«, stöhnte ich und machte mich ruckartig von ihm los. »Ich werde jetzt nicht mit so etwas anfangen.«

»Manchmal bist du ein richtiges Miststück«, beschied er mir matt. Er ließ meinen Arm los, ließ mich aber noch nicht vorbei.

»Damit kann ich leben«, sagte ich mit einem Nicken.

»Hör auf damit, Anita.«

»Na schön.« Ich ließ jeglichen Ausdruck aus meinem Gesicht verschwinden und rührte mich nicht mehr, wartete darauf, dass er zu Ende sprach.

Ich wollte diese verfluchte Sache nur noch hinter mich bringen. Es war sinnlos.

»Ich will ihr Vater sein«, stellte er klar und deutete mit dem Finger in Richtung von Arielles Kinderzimmer. »Ich will dein Mann sein und ihr Dad. Ist dir das deutlich genug?«

Ich verheimlichte vor ihm die Wirkung, die seine Worte auf mich machten. Das war es, worauf ich gewartet hatte, oder nicht? Ich hatte einfach weitergemacht, hatte mit der Beziehung abgeschlossen, die wir anfangs geführt hatten, auch wenn es mir nahezu unfassbar schwergefallen war. Und im Hinterkopf hatte trotzdem dieses winzige Fünkchen Hoffnung bestanden. Nur hatte ich mir nie vorstellen können, dass es wirklich dazu kommen würde.

»Du kannst nicht einfach von einer Sekunde auf die andere entscheiden, dass du jetzt der Familientyp sein willst, nachdem du dreißig Jahre lang nichts mit Kindern zu schaffen haben wolltest«, sagte ich unverblümt. Ich dachte nicht daran, mich auch nur im Mindesten darauf einzulassen. »Du erzählst doch nur Scheiße. Was ist los, hattest du schon eine Weile keinen Sex mehr? Alles klar – dann runter mit den Klamotten. Arielle schläft bestimmt eine Stunde. Dafür bleibt genug Zeit.«

Brams Brust hob und senkte sich heftig, während er mich ungläubig anstarrte. »Du denkst, ich hab mir das nicht mal richtig überlegt?«, grollte er zwischen zusammengebissenen Zähnen.

»Ich denke, dass du einsam bist und die Sache mit Henry dich mitnimmt. Da erscheine ich dir als sichere Wahl«, machte ich ihm aufrichtig klar. Doch die Worte schmeckten schal in meinem Mund.

»Weißt du was, Anita?« Er schüttelte den Kopf. »Du wirst doch sowieso glauben, was auch immer du glauben willst, zum Teufel …«

»Stimmt«, unterbrach ich.

»Aber du lügst dir in die Tasche, wenn du denkst, dass ich nicht von der Sekunde an, als du mir Arielle im Krankenhaus in den Schoß gelegt hast, ihr Dad sein wollte.«

»Ich weiß, dass du sie liebst, Bram«, sagte ich und senkte die Stimme als Reaktion auf seine, die immer lauter wurde. »So, wie du eben alle Kinder in unserer Familie liebst.«

»Ach, du kannst mich mal«, schnauzte er, und ich zuckte verblüfft zurück. »Du bist so verdammt blind.«

»Ihre Fläschchen und der Milchersatz sind auf der einen Seite in der Wickeltasche, die Windeln und Tücher auf der anderen«, erklärte ich Liz an meinem ersten Arbeitstag. Wir standen in ihrer Küche, ich mit Arielle an meiner Brust, und mir graute vor dem Moment, da ich sie würde hergeben müssen. »Ich habe auch noch zweimal extra was zum Anziehen eingepackt. Heute Morgen hatte sie überhaupt keinen Ausschlag, aber manchmal kommt er wie aus dem Nichts, deshalb hab ich die Babycreme in die Seitentasche gesteckt, nur für den Fall. Normalerweise schläft sie so gegen neun, wenn sie allerdings erst später einschläft, ist das auch völlig in Ordnung. Sie muss nur mindestens zweimal über den Tag verteilt schlafen, wenn sie also überhaupt nicht einschläft, dann …«

»Tief Luft holen, Ani«, unterbrach mich Liz lachend. »Die wesentlichen Sachen weiß ich doch alle.«

Ich öffnete den Mund, um zu widersprechen, klappte ihn jedoch schnell wieder zu.

»Aber immerhin ist jedes Kind ein bisschen anders, also werde ich dich im Büro anrufen, wenn ich eine Frage habe, okay?«

»Okay«, antwortete ich mit einem Nicken.

Vermutlich wurde es Zeit für mich aufzubrechen. Ich musste dringend ins Büro und anfangen, all die Dinge wieder ins Lot zu bringen, von denen ich wusste, dass die Aushilfskraft sie falsch gemacht hatte. Doch ich wollte Arielle auch wirklich nicht zurücklassen.

»Ich werde gut für sie sorgen, das verspreche ich«, sagte Liz. »Du hast deinen halben Hausstand mitgebracht, also wird ihr bestimmt nicht langweilig werden.«

Stimmt, das konnte man so sagen. Letztendlich hatte ich Arielles Schaukel, ihr Kinderkörbchen und die Babywippe hinten in meinen SUV geladen und war damit zu Liz gefahren. In dem Moment hatte es Sinn gemacht, jetzt hingegen fühlte es sich ein wenig an wie eine Überreaktion. Teufel noch eins, seit wir von Henrys Tod erfahren hatten, waren wir ständig drüben bei Ellie und Mike gewesen, und da hatte Arielle diese ganzen Dinge auch nicht gebraucht.

Ich senkte den Kopf und gab Arielle einen sanften Kuss auf die Stirn, berührte mit den Lippen ihre glatte Haut. Und bevor ich es mir anders überlegen konnte, reichte ich Liz die Kleine.

»Schickst du mir regelmäßig Fotos und datest mich up?«, drängte ich, als ich in meinen Mantel schlüpfte.

»Na klar«, versicherte Liz mir. »Heute steht nichts weiter an, Arielle und ich können also in aller Ruhe im Haus herumwursteln.«

»Ist Dan heute auch da?«

»Er ist für eine Weile ins Büro gefahren, aber ich denke, er wird so gegen zehn Uhr wieder zurück sein. Wir werden zurechtkommen, Ani.«

»Okay.« Ich zermarterte mir das Hirn nach etwas, das ich noch sagen konnte, um den Abschied, so lange es ging, hinauszuzögern. Doch dann gab ich mir einen Ruck und nickte Liz zu.

Ich verließ das Haus mit einem flauen Gefühl im Magen, und auf der Fahrt ins Büro des Holzbetriebs musste ich mich sehr zusammennehmen, um die Tränen zu unterdrücken. So etwas Albernes. Ich hatte Arielle schon öfter in der Obhut von Liz gelassen und wusste, dass sie es dort sehr gut hatte. Um ehrlich zu sein, hatte es mir noch nie Sorgen bereitet, wenn Arie bei Liz war. Normalerweise.

Aber sie bei ihr abzuliefern, um zur Arbeit zu gehen, war der erste Schritt in einer von mir herbeigeführten neuen Phase, in der ich neun Stunden am Tag, fünf Tage die Woche, nicht bei ihr sein würde. Wieder an meinen Arbeitsplatz zurückzukehren, verhieß das Ende jener magischen Zeit, in der wir jeden einzelnen Tag von morgens bis abends miteinander verbringen konnten. Unser neuer Zeitplan stand bevor, und ich *hasste* diesen Zeitplan.

Ich werde jetzt nicht heulen.

Ich schniefte.

Ich werde mich zusammenreißen.

Ich schauderte.

Ich werde meinen Job machen und währenddessen nicht fünfhundert Mal bei Liz anrufen, um mich nach Arielle zu erkundigen.

Ich spähte zum Handy.

Mein altes Büro zu betreten, nachdem ich es ein paar Minuten später erreicht hatte, war mehr als seltsam.

Seit ich das letzte Mal dort gewesen war, war so viel passiert, dass mir rein gar nichts vertraut vorkam. Es waren immer noch mein Schreibtisch und mein Stuhl, die im Empfangsbüro standen. Das Foto auf dem Aktenschrank an der Rückwand zeigte immer noch Kate und mich. Und mein Kaffeebecher stand auf der Ecke neben meinem Monitor, wo er immer gestanden hatte. Trotzdem sah nichts aus wie zuvor. Es fühlte sich vollkommen anders an.

Zum ersten Mal wollte ich nicht hier sein. Ich hatte meinen Job immer geliebt, da er mir ein Gefühl von Sicherheit verlieh. Er machte mich unabhängig, sodass ich meine Rechnungen bezahlen und für mich sorgen konnte. Aber nun, da er mir eigentlich noch wichtiger hätte sein müssen, weil ich jetzt auch für eine weitere Person sorgen musste, hasste ich ihn.

»Willkommen zurück!«, schallten mir mehrere Stimmen fröhlich entgegen, als ich meine Handtasche auf dem Schreibtisch ablegte.

»Ach du Scheiße!«, japste ich und sprang vor Schreck in die Luft, als Dan, Mike, Trevor und Bram aus ihren Büros gelaufen kamen. Mir hätte gleich auffallen müssen, dass es ungewöhnlich ruhig gewesen war, als ich das Büro betreten hatte. Sie hatten mir aufgelauert.

»Bram hat Donuts mitgebracht!«, rief Trev, als sie alle zusammen meinen Schreibtisch bestürmten. »Ich will die Bärentatzen!«

»Schön, dich wieder hierzuhaben«, bemerkte Mike liebevoll. Er umarmte mich und klopfte mir dabei ein paarmal sanft auf den Rücken.

»Hast du Arielle schön bei Liz untergebracht?«, fragte Dan, der mich gleich als Nächster in die Arme schloss.

»Ja«, bekannte ich mit einem reuevollen Lächeln. »Sie war mopsfidel. Diejenige, die fast einen Herzinfarkt gekriegt hat, war ich.«

Ich warf einen Blick über den Schreibtisch zu Bram, der nach einem Ahornriegel in der Donut-Schachtel griff. Als er den Kopf hob und sich unsere Blicke trafen, lächelte er verlegen. Er biss in seinen Donut, sagte aber keinen Ton.

Während die anderen mich damit aufzogen, wie lange ich weg gewesen sei, und mir Löcher wegen Arielle in den Bauch fragten, verhielt sich Bram auffallend still. Er blieb die ganze Zeit zusammen mit den anderen im Empfangsbüro, hielt sich jedoch abseits.

»Also schön«, hob ich schließlich an, als Mike und Dan dazu übergingen, sich über eine Reality-Casting-Show zu unterhalten, die sie zusammen mit ihren Frauen im Fernsehen gesehen hatten. »Und jetzt alle raus hier. Ich habe Unmengen aufzuholen und muss sichergehen, dass die Aushilfe meine Dateien nicht durcheinandergebracht hat.«

»Nee, er hat seine Sache gut gemacht«, belehrte mich Trev eines Besseren, während er sich den letzten Donut schnappte.

»Der hatte schon vorher in einem Büro wie unserem gearbeitet.«

»Ich will aber trotzdem alles durchgehen«, beharrte ich stur. »Also, raus jetzt.«

»Da ist sie gerade mal dreißig Minuten hier und kommandiert uns schon wieder herum«, beklagte Dan sich bei Mike, als sie gemeinsam in ihre Büros zurückkehrten.

»Gott sei Dank«, versetzte Trevor. »Irgendwer muss es ja machen.« Er folgte ihnen.

Als alle bis auf Bram und mich wieder an ihre Arbeit gegangen waren, machte Bram endlich den Mund auf.

»Du siehst unglücklich aus«, beschied er mir sanft. Ich setzte mich in meinen Stuhl. Er machte einen Schritt zu meinem Schreibtisch.

»Es wird schon wieder besser werden«, versicherte ich. »Das Lampenfieber am ersten Tag, nehme ich an.«

»Hast du die Nacht überhaupt geschlafen?«

»Nicht viel.« Ich schaltete den Computer ein und hielt meinen Blick starr auf den Bildschirm gerichtet. »Brauchst du noch irgendwas?«

Bram entließ einen Laut aus seiner Kehle, dann räusperte er sich. »Nein.«

Er ging, und ich seufzte erleichtert auf. Seit er aus meinem Haus gestürmt war, hatten wir uns nicht mehr gesehen, und ich wollte mich nicht mit diesem Drama zwischen uns beschäftigen, solange ich bei der Arbeit war. Freitags zuvor war er nicht zum Familienessen erschienen, und für den Moment war ich froh darüber gewesen, da ich ihn nicht hatte wiedersehen wollen. Dabei hätte mir klar sein müssen, dass der erste Arbeitstag dafür umso schwerer werden würde.

In Brams Nähe fühlte ich mich eigentlich immer wohl. Ausnahmslos. Selbst wenn wir uns stritten, fühlte ich mich nicht unwohl oder komisch. Aber ich wusste, dass die Fetzen fliegen würden, sobald wir das nächste Mal miteinander sprachen. Es lag etwas in der Luft, wie wenn man rausging und spürte, dass ein Gewitter bevorstand. Sobald Bram und ich Gelegenheit finden würden, mehr als nur Höflichkeiten auszutauschen, würde uns das alles gehörig um die Ohren fliegen. Die zurückliegenden drei Mal, die wir uns gesehen hatten, waren lediglich ein Auftakt gewesen für die Schlacht, die noch kam, das wusste ich.

Ich fluchte, als der Computer schließlich lief und ich feststellen musste, dass nichts dort war, wo es hingehörte. Es würde ein verflucht langer Tag werden. Während ich gerade herauszufinden versuchte, was in Gottes Namen die Aushilfskraft mit meinen Dateien angestellt hatte, plingte mein Handy. Ich lächelte, als ich Liz' Namen las. Ich öffnete die Textnachricht und fand ein Foto von der schlummernden Arielle, beide Ärmchen von sich gestreckt. Am unteren Rand stand eine kurze Nachricht:

`Neun-Uhr-Nickerchen!`

Der Tag würde nicht nur lang werden. Er würde unerträglich lang werden.

»Na, hast du mich denn heute vermisst?«, fragte ich Arielle später in derselben Woche, als ich ihr gerade das Fläschchen gab. »Ich habe dich nämlich vermisst wie verrückt.«

Ich sank mit dem Hinterkopf gegen die Sofalehne und

seufzte tief. Ich war so müde. Die ersten paar Wochen, als Arielle alle zwei Stunden aufgewacht war, waren mir hart vorgekommen. Doch das war nichts im Vergleich dazu, jede Nacht mit ihr zusammen wach zu werden und anschließend um halb acht Uhr morgens zur Arbeit zu fahren. Katie hatte recht gehabt, als sie mir versichert hatte, die Elternzeit würde unverzichtbar werden. Ich wünschte mir längst, noch welche übrig zu haben.

»Hey, Ani! Hier ist dein liebster Mensch auf der ganzen weiten Welt. Hey, Ani! Hier ist dein liebster Mensch auf der ganzen weiten Welt.«

»Och, Kacke«, stöhnte ich und setzte mich auf, um nach der Handtasche am anderen Ende der Couch zu greifen. »Ich habe keine Ahnung, wann dein Onkel Alex mein Handy in seine Finger gekriegt hat«, versicherte ich Arielle. »Aber dieser Klingelton ist jetzt noch unerträglicher als vorher.«

»Hey, Arsch«, schnarrte ich, als ich das Telefon endlich ganz unten aus meiner Handtasche gekramt hatte.

»Hey, Schöne. Wie geht's?«

»Gut, ich gebe Arielle gerade ihr Fläschchen. Meinst du, es ist okay, wenn ich einfach schon um sieben Uhr abends ins Bett gehe? Arielle geht um die Zeit schlafen, deshalb spricht ja eigentlich nichts dagegen.«

»Müde, hm?«, erkundigte er sich belustigt.

»Du sagst es, den ganzen Tag arbeiten macht mich voll fertig.«

»Du wirst dich dran gewöhnen.«

»So Gott will«, murmelte ich.

»Wie geht's der Kleinen?«

»Super«, murrte ich und löste die Flasche von ihrem Mund, als ihre Lippen schlaff wurden. »Gedeiht prächtig und so.«

»Ist das nicht etwas Gutes?«

»Doch, das ist gut. Aber ich verpasse alles!«

»Tust du nicht«, entgegnete Alex. »Mütter arbeiten schon seit fünfzig Jahren Vollzeit, und sie haben bestimmt nicht alles verpasst, sonst würden ihre Kinder sie allesamt hassen.«

»Soll ich mich jetzt deswegen etwa besser fühlen?«, nörgelte ich und legte Arie an meine Schulter, damit sie ihr Bäuerchen machen konnte.

»Ja?«

»Nun, tue ich aber nicht.«

»Es gibt viele Mütter, die arbeiten müssen, Ani. Du tust nichts Falsches.«

»Das weiß ich«, schnappte ich, ehe ich meinen Ton sofort wieder zügelte. »Ich wünschte nur, ich wäre reich genug, um völlig unabhängig zu sein, oder dass ich im Lotto gewinnen würde. Damit ich sie nicht jeden Tag allein lassen muss.«

»Ja, ich weiß, was du meinst.« Er schwieg kurz. »Hey, hast du in letzter Zeit mit Bram gesprochen?«

»Wir begegnen uns jeden Tag im Büro, warum?« Ich stemmte mich hoch und stand von der Couch auf. Ich würde Arielle geradewegs ins Bett stecken, damit ich schleunigst ebenfalls in die Federn kriechen konnte. Ich würde keine Zeit verlieren.

»Ach, ich frage mich bloß, wann ihr beide denn euren Scheiß endlich geregelt kriegt«, vermeldete Alex wie beiläufig. Auf mein zornerfülltes Grollen hin lachte er.

»Wieso steckt alle Welt immer die Nase in unsere Angelegenheiten?«, zischte ich und beugte mich hinunter, um Arie in ihr Bettchen zu legen. Dankenswerterweise schlief sie weiter, als ich ihre Arme sanft in den kleinen Schlafsack bugsierte, in dem sie immer schlief, und anschließend den

Reißverschluss zuzog. »Das zwischen uns funktioniert einfach nicht.«

»Wenn ihr zwei endlich die Köpfe aus euren Ärschen nehmen würdet, würde es vielleicht funktionieren«, versetzte Alex angestrengt. »Herrgott, Bram hat mit diesem Komplex zu kämpfen wegen unserer Mutter. Und du siehst den Wald vor lauter Bäumen nicht. Es ist lächerlich und geht mir tierisch auf den Geist.«

Ich ließ mich aufs Bett fallen und starrte auf die Tür zu meinem Schlafzimmer. »Komplex wegen eurer Mutter?«, fragte ich behutsam.

Alex fluchte leise. »Was das angeht, musst du Bram fragen.«

»Ich frage aber dich.«

»Ich bin der Falsche, dir diese Geschichte zu erzählen.«

»Mir egal.«

»Mir aber nicht. Ich erinnere mich nicht mal an die Hälfte von alldem, was er weiß, okay, Ani? Ihm geht permanent dieser ganze Scheiß durch den Kopf, und ich weiß nicht mal, wie ich richtig mit ihm darüber reden soll, weil ich mich verdammt noch mal nicht daran erinnere.« Alex' Ton gewann an Härte, und ich hörte, wie seine Zähne aufeinanderschlugen, als er endete.

»Ich bin nicht sicher, was ich dazu sagen soll«, erwiderte ich und strampelte mir die Schuhe von den Füßen. Danach stand ich auf und zog meine Jeans aus. Wenigstens die anspruchslose Kleiderordnung, die an meinem Arbeitsplatz herrschte, sprach für meinen Job. Jeans und T-Shirt genügten als Uniform.

»Mir wäre es einfach lieber, wenn du mit ihm darüber sprichst«, beschied mir Alex, als ich schließlich nur in T-Shirt und Slip ins Bett kroch. »Ich glaube, er schläft nicht mehr. Und du hörst dich auch nicht gerade fit an. Früher oder später wird einer von euch der Leidtragende sein.«

»Es geht mir gut ... ich muss mich bloß noch daran gewöhnen, ein kleines Kind und einen Vollzeitjob unter einen Hut zu kriegen«, gab ich zurück.

»Vermisst du Abraham denn gar nicht?«, fragte Alex.

Ich machte schon den Mund auf, um Nein zu sagen, konnte es aber einfach nicht über mich bringen, es auszusprechen. Selbst wenn ich mich in der Lage gefühlt hatte, Alex zu belügen, was mir noch nie gelungen war, ohne dass er mich bald darauf durchschaute, konnte ich Bram nicht einfach so missachten.

»Ja, ich vermisse ihn«, sagte ich schließlich. »Aber so ist das eben.«

»Irrtum.«

»Du bist eine neugierige kleine Nervensäge, weißt du das? Aber ich mag dich trotzdem«, sagte ich und schnaubte belustigt. »Doch ich bin gerade so müde, dass ich gleich am Telefon einschlafe.«

»Liegst du schon im Bett?«

»Ich hab dir doch gesagt, dass ich um sieben Uhr schlafen gehen will. Es ist sieben.« Ich schmiegte mein Gesicht in das kühle Kissen unter meinem Kopf.

»Schön, aber eines muss ich dich noch fragen«, begann Alex in einem Ton, der mich aufhorchen ließ. »Was hast du gerade an?«

»Spinner!«, lachte ich und legte auf.

Ich stellte den Wecker meines Handys, legte es auf den Nachttisch und rollte mich schließlich in der Mitte des Bettes auf den Rücken.

Was hatte Alex gemeint, als er von Brams Komplex gesprochen hatte? Von den Bemerkungen, die ich über die Jahre aufgeschnappt hatte, war ich unweigerlich zu der Überzeugung gelangt, dass die Mutter von Bram und Alex eine von den Guten gewesen sein musste. Die beiden stammten nicht aus einer schlimmen Familie wie ich. Ihre Mom war gestorben und hatte sie so unglücklicherweise zu Schützlingen des Staates gemacht. Ich zweifelte daran, dass sie ihren Dad gekannt hatten – was das anging, hatten wir etwas gemeinsam –, doch abgesehen davon, hätten unsere Geschichten unterschiedlicher nicht sein können.

Was wollte Alex also damit sagen?

Ich rollte mich in Seitenlage zusammen und zog ein Kissen an meine Brust. Meine Lider waren bereits schwer, als ich aus dem Fenster sah, ich wusste allerdings, dass es noch eine Weile dauern würde, bis ich einschlafen konnte. Nachts vermisste ich Bram am meisten. Tagsüber konnte ich mich gut genug ablenken, um nicht ständig an ihn denken zu müssen, aber spätestens, wenn Arielle in ihrem Bettchen lag und schlief, wenn es still wurde im Haus, schien sich seine Abwesenheit in meinem Leben tausendfach zu verstärken.

An dem Tag, als er uns in der Badewanne angetroffen hatte, hatte er so sehr darauf beharrt, mit mir zusammen sein zu wollen. Doch ich konnte ihm nicht trauen. Wie sollte ich ihm auch hundertprozentig abkaufen, dass er sich anders entschieden hatte? Unsere Uneinigkeit bezog sich ja nicht auf so etwas Triviales wie die Wahl des passenden Wohnorts oder finanzielle Ausgaben für dies und das. Ein Kind zu bekommen war ein gewaltiges Unterfangen. Man musste sich diesem Kind für den Rest seines Lebens verpflichten. Diese Art von Hingabe war noch verbindlicher und bedeutender, als wenn man heiratete.

Und das war genau der Punkt, mit dem ich nicht zurechtkam. Es war etwas völlig anderes, als hätte Abraham mich etwa um ein Date gebeten – und falls es ihm nur um so etwas ging, hätte ich wohl oder übel zu dem Schluss kommen müssen, dass er den Kontakt zur Realität völlig verloren hatte. Er bat mich um eine Verpflichtung für mein ganzes restliches Leben, wenn schon nicht für mich, dann zumindest für Arielle. Aber er konnte nicht in ein paar Jahren einfach wieder neu entscheiden, dass es zwischen uns nicht lief. Selbst wenn er irgendwann aufhörte, mich zu lieben, wäre er immer noch Arielles Vater. Das war nichts, was man einfach frei wählen konnte, und die Tatsache, dass seine Meinungsänderung wie aus heiterem Himmel gekommen war, machte es noch unglaubwürdiger.

Meine Augen füllten sich mit Tränen, als ich daran dachte, wie er sich mühsam jeden Morgen durch die Bürotür zur Arbeit schleppte, mich müde anlächelte, während er an mir vorbei in sein Büro trottete. Er fand ganz offensichtlich keinen Schlaf mehr, jedenfalls nicht so viel, wie er gebraucht hätte.

Ich wischte mir die Tränen vom Gesicht und drückte den Kopf ins Kissen in dem vergeblichen Versuch zu schlafen.

Ich war mir ziemlich sicher, dass ich tagtäglich nicht viel besser aussah als er.

Kapitel 17

Abraham

»Du hast ihr bitte was erzählt?«, grollte ich in mein Handy. Ich hörte das Gehäuse knacken, so fest umklammerte ich das Telefon.

»Ich habe nur erwähnt, dass du einen Komplex hast, was unsere Mom angeht«, bekannte Alex kleinlaut. »Es ist mir so rausgerutscht! Ich war genervt davon, wie idiotisch ihr beide euch aufführt, und da …«

»Es geht dich verflucht noch mal nichts an, Alex«, donnerte ich und grub mir die Finger in die Augenhöhlen. »Meinst du wirklich, es verbessert etwas an der ganzen Situation, wenn Ani erfährt, dass ich immer noch mit Sachen zu kämpfen habe, die sich abspielten, als wir sechs Jahre alt waren?«

»Es kann ja wohl auch nicht viel schaden!«, schrie Alex zurück.

»Sie ist weiß Gott genug mit Arielle beschäftigt, und du lässt es so aussehen, als käme ich hinten und vorne nicht klar. Was meinst du, wie das von außen wirkt?«

»So war es nicht, Abraham«, entgegnete Alex entschieden. Seine Stimme hatte wieder normale Lautstärke angenommen. »Wir haben einfach darüber gesprochen, warum ihr beide nicht zusammen seid, und …«

»Wieso zum Teufel besprichst du meine Beziehung zu Ani überhaupt mit ihr?«, fiel ich ihm ins Wort. Ich war fuchsteufelswild. Schon als ich rangegangen war, hatte ich gewusst, dass Alex wegen irgendetwas ein schlechtes Gewissen hatte. Er hatte nur den Mund aufmachen müssen, und ich wäre am liebsten durchs Telefon gekrochen und hätte ihn stranguliert.

Dabei fühlte ich mich eigentlich so gerädert, dass mir schon flau im Magen wurde. Meine Augen fühlten sich an, als wäre das Innere meiner Lider mit Sand gefüllt. Das Einzige, was mich im behaglich warmen Innenraum meines Trucks wach hielt, war der Umstand, dass Alex verzweifelt versuchte, sich herauszureden, nachdem er gehörig etwas in den Sand gesetzt hatte.

»Weil das Leben verdammt noch mal zu kurz ist«, blaffte Alex mich an. »Ihr zwei müsst eure Differenzen endlich hinter euch lassen.«

»Das ist mein Problem«, grollte ich. »Allein meins. Wenn ich Ani irgendwelchen Mist über unsere Mom erzählen will, dann tue ich das. Das ist nicht deine Baustelle!«

»Ich werde nicht aufhören, mit Ani zu sprechen, nur weil du irgendein verkorkstes Verlangen hast, ihr immer wieder ans Bein zu pinkeln«, versetzte Alex mit tiefer Stimme. »Sie ist eine meiner besten Freunde. Nur weil du sie bumst, heißt das nicht, dass sich daran etwas ändert.«

»Hör zu, es ist mir scheißegal, ob ihr beide gegeneinander Call of Duty spielen oder euch gegenseitig die Fingernägel lackieren wollt«, höhnte ich. »Aber ich sage dir hier und jetzt, dass du es lassen sollst, mit Ani über mich zu sprechen. Ich werde mich selbst darum kümmern. Ich kann gut drauf verzichten, dass du die Sache noch schlimmer machst, als sie schon ist.«

»Herrgott noch mal«, hauchte Alex und endete mit einem bellenden Lachen. »Abraham, ich bin mir ziemlich sicher, dass du dieses Ding ganz allein vermasselst, auch ohne meine Hilfe.«

In der Leitung wurde es still, und ich riss mir das Handy vom Ohr, um feststellen zu müssen, dass der Mistkerl aufgelegt hatte.

Ich saß in meinem Truck vor dem Haus von Mom und Dad. Alex' Anruf hatte ich nur angenommen, um nicht hineingehen zu müssen. In der Woche zuvor hatte ich das traditionelle freitägliche Familienessen verpasst, weil ich auf meiner Couch eingeschlafen war. Ich hatte nicht mal genug Zeit gehabt, die Stiefel abzustreifen, schon war ich weg gewesen. Nachts schlief ich kaum noch, und wenn, so wachte ich am nächsten Morgen trotzdem völlig erschöpft auf.

Das Verhältnis zwischen Ani und mir war angespannt, aber ich hatte keine Ahnung, was zur Hölle ich dagegen tun sollte. Ich hatte ihr alles gesagt, hatte ihr klipp und klar erklärt, was ich wollte. Anschließend hatte ich darauf gewartet, dass sie zu mir kam – doch sie kam nicht.

Bei der Arbeit waren wir uns begegnet. Außerdem war ich in meinen Mittagspausen stets zu Mom gefahren, um Arielle zu sehen. Und trotzdem hatte Ani bislang kein Wort über unser Streitgespräch verloren. Sie schien restlos zufrieden zu sein, wie die Dinge sich entwickelten, während es mich innerlich zerriss.

Ich kratzte mir den Bart und sprang aus dem Truck. Der Ärger und meine überwältigende Erschöpfung ließen meine Bewegungen ruckartig und übertrieben aussehen. Ich lief auf reinem Adrenalin, und sobald ich wieder davon runterkäme, würde der Zusammenbruch furchtbar sein. Das Telefonat mit

Alex hatte mich nur noch mehr gereizt, und zu wissen, dass Ani genau dort hinter dieser Haustür war, verstärkte meine Wut um ein Tausendfaches.

Wie konnte sie mich einfach so abschreiben? Sie sagte, dass sie mich liebte, und was dann? War ich nicht gut genug für sie, weil ich keine Kinder gewollt hatte, ehe ich Arielle begegnet war? Falls dem so war, wieso ließ sie sich dann immer noch lautstark darüber aus, mich zu lieben?

Ich stieg die paar Treppenstufen zur Veranda hinauf und trat, ohne zu klopfen, durch die Vordertür. Je näher ich Ani kam, desto verdrießlicher wurde meine Laune, und in der Sekunde, da ich sie lachen hörte, war es mit jeglicher Geduld, die ich noch gehabt hatte, augenblicklich vorbei.

»Anita«, brummte ich, sobald ich durch die Tür war. Mom und Tante Ellie hoben ruckartig die Köpfe und starrten mich überrascht an.

»Abraham«, begann meine Mutter in warnendem Ton.

»Draußen«, wies ich Ani an und scheuchte sie zur Hintertür, während ich Mom geflissentlich ignorierte.

Ani gab keine Widerworte. Sie warf einen letzten Blick auf Arielle, die in ihrer kleinen Schaukel in der Küchenecke saß und vor und zurück schaukelte. Dann ging sie vor mir her nach draußen.

Sobald wir im Freien auf der hinteren Veranda waren und ich die Tür hinter uns zugeknallt hatte, schlang Ani die Arme um ihren Oberkörper. Mit erhobenem Kinn stand sie da. »Was gibt's?«, fragte sie seelenruhig.

»Was hast du dir dabei gedacht, mit Alex über mich zu sprechen?«, herrschte ich sie an, woraufhin sie erstaunt zusammenschrak. »Denkst du, das geht ihn irgendetwas an, ja?«

Es war überhaupt nicht das, was ich eigentlich sagen wollte.

Viel lieber wollte ich fragen, warum sie nicht anrief. Ich wollte wissen, warum sie mich nicht wollte. Warum sie mich nicht einmal mehr zu vermissen schien. Ja, ich wollte wissen, ob sie mich noch liebte.

Aber nichts davon würde ich tatsächlich aussprechen. Ich hatte ihr bereits gesagt, was ich wollte. Sie kannte meinen Standpunkt – und es war ihr verdammt noch mal egal. Ich würde mich jetzt nicht hinlegen, sodass sie noch einmal über mich hinwegtrampeln und einfach weggehen konnte.

»Machst du Witze?«, fragte Ani perplex. Sie ballte die Hände zu Fäusten.

»Sehe ich so aus?«

»Nein. Du siehst aus, als würdest du gleich nach vorne umkippen. Warum ruhst du dich nicht ein bisschen aus, und wir sprechen wieder, sobald du nicht mehr völlig durch den Wind bist.«

»Ich kann mich nicht ausruhen, Anita!«, fauchte ich und trat einen Schritt auf sie zu. »Ich fühle mich permanent beschissen. Und dir scheint das alles überhaupt nichts auszumachen. Wenn du nicht mit mir zusammen sein willst, dann sag es!«

Anis Lippen bebten, hinter ihrer Wange arbeitete es.

»Sprich es nur aus«, beharrte ich und trat noch näher an sie heran. »Denn das hier ist einfach der letzte Scheiß! Ich weiß, dass ich es verbockt hab! Ich weiß, dass ich mich wie eine Memme verhalten und den Schwanz eingezogen habe …«

»Warum bist du gegangen, Abraham?«, fragte sie unter Tränen.

»Weil ich dachte, dass ich nie Kinder wollte, und …«

»Nein«, fiel sie mir abermals ins Wort. »Die Wahrheit.«

»Das ist die Wahrheit, verdammt noch mal!«

»Die ganze Wahrheit«, versetzte sie eisern. Dabei wendete sie den Kopf langsam von einer Seite zur anderen.

»Was willst du denn von mir hören?«

»Ich will, dass du mir erklärst, warum du es dir anders überlegt hast«, sagte sie geradeheraus und so leichthin, als wäre die Antwort, die sie verlangte, nichts Schwerwiegendes.

»Das hab ich doch gerade«, entgegnete ich stur.

»Nein. Das hast du nicht.«

»Weil ich mich vom ersten Augenblick komplett in Arielle verliebt habe. Von der Sekunde an, als ich sie zum ersten Mal im Arm hielt, war mir das klar. Mit ihr ist alles anders geworden. Ich weiß nicht, ob es daran lag, dass sie irgendwie für mich bestimmt war, oder daran, dass sie deine Tochter war, aber es hat noch keinen einzigen Moment in ihrem Leben gegeben, an dem ich mich nicht zu hundert Prozent als ihr Vater gefühlt habe!«

»Du bist aber damals nicht zu mir gekommen«, flüsterte Ani, und Tränen rannen ihr über die Wangen. »Erst, als Henry ...«

Ich donnerte los: »Ich wusste nicht, ob ich es schaffen würde!« Anis Tränen setzten mir zu, als verlöre ich dadurch die Kontrolle über mich. »Was, wenn ihr etwas zustößt? Was würde das mit dir machen?«

»Ihr wird nichts passieren, Abraham«, sagte Ani und hob die Hand, um mich zu berühren. Ich aber wich ihr aus, und sie ließ den Arm wieder sinken.

Ich konnte ihre Berührung jetzt nicht ertragen. Ich fühlte mich zu labil, meine Emotionen kochten plötzlich direkt unter der Oberfläche.

»Was, wenn doch?«, brüllte ich. Meine Brust stampfte. »Wenn ich dich verlieren würde, das könnte ich vielleicht noch verkraften. Unwahrscheinlich, aber möglich. Wenn ich euch beide verlieren würde, dann wäre ich ein toter Mann.« Ich presste die Lider zusammen, während ich das sagte, und wandte mich schließlich ab.

Meine Hände suchten das Geländer der Veranda und stützten sich daran ab. Allein, es auszusprechen, rief eine Art intuitive Regung in meinem Körper wach. Alles verkrampfte sich, von meinen Füßen bis herauf zu meinem Genick. Ich umklammerte das Geländer fester, um nicht hinüberzustürzen.

»Baby, du verlierst uns doch nicht«, presste Ani gedämpft hervor. Sie kam von hinten an mich heran.

»Meine Mutter hat ein Kind verloren«, sagte ich unter angehaltenem Atem, als sie die Hand sachte auf meinen Lendenbereich legte.

»Abraham«, hauchte sie. Ich fühlte, wie ihre Stirn an meinen Rücken sank.

»Und es ist so verdammt bescheuert, damit anzufangen … ich bin kein Kind, und ich weiß, dass jeden Tag schlimme Dinge passieren können. Es ist mir absolut klar.«

»Ich weiß«, flüsterte Ani.

»Du hättest sehen sollen, was es mit ihr gemacht hat, Ani. Sie ist einfach verblasst, verdammt. Stück für Stück. Ich wollte einfach nicht, dass jemals noch einmal diese Möglichkeit bestand.«

»Baby …«

»Und ganz bestimmt wollte ich dieses Risiko nicht mit dir eingehen.« Ich wandte mich zu ihr um.

Sie wich erschrocken nach hinten, doch bevor sie sich von mir losmachen konnte, barg ich ihr Gesicht in meinen Händen und zog es an meines.

»Ich wollte nicht, dass es mit dir auch passiert«, murmelte

ich, die Stirn an ihre gelegt. »Ich schwör's, Anita. Wenn du auf mich gehört und Arielle nicht adoptiert hättest, dann wäre ich dieses Risiko nicht im Traum eingegangen.«

»Und genau da liegt das Problem«, versetzte sie mit belegter Stimme.

»Nein«, presste ich hervor. »Nein. Ich würde es nie wieder anders wollen. Nie und nimmer würde ich noch einmal dahin zurückwollen, wie es vorher war ... ich habe so verfluchtes Glück gehabt.« Ich schluckte, schwankte ein wenig. »So ein verflucht großes Glück, dass du nicht auf mich gehört hast.«

»Baby?«, flüsterte Ani besorgt, als ich leicht zur Seite taumelte. »Abraham?«

»Ist schon okay«, versicherte ich und richtete mich auf.

»Nein«, hauchte sie, und sie schmiegte ihren Körper an mich, sodass ich ans Geländer gedrückt wurde und dadurch Halt fand. »Was zur Hölle?«

»Ich bin nur so verdammt müde«, lallte ich und ließ den Kopf auf ihre Schulter sinken. Dabei versuchte ich, wieder klar sehen zu können. Ich wusste, dass ich ihr Angst machte, konnte aber nichts gegen den Schwindelanfall tun, der mich soeben traf wie ein Hammerschlag. »Kann einfach nicht. Ohne dich. Schlafen.«

»Trevor!«, schrie Ani, während ich verzweifelt versuchte, mich aufrecht zu halten.

»Meine Güte«, stöhnte ich und fing mich an dem Geländer hinter mir ab. »Es geht schon wieder. Scheiße.«

»Alles okay?«, ertönte Trevors Stimme den Bruchteil einer Sekunde später, und er steckte den Kopf durch die Hintertür nach draußen. »Oh Gott, Bram!«

Ich sah schwarze Punkte vor den Augen und schüttelte den Kopf, um wieder klar sehen zu können.

»Trev«, sagte ich. Und in dem Moment spürte ich, wie meine Knie nachgaben.

Dann wurde alles schwarz um mich herum.

»Ani.« Ich öffnete die Augen. Alles war dunkel. Sofort wusste ich, dass ich nicht daheim in meinem Bett lag. Ich stöhnte, als ich den vertrauten Geruch des Hauses meiner Eltern erkannte.

Ich war schlichtweg ohnmächtig geworden – während ich Ani angeschrien hatte. Klasse.

Von irgendwo im Haus hörte ich Stimmen leise miteinander reden. Ich kroch aus dem Bett und wankte zur Tür von Katies altem Zimmer. Nach dem Aufwachen brauchte ich immer eine Weile, bis ich wieder festen Stand hatte und mein Gleichgewicht wiedererlangte. So war es mir schon als Kind ergangen. Und egal, wie sehr ich mich bemüht hatte, diese Angewohnheit zu ändern, indem ich etwa erst ein wenig liegen blieb, bevor ich aufstand, taumelte ich anschließend trotzdem eine volle Minute umher wie ein Betrunkener, nachdem ich das Bett verlassen hatte.

Das hatte es bisweilen zu einer Tortur gemacht, früh am Morgen aufzustehen, wenn Arielle wach wurde, denn ich hatte immer erst warten müssen, bis ich meine Balance wiederfand, bevor ich das schreiende kleine Fräulein aus ihrem Bettchen nahm.

Ich betätigte den Lichtschalter neben der Tür, spähte zum Laufstall am Ende des Zimmers und schaltete das Licht sofort wieder aus, als ich sah, dass Arielle friedlich darin lag und schlief, die Arme zu beiden Seiten ausgestreckt.

Schließlich schluckte ich schwer und stolperte in den Flur. Die Stimmen verstummten, als ich mich dem Wohnzimmer näherte, und als ich in das Sichtfeld der anderen trat, blickte ich in sechs Augenpaare, die mich erstaunt anstarrten.

»Abraham Daniel, du hast mich zu Tode erschreckt, verflucht!«, rief Mom. Sie fuhr vom Schoß meines Vaters auf, beide Hände in die Hüften gestemmt.

»Bram war einfach entkräftet«, beruhigte Dad sie und hob den Arm, um ihr sanft mit dem Handrücken auf den Hintern zu klopfen.

»Weshalb zum Teufel spazierst du schon wieder herum?«, stellte Mom mich zur Rede, anscheinend noch nicht bereit, ihren Ärger loszulassen. Sie war nicht sauer auf mich, nicht wirklich, aber manchmal, wenn sie sich ernsthaft erschreckte, verwandelte sich ihre Sorge in Zorn.

»Ich …« Als ich Anis besorgten Gesichtsausdruck sah, brach ich ab. »Bloß entkräftet«, sagte ich, als sie von der Couch aufstand. »Mir geht's gut.«

Sie war schnell, und als sie mir im nächsten Moment mit der flachen Hand auf die Brust hieb, stolperten wir zusammen einen Schritt zurück, weil ich immer noch keinen festen Stand hatte.

»Warum schläfst du denn nicht?«, flüsterte sie an meine Brust gedrückt. »Du musst schlafen, Abraham.« Ihre Nägel gruben sich in meinen Rücken. »Du hast mich so erschreckt.«

»Tut mir leid«, erwiderte ich im Flüsterton. Ich achtete nicht auf die anderen, die uns anstarrten. »Ich wollte dir keine Angst machen.«

»Du bist einfach zu Boden gegangen, und ich …«

»Shhh«, hauchte ich besänftigend.

»Ich hab dich aufgefangen«, unterbrach uns Trevor mit einem Lächeln. »Gern geschehen.«

»Verdammt«, stöhnte ich, und Ani lachte auf.

»Was zum Teufel war das?«, wollte Mom wissen, als sie sich zurück auf Dads Schoß setzte. Dad stöhnte.

»Ich hab nicht sehr gut geschlafen in letzter Zeit.« Zusammen mit Ani trat ich weiter ins Zimmer, sodass wir uns auf eines der Sofas setzen konnten. »Das muss plötzlich auf einen Schlag gewirkt haben.«

»Nun, ich hab ja bereits von so einigen Tricks gehört, um sich aus einer brandheißen Situation zu retten, aber ich muss schon sagen, die hier schlägt dem Fass den Boden aus«, gluckste Mike und schüttelte den Kopf.

»Ich hab nicht versucht …«

»Uh-huh«, gab Dad von sich, nicht wirklich überzeugt.

»Nun, da wir jetzt rausgekriegt haben, dass du nur etwas schläfrig bist, können wir ja nach Hause«, meldete Ellie sich gütig zu Wort.

»Hab dir doch gesagt, er war bloß entkräftet«, gab mein Dad zum Besten.

Ellie sah ihn an. »Ich wusste gar nicht, dass du Arzt bist.« Sie rappelte sich auf und zog Mike mit sich.

»Ich glaube, ich kenne meinen Jungen ganz gut«, brummte Dad, als meine Mom ebenfalls aufstand. »Er sah schon wochenlang richtig beschissen aus.«

»Danke, Dad«, sagte ich. Ani kicherte.

Ich wollte sie ansehen, fürchtete mich jedoch vor dem Gesichtsausdruck, den sie möglicherweise aufgesetzt hatte. Wir hatten das wichtigste Gespräch unseres Lebens geführt, und ich war umgekippt. Ich war beschämt, dass es passiert war, aber gleichzeitig auch höllisch besorgt darüber, dass mein Black-out alles zunichtegemacht hatte, was gesagt worden war.

»Wir sehen uns, bis später«, rief Trevor und folgte seinen Eltern zur Tür hinaus.

Sobald sie gegangen waren, lehnte ich mich auf der Couch zurück und schloss die Augen.

»Bleibt ihr beide heute Nacht hier?«, fragte Dad.

Ich machte mir gar nicht erst die Mühe, die Augen aufzuschlagen, und antwortete mit »Nein« – im selben Moment, in dem Ani »Ja« sagte.

»Du fährst nicht«, stellte Ani entschieden klar.

»Du kannst uns doch fahren«, lenkte ich ein.

»Wir bleiben hier«, informierte Ani meine Eltern, ohne mich weiter zu beachten. »Also, bis morgen früh.«

Ich wollte die Nacht nicht hier verbringen, aber ich sollte verdammt sein, wenn ich noch einmal etwas dagegen sagte, mit Ani zusammen in einem Bett zu schlafen, selbst wenn es im Haus meiner Eltern war – und ich war zu müde, um etwas anderes zu tun, als zu schlafen. Sie war nicht weggefahren, nachdem ich ohnmächtig geworden war. Sie war geblieben.

Das musste etwas bedeuten.

Ich folgte ihr in Katies altes Zimmer und zog mich bis auf die Unterhose aus, kaum dass die Tür hinter uns ins Schloss gefallen war. Wir bewegten uns leise, um die Kleine nicht zu wecken, doch ich nahm jedes Geräusch wahr, das ihre Kleidung machte, während sie sich auszog. Als ich hinter ihr unter die Decke kroch, hätte ich auf der Stelle weinen können, so heftig wusch die Welle der Erleichterung über mich hinweg.

»Du hast mich so erschrocken«, zischte sie, als ich versuchte, meinen Arm um sie zu legen.

»Das wollte ich nicht.«

»Und was zum Teufel ist los? Du schläfst nicht mehr?«

»Ich konnte nie einschlafen, also bin ich die ganzen Nächte wach geblieben, damit ich irgendwann so müde werde, dass es halt endlich klappt.« Ich ignorierte die unmerkliche Art, wie sich ihr Körper versteifte, und zog sie an mich heran.

Wir lagen beide auf der Seite, die Gesichter einander zugewandt, und ich rutschte leicht nach unten, damit wir mit den Augen auf einer Höhe waren, Nase an Nase.

»Ich will reden«, nuschelte ich und versuchte vergeblich, die Augen offen zu halten.

»Wir können morgen reden«, hauchte sie mir zu und hob eine Hand, um meinen Bart glatt zu streichen. »Jetzt schlaf.«

»Ich kümmere mich um sie. Schlaft weiter«, raunte meine Mom leise, als Arielle mich am nächsten Morgen weckte.

Ich stand neben dem tragbaren Kinderbett und versuchte, sie zu beruhigen, ohne sie herauszuholen. Meine Beine fühlten sich immer noch recht wacklig an, und ich warf einen Blick auf Ani, die immer noch schlief, als Mom an mir vorbeihuschte und Arie hochnahm. Erst jetzt sah ich an mir hinunter und spürte, wie mein Gesicht heiß anlief. Ich trug nur Boxershorts.

»Entschuldigung wegen gestern Abend«, sagte ich leise und wich hinters Bett zurück, als Mom Arielles Wickeltasche vom Boden hob.

»Du musst schlafen, Junge«, wies Mom mich an. »Bekomm das in den Griff, bevor du noch ganz krank wirst.«

Ich nickte. Sie wandte sich ab, ging hinaus und zog die Tür

hinter sich zu. Ich kletterte sofort wieder ins Bett zu Ani und legte meine Arme um sie.

»Ich hab nur so getan, als würde ich schlafen«, murmelte sie gegen meine nackte Brust, worauf ich kurz zurückschrak. »Damit deine Mom Arielle holen kommt.«

Ich gluckste.

»Mutter des Jahres«, scherzte Ani.

»Du bist eine wundervolle Mutter«, sagte ich und küsste sie auf die Stirn.

»Du warst gestern Abend ganz schön außer dir«, versetzte Ani. Sie legte den Kopf in den Nacken, um mich auf den Adamsapfel zu küssen.

»Ich werde das auf die Kombination von Erschöpfung und Adrenalin schieben, das ich von meinem Streit mit Alex am Telefon intus hatte«, gab ich murmelnd zurück.

»Dann hast du es also nicht so gemeint?«, fragte Ani.

»Doch, hab ich.« Ich nahm den Kopf etwas zurück, um ihr in die Augen sehen zu können. »Ich gebe zu, dass die Art und Weise, wie ich es gesagt habe, ein wenig zu wünschen übrig ließ.«

»Nun ja, du hast deinen Standpunkt jedenfalls ziemlich klargemacht. Hättest quasi nur noch das Mikrofon fallen lassen müssen.« Sie hob eine Hand über unsere Köpfe und öffnete mit beiläufigem Schulterzucken die Faust.

»Du bist so ein Arsch«, lachte ich und brachte damit das ganze Bett zum Wackeln.

»Das ist eine gute Geschichte, um sie später Arielle zu erzählen«, sinnierte sie, die Mundwinkel leicht nach oben gezogen. *»Als dein Daddy um uns gekämpft hat, ist er so außer sich geraten, dass er darnieder sank wie eine viktorianische Jungfrau.«*

»Ich bin nicht darnieder gesunken. Ich hab vor Erschöpfung einfach weiche Knie bekommen.«

»Ist doch dasselbe.«

»Nicht im Mindesten.«

»Wie auch immer.«

»Wirst du Arielle denn sagen, dass ich ihr Daddy bin?«, fragte ich verhalten, und das Lächeln erstarb auf meinen Lippen, als ich ihr Gesicht erforschte. »Dass ich um sie gekämpft habe?«

»Möchtest du das denn?«, fragte sie. Ihre Lippen begannen zu zittern.

»Ja.«

»Dann werde ich es ihr erzählen.«

Ich schauderte und schloss die Augen gegen den Ansturm von Gefühlen, die mich überkamen. Ich wollte am liebsten von den Dächern rufen, gleichzeitig wollte ich die Bettdecke über uns ziehen und uns vom Rest der Welt abschotten. Die Erleichterung war allumfassend.

»Erzählst du mir von deiner Mutter?«, fragte Ani nach ein paar Minuten Schweigen. Sie fuhr mir mit dem Finger über die Lippen.

Ich seufzte und wünschte mir, dass ich das Thema am vorigen Abend nicht angeschnitten hätte. Die eigenen Eltern als Ausrede für irgendetwas zu benutzen war ein Lieblingsärgernis von mir. Ich hasste es, wenn Leute versuchten, ihren eigenen Eltern die Schuld für die Entscheidungen zu geben, die sie als Erwachsene trafen.

»Sie war großartig«, begann ich.

»Ja?«

»Oh ja. Sie hatte Ähnlichkeit mit Alex ...«

»Also ... mit euch beiden«, wandte Ani ein und lachte leise.

»Nicht so richtig«, erwiderte ich lächelnd und rollte mich

auf den Rücken, mit Ani auf meiner Brust gebettet. »Sie hatte dieses breite Lächeln – du weißt, was ich meine. Dieses ansteckende Lächeln.«

»Das hast du auch«, beharrte sie höflich.

»Nun, ihr Gesicht war nicht so bärtig«, scherzte ich und drückte Ani leicht, als sie mir einen Kuss auf mein Kinn gab. »Und sie war immer nett. Sie lächelte jedem zu. Sie war einfach ununterbrochen gut drauf.«

»Ah, diese Sorte«, knurrte Ani.

»Ja.« Ich nickte. »Als Alex und ich fünf Jahre alt waren, wurde sie schwanger. Ich habe keine Ahnung, wer der Vater war; sie brachte nie Männer mit nach Hause. Ich kann mich noch nicht mal dran erinnern, dass sie uns jemals mit einem Babysitter zu Hause ließ, um ausgehen zu können. Wir hatten sonst keine Angehörigen. Ich wusste zum Beispiel nicht, wer ihre Eltern waren.«

»Das muss hart für sie gewesen sein«, bekannte Ani sanft. »So ganz ohne Unterstützung.«

»Sie kam klar«, sagte ich. »Sie war eine gute Mom.«

»Ihr Baby ist gestorben?«, forderte Ani mich auf weiterzusprechen, nachdem ich eine Weile still gewesen war.

»Äh, ja.« Ich hob eine Hand, um mich seitlich am Gesicht zu kratzen. »Wir hatten keine Krankenversicherung, also musste sie das Baby zu Hause zur Welt bringen.«

»Ach du Scheiße!«, platzte Ani heraus, die Augen weit aufgerissen.

»Ich weiß nicht, ob das Baby deswegen starb oder ob es schon tot war, als es herauskam.«

»Du warst noch so klein«, murmelte Ani.

»Alex erinnert sich nicht mehr daran.«

»Aber du schon.«

Ich nickte und presste die Zähne zusammen. »Wahrscheinlich, weil sie mich aus Versehen so schlimm gebissen hat.«

Ani schlug die Augen nieder. Sie ließ ihre Stirn mit einem dumpfen Klopfen auf meine Brust sinken. »Oh Mann, ich bin doch ein Trottel«, bekannte sie, und ich musste lachen, als ich an unsere erste gemeinsame Nacht in meinem SUV dachte und an ihre ätzende Bemerkung danach.

»Ist ja nicht schlimm«, versicherte ich ihr und hob ihren Kopf an von meiner Brust. »Ich mag einfach das Gefühl nicht, wenn ich gebissen werde, aber du schon. Ist eben Geschmackssache.«

»Ich hab mich danach aber wie eine Arschkuh verhalten.«

»Du hast dich schon oft wie eine Arschkuh verhalten.«

»Hey!«

Ich lachte und brachte damit Anis zierlichen Körper zum Wackeln.

»Ich liebe dich abgöttisch«, sagte ich, als sie mich mit finsterem Blick anschaute.

»Ich liebe dich auch, denke ich.«

»Denkst du?«

»Sehr nett bist du nicht gerade.«

»Wenn wir nicht im Haus meiner Eltern wären, wäre ich jetzt sehr, *sehr* nett.«

»Bist du dir ganz sicher mit alledem?«, entfuhr es Ani, und das Lächeln erstarb auf meinen Lippen. »Wirklich sicher?«

»Ich verkaufe mein Reihenhaus.« Ich sah zu, wie ihr die Kinnlade runterfiel.

»Warte mal, was?«

»Ich ziehe bei dir ein.«

»Das habe ich dir doch gar nicht angeboten«, entgegnete sie mit großen Augen.

»Du willst nicht mit mir zusammenwohnen?«, fragte ich ernsthaft. Dabei ließ ich ihre Miene nicht aus dem Blick.

»Äh, schon.« Sie zog das Wort in die Länge. »Aber …«

»Die Sache ist die«, sagte ich und stemmte mich hoch, sodass ich aufrecht saß und sie rittlings auf meinen Oberschenkeln hockte. »Mit mir gehst du ein gewaltiges Risiko ein. Ich weiß, dass du verstört bist …«

»Ich bin nicht verstört«, log sie.

»Ich weiß, dass du verstört bist«, sagte ich noch einmal und überging sie bewusst. »Also ist es an mir, den ersten Schritt zu tun.«

Ich beugte mich vor und berührte ihre Lippen mit meinen, genoss das Gefühl ihrer Haut, die sich gegen meine schmiegte.

»Ich verkaufe das Haus. Ich ziehe zu dir. Du musst kein anderes Risiko eingehen außer dem, mit mir zusammen zu sein. Okay?«

Ich fand, dass das eine ziemlich gute Rede war, bis zu dem Moment, als Ani die Lippen verzog und anfing zu kichern.

»Dir ist ganz einfach klar, dass mein Haus eine Million Mal cooler ist als deins«, trällerte sie und lachte noch mehr. »Ich, mein Haus verkaufen? Ha!«

»Du bist so ein Arsch«, lachte ich und sah zu, wie sie den Kopf in den Nacken warf, um zu giggeln. »Ich wollte romantisch sein.«

»So romantisch«, pflichtete sie mir bei und nickte in gespielter Ernsthaftigkeit.

Mit einem lauten Knurren warf ich sie herum, sodass sie unter mir lag, und grub ihr meine Fingerspitzen in die Seiten, während sie die ganze Zeit lachte und dazwischen um Gnade flehte.

Kapitel 18

Anita

»Hallo?«, rief ich und hüpfte auf einem Bein durchs Zimmer, während ich versuchte, mir eine Socke an den anderen Fuß zu ziehen.

»Endlich!«, blökte mir Katie so laut ins Ohr, dass ich vor Schreck das Telefon fallen ließ.

»Mist«, zischte ich und kramte das Handy aus dem Wäschekorb. Am anderen Ende der Leitung plapperte Kate munter weiter.

»Ich wusste, dass ihr wieder zusammenkommen würdet«, sagte sie selbstzufrieden, als ich das Telefon wieder am Ohr hatte. »Ich hab drauf gewettet!«

»Ja, ja.«

»Mom meint, Bram will heute Abend mit dir ausgehen?«, fragte Kate. »Was ziehst du an?«

»Leggins, Stiefel und einen Pulli, der bis über die Schultern ausgeschnitten ist«, erklärte ich und streifte mir die Stiefel über. Bram wollte mit mir in Jay's Bar gehen, und das rührende Sentiment, das hinter diesem Einfall steckte, machte mich mehr als nur ein bisschen aufgeregt.

»Nein! Wieso denn kein Kleid?«, kreischte sie. »Leggins sind voll mein Ding – aber schließlich ist das euer erstes Date!«

»Ich hatte schon Brams Eier im Mund«, versetzte ich. »Die Leggins stören ihn kein bisschen, er mag sie sogar.«

Aus der Leitung drangen Würgelaute. »Ich will nichts von diesem Kram hören!«

»Oh, nicht?«, erkundigte ich mich erstaunt. »Aber du interessiert dich doch schon seit Monaten für unseren Kram! Willst du denn keine Details wissen?«

»Teufel, nein!«

Ich lachte, schnappte mir meine Handtasche vom Fußende des Bettes und verließ das Schlafzimmer. Bram musste jeden Moment hier sein, und ich wollte startklar sein, wenn er auftauchte. Wie gesagt, ich war aufgeregt.

Liz hatte sich bereiterklärt, Arielle für die ganze Nacht zu übernehmen – und ehrlich gesagt stand ich deshalb tausend Ängste aus –, aber gleichzeitig freute ich mich sehr darauf, Zeit zu zweit mit Bram zu haben.

»Also, was hat dich umgestimmt?«, fragte Kate nach einer vollen Minute angefressenen Schweigens.

»Er …« Ich ließ mich mit einem Seufzer auf die Couch fallen. »Er hat es wirklich ernst gemeint.«

»Und du hast es wie genau erkannt?«

»Weil er mich angeschaut hat, als wären meine Worte das Einzige, das ihn noch auf den Beinen halten könnte.«

»Ist er nicht so oder so umgekippt?«, fragte Kate belustigt.

»Erst danach«, berichtigte ich sie.

»Ich dachte, es wäre passiert, als ihr beide draußen auf der Veranda standet.«

»Woher zum Geier weißt du das alles?«, fragte ich.

»Ich hatte Mom die ganze Zeit am Telefon, und sie hat mir live Bericht erstattet, während sie euch durchs Fenster zugesehen hat.«

»Herrgott«, stöhnte ich, und Katie lachte.

»Das hast du nun davon. Boom!«

»Ich hab mich aber schon dafür entschuldigt, dass ich geplaudert hab, als du schwanger warst.«

»Wir sind noch nicht quitt«, grummelte Katie.

»Ach, was auch immer«, erwiderte ich.

Auf das Klopfen an meiner Haustür hin riss ich den Kopf herum und schaute in Richtung Flur.

»Ich muss los, Kate.«

»Ooh, ist er da?«

»Ich werde jetzt erst mal Sex haben«, sang ich. »Bye.« Ich legte auf, als sie gerade wieder mit ihren Würgelauten anfing.

Als ich die Tür öffnete, stand Bram vor mir, ein Button-down-Hemd und eine hellbraune Carhartt-Jacke an, auf dem Kopf eine graue Mütze. Er hatte sich den Bart fein säuberlich getrimmt und gewachst.

»Na, wenn du nicht absolut hinreißend aussiehst«, sann ich und musterte ihn von Kopf bis Fuß.

»Ich habe Blumen mitgebracht«, sagte er mit sanftem Lächeln und hob mir den Blumenstrauß entgegen, an dem immer noch das Preisschild vom Supermarkt hing.

»Wow, chic«, machte ich und nahm die Blumen entgegen. »Danke.«

Ich wandte mich zum Gehen und brachte die Blumen in die Küche, als Bram hinter mir aufstöhnte. Ich lächelte. Auf das Zuklappen der Haustür hin legte ich den Strauß ins Spülbecken. Als ich mich umdrehte, kam Bram hinter mir in die Küche.

»Ich weiß, dass ich versprochen habe, dich heute Nacht auszuführen«, sagte er mit rauer Stimme. Er wischte sich die Mütze vom Kopf und legte die Jacke auf den Tisch. »Aber ich hab dich eine Ewigkeit schon nicht mehr nackt gesehen.«

Ich musste lachen, als er das Gesicht zu einer Grimasse verzog.

»Planänderung?«, fragte ich und trat auf ihn zu.

»Wenn du auch nur das Geringste für mich empfindest, ziehst du dich jetzt sofort in dieser Sekunde aus«, versetzte er ernst. Er knöpfte sich das Hemd auf.

»Aber ich hab mich so drauf gefreut, wieder dorthin zu gehen, wo alles anfing«, sagte ich in dem Bemühen, mein Grinsen zu unterdrücken.

Brams Finger verharrten kurz an seinen Hemdknöpfen, dann senkte er geschlagen den Kopf und schloss die Knöpfe einen nach dem anderen wieder.

»Das war ein Witz«, erklärte ich sanft und hob die Hände, um seine zu umschließen.

»Oh, Gott sei Dank«, murmelte er. Seine Hände huschten an meine Haare, und er schmiegte den Mund an meine Lippen. »Ich führe dich ein anderes Mal aus.«

»Aber wir haben heute die Babysitterin«, erinnerte ich ihn amüsiert, worauf er wieder stöhnte.

»Dann führe ich dich wohin aus, wo Arielle mitkommen kann«, versprach er, noch immer meine Lippen an seinem Mund. Er strich mit den Händen an meinem Rücken hinab.

Ich saugte seine Unterlippe in meinen Mund und seufzte leise, als er meinen Po umfasste und mich von den Füßen hob.

»Und jetzt kein Baby-Gerede mehr«, verlangte er. Er trug mich in mein Zimmer. Auf dem Weg ließ ich meine Lippen zu seinen Ohrläppchen wandern.

»Bist du sicher?«, fragte ich und ließ meine Zungenspitze außen an seinem Ohr entlanggleiten. »Ich hab nämlich ein paar der Frauen, mit denen du in der Vergangenheit geschlafen hast, reden hören, und falls du auf so was stehst ...«

»Wir verlieren kein Wort über irgendjemanden, mit dem wir mal geschlafen haben«, bestimmte er und warf mich aufs Bett.

»Die waren ja wohl wirklich allerletzte Wahl«, stichelte ich, und er machte ein finsteres Gesicht.

Ich wusste nicht einmal, warum ich das sagte. Ich konnte einfach nicht verhindern, dass mir die Worte aus dem Mund kamen.

»Du weißt, dass ich dich liebe, oder?«, fragte er. Er stand über mir und schüttelte bedächtig den Kopf, ein sanftes Lächeln auf dem Gesicht.

»Ja.«

»Und ganz egal, was du sagst.«

»Okay«, hauchte ich, als er sich das aufgeknöpfte Hemd über die Schulter nach unten zog.

»Du wirst es nicht schaffen, mich zu vergraulen«, sagte er. »Keine Chance.«

»Ich versuche doch nicht, dich zu ...«

»Ich weiß«, bekannte er ernst.

Dann zog er die Jeans aus, und in der Stille sank die Bedeutung seiner Worte in mein Bewusstsein.

Ich würde niemals die turteltaubenhaft Verliebte spielen. Immer würde ich im falschen Moment und am falschen Ort etwas Unpassendes sagen. Ich würde niemals kitschige Liebesbotschaften in seiner Lunchbox verstecken oder vor anderen Leuten davon schwärmen, wie toll er war.

Und Bram konnte damit leben.

Er mochte mich so, wie ich war.

Mir traten die Tränen in die Augen, doch ich hielt sie zurück und weigerte mich, sie zu vergießen.

»Ich werde dir Blumen mitbringen«, teilte Bram mit, als er

mir die Stiefel und die Socken auszog. »Ich werde dir sagen, dass ich dich liebe, und ich werde Arielle verhätscheln.«

Ich biss mir innen auf die Wange.

»Ich werde ständig mit dir herumprahlen«, fuhr er fort, mir die Leggins und den Tanga über die Hüften und die Schenkel zu streifen. »Ich werde an Jahrestage denken und dir cooles Zeug zum Geburtstag schenken.«

»Ich werde dir auch tolle Sachen schenken«, presste ich etwas dümmlich hervor.

»Und wirst du mich lieben?«, fragte er, den Pullover über meinen Kopf streifend.

»So heiß und innig, dass du es gar nicht aushalten kannst«, murmelte ich, während er meinen BH öffnete.

Er legte sich auf mich und schmiegte seine Lippen an meinen Mund. »Gut.«

Während wir uns küssten, streichelte ich ihm durchs Haar und zog sein Haarband heraus, damit ich in seine Haare greifen und die Hände zu Fäusten ballen konnte, während er mit seinen Hüften gegen meine anrollte.

»Ich werde dir mindestens einmal die Woche einen blasen«, sagte ich unter meinem Atem. Es brachte Bram zum Kichern, der mit seinen Lippen an meinem Hals hinabglitt.

»Und ich werde kochen, weil ich es wirklich will, und ich verspreche, dass es immer köstlich schmeckt.«

Er umschloss mit seinen Lippen meine Brustwarze. Als Reaktion darauf bäumte ich mich auf und drückte den Rücken durch.

»Jahrestage und Jubiläen und so was werde ich ziemlich sicher vergessen, aber ich werde sie in einen Kalender schreiben und versuchen, dran zu denken.«

»Danke«, sagte er. Und er ließ eine Hand zwischen uns gleiten, damit er mit zwei Fingern über meine Klitoris streichen konnte.

»Ich werde stolz auf alles sein, was du tust, auch wenn ich nicht herumlaufen werde, um es jedem zu erzählen.« Ich saugte scharf die Luft ein, als er die beiden Finger in mich gleiten ließ. »Ich werde dich lieben, auch wenn du unausstehlich bist.«

»Moment mal«, empörte sich Bram sanft. Er neckte mich mit den Zähnen seitlich an meiner Brust.

»Bitte«, flüsterte ich, und sein Daumen streichelte sanft über meine Klitoris.

Er gab mir einen Kuss und setzte sich zurecht, und mir stockte der Atem, als er in mich glitt und uns so miteinander verband.

»Ich werde ...«

»Schhh«, forderte er mich auf und legte die Stirn an meine. »Unsere Versprechen geben wir uns später«, raunte er. »Wenn du ein langes weißes Kleid anhast und ich einen Smoking.«

»Du willst mich heiraten?«, fragte ich, und meine Hand bewegte sich an seinem schweißnassen Rücken hinab, während er seine Hüften gegen meine schwang.

»Ja, das ganze Programm«, antwortete er und ließ seine Hüfte nach vorne gleiten.

Danach tauschten wir erst einmal kaum Worte. Zu beschäftigt waren wir damit, wie unsere Körper tanzten, sich auf unserer Haut der Schweiß sammelte und unsere Gerüche und Laute sich vermischten, als wir zusammen kamen. Es war der beste Sex, den ich je hatte, und kein einziges der akrobatischen Kunststücke, die wir früher immer geübt hatten, spielte diesmal eine Rolle. Es war die einfache Missionarsstellung. Doch die Gefühle, die zwischen uns hin und her wogten, verwandelten es in etwas Spektakuläres.

Das Wort gefiel mir nach wie vor.

Stunden später sah ich zu, wie Bram durch mein Schlafzimmer wankte.

»Soll ich sie nicht einfach schnell holen?«, fragte ich und brach in leises Kichern aus, als ich seine Versuche verfolgte, die Tür zu erreichen.

»Ich mach das schon«, murrte er und wischte sich mit einer Hand über das Gesicht. »Bleib du mal liegen.«

Schließlich schaffte er es nach draußen, um unsere Handys zu holen. Ich sank mit einem Seufzer in die Kissen zurück. Bram wollte bei seinen Eltern anrufen, um zu hören, ob mit Arielle alles in Ordnung war, doch wir hatten die Telefone in der Küche gelassen, als er mich hochgetragen hatte.

»Mom hat uns beiden eine Nachricht geschrieben«, verkündete Bram, als er zurückkam. Er sah auf sein Display. »Hat ein paar Bilder geschickt und gemeint, sie gingen jetzt ins Bett, wir sollen also ›nicht anrufen, um rumzuschnüffeln‹.«

Ich lachte über das verdrießliche Gesicht, das Bram machte.

»Was für Bilder?«, fragte ich, als er sich neben mich setzte und die nackten Beine unter die Decke steckte.

»Eins von Arielle in ihrer Schaukel, und eins mit Trevor und ihr.« Er neigte das Handy in meine Richtung, damit ich es selbst sehen konnte.

Ich betrachtete Trevors lächelndes Gesicht auf dem Foto. »Hat er schon etwas von der Mutter von Henrys kleiner Tochter gehört?«, fragte ich.

Bei Ellie, Mike und Trev schien das gewohnte Leben wieder einigermaßen Einzug gehalten zu haben, doch für jeden Außenstehenden war klar zu sehen, dass sie immer noch trauerten. Ich sah, wie sie lachten, sah in ihre lächelnden Gesichter. Aber wenn sie sich unbeobachtet glaubten, war ihnen die tiefe

Erschütterung nach wie vor anzumerken. Ich war ziemlich sicher, dass das bei mir ebenfalls der Fall war.

Das Drama mit Bram hatte mich von meiner Trauer abgelenkt, auch wenn es mich nicht gerade fröhlich gestimmt hatte. Ich fragte mich, ob Henrys Verlust uns nun, da die Dinge zwischen Bram und mir geklärt waren, wieder mit voller Wucht treffen würde, so wie am Tag seiner Beerdigung.

»Trevor hat bei ihr angerufen«, sagte Bram. Er nahm mir mein Handy aus der Hand und legte beide auf den Nachttisch. »Sie war bereit zu reden, aber mehr weiß ich auch nicht.«

»Nun, das ist zumindest schon mal ein gutes Zeichen«, bekannte ich.

Bram schaltete das Licht aus und rückte auf der Matratze nach unten, wobei er mich mitzog. »Ich glaube, er will irgendwann in den nächsten paar Wochen mal zu ihr fahren.«

Mein Kopf schoss wieder hoch, und ich sah Bram erstaunt an. »Wirklich?«

»Ja, er will sie kennenlernen – die Kleine.«

»Ein klitzekleiner Teil von Hen«, sagte ich und bettete meinen Kopf auf Brams Brust.

»Ich würde zu gern wissen, was ihm durch den Kopf ging«, erwiderte er. Er strich mit seinen Fingern sachte meinen Rücken rauf und runter. »Es ist sein Baby.«

»Manche Menschen sind nicht dafür geschaffen, Eltern zu werden«, gab ich achselzuckend zu bedenken.

Auch ich begriff nicht, wieso Henry auf diese Weise gehandelt hatte. Ich konnte es mir kaum erklären. Er hatte selbst erfahren, wie es war, Eltern zu haben, die sich nicht um einen kümmerten. Dass er darin quasi in ihre Fußstapfen getreten war, verblüffte mich. Andererseits hatte ich in den vergangenen paar Monaten gelernt, dass es Menschen gab, die damit einfach nicht zurechtkamen. Wenn Henry einer von ihnen gewesen war, war es vielleicht die klügste Entscheidung gewesen, sich gleich von Anfang an fernzuhalten.

»Ich möchte gern Arielle herholen«, murmelte Bram und entlockte mir ein Lächeln. »Ich weiß, dass wir sie gemütlich morgen früh abholen können und es ihr bei Mom und Dad gut geht, aber ich will sie am liebsten hierhaben. In ihrem eigenen Bett. Bei uns.«

»Genießen wir erst mal eine Nacht, die wir ungestört durchschlafen können«, sagte ich und gab ihm einen Kuss auf die Brust. »Davon werden wir in nächster Zeit selten genug eine haben.«

Ich schloss meine Augen und ließ mich entspannt in ihn sinken.

»Ich hab mir überlegt, wir könnten mein Reihenhaus doch auch vermieten«, sagte Bram unvermittelt nach einigen Minuten Schweigen.

»Wie du magst«, antwortete ich.

»Wir könnten es natürlich verkaufen und die ganze Kohle auf einmal einstecken, aber es wäre doch auch gut, ein dauerhaftes Zusatzeinkommen zu haben. Außerdem sind Immobilien immer eine gute Anlage.«

»Klar.« Ich spürte, wie ich langsam wegdämmerte, während er weitersprach.

»Dann könntest du nämlich mit Arie zu Hause bleiben.« Er lachte, als mein Kopf blitzartig wieder von seiner Brust hochfuhr.

»Was?«

»Du willst doch nicht mehr arbeiten«, beschied er mir mit einem Lächeln. »Das weiß ich.«

»Aber ich ...«

»Bitte ramm mir nicht das Knie in die Eier für das, was ich jetzt sage«, hob er unsicher an. »Aber lass mich für dich sorgen.«

»Es ist nicht nötig, dass du für mich ...«

»Ich weiß. Du hast schon längst bewiesen, dass du selbst für Arielle und dich sorgen kannst«, unterbrach er mich. Er hob meinen Oberkörper von seiner Brust empor. »Aber du würdest doch lieber mit Arie zu Hause bleiben. Ich weiß, dass es so ist.«

»Ja«, krächzte ich. »Das wäre so schön.«

»Dann tust du es eben. Ich verdiene gut, Baby. Wir kommen klar.«

»Aber was, wenn ...«

»Ich werde nirgendwo hingehen.«

»Bist du sicher?«

»Warum fragst du mich die ganze Zeit, ob ich sicher bin? Ja, ich bin mir absolut sicher.« Er beugte sich herab und gab mir einen flüchtigen Kuss auf die Lippen. »Mir wäre es auch lieber, wenn Arielle jeden Tag mehr von dir hätte.«

Meine Lippen begannen zu zittern, als er mich gutmütig ansah. Das Mondlicht, das durchs Fenster fiel, bot kaum genug Licht, damit ich den Ausdruck auf seinem Gesicht erkennen konnte.

»Dann müsst ihr aber eine neue Büroleitung finden«, stellte ich klar, und sein Grinsen wurde noch breiter. »Einen Kerl.«

»Schön«, lenkte er ein. »Dann musst du mir mehr Kinder schenken.«

»Was?« Ich zuckte vor Verblüffung zurück, während seine Augen meine durchforschten.

»Arielle braucht doch ein Geschwisterchen.« Er nahm mein Gesicht in seine Hände. »Ich glaube, ich wäre dagegen, ein Kind bloß in Pflege zu nehmen. Sonst wäre ich sicher drauf und dran, das Land zu verlassen, sobald sie es uns wegnehmen. Aber wenn du dich bereiterklären würdest, noch mal zu adoptieren …«

»Wirklich?«, hauchte ich.

»Aber keines, das älter ist als Arielle«, verlangte er. »Deshalb müssen wir wahrscheinlich erst mal ein paar Jahre warten.«

»Aber es gibt normalerweise viel mehr ältere Kinder als …«

»Es muss ja kein Baby sein«, sagte Bram und schüttelte den Kopf. »Aber eben jünger als Arielle. Als Kate klein war, nahmen meine Eltern einen Jungen in Pflege, der ein wenig älter war.« Bram schluckte schwer. »Er hat sie angegriffen, und er hätte ihr wirklich etwas antun können, wenn Alex und ich nicht rechtzeitig dazwischengegangen wären.«

»Ich hab davon gehört«, murmelte ich.

»Danach haben meine Eltern beschlossen, keine Kinder mehr aufzunehmen, die älter waren als wir. Ich würde mich damit auch wohler fühlen. Nur jünger als Arie, okay? Es müssen keine Babys sein.«

Ich ließ den Kopf auf meine Brust sinken und schauderte beim dem Versuch, ein Schluchzen zurückzuhalten, das meine Kehle heraufstieg. Ich war schlicht überwältigt. Begeistert. Erschrocken.

So hielt mich Bram weiter umarmt, bis ich mich wieder in den Griff bekam, und dabei berührte er sanft meine Schultern und massierte sie.

»Okay, zweimal die Woche Blowjobs«, versprach ich daraufhin und hob den Kopf. »Mit Schlucken.« Ein Lächeln zupfte an meinen Mundwinkeln, und Bram rollte sich unverzüglich auf mich und lachte, das Gesicht in meiner Halsbeuge verborgen.

Epilog

Abraham

»Hey, Schwesterlein«, meldete ich mich am Telefon. Ich kam gerade aus dem Supermarkt, eine Packung Windeln unter dem Arm. Anscheinend hatte Ani vergessen, welche zu besorgen, und Arielle hatte die letzte bereits an.

Normalerweise setzte ich keinen Fuß in ein Lebensmittelgeschäft – seit meinem Einzug vor fast einem Monat zog Ani es vor, alle Einkäufe selbst zu erledigen –, aber es störte mich auch nicht, es zu tun. Es schien, dass Ani noch mehr zu tun hatte und noch härter arbeitete, seit sie mit Arielle zu Hause blieb, als vorher mit ihrer Stelle im Büro.

Trevor und ich hatten lediglich eine Woche gebraucht, um einen Nachfolger als Büroleitung zu finden. Es war derselbe Mann, der aushilfsweise eingesprungen war, als Ani in Mutterschutz gegangen war. Auch wenn Ani noch immer darüber klagte, dass er während dieser Zeit ihre Dateien durcheinandergebracht hatte, gab sie keine Widerworte, als wir sie mit unserer Wahl konfrontierten. Sie war geradezu verzweifelt darauf aus, sich Vollzeit um Arielle zu kümmern und ihr Haus auf Vordermann zu bringen. Alles war immer noch Work in Progress. Natürlich hasste ich es, wenn ich nach Hause kam und sie dabei antraf, wie sie in der Einfahrt stand und Küchenschränke abschliff, während Arielle festgeschnallt in ihrer Babywippe auf der Veranda saß. Aber ich beschwerte mich auch nicht, denn augenscheinlich liebte sie die Arbeit und machte sie wirklich gut.

»Wusstest du, dass Trevor hierherkommt?«, fragte meine Schwester am anderen Ende der Leitung vorwurfsvoll. Sie riss mich aus meiner Vorstellung von Ani, wie sie über diese Küchenschränke gebeugt dastand.

»Klaro«, erwiderte ich und warf die Packung Windeln auf den Beifahrersitz meines Trucks. »Er wollte eigentlich schon vor ein paar Wochen runterfahren, musste es aber immer wieder verschieben. Warum?«

»Kommt er, um diese Frau zu besuchen? Henrys Ex?«

»So ist der Plan, ja.«

»Man!«, machte Katie. »Er weigert sich, mir ihren Namen zu geben.«

»Weil er nicht will, dass du sie stalkst wie eine Verrückte.«

»Ich würde sie niemals stalken!«

»Klar würdest du.«

»Nur auf Facebook.«

»Keine weiteren Fragen, Euer Ehren.«

»Ihr spinnt doch«, gab Kate höhnisch zurück. Ich konnte genau sehen, wie sie den Flunsch zog, den sie schon als ganz kleines Mädchen draufgehabt hatte.

»Wie geht's euch?«, fragte ich, um das Thema zu wechseln. »Alles gut?«

»Ja. Dieser Auslandseinsatz fühlt sich länger an als der davor, aber wir halten durch, so gut wir können.«

»Danke für die Sachen, die du für Arielle geschickt hast.« Ich bog in die Einfahrt unseres Hauses. »Jetzt müssen wir für den Rest des Jahres keine Klamotten mehr einkaufen gehen.«

»Kein Problem. Mist! Gunner, komm sofort da runter!«, schrie sie mir ins Ohr, und ich verzog das Gesicht. »Ich muss Schluss machen, Bram. Ani soll mich anrufen.«

»Sag ich ihr.«

»Hab dich lieb.«

»Ich dich auch.«

Ich legte auf, schnappte mir die Windeln und sprang aus dem Wagen. Das Licht, das durchs Wohnzimmerfenster fiel, erleuchtete den Garten vor unserem Haus, und ich lächelte, als mir einfiel, wie Ani damals die unteren Hälften der Fensterrahmen gestrichen hatte, obwohl sie eigentlich im Bett bleiben sollte. Das Ergebnis hatte wirklich schlimm ausgesehen, aber nachdem sie noch mal Hand angelegt hatte, waren die Fensterrahmen wirklich annehmbar gewesen.

»Du wirst bestimmt mal größer als ich«, hörte ich Ani sagen, als ich leise zur Tür hereinkam. Ihre Stimme kam aus der Küche, und dem Ton nach zu urteilen, mit dem sie sprach, konnte ich hören, dass sie Arielle meinte.

»Deine gebürtige Mom ist nämlich größer als ich, und auch deine Oma mütterlicherseits ist größer.«

Auf der Schwelle zur Küche blieb ich stehen und nahm in aller Ruhe den Anblick auf, der sich mir drinnen bot.

Arielle saß in der Ecke des Esszimmers in ihrer Schaukel; über die Theke hinweg, die die eigentliche Küche vom Essbereich trennte, sprach Ani zu ihr. Es sah aus, als versuchte sie nebenher eine Art Teig anzurühren – wahrscheinlich irgendwelche Kekse, die am Ende hart wurden wie Stein –, und ihre Hände und ihr Gesicht waren voller Mehl. Der weiße Staub bedeckte auch eine Schulter ihres T-Shirts, was mich nicht sonderlich überraschte, denn meine Frau war ständig in Bewegung, und ein wenig Mehlstaub an den Fingern würde sie nie und nimmer daran hindern, fünfzehn Dinge auf einmal zu tun.

»Dein Daddy ist groß, du wirst uns also nicht alle gleich überragen wie eine Riesin oder so«, lenkte Ani ernsthaft ein, während Arielle sie anschaute, als hörte sie wirklich aufmerksam zu. Dabei nuckelte sie an ihren Händen. »Du wirst wunderschön sein, das sehe ich schon jetzt. Du bist fröhlich und furchtbar lieb, und das sind die allerschönsten Mädchen, die es gibt.«

»Ach, ich weiß nicht«, warf ich ein und schreckte Ani damit auf. »Ich mag die sarkastischen, unhöflichen Mädels auch ganz gern.«

»Typisch«, schnaubte Ani. Sie umrundete lächelnd die Theke und kam auf mich zu.

»Hey, Baby«, murmelte ich, die Lippen an ihren Mund gedrückt, als sie sich auf die Zehenspitzen stellte, um den Kuss zu erwidern.

»Hey, hast du Windeln mitgebracht?«

»Na klar.«

»Vater des Jahres«, flachste sie. Sie glitt mit den Fingern durch meine Haare und verteilte überall Mehl.

»Gibt es einen ernst zu nehmenden Grund, warum du das Thema leibliche Eltern mit unserer drei Monate alten Tochter besprichst?«, fragte ich und nahm den Kopf ganz leicht zurück, um sie ansehen zu können.

»Bethy hat angerufen«, erklärte sie leise, und mein Herz fing in meiner Brust an zu klopfen – eine instinktive Reaktion, gegen die ich nichts machen konnte, auch wenn ich wusste, dass Ani für immer Arielles gesetzlich anerkannte Mutter sein würde. »Hat um ein Bild von Arie gebeten.«

»Und, hast du ihr eins geschickt?«

»Ich wollte auf dich warten.« Sie sah mich an. Die eine Seite ihres Mundes zuckte vergnügt.

»Danke«, hauchte ich und ließ vor Erleichterung die Schultern nach unten sacken. »Mir egal – schick ihr so viele du möchtest. Aber jedenfalls danke, dass du mich gefragt hast.«

»Klar doch«, zwitscherte Ani.

»Ich wünschte, Shane würde sich ein bisschen beeilen und endlich zurückkommen, damit wir heiraten könnten«, klagte ich. Ich hob Ani hoch, setzte sie auf die Anrichte und schritt zwischen ihre Schenkel ganz nah zu ihr.

»Sind nur noch ein paar Monate«, lachte Ani und küsste mich auf die Wange.

»Hast du Lust, mich noch woanders zu küssen?«, fragte ich, als ihre Hand sich ihren Weg vorn an meiner Jeanshose hinabbahnte.

Ani hob die Brauen, doch gerade, als sie den Mund öffnen wollte, um zuzustimmen, fing Arielle in ihrer Schaukel laut zu krakeelen an. Widerwillig, aber ohne zu zögern, half ich Ani von der Arbeitsplatte herunter und wandte mich unserer Tochter zu. Ihr zerknirschtes Gesicht war zu einem höchst beleidigten Ausdruck verzogen.

Ich hob Arielle auf meinen Arm. Dabei drehte ich mich halb um und rief über die Schulter: »Wir machen aber Flitterwochen, oder?«

Dank

Dank an meine Töchter, die mich motivieren und anfeuern, selbst wenn ich in Gedanken völlig von meinen Figuren abgelenkt bin. Ich liebe euch! An meine Eltern und meine Schwester, die mir den Rücken freihalten. Jedes Mal. Immer. Ohne euch hätte ich das nicht geschafft.

An Nikki, meine rechte Hand, die mich auf Kurs hält – millionenfaches Danke für das Feedback, das du mir gibst, und, noch viel wichtiger, für deine Freundschaft.

An Ashley, die mir tausend Türen geöffnet hat, an Toni fürs lange Zuhören um ein Uhr nachts und an Donna, der ich ewig dafür dankbar sein werde, dass sie das Risiko eingegangen ist, mein allererstes Buch zu verlegen. Danke.

An meine Agentin Marisa, die für diese Protagonisten einspringt, als wären es ihre Kinder, und an meine Lektorin Alex, die dieses Buch fast ebenso sehr liebt wie ich selbst – danke.

An die Leserinnen und Bloggerinen, die mich bis hierhin gebracht haben. Ich schulde euch eine Menge, das werde ich nie vergessen.